BASTEI LÜBBE TASCHENBUCH

Weitere Titel des Autors

Der Gaukler
Die Hure und der Spielmann

Über den Autor

Thomas Ziebula war bis Mitte der 90er Jahre Diakon und Sozialpädagoge und schrieb vorwiegend Satiren, Kurzgeschichten und Kinderbücher. Seither ist er freier Autor und verfasst Fantasy-, Spannungs- und Science-Fiction-Geschichten, die als Hardcover, Taschenbücher und Romanhefte erscheinen. 2001 erhielt er den Deutschen Phantastik Preis. Weitere Informationen finden Sie auch auf www.thomas-ziebula.de

Thomas Ziebula

Die rote Löwin

Historischer Roman

BASTEI LÜBBE
TASCHENBUCH

BASTEI LÜBBE TASCHENBUCH
Band 17476

MIX
Papier aus verantwortungsvollen Quellen
FSC® C014496

Dieser Titel ist auch als E-Book erschienen

Originalausgabe

Die Veröffentlichung dieses Werkes erfolgt auf Vermittlung der literarischen Agentur Peter Molden, Köln.

Lektorat: Judith Mandt
Illustration Karte: Markus Weber, Agentur Guter Punkt, München
Titelillustration: © Arcangel/Katja Kemnitz; © FinePic®, München
Umschlaggestaltung: ZERO Werbeagentur, München
Satz: two-up, Düsseldorf
Gesetzt aus der Garamond
Druck und Verarbeitung: GGP Media GmbH, Pößneck
Printed in Germany
ISBN 978-3-404-17476-8

1 3 5 7 6 4 2

Sie finden uns im Internet unter www.luebbe.de
Bitte beachten Sie auch: www.lesejury.de

DRAMATIS PERSONAE

Es folgt eine Aufstellung der wichtigsten Figuren, wobei die historischen Personen mit einem * gekennzeichnet sind.

RUBINA »Runja«, Tochter eines Schweriner Ritters und Hofmarschalls
WALDEMAR Runjas Bruder
UNGER VON SEEBURG Runjas Vater, Hofmarschall des Grafen von Schwerin (Zvarin)
WULF Ungers Waffenträger
ALWIN VON TRESSOW alter Kampfgefährte Ungers
ANGELUS Waldemars Elster
PIRMIN VON PARIS Kanoniker, Gelehrter und Lehrer an der Domschule zu Magdeburg
JOHANNES Pirmins Gärtner
ALMA Pirmins Magd
JUSUF Pirmins Koch
LAURENZ VON MAGDEBURG Domdekan zu Magdeburg
SEBASTIAN VON MEISSEN Laurenz' Diener und Sekretär
DAGOMAR VON BAMBERG Mönch, der »Schwarze Abt«
KUNO VON ROSENHEIM Ritter und Dagomars Schüler
CLAUDIO VON VENEDIG Gewandschneider und Dagomars Schüler
NORBERT VON FULDA Abt eines Benediktinerklosters
KASIMIR wendischer Heerführer
SLAWOMIR wendischer Hauptmann
PRIBISLAW Slawomirs Sohn
DRAZKO wendischer Rottenführer
SELIBUR wendischer Dolmetscher
JAROMAR VON RÜGEN* wendischer Fürst

Jeremias von Köln fahrender Ritter, Sänger und Gaukler
Mutter Hildegard Vorsteherin eines Damenstifts
Philipp von Schwaben* römisch-deutscher König, jüngster Sohn des Kaisers Friedrich Barbarossa
Bernhard von Sachsen* Herzog von Sachsen
Gunzelin von Schwerin* Bernhards Vasall und Graf im feindlichen Heidengebiet
Helmold Gunzelins Neffe
Walter Helmolds Bruder
Ludolf von Kroppenstedt* Erzbischof von Magdeburg
Albrecht von Käfernburg* sein Nachfolger

ZEITTAFEL

805 n. Chr.	unter Kaiser Karl dem Großen wird Magdeburg, ein fränkisches Kastell an der Elbe, zum zentralen Handelsplatz mit den Wenden
937	König Otto der Große gründet in Magdeburg das Benediktinerkloster St. Mauritius (St. Moritz)
955	Otto beginnt seiner verstorbenen Frau eine Grabstätte zu bauen: den ersten Dom von Magdeburg
961	Otto holt Reliquien des Heiligen Mauritius (Moritz) nach Magdeburg; Mauritius ist der Schutzpatron des Doms
962	Papst Johannes XII krönt Otto den Großen zum Kaiser – das »Heilige Römische Reich Deutscher Nation« ist geboren
967	auf Betreiben Ottos erklärt der Papst Magdeburg zum Erzbistum
1147	Herzog Heinrich der Löwe und Erzbischof Friedrich brechen von Magdeburg aus zu einem Kreuzzug gegen die Wenden auf
1158	Kaiser Friedrich Barbarossa feiert das Weihnachtsfest in Magdeburg
1175	wegen tödlicher Unfälle verbietet Erzbischof Wichmann Turniere im Bistum Magdeburg
1187	Rubina – »Runja« – wird geboren, die Tochter des Ritters Unger von Seeburg und seiner bulgarischen Frau
1189–92	dritter Kreuzzug unter Kaiser Friedrich Barbarossa
1190	Geburt Waldemars, des Sohnes Ungers von Seeburg
1190	in Kleinasien ertrinkt Kaiser Friedrich im Fluss Saleph

um 1190 der Kompass wird im Abendland bekannt

1192 Ludolf von Kroppenstedt folgt Wichmann von Seeburg als Erzbischof nach

1198 der 37jährige Gelehrte Lothar von Segni besteigt als Innozenz III den Stuhl Petri

März 1198 der Staufer Philipp von Schwaben, Sohn Friedrich Barbarossas, wird von der Mehrheit der dtsch. Fürsten zum König gewählt

Juni 1198 der Erzischof von Köln und einige norddeutsche Fürsten wählen den Welfen Otto zum Gegenkönig; der Papst unterstützt ihn gegen Philipp

1200 König Philipp hält Hof in Magdeburg und feiert das Weihnachtsfest in der Stadt; prominentester Gast: der Dichter und Sänger Walther von der Vogelweide

1205 wendische Krieger ermorden Rubinas und Waldemars Familie

1205 Graf Albrecht von Käfernburg wird Erzbischof von Magdeburg

1207 am Karfreitag verwüstet ein Stadtbrand Magdeburg und zerstört den ersten Dom

Die Liebe ist geduldig und voller Güte.
Sie glaubt alles, sie hofft alles, sie erduldet alles.
Die Liebe hört niemals auf.

minne ist gedultec und volleclîche güetec.
si geloubet allez si hofft allez si dult allez.
minne niemer endet.

Caritas patiens est, benigna est.
Omnia credit, omnia sperat, omnia sustinet.
Caritas numquam excidit.

Paulus von Tarsus
im ersten Brief an die Korinther, Kapitel 13

ERSTES BUCH

Der Schwarze Abt

I

SCHWUR

Eben noch tönte der morgendliche Wald vom Gesang der Vögel, jetzt herrschte Ruhe. Eine schlagartige, eine *böse* Ruhe. Als würde der Wald den Atem anhalten. Eben noch kreisten Rubinas zornige Gedanken um den Sohn des Grafen, jetzt stand sie still, hielt ihren schwatzenden Bruder am Arm fest und lauschte.

Waldemar schwatzte einfach weiter – von einer jungen Elster, mit der er sich befreundet und die er schon beinahe gezähmt haben wollte. Rubina – oder »Runja«, wie sie zumeist genannt wurde – aber spähte nach allen Seiten, lauerte aus schmalen Augen ins Unterholz, zwischen die Stämme, zu den Baumkronen hinauf. Es war ihr, als wäre ein großer Schrecken auf den Wald gefallen.

Die Dunstschwaden über Farnfeldern und und jungem Eichengehölz hatten nichts Friedliches mehr, erinnerten eher an ein Leichentuch; die gerade noch so lieblich flirrenden Lichtbalken der Morgensonne schienen nun wie Speere durchs Frühlingslaub der Bäume zu stechen.

Und dann, von einem Augenblick auf den anderen, wieder Lärm. Warum schrien Eichelhäher gleich von drei Seiten? Warum flatterte es auf einmal in jeder Krone? Und näherten sich da nicht Rascheln und Knacken wie von vielen Schritten?

Irgendetwas geschah.

Der erste Vollmond nach dem Pfingstfest des Jahres 1205 war vor wenigen Stunden gesunken. Am letzten Ostersonntag, noch keine zwei Monate her, hatte Runja – rothaarig, weißhäutig, grünäugig und von sehniger, anmutiger Gestalt – ihr achtzehntes Wiegenfest gefeiert.

Sieben Jahre war es her, dass der Gelehrte Lothar von Segni als Innozenz der Dritte den Stuhl des Heiligen Petrus bestiegen hatte, und fünfzehn Jahre, dass Kaiser Friedrich Rotbart im Morgenland im Flusse Saleph ertrunken war. Runjas Vater hatte es damals mit ansehen müssen.

Im Reich stritten König Otto, der Sohn Heinrich des Löwen, und König Rudolph, der Sohn des Rotbarts, um die Kaiserkrone. Am Oberlauf der Elbe herrschte Bernhard von Sachsen als Herzog, und sein Vasall, der Graf Gunzelin, hatte sich am Tag zuvor von Runjas Vater verabschiedet und war mit einem kleinen Heer auf die andere Seite des Sees geritten; dort wollte er die wilden Wenden für einen Überfall auf seine Gehöfte an der Warnow bestrafen. Zu Runjas Leidwesen musste sein ältester Sohn Heinrich zuhause in der Seeburg bleiben.

Und hier im Wald, eine halbe Wegstunde entfernt von der heimatlichen Burg und ihren Höfen und Feldern, brachen gerade die wichtigsten Stunden in Runjas bisherigem Leben an.

»Angelus hat mir aus der Hand gefressen«, behauptete Waldemar. »Ich schwör's dir, Runja. Der Vater hat mir von einer gezähmten Elster erzählt, die sprechen konnte. Weißt du, was ich Angelus beibringen werde?« Die blauen Augen des Vierzehnjährigen leuchteten. »Ich werde ihn lehren zu sagen: ›Ich bin Angelus, die Elster Waldemars, des Sohnes Ungers von Zvarin, des Burgmarschalls des Grafen Gunzelin von Zvarin.‹ Ja, das werde ich ihm beibringen, ich schwör's dir.« Weil Runja nicht einmal spottete, musterte er sie mit gerunzelter Stirn. »Warum gehen wir eigentlich nicht weiter?«

»Die Vögel. Sie singen nicht mehr.« Runja glaubte Waldemar kein Wort. Bei Waldemar wusste man nie genau, ob er die Wahrheit sagte oder prahlte. »Hast du nicht die Häher schreien gehört? Und hörst du nicht, wie es auf einmal raschelt und knackt überall?« Sie hielt ihn fester, legte den Finger auf die Lippen, lauschte und spähte.

Was kümmerte sie Waldemars Vogelvieh? Etwas geschah im Wald. Nichts Gutes. Runja spürte es.

Das hatte sie von ihrer Großmutter geerbt, das Spüren – sagte der Vater. »Du spürst die Dinge, bevor sie geschehen«, sagte er, »wie meine Mutter.« Viele sagten das, sogar der Graf.

»Was hast du denn, Runja?« Waldemar machte sich von ihr los. »Gewiss raschelt's im Wald. Soll's etwa klirren und poltern?« Er ging weiter. »Du glaubst mir nicht, was? Komm schon, ich führe dich zu Angelus. Wirst ja sehen.«

Plötzlich kreischte wieder ein Häher, dann noch einer, weiter weg, und drei Elstern schwangen sich aus einer Eiche, flatterten lärmend dicht über Ginster und Farnfeld hinweg und verschwanden zwischen den Baumkronen.

Waldemar blieb stehen, äugte mit offenem Mund. Kein Wort kam mehr über seine Lippen. Runja sah genau, wie er seinen Jagdbogen fester umklammerte. Ganz weiß wurden seine Fingerknöchel. Von einem Atemzug zum anderen geriet der ganze Wald um sie herum in Aufruhr.

Runjas Blicke flogen hin und her. Rascheln und Knacken von allen Seiten, Geflatter und Vogelgekreische. Und da! Einen Steinwurf weit entfernt bogen sich Farnhalme zur Seite. Runja machte einen Satz, packte den gleich großen Bruder, zerrte ihn zu sich.

Keine zwanzig Schritte entfernt schwankte das Buschwerk. Und dann, nur einen Wimpernschlag lang, sah sie eine schwarze Schnauze, weißgraue Ohren, lauernde Augen, einen graupelzigen Schädel.

Ein Wolf!

Runja griff in Waldemars blondes Haar und zog ihn mit sich hinter den Ginster und herunter ins Moos. Auch er hatte das Raubtier gesehen: Sein schönes Gesicht hatte auf einmal die Farbe schmutzigen Leintuchs, seine Augen waren groß und feucht vor Schrecken.

»Ein ganzes Rudel«, flüsterte sie. »Ich hab an mindestens vier

Stellen Äste und Halme sich beugen sehen.« Sie tastete nach ihrer Armbrust, wagte aber nicht, sie vom Rücken zu schnallen. Nur keinen Lärm machen! Nur keine Zweige bewegen!

Wölfe? Runjas Gedanken überschlugen sich. Wölfe im Licht der strahlenden Morgensonne? Das sah den pelzigen Räubern nicht ähnlich. Runja schluckte, ihr Herz raste. Flohen sie? Jagten sie? Wie viele mochten es sein?

Sie schloss die Arme um den Bruder, spürte sein Zittern. »Ganz ruhig«, flüsterte sie, »nicht bewegen. Bete.« Ihr kupferrotes Haar floss über Waldemars blonde Locken.

Wölfe eine halbe Wegstunde von der Seeburg entfernt? Und das im späten Frühling, wo der Wald wimmelte von Kitzen, Junghasen, Hirschkälbern und Auerhahnküken? Im Winter, ja, da trieb der Hunger das Raubzeug nachts sogar bis zu den Abfallkuhlen vor der hinteren Burgmauer. Aber Ende Mai?

Sie dachte an die Eltern. Die Mutter hatte noch geschlafen, als Runja und Waldemar sich aus der Burg geschlichen hatten. Der Vater war kurz zuvor betrunken vom Zechen gekommen, hatte nichts gehört, nichts gesehen. Nur der Torwächter wusste, dass die Kinder des Ritters und gräflichen Burgmarschalls Unger in den Wald gezogen waren.

Plötzlich spürte Runja, wie Waldemars schmaler Körper in ihren Armen ganz starr wurde. Sie schaute ihm ins Gesicht, folgte seinem ängstlichen Blick: Vor ihnen teilte sich der Ginster – ein mächtiger weißgrauer Wolfsschädel tauchte zwischen den welken Blüten auf. Der kalte Blick gelblicher Augen traf sie wie ein Peitschenhieb.

»Lauf!«, zischte sie und stieß Waldemar zurück auf den Pfad, auf dem sie gekommen waren. »Lauf zur Burg so schnell du kannst!« Waldemar rannte.

Runja selbst richtete sich auf, ganz langsam; sie versperrte dem alten Wolf den Pfad, lauschte den Schritten ihres Bruders. Warum entfernten sie sich nur so langsam? Warum rannte Waldemar nicht schneller? Bald verstummte das Geräusch seiner Schritte. Der Wolf aber senkte den Schädel, zog die Lefzen hoch, zeigte seine gelblichen Reißzähne.

»Lieber Heiland Jesus Christus.« Runja betete flüsternd. »Hilf mir.« Schritt um Schritt setzte sie einen Fuß hinter den anderen, entfernte sich rückwärts von dem Wolf, langsam, ganz langsam. Das Tier schob sich aus dem Ginster, senkte den Schädel noch tiefer. Sein Rückenfell und das lange Fell seiner Rute waren fast weiß.

»Hilf mir, lieber Heiland, ich bitte dich.« Endlich gelang es Runjas bebenden Fingern, die Armbrust von den Schultern zu streifen. »Rette mich vor dem frühen Tod, ich flehe dich an.« Keinen Wimpernschlag lang ließ sie den Wolf aus den Augen, lockte ihn weg von der Richtung, die der Bruder genommen hatte. »Für immer will ich dir dienen, wenn du mich rettest, lieber Heiland, ohne zu murren, will ich Heinrich heiraten.«

Der Wolf schob sich in seiner ganzen entsetzlichen Länge aus dem Ginster, lautlos und langsam wie der Schattenzeiger auf der Sonnenuhr. Gesenkter Schädel, funkelnde Gelbaugen, gestreckter Schwanz, gebleckte Zähne, triefende Lefzen – so pirschte er sich an Runja heran. Und jetzt duckte er sich zum Sprung.

Wie heiße Lohe durchzuckte Schrecken sie von den Zehenspitzen bis in die Haarwurzeln. Wie sollte sie nur die Waffe spannen? Wie einen Bolzen einlegen? Runja fuhr herum, sprang ins Unterholz, rannte, so schnell sie konnte. Hinter sich hörte sie den pelzigen Räuber knurren und springen.

Plötzlich gab der Boden unter ihren Sohlen nach. Stoff riss, Geäst brach. Hart prallte sie mit dem Rücken auf Holz und Geröll. Acht Ellen über sich sah sie die zersplitterten Äste einer geflochtenen Falltür flach aus dem Waldboden ragen. Ihre Wolljacke und der linke Ärmel ihres Kleides hingen an den Astspitzen.

Ein Teil des Geflechts lag unter ihr, bohrte sich schmerzhaft in ihren Rücken und Hintern. Hoch über der Grubenöffnung schwankte die Krone einer Eiche im Wind. Lichtbalken der Morgensonne ragten aus wechselnden Lücken im Laub. Geblendet kniff Runja die Lider zu, hörte es knurren, riss die Augen wieder auf.

Zwei feuchte, schnüffelnde Wolfsschnauzen glänzten im Sonnenlicht. Zwei Paar Wolfsaugen lauerten auf Runja herab. Zwei Wolfsschädel verdeckten ihr den Blick auf Baumkronen und Morgenhimmel – ein wuchtiger weißgrauer und ein schmaler dunkler. Warmer Schleim tropfte Runja auf die nackte Schulter.

Sand, Moos und Geröll rieselten herab. Der jüngere Wolf, der dunklere, stand halb auf den Überresten der geflochtenen Falltür. Und die neigte sich bereits unter seinem Gewicht, drohte samt des Tieres zu ihr herunter zu stürzen. Runja stockte der Atem.

Sie merkte kaum, wie ihr das Wasser fortlief, merkte kaum dass sie zitterte, dass sie betete. »Und ob ich schon wanderte im finsteren Tale, fürchte ich kein Unglück.« Sie keuchte die Worte heraus, die Psalmverse, vertraut seit frühester Kindheit. »Du bist bei mir, dein Stecken und Stab trösten mich …« Wie oft hatte sie im Morgenland die Mutter diesen Psalm beten hören, unter Tränen, unter Lachen, unter Schimpfen. »Ich werde bleiben im Hause des Herrn immerdar.«

Runja ließ die Armbrust los, tastete nach dem Krummdolch in der Gurtscheide. Ein Geschenk des Vaters, genau wie die Armbrust Geschenke zum vierzehnten Wiegenfest. *Damit du nie wieder deine Freiheit verlierst,* hatte der Vater gesagt. Beide Waffen stammten aus derselben bösen Zeit, in der sie auch das Brandmal auf ihrer Schulter hatte empfangen müssen. Dasselbe Brandmal, das auch Runjas Mutter trug.

Sie nestelte die Krummklinge aus der Scheide, hielt sie mit den Fäusten über der Brust fest. Oben jaulten die beiden Wölfe auf, der dunkle rutschte vom sich neigenden Falltürgeflecht. Wolfsgestank hüllte Runja ein – Galle, Aas und Blut. Brechreiz würgte sie, Panik peitschte ihr Herz zu rasendem Galopp, hinter ihrem Brustbein loderte heißer Brand. »Rette wenigstens Waldemar«, flüsterte sie. »Lieber Heiland, rette meinen kleinen Bruder.«

Etwas Dunkles stürzte ihr entgegen. Sie presste die Lippen zusammen und stieß ihm den Krummdolch entgegen. Und ja! Die Klinge bohrte sich in die schwarzpelzige Räuberkehle, warmes Blut sprudelte ihr schwallartig ins Gesicht. Seltsam schnell erschlaffte der schwere pelzige Körper.

Zitternd und nass von Blut, Schweiß und Harn lag sie still. Würde der zweite Wolf springen, der alte? Runja kämpfte gegen den Brechreiz, lauschte nach oben. Dort knurrten Wölfe, dort sirrten Pfeile, dort brach Geäst. Kampflärm? Hatte denn Gott Rettung geschickt?

Sie wühlte sich unter dem schweren stinkenden Körper hervor, riss dem Tier ihre Klinge aus der blutenden Kehle. Ein Pfeil ragte aus dem Genick des Wolfes. Er musste bereits tot gewesen sein, als er auf sie geprallt war.

Sie wischte den Krummdolch an ihrem Kleid ab, klemmte ihn zwischen die Zähne, suchte und fand ihre Armbrust. Oberhalb des Erdlochs jaulten, knurrten und fauchten sie. Wieder sirrte ein Pfeil dort oben im Wald, wölfisches Knurren erstarb in einem Röcheln.

Runja schnallte ihre Armbrust auf den Rücken, griff in Wurzelgeflecht und vorspringende Buntsandsteinplatten und kletterte der Erdlochöffnung entgegen. Mit bebenden Lippen und flatternden Lidern spähte sie über den Rand des Waldbodens: Rechts lag der große graue Wolf und rührte sich nicht; zwei Pfeile ragten aus seiner Flanke. Links blickte sie auf die gestreckten und gesträubten Ruten zweier Wölfe.

Keine sieben Schritte vor den pelzigen Räubern stand Waldemar, breitbeinig und aschfahl. Links und rechts von ihm zwei zuckende Wolfsleiber mit Pfeilen gespickt. In seinem Rücken, geduckt und zum Sprung bereit, ein weiterer Wolf.

»Hinter dir!« Die Klinge fiel Runja aus dem Mund. Sie stemmte sich aus der Grube, griff nach dem Dolch, rollte sich ins Unterholz, streifte die Armbrust ab. Sie hörte den Pfeil sirren, hörte einen Wolf aufheulen, sah, wie Waldemar blitzschnell zum Köcher griff und herumfuhr.

Zu wenig Zeit, um einen Bolzen in die Armbrust zu spannen! Sie schwang die Waffe wie eine Keule und ging auf den verletzten Wolf los, schlug auf ihn ein, trieb ihn tatsächlich in die Flucht.

Sie atmete schwer, blickte auf – Waldemar lag auf dem Rücken und auf ihm der große schwere Wolf. Der schnappte nach seiner Kehle. Das Bogenholz mit beiden Händen umklammert, drückte Waldemar den Raubtierschädel von sich weg. Doch das Tier war stärker, seine Reißzähne berührten schon Waldemars Kinn.

Runja packte ihren Dolch und sprang den pelzigen Räuber an. Die Wucht des Aufpralls stieß den Tierleib hinunter vom schlaksigen Körper des Bruders. Den Wolf im Arm stürzte sie weg von Waldemar und ins Unterholz. Noch im Sturz hämmerte sie dem pelzigen Räuber den Krummdolch in den Leib, wieder und wieder und wieder. Bis er sich nicht mehr rührte.

Waldemar riss den Kadaver von ihr weg. Der Bruder schrie und heulte seine Wut heraus, seine Angst, seine Erleichterung. Sie knieten im Unterholz, umarmten einander, weinten und hielten sich fest.

»Du hast mir das Leben gerettet«, schluchzte sie flüsternd.

»Du hast mich gerettet.« Seine Stimme klang heiser und verrotzt.

»Gott hat uns gerettet. Damit wir immer zusammenbleiben. Immer.«

»Du hast mich weggeschickt.« Waldemar küsste ihr Blut und Tränen aus dem Gesicht. »Du dumme Gans hast mich weggeschickt. Ich hätte mir nie verziehen, wenn ich dir gehorcht hätte.«

»Ich dumme Gans …, hast du gut gemacht, so gut, so gut …«

»Wie du dich auf die Bestie geworfen hast.« Waldemar drückte sie weg von sich, sah sie an – Liebe und Bewunderung leuchteten im Blick seiner blauen, verheulten Augen. »Dass du das gewagt hast!«

»Ich liebe dich doch.« Wohin sie auch schaute, überall Blut und Rotz und Dreck und Laub: auf seinen Handrücken, an seinen Kleidern, in seinem Gesicht. »Du bist doch mein kleiner Bruder.«

»Ich bin so groß wie du, dumme Gans!« Er rümpfte die Nase. »Du stinkst nach Pisse.«

»Ich liebe dich doch, blöder Ochse«, wiederholte sie. »Und was hätte ich denn der Mutter und dem Vater erzählen sollen?« Die Vorstellung überwältigte Runja – sie presste die Rechte auf den Mund, weinte schon wieder. Weinte laut und hemmungslos.

Waldemar nahm ihre linke Hand, betrachtete die tiefe, blutende Schnittwunde in ihrem Handballen. Er sah ihr wieder in die Augen, ernster diesmal, beinahe feierlich. »Wir wollen einen Schwur tun.«

Er wischte sich das Wolfsblut und die Tränen aus seinem Gesicht. Runja sah nun die klaffende Bisswunde zwischen seinem linken Ohr und seiner linken Wange. Waldemar legte ihren blutenden Handballen auf seine Gesichtswunde.

»Ich schwöre dir, meiner Schwester Rubina, dass ich allezeit mit meinem Leben für dich einstehen werde.« Er atmete schwer. »Ich will für dich sterben, wenn es sein muss. Ich schwöre: Für immer und ewig schulde ich dir mein Leben.«

»Ich schwöre auch«, flüsterte Runja. Sie rieb ihr Blut in seine Bisswunde. »Ich schwöre dir, meinem kleinen Bruder Waldemar, dass ich mit meinem Leben für dich einstehen werde, solange ich atme.« Sie packte ihn bei den Ohren, riss seine Stirn an ihre. »Ja, ich will für dich leiden, wann immer es nötig ist, ich will für dich sterben, so wahr mir Gott helfe, und Jesus und alle Heiligen sind meine Zeugen.«

Wieder schlang einer dem anderen die Arme um den Hals. Auf den Knien rutschten sie ganz nahe zusammen und hielten einander so fest, als wollte einer den anderen nie wieder loslassen. Wie viel Zeit verging so? Sie wussten es nicht.

Irgendwann halfen sie einander hoch. Sie suchten ihre Waffen zusammen: Bogen, Pfeile, Armbrust, Krummdolch. Runja holte ihre Jacke und den abgerissenen Kleiderärmel aus dem Erdloch.

Waldemar half ihr wieder herauf. »Du bist so gefährlich wie der hier.« Bevor sie in die Jacke schlüpfen konnte, deutete er auf das rote Brandzeichen an ihrer nackten Schulter. »Gefährlicher noch als dieses Raubtier auf deiner Haut.«

»Wenn ich so schnell laufen könnte wie der, hätte ich nicht kämpfen müssen.«

»Kämpfen ist besser als davonlaufen, sagt der Vater.« Waldemar bückte sich nach dem größten der Wolfskadaver und hievte ihn auf seine Schulter. Er schwankte unter dem Gewicht.

»Was willst du mit dem toten Wolf?« Runja schritt auf den Pfad, der zum Burgweg führte. Vergessen die Elster, vergessen der Grafensohn – sie wollte nur noch nach Hause.

»Den schenke ich Heinrich.« Waldemar wankte hinter ihr her. »Damit er mir glaubt, dass ich seine Braut gerettet habe.«

Sie spuckte aus. »Und was versprichst du dir davon?« Schon wieder dieser Heinrich. Schade, dass ihr künftiger Gatte nicht mit seinem Vater gegen die Wenden gezogen war. Der Trottel hatte sich mit der Baumaxt ins Bein gehauen. Nach dem Erntedankfest sollte die Hochzeit gefeiert werden. Jeden Tag betete Runja, Gott möge diesen Kelch an ihr vorübergehen lassen.

»Dass er mir künftig mehr Respekt erweist.« Waldemar ächzte. Er warf den Kadaver ins Gestrüpp und kehrte um.

»Vergiss es.« Runja blieb stehen, wartete. »Heinrich ist und bleibt ein Rüpel. Erzähl ihm lieber, wie gefährlich ich bin. Vielleicht überlegt er sich's dann noch mal, der blöde Kerl.«

»Es gibt schlimmere. Denk an deinen ersten Mann.« Mit dem kleinsten Wolf auf den Schultern kehrte Waldemar zurück. »Und sei froh, dass du nicht seinen Vetter Helmold heiraten musst.«

»Dasselbe grobe Vieh. Nur ist Heinrich noch dazu ein dummer Grindskopf.« Sie gingen weiter. »Hast du gehört, wie er mit der Mutter wegen der toten Maus im Mehl gestritten hat?« Runja lief schneller; sie hatte es eilig, zur Burg zu kommen; Todesschrecken wühlte ihr noch in allen Gliedern. »Und die alte Köchin hat er verprügelt, weil ihr die Milch angebrannt ist. Blöder Grindskopf!« Sie spuckte wieder aus. »Hoffentlich erschlägt ihn der Blitz noch vor Erntedank.«

»Pfui, schäm dich!« Waldemar kam kaum noch hinterher.

»Jedes Mal, wenn er mir über den Weg läuft, verschlingt er mich mit Blicken. Sogar während der Messe. Der Blitz soll ihn treffen!«

»Schäm dich!« Waldemar bekreuzigte sich. »Heinrich liebt dich.«

»Liebe? Geil ist er, weiter nichts!« Die Hitze des Zorns schoss ihr ins Gesicht. »Der Blitz soll den geilen Hund …« Runja verstummte, denn gar nicht weit entfernt brach ein Ast. Sie stand still, spähte in die Richtung des Geräusches, sah Buschwerk dort wackeln.

»Die Wölfe.« Auch Waldemar war stehen geblieben. Elstern krähten und flatterten auf. »Sie verfolgen uns.«

Etwas sirrte, ein Pfeil schlug dumpf in den Wolfskadaver ein. Waldemar ließ das tote Tier ins Unterholz gleiten. Seite an Seite duckten sie sich hinter einen Haselnussbusch. »Schlimmer als Wölfe«, flüsterte Runja. Sie starrte die dunkle Fiederung am Schaftende des Pfeils an. »Wendische Krieger.«

Sie krochen zum nächsten Buchenstamm, schoben sich hinter ihm hoch, horchten und spähten. Und dann sahen sie die Männer: Mit geschulterten Lanzen, Äxten und Schwertern tauchte einer nach dem anderen zwischen den Stämmen auf, der nächste kaum vierzig Schritte entfernt.

»Eine ganze Kampfrotte«, flüsterte Waldemar. »Ein ganzes Heer.«

Wie eine schwarze Binde fiel es Runja von den Augen: Deswegen hatte der Wendenfürst die Gehöfte an der Warnow verwüsten lassen! Um den Grafen und seine Krieger von der Seeburg wegzulocken! Mit Eisklauen griff das Entsetzen nach ihrem Herz.

»Hinter der Buche!« Gebrüll tönte plötzlich durch den Wald. Eine raue, kehlige Männerstimme, die Runja nie wieder vergessen sollte. »Da, der Blondschopf!« Sie gehörte einem bulligen Lanzenträger. »Schlagt ihn tot!« Sonnenlicht brach sich in etwas Goldenem am Ohr des brüllenden Heiden. »Schlagt ihn tot! Greift euch das rote Weib!«

»Lauf!« Runja zerrte ihren Bruder hinter sich her auf den Wildpfad. »Lauf um dein Leben!«

2

HABICHTSAUGEN

Orkanartig rauschte der Dankchoral der Benediktiner durch das Kirchenschiff. Mit gesenktem Kopf kniete Laurenz zwischen Norbert von Fulda und dem Bischof von Brandenburg vor dem Hochaltar. Die Hostie klebte ihm auf der Zunge wie ein alter Fußlappen.

Direkt vor ihm zitterte der Saum am Messgewand des alten Erzbischofs. Der Mönchschor übertönte gnädig dessen brüchige Greisenstimme. Laurenz machte Kaubewegungen, versuchte Speichel zu erzeugen, versuchte an den Leib des Herrn zu denken. Beides wollte ihm nicht gelingen. Seine Gedanken eilten schon wieder voraus zum kommenden Tag: Der König würde ihn empfangen.

Norbert von Fulda rechts neben ihm schmatzte. Der Bischof von Brandenburg zu seiner Linken schluckte geräuschvoll. Laurenz, dem Domdekan von Magdeburg, klebte die Hostie jetzt am Gaumen. Was für einen Teig benutzten sie denn hier in Wittenberg? Er kaute und kaute, rieb die Hostie mit der Zunge ab, kaute weiter, und endlich weichte sie auf, und er konnte sie herunterwürgen.

Bei all dem bewegte er die Lippen im stummen Gebet, versuchte andächtig und ergriffen zu sein, doch schon stand ihm wieder der junge Philipp von Schwaben vor Augen, der König. Gemeinsam mit dem Erzbischof und dem Abt des Moritzklosters beugte Laurenz im Geiste jetzt schon die Knie vor dem römisch-deutschen König, hörte den Erzbischof Ludolf jetzt schon sagen: »Das ist der Mann, den wir zum Bischof von Havelberg wählen wollen.«

Er tastete nach dem Goldstück im Stoff seines Chorhemdes und spähte zur Seite. Als die Männer an seiner Seite sich erhoben, stand auch er auf. Aus der zitternden Hand des Erzbischofs empfingen sie die silbernen Schalen mit den Hostien, hinter ihm her stiegen sie die Stufen des Hochaltars hinab. Der alte Ludolf stützte sich auf seinen Bischofsstab. Er wirkte gebrechlich. Lange würde er es nicht mehr machen.

Sie schritten zu den Edlen aus Kirche und Reich, die sich im Halbkreis um den Hochaltar versammelt hatten: der König, der Herzog, Markgrafen, Grafen; daneben Bischöfe, Pröpste, Äbte, Kapläne und was sonst an ranghohem Klerus nach Wittenberg gekommen war. Im Hauptschiff dahinter, abgetrennt durch einen Prachtlettner, gaffte das Volk. In der ersten Reihe entdeckte Laurenz das Mondgesicht seines Dieners und Sekretärs Sebastian.

Er senkte den Kopf, starrte den Boden an. Laurenz versuchte zu vermeiden, auf jene Stellen zu treten, wo die Fliesen mit den Ecken aneinanderstießen und die Kreuzform bildeten. Unfassbar, wie viele Kreuze die Sandsteinfliesen zwischen dem Hochaltar und den Stiefelspitzen der Feiernden formten!

Der Erzbischof und Norbert von Fulda gingen zum König und zum Herzog. Die knieten bereits nieder, um die Hostie zu empfangen. Der Bischof von Brandenburg wandte sich nach links, wo die Edlen und Höflinge von König und Herzog den Leib des Herrn erwarteten, Laurenz schritt auf die rechte Seite, wo die Geistlichkeit stand.

Kopf und Beine waren ihm schwer – die Schiffsfahrt elbaufwärts steckte ihm noch in den Knochen. Zu viel Wein, zu viel Geschaukel. Er hasste Schifffahrten, reiste lieber zu Pferd. Der Gesang der Magdeburger Benediktiner vermochte nicht, ihn feierlich zu stimmen.

Die ersten Geistlichen knieten nieder und öffneten den Mund, darunter der päpstliche Gesandte. Laurenz legte ihnen die Hostie auf die Zunge. Er wertete es als gutes Zeichen, dass der Erzbischof ihn heute erwählt hatte, den Leib des Herrn auszuteilen. Vor ein paar Jahren, als Otto, der Welfe und Gegenkönig, Teile des Erzbistums verwüstete, hatte Laurenz sich tapfer geschlagen an Ludolfs Seite. Auch das wohl ein Grund, warum der Erzbischof ihn morgen zur Wahl als Bischof von Havelberg vorschlagen wollte. Neben seinen herausragenden Qualitäten als Seelsorger und Kirchenrechtler selbstverständlich.

Ein Mann mit kurzen blonden Locken und ebenmäßigen Zügen kniete vor ihm nieder, schloss die Augen und öffnete den Mund. Pirmin, sein neuer Domscholaster. Erst ein halbes Jahr lebte er in Magdeburg, und obwohl er zum Domkapitel gehörte, hatte Laurenz kaum drei Sätze mit ihm gesprochen.

Wie andächtig er tat! Ein schönes, ein kluges Gesicht. Eine Spur zu klug nach Laurenz' Geschmack. Die Domschüler liebten Pirmin, was Laurenz schon aus Prinzip misstrauisch machte. Außerdem hielt er den Gelehrten aus Paris für viel zu jung, um schon zu lehren. Doch es war der Wunsch des Erzbischofs gewesen, Pirmin an die Domschule zu berufen.

Laurenz legte ihm die Hostie auf die Zunge, wandte sich dem Nächsten zu. Und da sah er sie. Die Maus.

Vom Hochaltar her flitzte sie zwischen die Knieenden und Stehenden. Laurenz traute seinen Augen kaum, stand einen Atemzug lang wie festgewachsen. Beim Heiligen Moritz – eine Maus während der Eucharistiefeier! Ein schlechtes Zeichen?

Jetzt rührte auch die Maus sich nicht mehr – sie schnupperte an einem Hostienkrümel. Plötzlich hob sich ein Stiefel unter dem Saum einer schwarzen Kutte. Blitzschnell trat der Stiefelträger zu. Laurenz hörte die Knochen der Maus splittern, sah ihren Schwanz zucken, sah ihr Blut spritzen.

Er hob den Blick und schaute in lauernde graue Augen. Augen, die ihn an Habichtsaugen erinnerten. Eine Gänsehaut rieselte ihm über Nacken und Rücken.

Wer war dieser Mann? Laurenz hatte ihn nie zuvor gesehen.

*

Fünf große Zuber fasste das herzogliche Badehaus. Dazu an jeder Längswand vier lange Reihen Holzbänke für das Dampfbad, terrassenförmig angeordnet. In der Mitte des großzügig gebauten Gewölbes: Krüge, Eimer und Kuhlen für die Waschungen und Güsse. Unter der Fensterseite die Liegen und Hocker, an denen der Bader seiner Heilkunst nachging, und die Regale mit den Gerätschaften, die er dafür brauchte: Schröpfgläser, Messer, Wundlöffel, Zahnzangen, Schüsseln und dergleichen.

Laurenz stand nicht der Sinn danach, heute noch zur Ader gelassen oder geschröpft zu werden. Ein Bad war ihm Wohltat genug. Er fühlte sich gesund; nicht einmal ein Zahn tat ihm weh. Dem gerechten Gott sei Dank! Und wenn er Wittenberg in drei Tagen wieder verließ, würde er sich »künftiger Bischof von Havelberg« nennen dürfen. War er nicht ein gesegneter Mann? Wahrhaftig, das war er!

Stimmengewirr und Gelächter hallten durch das Gewölbe. Im Zuber neben dem Portal zum Ruheraum sang ein Ritter ein Lied. Sein Waffenträger, ein hübscher Bursche, stand nur mit Hüfttuch bekleidet neben dem Zuber und zupfte die Laute. Von irgendwoher tönte ein »Bravo!«. Die gesamte Badegesellschaft schien bester Dinge zu sein. Dampfschwaden wogten über Zubern und Bänken, bunte Kacheln glänzten feucht im Fackelschein und einfallendem Sonnenlicht.

Der Vorhang zum Ruheraum bewegte sich. Ein Fremder schob ihn zur Seite, blickte sich um, fasste den Zuber ins Auge, in dem auch Laurenz lag. Der machte sich so lang er nur konnte. Schnurstracks nahm der dürre Fremde den Weg, den Laurenz befürchtet hatte. Er grüßte zum Zuber hinüber, in dem König, Herzog und Erzbischof badeten, ließ sein Lendentuch fallen und stieg zu Laurenz und seinen Badegenossen ins Wasser.

Laurenz ärgerte sich, machte sich noch länger und seine Beine noch steifer, grüßte jedoch mit ausgesuchter Freundlichkeit. Der Fremde, nicht besonders groß, war ganz und gar kahl geschoren, trug nicht einmal einen Bart. Er hatte ein knochiges, auffallend kantiges Gesicht mit großer, scharf geschnittener Nase. Doch erst an seinen Augen erkannte Laurenz ihn wieder: grau und habichtsartig traten sie ein wenig aus den Höhlen.

Der Mann in der schwarzen Kutte! Der Mann, der bei der Eucharistiefeier die Maus zertreten hatte!

Unwillkürlich rutschte Laurenz ein Stück von ihm weg. Ihm war nicht mehr wohl in seiner Haut. Er lächelte, wich dem Blick des Fremden aus, sah zum singenden Ritter hinüber, zum hübschen Lautenspieler, zum Vorhang vor dem Ruheraum.

Die Betten dort lagen hinter Vorhängen, wie man Laurenz erzählt hatte. Dass ein Vorhang im Portal auch den Ruheraum selbst vor neugierigen Blicken schützte, fand er überaus angenehm. Er beabsichtigte nämlich, im Laufe des Bades noch eines der Betten in Anspruch zu nehmen. Den Fremden behandelte er wie Luft.

Alle Zuber waren von ovalem Grundriss und boten Platz für jeweils sechs Badende. Über die Mitte der Längsseite lag ein Tafelbrett mit Weinbechern zwischen Tellern und Schüsseln voller Speisen: Früchte, Fleisch, Brot, Gebäck, Gemüse. Der Mundschenk des Herzogs selbst ging mit einem Krug von Zuber zu Zuber und schenkte Wein nach.

Zugleich mit dem Fremden beugte Laurenz sich nach vorn zum Tafelbrett. Einen Wimpernschlag lang belauerten sie sich Auge in Auge. Der Unbekannte griff sich ein Stück Spanferkel. Laurenz fiel der schwarze Stein am Finger seiner Linken auf. Das Wappen darauf konnte er nicht erkennen; zu schnell lehnte der andere sich wieder zurück.

Laurenz selbst wollte in den Teller mit dem Gebäck langen, doch die beiden letzten Zuckerstangen lagen über Kreuz. So nahm er sich lieber eine Traube Weinbeeren. Jede Art von Kreuzform, die ihm hier in Wittenberg begegnete, betrachtete er als gutes Omen für seine Bischofswahl. Sie zu berühren, womöglich zu zerstören, würde ihm ganz gewiss Unglück bringen.

Zu fünft hockten sie nun in Laurenz' Zuber. Zum Glück war es ihm gelungen, sich den Platz in der Mitte zu sichern, zwischen einer Hofdame und einem hübschen, jungen Ritter namens Kuno. Hier war der Zuber am breitesten, und niemand saß dem beleibten Domdekan von Magdeburg gegenüber, sodass er seine langen, nicht eben zierlichen Beine ausstrecken konnte, wie er wollte. Allerdings achtete er darauf, den Fremden nicht zu berühren.

Eine junge, strohblonde Magd goss heißes Wasser nach, wohlige Wärme umwogte Laurenz' Bauch, Hoden und Hintern. »Wunderbar, mein Kind, das machst du ganz wunderbar.« Er rutschte bis zum Hals in duftenden Schaum und dampfendes Wasser und stemmte seine Beine neben Norbert von Fulda gegen die andere Seite des Zubers.

Quer über Tafelbrett und Zuber hinweg scherzte Norbert mit dem schwarzhaarigen Kuno. Der hübsche flaumbärtige Ritter sprach einen schwer verständlichen Dialekt, und Norbert, ein frommer Benediktinerabt, lehrte ihn, die zehn Gebote auf Mittelhochdeutsch zu sprechen. Beide hatten ihren Spaß; die kichernde Hofdame sowieso.

Die Magd lächelte auf Laurenz herab und drückte den Krug an ihren kleinen Busen. Hübsches Kind, vierzehn Jahre alt höchstens. Der Anblick solch jungen Fleisches – gleich, ob Knabe oder Mädchen – vermochte Laurenz im Nu zu entflammen. »Danke, mein Kind.« Er seufzte behaglich. »Gott segne dich.« Die Magd entfernte sich, und der Dekan lauschte ihren klatschenden Schritten hinter sich.

Wahrhaftig: allein das zu hören – die lieblichen Schrittchen ihrer nackten Füßchen –, allein das schon erhitzte das Blut in seinen Lenden.

»Kaum zu fassen, dass Heiden sich derart paradiesische Wonnen ausdenken können«, tönte es von der anderen Seite des Tafelbrettes. Dort stopfte Norbert von Fulda sich inzwischen mit

Entenschlegeln voll und spülte das Fleisch mit Wein herunter. Morgen sollte er dem König für den Bischofsstuhl von Naumburg vorgeschlagen werden. »Habe ich nicht recht, mein lieber Bruder Laurenz?«

»Und wie recht Ihr habt.« Laurenz sah, wie der Habichtsäugige der Magd hinterhersah; wahrscheinlich wackelte sie wieder genauso anmutig mit ihrem süßen Popo wie vorhin, als sie zum Zuber gegenüber schritt, um dem Herzog Bernhard und dem König Philipp den Rücken zu schrubben. »Gönnen wir es den Heiden doch«, sagte Laurenz. »Die armen Seldschuken müssen dafür in der Hölle brennen, wenn ihr eitles Leben mit seinen eitlen Wonnen hinter ihnen liegt.«

»Eitles Leben, eitle Wonnen, ja, ja.« Norbert lachte. »Paradiesische Wonnen allerdings.« Norbert lachte lauter, hob seinen frisch gefüllten Kelch und prostete einem nach dem anderen zu. »Beinahe paradiesisch jedenfalls, will ich sagen.«

»Und wie schnell all das hinter einem liegen kann, nicht wahr?« Der Fremde hatte eine erstaunlich tiefe Stimme. Sie brachte das Wasser auf Laurenz' Haut zum Vibrieren. Sein Nackenhaar richtete sich auf. »Das Leben, die Wonnen, die Eitelkeit, alles.« Wie Laurenz und die anderen auch, griff er nach einem Kelch und trank.

»Danken wir Gott im Himmel für die Zeit, die wir auf Erden weilen dürfen«, säuselte die Hofdame links von Laurenz. Der nickte ihr lächelnd zu. Graue Strähnen zogen sich durch ihr Haar, und ihre Brüste welkten bereits. Wahrscheinlich war sie früher einmal schön gewesen.

»Und bitten wir ihn um Klugheit, diese Zeit sorgfältig zu nutzen«, sagte der Fremde leise.

Und der hübsche Ritter rechts von Laurenz rief in knödelndem Mittelhochdeutsch: »Ein Hoch auf Herzog Bernhard von Sachsen, der uns diese lustvollen Stunden in seinem Prachtbad geschenkt hat!« Norbert von Fulda lachte laut, doch alle hatten

Kuno wohl verstanden, denn überall in den Zubern griffen Männer und Frauen nach ihren Weinkelchen, prosteten einander zu und tranken auf den Herzog.

Philipp von Schwaben hielt Hof hier in Wittenberg. In der Burg von Herzog Bernhard, der ihn Anfang des Jahres mit einigen anderen Reichsfürsten zum König gewählt hatte. Leider hatten im Januar zu Aachen etliche Fürsten gefehlt; und leider hielt es auch der Papst noch mit deren Favoriten Otto.

Laurenz prostete hinüber zu seinem Erzbischof im Zuber des Königs und des Herzogs. Der Greis nickte nur, verzog keine Miene; er trank keinen Wein, den vertrug er nicht. Laurenz hatte diesem alten Bauernsohn geraten, entgegen der päpstlichen Politik dem Lager der Staufer die Treue zu halten und Philipp, den Sohn des Rotbarts, als König anzuerkennen. Der Dompropst von Magdeburg, auf Italienreise wie meist, hätte ihm zu Otto geraten. Innerlich klopfte Laurenz sich auf die Schulter. Und trank auf sein eigenes Wohl.

»Vom Fenster des Rittersaals aus sah ich Euch gestern an Land gehen, Hochwürden.« Die Hofdame rückte näher. »Wer war denn der edle Herr mit den blonden Locken, der mit Euch und dem Erzbischof im Schiff reiste?«

»Pirmin von Paris.« Das Mädchen tauchte vor dem Zuber auf, Wasser dampfte aus seinem Krug. »Ist seit neuestem Domscholaster von Magdeburg. Lehrt an der Domschule.«

»Der berühmte Pirmin von Paris?« Die Hofdame schlug die Hände zusammen und guckte ganz verzückt. »Der ist jetzt Lehrer an Eurer Domschule? Man hört nur Gutes über ihn. So gelehrt und fromm er sei, so schön sei er auch.«

»Schon möglich, edle Dame.« Die hübsche Magd goss wieder heißes Wasser nach, diesmal von der anderen Seite des Zubers. Wohlige Wärme hüllte Laurenz' Füße und Beine ein. Er lächelte ihr zu, und sie lächelte auf lieblichste Weise zurück.

Dieses Weizenhaar, diese leuchtenden blauen Augen, diese

niedliche Stupsnase, dieser schöne Kussmund! Höchste Zeit, dem Kind ein Zeichen zu geben. Natürlich musste es vor ihm in den Ruheraum gehen, das war er seinem Amt schuldig.

Der Fremde langte aus dem Schaum, packte den Arm der Weizenblonden und zog sie zu sich herunter in die Hocke. Er flüsterte ihr ins Ohr. Laurenz fiel das Lächeln aus dem Gesicht. Was, beim Heiligen Moritz, hatte das jetzt zu bedeuten?

»Wie großzügig er doch ist, unser geliebter Herzog Bernhard«, flötete ihm von links die Hofdame ins Ohr. »Dass er uns in sein neues Badehaus eingeladen hat!« Unter Wasser tastete sie nach seiner Hand. »Wie freundlich, nicht wahr, Hochwürden?«

Sie lächelte Laurenz ins Gesicht, und der lächelte zurück, ohne es recht zu merken. Er hörte auch kaum noch zu, denn der Fremde stieg aus dem Zuber, bückte sich nach seinem Tuch und schritt zum Portal vor dem Ruheraum. Laurenz blickte sich um. Wo steckte denn die hübsche Magd auf einmal?

»Schade, dass der edle Pirmin Euch nicht ins Badehaus begleitet hat. Hätt' ihn so gern kennengelernt.« Die Hofdame drückte ihren Schenkel gegen seinen. »Gehört Ihr denn auch zu denen, die der König morgen empfangen will, Hochwürden?« Zum ersten Mal zweifelte Laurenz, es mit einer Hofdame zu tun zu haben.

»Und ob er zu denen gehört!«, tönte Norbert von Fulda. »Und sein Erzbischof gehört zu den Klugen des Reiches, die König Philipp mit der Kaiserkrone auf dem Haupt sehen wollen.« Der Vorhang zum Ruheraum fiel hinter dem Fremden mit den Habichtsaugen zu.

»Ludolf von Kroppenstedt, der Erzbischof von Magdeburg, wird mich morgen dem König zur Wahl für den Bischofsstuhl von Havelberg vorschlagen.« Laurenz lächelte bescheiden; sein Blick suchte die junge Magd. Verschwunden, einfach verschwunden.

»Wie schön für Euch, Hochwürden!« Die Frau tat entzückt, legte ihre Hand auf seine Schulter. »Und wie schön für das Reich. Das braucht fromme und tapfere Bischöfe wie Euch. Vor allem östlich der Elbe, wo noch so viele Heiden ihr sündiges Unwesen treiben.«

»Sicher doch.« Unter Wasser drückte er ihre Hand und erhob sich.

»Noch gar nicht lange her, dass der Herzog dieses Badehaus eingeweiht hat.« Die Frau blicke zu ihm hoch, redete einfach weiter.

»Ich weiß, edle Dame.« Als hätte sie ihn angesprochen, ergriff wieder Norbert das Wort. »Es ist in morgenländischem Stil erbaut.« Laurenz stieg aus dem Zuber. Sein Blick streifte flüchtig den schwarzen Stein an Kunos Ringfinger. Er stutzte kurz, verhüllte seine Lenden, wandte sich ab. »Nach Plänen seines Oheims, wie man hört«, tönte Norbert. »Der ist dem Kaiser auf seinem Kreuzzug gefolgt und hat die heidnischen Badefreuden im Palast eines Sultans erlebt.«

Die Stimme Norberts blieb hinter Laurenz zurück. Er grüßte freundlichst nach allen Seiten, schaukelte an den Zubern vorbei dem Vorhang zum Ruheraum entgegen. Der König forderte den ritterlichen Sänger auf, ein Lied anzustimmen, das er Walther von der Vogelweide in Magdeburg hatte singen hören, unter der Fensterwand brüllte einer ganz viehisch, dem der Bader einen Zahn herausbrach, und im Schaum vor dem singenden Ritter glaubte Laurenz eine Kreuzform zu erkennen. Er trat in den Ruheraum.

Der Vorhang fiel hinter ihm vors Portal, Stimmen und Gesang dahinter klangen nur noch gedämpft. Laurenz schlich von Bett zu Bett. Vor dreien waren die Vorhänge vorgezogen. Er lauschte. Hinter den schweren, roten Samtstoffen kicherte, stöhnte und ächzte es.

Hinter einem am Ende des schmalen Raumes flüsterte eine Mädchenstimme. Die Magd! Er beugte sich näher an die Ritze zwischen Vorhang und Bettrahmen, sah Blondhaar und nackte Haut. Plötzlich zischte eine Männerstimme, und es klatschte wie von einem Schlag auf nackte Haut. Laurenz zuckte zurück.

Der Fremde mit dem Habichtsgesicht! Tiefes Bedauern erfüllte Laurenz: Die Schwarzkutte war ihm zuvorgekommen.

»Hier bin ich«, sagte eine Frauenstimme hinter ihm. Er fuhr herum – die Hofdame, nackt. Silbrige Locken glänzten in ihrem Schamhaar. »Kommt, Hochwürden.« Sie lief zu ihm, zog ihn mit sich und auf eines der beiden freien Betten. Laurenz wünschte, sie hätte ihn nicht gar so laut »Hochwürden« genannt.

Die Frau riss erst den Vorhang vor das Bett, und dann Laurenz das Hüfttuch vom Leib. Hatte sie seinen Händedruck missverstanden? Offenbar. Schon kniete sie vor ihm und schlang ihm die Arme um den Hals, küsste ihm Wangen und Mund, hauchte: »Nenn mich Maria.« Sie presste ihre Lippen auf seinen Mund, und sogleich drang ihre Zunge in ihn ein. Hatte sie es denn so eilig?

Kaum gelang es ihm, sich von ihrem Mund zu lösen. »›Johann‹.« So hieß er mit zweitem Namen. Sofort hing sie wieder an seinen Lippen. Er streichelte ihren Rücken und ihren Hintern. Der fühlte sich ein wenig schlaff an. Laurenz dachte an das Mädchen zwei Betten weiter. Die Enttäuschung brannte hinter seinem Brustbein. Maria griff ihm ins Gemächt – auch daselbst ging es noch eher schlaff zu.

Sie knetete und rieb. Laurenz beschwor den nackten Leib der weizenblonden Magd vor sein inneres Auge, und endlich schwoll es mächtiger in Marias Faust. Sie rieb ihren welken Busen an seiner Brust, zog ihn schließlich mit sich in die Decken hinunter.

Ein spitzer Schrei von einem anderen Bett ließ ihn zusammenfahren. Maria schien nichts gehört zu haben – sie zog seine Hand auf ihren Busen, stöhnte bereits. Und wieder ein Schrei. Maria klemmte die Beine um Laurenz' massige Taille. Die Magd! Kein Zweifel, das war ihre Stimme! Was trieb er da mit dem süßen Kind, der Kahlkopf mit den Habichtsaugen? Was tat er ihr an?

Maria streckte die Arme nach seinem Kopf aus, zog ihn zu sich herunter, rieb ihren Schoß an seinem endlich gerüsteten Liebesglied. Dann half sie ihm hinein. Laurenz ließ es geschehen, wollte es hinter sich bringen. Die Augen tapfer geschlossen, wackelte und rüttelte er und dachte an nichts anderes als an die hübsche Magd zwei Betten weiter. Ihren Leib stellte er sich vor, ihre Brüste, ihren Schoß, ihren Popo.

Die wilde Lüsternheit der Hofdame unter ihm überrumpelte ihn. Wie sie zappelte, wie sie sich aufbäumte, wie sie hechelte! Ihr lautes Benehmen verjagte ihm das Bild des hübschen Kindes. Er öffnete die Augen, sah welke Brüste, sah einen eckigen Mund, und als er die junge Magd erneut schreien hörte, ging gar nichts mehr. Er griff sein Tuch und rutschte zum Vorhang. »Es war mir eine Ehre, edle Maria.«

Kaum berührte seine Fußsohle die Fliesen, hörte er die Magd aufheulen. Dann das Geräusch eines zur Seite gerissenen Vorhangs. Laurenz hob den Blick: Da sprang es aus dem Bett des Fremden, das hübsche Kind. Schreiend lief es los, drückte Kleid und Mieder gegen die blutenden Brüste.

Laurenz traute seinen Augen nicht – die Lippen blutig, ein Auge zugeschwollen und tränennass rannte die Magd an ihm vorbei. Er sah ihr nach, sah Biss- und Kratzwunden auf ihrem nackten Hintern und ihrem Rücken. Sein Atem stockte, Schrecken lähmte ihn.

3

VERRAT

Sträucher, Stämme und Büsche flogen vorüber, Jungbuchen, Ginster, Birken, Holunder. »Rette uns, gütiger Gott!« Runja betete keuchend. Sie folgten dem Wildpfad, krochen durch Farnfelder, bückten sich unter Brombeerhecken hindurch, zerrissen sich Kleider und Haut.

Männerstimmen brüllten durch den Wald. Einer rief dem anderen zu, was er hörte, was er sah. Lauerten sie ihnen auf? Viel zu gefährlich, so schnell zu rennen, machte viel zu viel Lärm, bewegte viel zu viel Gestrüpp. Runja wusste es, doch was sollten sie tun? Zu drängend war die Angst, zu mächtig der Drang zu fliehen. Nur nicht den wilden Heiden in die Hände fallen! Nur nicht in diese grausamen Hände! »Rette uns, gütiger Gott!«

Sie erreichten den Bach, rannten am Ufer entlang, nahmen die Brücke, rannten weiter, immer weiter. Wieder und wieder blickte Runja sich nach Waldemar um. Das halbe Frühjahr hatte der Bruder mit Fieber in der Kammer gelegen, doch er hielt Schritt. »Dem Heiland sei Dank«, keuchte sie. Die Brücke blieb zurück.

Tiefhängende Eichenzweige peitschten Runja ins Gesicht. Sie setzte über einen Wurzelkrater voll lehmigen Wassers. Waldemar sprang hinter ihr her. Dann entlang des Stammes, eine entwurzelte Buche. Sie warf sich auf die Knie, auf den Bauch, zog ihren Bruder mit sich, kroch mit ihm unter den Stamm.

Da lagen sie nun im Moos, rangen nach Luft und versuchten, so geräuschlos wie möglich zu atmen. Erst einmal lauschen, erst einmal Orientierung gewinnen. Von nirgendwoher Gebrüll, schon eine ganze Weile nicht mehr. Hatten sie die wilden Wenden schon abgeschüttelt? Oder brüllten die grausamen Krieger nicht mehr, weil die Seeburg näher rückte? *Ganz ruhig, lieber Heiland, mach mich ganz ruhig.* Runja betete stumm. *Du wirst uns retten, nicht wahr? O gütiger Gott, wirst du uns retten?*

Eine Elster landete zwei Schritte entfernt zwischen den Blaubeersträuchern. Struppig, klein, mit seltsam schiefem Kopf. »Angelus!«, zischte Waldemar. »Das ist er, das ist Angelus!«

»Wieso ›er‹?« Runja flüsterte, verstand kaum die Hälfte. »Wieso ›Angelus‹?«

»Weil er ein Hahn ist. Und ein Engel. Wahrscheinlich. Heißt ›Engel‹ nicht ›Angelus‹ auf Lateinisch?«

Das war ihr gleichgültig, denn das Herz schlug ihr in Kehle und Schläfen. Die kleine Elster aber breitete ihre Schwingen aus, erhob sich über die entwurzelte Buche, stieg über die Wipfel. Vierzig Schritte weiter kreiste sie über einem lichten Waldstück, bevor sie auf der höchsten von drei Birken landete. Dort krähte und zeterte sie.

»Da verläuft der Fahrweg in die Burg«, flüsterte Runja. Sie schob sich unter dem Stamm hervor und spannte die Armbrust. Endlich kam sie dazu.

»Genau dort entlang dürfen wir nicht gehen.«

»Wieso nicht?« Runja lauschte. Es blieb dabei: keine Stimmen mehr, kein Rascheln, kein Splittern. »Das ist unser Weg. Tausend Schritte noch höchstens bis zur Burg.« Sie legte einen Bolzen in die Sehne, richtete sich auf den Knien auf. »Bleib geduckt, lass uns schleichen.«

Waldemar hielt sie fest. »Nicht dorthin, wo Angelus sitzt und schimpft.«

»Warum nicht?« Runja machte sich los, kroch auf den Knien durchs niedrige Buchengehölz.

»Dort lauert jemand«, flüsterte Waldemar hinter ihr. »Der Elsternhahn will uns warnen. Merkst du das nicht, dumme Gans?«

»Nicht frech werden, kleiner Furz.« Runja stand auf. »Komm

schon. Keine Elster auf der Welt warnt einen Menschen vor Feinden.« In gebückter Haltung schlich sie zwischen den größer werdenden Buchenbüschen dem Burgweg entgegen.

Auf einmal wieder Gebrüll, lauter und näher als zuvor – drei Männer brachen aus dem Gestrüpp bei den Birken am Wegrand. »Wir haben sie!« Wendische Krieger, struppig und bärtig, in Leder und Fell. Sie schwangen Äxte und Lanzen. »Hierher! Wir haben sie!« Und schon erhob sich wieder Rascheln und der Lärm brechender Äste ringsum im Wald. Die Elster flog davon.

Runja riss die Armbrust hoch, schoss, warf sich zwischen die Büsche, spannte die Waffe erneut. Jemand schrie wie unter großen Schmerzen. Hinter ihr sprang Waldemar aus der Deckung, jagte den wilden Kriegern einen Pfeil entgegen. Ein kurzer gellender Schrei, dann ein Fluch. An ihr vorbei und tief geduckt, rannte Waldemar ins Buschwerk. Runja folgte ihm, tastete nach einem Pfeilbolzen im Brustgurt.

Kurz blieb sie stehen, spähte zum Weg: Nur einer der drei Heiden stand noch auf den Beinen. Fluchend und die Lanze über die Schulter gestemmt, drehte er sich um sich selbst. »Hierher! Schnell!« Er schrie, er hatte Angst – Runja hörte es seiner Stimme an. Schrittlärm und Rufe näherten sich aus dem Wald, näherten sich beängstigend schnell.

Runja wartete, bis der Krieger ihr den Rücken zuwandte, dann löste sie den Abzugsbügel aus. Der Pfeilbolzen traf den Mann im Nacken. Niemand schoss so zielsicher wie die Tochter des Ritters Unger von Seeburg; niemand in der Burg, niemand in der gesamten Grafschaft Zvarin. Außer ihr Lehrmeister: der Vater.

Runja senkte die Armbrust. Sie hörte den Wenden stöhnen, sie hörte ihn röcheln, hörte ihn im Unterholz aufschlagen. Das Gewissen stach sie nicht im Geringsten: ein Heide, ein Mordbube, ein Wende. So einen durfte man von hinten erschießen.

Weiter. Sie hetzte Waldemar hinterher, achtete jetzt darauf, keinen Zweig zu zertreten, kein Geäst anzustoßen. Sie erreichten den

Burgweg, überquerten ihn, liefen in dichteren Wald. Runja überholte ihren Bruder, lief zielstrebig zum Fuchsbau, erspähte den Wildpfad zum Waldteich, bog in ihn ein. Sie kannte sich besser aus hier im Wald als Waldemar.

Der Pfad nahm kein Ende, wie zäher Morast stockte die Zeit, Runjas Beine wurden schwerer und schwerer. Am Teichufer endlich sah sie die beiden wuchtigen Rundtürme über die Wipfel ragen. Die Seeburg! Noch höchstens fünfhundert Schritte bis zum Tor!

Waldemar stolperte. Runja packte seinen Arm. »Halt durch!« Sie riss ihn hoch, riss ihn hinter sich her. »Weiter! Gleich haben wir's geschafft!«

Dann endlich der Waldrand, die Rodung vor der Wehrmauer, die ersten Gehöfte. »Wenden!«, schrien Runja und Waldemar wie aus einem Hals. »Rette sich, wer kann!«

Sie rannten über die Rodung, liefen dem Tor entgegen. Runjas Brust stach und brannte schon, kaum spürte sie noch ihre Füße, ihre Knie, ihre Schenkel. Und gütiger Gott – wie ihr Herz raste!

Die ersten Bauern sprangen aus Ställen und Obstgärten, ein paar Frauen und Kinder liefen bereits auf die Burgmauer zu, trieben Schweine vor sich her. Zwischen den Zinnen der Wehrmauer tauchten erste Helme und Lanzen auf. Runja winkte, hatte keinen Atem mehr für Geschrei. Am hohen Wuchs und der breiten Gestalt erkannte sie Helmold, den Vetter des Grafensohns.

»Die Heiden kommen über uns!« Waldemars Stimme überschlug sich. »Wenden im Wald! Öffnet das Tor!«

Zusammen mit ein paar Bäuerinnen, ihrer Kinderschar und ihrem Borstenvieh erreichten sie den Burggraben. Wie gut, das Rasseln und Quietschen der Zugbrücke zu hören. »Danke, lieber Heiland!« Runja bekreuzigte sich. »Gesegnet seist du, Heilige Jungfrau.«

Sie sprangen auf die Brücke, rannten durchs Tor. Im Burghof lief ihnen der Vater entgegen. »Wo kommt ihr her? Was ist geschehen?« Er öffnete die Arme; Runja stürzte hinein. Zuhause! Der Vater! Seine Stimme, seine Arme! Tief sog sie es in sich hinein, dieses Gefühl von Geborgenheit und Schutz. Des Vaters liebe Stimme! Des Vaters starke Arme! In ihrer Brust lösten sich Angst und Anspannung. Sie weinte.

»Wölfe«, stammelte sie unter Tränen. »Erst Wölfe, dann Wenden.« Sie klammerte sich an ihm fest. Wie gut, ihn zu spüren – den Starken, den Ritter, den Vater. »Sie wollten Waldemar töten, wollten mich fangen.« Der Vater hatte ihr Wendisch beigebracht, jedes Wort der Heiden hatte sie verstanden. »Sie haben das gräfliche Heer weggelockt von der Burg. Gleich stehen sie vor dem Tor.«

Der Vater rief Befehle, verlangte nach Bogenschützen, heißem Sand, heißem Öl und Feldsteinen. Seinen Waffenträger Wulf und einen alten Ritter namens Alwin schickte er mit zehn Bogenschützen an die Nordmauer. Der Vater befehligte die Burg während der Abwesenheit des Grafen; er, der Ritter und Burgmarschall Unger, war der erste Mann. Noch vor Heinrich, dem Grafensohn.

Dessen dürre Gestalt erschien jetzt über der Treppe zur Hauptburg. Wie der Vater trug er Kettenhemd und Harnisch und klemmte einen gehörnten Helm unter den Arm. Auf sein Langschwert gestützt nahm er Stufe um Stufe, hinkte schließlich über den Hof.

»Höre ich recht? Wenden?« Er hinkte zu Runja, berührte ihr Haar. »Sie haben dir doch nichts getan, mein Täubchen, mein Herz!« Runja schüttelte den Kopf. »Bleib in meiner Nähe, wenn der Kampf beginnt, ja, Täubchen? Ich werde dich beschützen.« Er stülpte den Helm über.

Runja wandte sich ab und lief zur Treppe. *Pass nur auf, dass du dir nicht den Schniedel abstichst mit deinem Riesenschwert, Ritterchen.* Sie spuckte aus. In ihrer Kammer schälte sie sich aus den nassen und zerrissenen Kleidern, zog ein Wildlederkleid über frische Wäsche.

Danach kletterte sie zum Vater auf die Wehrmauer. Von oben sah sie Waldemar mitten im Burghof. Halbwüchsige, Kinder und Frauen umringten ihn, bedrängten ihn mit Fragen. Auch die Mutter, die Tante, die jungen Vettern und die Basen entdeckte sie in der Schar.

Von allen Seiten rannten die Bogenschützen zu den Mauerstiegen. »Hoch mit euch, schnell!« Mehr als zwanzig Männer waren es nicht, die nun zur Mauer hinaufkletterten. Die meisten Schützen waren mit dem Grafen gegen die Wenden gezogen. Nur insgesamt fünfzig Krieger hatte Gunzelin zur Sicherung der Seeburg zurückgelassen.

»Du auch, Waldemar!«, rief der Vater. »Wo bleiben die Steinkörbe? Glüht der Sand schon? Stehen Öl und Wasser auf dem Feuer?«

Runja spannte ihre Armbrust, spähte zwischen den Zinnen hindurch. Die letzten Bauern rannten von den Gehöften herbei. Manche trugen Greise huckepack oder zogen Kranke, Lämmer und Gänse auf Leiterwagen hinter sich her.

Sie schaute nach rechts und in den Gesichtshelm des Vaters. Runja sah sein Gesicht nicht mehr, spürte dennoch, auf welche Weise er sie anblickte: voller Stolz und Zärtlichkeit. Sie schaute nach links: Waldemar und die gräflichen Schützen legten die ersten Pfeile in ihre Bögen. Dahinter, auf der Wehrmauer über dem Tor, befahl Helmold, die Zugbrücke hochzuziehen. Sein jüngster Bruder stand bei ihm.

Sein Vetter Heinrich, der Grafensohn, schaffte es trotz seines verletzten Beines auf die Wehrmauer, hockte sich nur wenige Schritte von Runja entfernt an einen Flaschenzug. Der quietschte und knarrte kurz darauf – der erste Korb mit den Feldsteinen schwebte herauf.

»Wirst du wohl die Zugbrücke unten lassen?« Der Vater blaffte zu Helmold hinüber, der das Tor befehligte.

»Siehst du nicht die Heiden?«, schrie der junge Helmold zurück. »Stürmen doch schon auf die Rodung!« Und er hatte recht: Einen wendischen Krieger nach dem anderen spuckte der Wald aus.

»Die Brücke bleibt unten, bis ich's sage, du Hundsfott!« Der Vater wurde laut. »Bis auch der letzte lahme Bauer in der Burg ist!« Alle auf der Wehrmauer zogen die Köpfe ein, alle außer Helmold. Doch er gehorchte; die Brücke senkte sich wieder über den Graben.

Runja bekreuzigte sich, legte die Armbrust zwischen zwei Zinnen, zielte und wartete ab. Die Sturmspitze der heidnischen Angreifer erreichte eben das erste Gehöft. Schräg unter ihr hetzten die Bauernfamilien über die Brücke und in den Burghof.

»Gebt allen Lanzen und Keulen, die sie halten können!«, rief der Vater in den Hof hinunter. »Herauf zur Mauer, wer Steine stemmen kann! Die anderen zu den Kesseln!«

Frauen und Halbwüchsige schleppten bereits Eimer mit dampfendem Wasser aus der Burgküche zu den Flaschenzügen und Mauerstiegen. Im Burghof entzündeten alte Männer Holzstöße unter Kesseln. Mädchen und Jungen leerten Wasser in die einen, Rapsöl, Sand oder Schlachtfett in die anderen.

Die letzten Bauersleute zogen Handkarren mit Kleinkindern, Siechen und Kranken über den Burggraben und durchs Tor, sanken erschöpft im Burghof nieder. »Hoch mit der Brücke!«, befahl der Vater. Rasseln und Knarren setzten ein, die Zugbrücke hob sich, das Torgitter fiel ratternd, schlug lärmend auf der Torschwelle auf.

Kaum dreihundert Schritte trennten die ersten Angreifer noch von der Mauer. Dreißig wendische Krieger zählte Runja; ein massiger, graubärtiger Hüne führte sie an. Weitere fünfzig folgten, und immer noch stürmten einzelne Männer und kleine Rotten aus dem Wald.

Runja nahm einen Lanzenträger ins Visier und schoss den Pfeilbolzen ab – der Krieger stürzte ins Gras, überschlug sich, griff sich an den Hals. Runja duckte sich, lehnte mit dem Rücken gegen die Mauer, spannte ihre Waffe aufs Neue.

Ihre kunstvoll gearbeitete Armbrust – halb aus Eibenholz, halb aus Hirschhorn – stammte aus der Werkstatt eines morgenländischen Meisters. Runjas Vater hatte sie einem maurischen Krieger abgenommen, den er im Zweikampf getötet hatte. Sie war zierlicher und leichter als die Armbrüste, die man von den Normannen oder aus dem Frankenreich kannte. Dennoch schoss sie weiter als die Kriegsbögen der sächsischen Ritter oder der wendischen Krieger.

Runja schob sich an der Mauer hoch, legte ihre Armbrust zwischen die Zinnen und zielte und schoss. Und wieder brach ein Angreifer getroffen zusammen. Grimmige Freude erfüllte sie. Hinunter auf die Planken des Wehrganges und den nächsten Bolzen in die Armbrust gespannt!

Als sie den Kopf wieder hoch zu den Zinnen hob, erschrak sie: Auf dem Burgweg rollten Fuhrwerke der Seeburg entgegen, beladen mit Rammböcken und Sturmleitern. Zwei Gespanne zogen Katapulte. Auch von Norden her schafften die Heiden Gerätschaft heran.

»Heißes Wasser an die Pechnasen!«, schrie Heinrich, der Grafensohn. Statt Körbe mit Feldsteinen schob er jetzt Eimer, aus denen Dampf quoll, auf den Wehrgang. Die Bogenschützen traten vor die Zinnen, der erste Pfeilhagel ging auf die Angreifer nieder.

»Schafft glühenden Sand auf die Mauern!«, verlangte der Vater. »Wo bleibt das Öl?!« Und dann hörte Runja ihn fluchen. »Willst du wohl auf deinem Posten bleiben, du Hundsfott!«

Runja spähte zum Tor, während sie die Armbrust wieder spannte. Helmold kletterte von der Tormauer in den Hof hinunter; sein kleiner Bruder Walter und eine Handvoll Krieger folgten ihm. »Jemand muss die hintere Mauer befehligen!«, rief Heinrichs Vetter im Laufen. »Dort hat's schon Tote gegeben!«

»Und warum weiß ich nichts davon? Du tust, was ich sage!« Doch Helmold hörte nicht, stürmte schon am Südturm vorbei. »Stinkender Hundsarsch, du!«, fluchte der Vater.

Runja schoss. Daneben diesmal. Schade. Gut drei Dutzend Wenden hatten den ersten Pfeilhagel überstanden, suchten vor dem zweiten hinter den Fuhrwerken Deckung. Runja spuckte aus, duckte sich hinter die Mauer, tastete nach dem nächsten Pfeilbolzen.

Ein Blick auf den Vater: Wie wild er gestikulierte, wie durchdringend seine Befehle über die Wehrmauer hallten, wie schnell er auf jede Veränderung draußen vor der Wehrmauer reagierte! Runja bewunderte ihn. Seine Nähe flößte ihr Siegesgewissheit ein. Vom Flaschenzug aus winkte ihr Heinrich zu. Sie tat, als merkte sie es nicht, spannte den Bolzen in die Sehne.

Nicht weit von ihr schoss Waldemar Pfeil um Pfeil auf die Angreifer. Sie beobachtete ihn: den Pfeil in die Sehne legen, den Bogen spannen, die Sehne loslassen, hinter die Schulter greifen, den nächsten Pfeil aus dem Köcher reißen und in die Sehne legen – eine einzige Bewegung war das; und wie anmutig das aussah!

Ihre Blicke trafen sich. Sie nickten einander zu, lächelten flüchtig, kämpften weiter. Runja sprang auf, legte die Armbrust an, schoss. Und traf. Doch schon zerrten die Wenden unten vor dem Burggraben die Leitern von den Fuhrwerken. Eine kleine Heidenrotte brachte den Katapult in Stellung. Runja spannte die Armbrust, ohne in Deckung zu gehen, schoss auf einen der Krieger beim Katapult. Und traf.

»Wir werden sie zertreten wie Würmer, mein Täubchen!« Von links hörte sie Heinrich rufen. Kein Wort wollte sie verstehen. Aus den Augenwinkeln beobachtete sie, wie er sich hochstemmte und vom Flaschenzug zu den Zinnen hinkte. Dort höhnte und fluchte er zu den Heiden hinunter. Plötzlich riss er die Arme hoch, taumelte rückwärts gegen den Flaschenzug, fiel seitwärts auf Wehrgang und Stiege und stürzte in den Hof hinunter.

Runja hörte ihn aufschlagen. Sie stieß sich von der Mauer ab, beugte sich über den Wehrgang, sah hinunter: Da lag er, der Grafensohn, und ein Pfeil ragte aus seiner rechten Augenhöhle. Kinder und Frauen umringten ihn und bekreuzigten sich.

Es würde keine Hochzeit geben an Erntedank, doch nicht die Spur von Freude regte sich in Runjas Brust, nicht einmal Erleichterung. All ihre Gebete reuten sie. Der Grafensohn tat ihr leid, sein Tod erschreckte sie. Ein böses Omen? Jetzt schlug auch sie das Kreuz.

Zurück an der Wehrmauer schoss sie den nächsten Pfeilbolzen ab. Und traf. Die erste Sturmleiter knallte gegen die Mauer. Der hünenhafte Anführer der Sturmrotte brüllte Befehle. Eine zerschlagene Nase ragte aus seinem grauen Bartgestrüpp, ein roter Stierkopf zierte seinen Rundschild. Runja zielte auf ihn und verfehlte.

»Rubina …!« Der Ruf des Vaters erstarb in Röcheln. Runja fuhr herum – drei Schritte weiter klammerte er sich an der Zinne fest, die Augenschlitze seines gehörnten Helms waren auf sie gerichtet. »Her zu mir, Runja«, tönte es dumpf hinter der starren Helmmaske. In seinem Rückenharnisch steckte eine Lanze.

Sie lief zu ihm, war zugleich mit Waldemar bei ihm. »Verrat.« Der Vater sackte in die Knie, lehnte seitlich gegen die Mauer, schob sein Visier hoch, blinzelte hinunter in den Burghof. »Verfluchter Verräter …« Waldemar streckte hilflos die Hände nach der Lanze in seinem Rücken aus, wagte nicht, sie zu berühren.

Runjas Blick flog dorthin, wo der des Vaters hinging: zu Helmold, dem Neffen des Grafen. Zwischen einem wendischen Krieger und seinem jungen Bruder stand er im Burghof, klappte das Visier hoch, spähte zur Wehrmauer hinauf. »Satansbraten, verfluchter!« Der Vater ging in die Knie. »Für immer und ewig sollst du in der Hölle schmoren.«

Seine Stimme wurde schwächer und schwächer. Runja schlang die Arme um ihn, suchte nach Worten. Doch die steckten ihr in der Kehle fest, und das Atmen wurde ihr schwer, als sie in den Hof hinunterschaute. Überall Wenden, Dutzende, Hunderte.

Überall schlugen sie auf Frauen, Halbwüchsige, Alte und Kinder ein: auf der Freitreppe, an der Luke zum Südturm, unten vor dem Tor. Von der Wehrmauer schütteten die noch unverletzten Burgbewohner Wasser und glühenden Sand auf die Heiden, warfen tapfer mit Feldsteinen und Lanzen nach ihnen. Doch würde es nützen?

Der Wende neben Helmold lachte und rief Befehle. An der kehligen Stimme erkannte ihn Runja: der bullige Krieger aus dem Wald. Ein langer schwarzer Schnurrbart bog sich über seine kantigen Kiefer, ein großer goldener Ring hing in seinem linken Ohr. Vom Hinterkopf seines fast gänzlich kahl geschorenen Schädels hing ein geflochtener Zopf, lang und schwarz und dick.

Er deutete zur Wehrmauer herauf. »Ich habe Unger, den Burgmarschall des Grafen erwischt!«, schrie er. »Werft ihn über die Mauer in den Graben! Und bringt mir meine Lanze zurück! Schlagt auch Ungers Sohn endlich tot! Und greift seine Tochter, die Rote!«

»Die gehört mir!«, tönte dumpf der Bass des Ritters neben ihm. »Die Tochter des Burgmarschalls gehört allein Helmold, dem Neffen des Grafen Gunzelin!« Sein Bruder Walter neben ihm feixte spöttisch. Runja lauerte zu den dreien hinunter. Ein Zittern ging durch ihre Glieder, ein Brennen loderte hinter ihrem Brustbein auf. Hass.

Eine Hand griff in ihr Haar, zog ihre Stirn an ein kaltschweißiges Gesicht. Sie blickte in die feuchten Augen des Vaters. Auch Waldemar hielt er fest, drückte ihre Schädel aneinander. »Es ist vorbei.« Er stöhnte, sein Atem rasselte. »Ich sterbe …«

»Nein, Vater!« Waldemar heulte auf, klammerte sich an den Vater. »Du darfst nicht sterben! Lass uns nicht allein!« Er küsste ihn.

»Hör auf!«, zischte der Todgeweihte. »Sei ein Mann und hör zu: Ich sterbe, und ihr sollt leben.« Waldemar heulte, Runja blieb stumm, sah dem Vater in die blauen, nassen Augen. »Zum Nordturm«, flüsterte er. »Im Kerker eine Falltür, darunter ein Gang. Führt in den Wald hinein. Eure Mutter kennt ihn. Geht. Gott segne euch.« Er küsste Runja, dann Waldemar, dann wieder Runja.

»Nein, Vater, nein!« Waldemar schrie. »Bis in den Tod bleib ich an deiner Seite!«

»Sei kein Narr!« Der Vater stieß ihn nordwärts in den Wehrgang. »Gottes Wille geschehe.« Er riss Runja zu sich. »Achte auf deinen Bruder!« Er küsste sie auf die Lippen. »Ich glaub' an dich. Geh.«

»Ich liebe dich, mein Vater.« Runja sprang auf. »Im Paradies sehen wir uns wieder.« Sie packte den heulenden Waldemar, stieß ihn vor sich her. Im Burghof kaum noch ein Krieger des Grafen, der sich wehrte. Die ersten Wenden erklommen bereits die Stiegen zur Wehrmauer, vor dem Tor machten sie die letzten Wächter nieder.

Waldemar bückte sich nach der Lanze eines toten Kriegers. »Satansbraten, verfluchter!« Er schleuderte sie in den Hof hinunter, verfehlte Helmold knapp. »Für immer und ewig sollst du in der Hölle schmoren!« Der Wende mit dem Ohrring riss dem Verräter die Lanze aus der Hand, holte aus.

Hass und Schmerz schnürten Runja die Kehle zu. Sie schoss einen Pfeilbolzen auf den bulligen Wenden, verfehlte ihn. Wenigstens musste er sich zu Boden werfen, sodass ihm die Lanze entglitt und er den jungen Walter mit sich riss.

»Zum Nordturm!« Sie stieß ihren heulenden Bruder vor sich her. »Zum Nordturm, sag ich! Lauf!«

4

ABSTURZ

Laurenz gähnte; eine schlaflose Nacht lag hinter ihm: Das arme Mädchen wollte ihm nicht aus dem Sinn. Und der Kahlkopf mit den Habichtsaugen sowieso nicht. Sebastian, sein Diener und Sekretär, polierte die große Kupferplatte an der Wand.

Laurenz fragte sich, ob er die unzüchtige Gewalttat der Schwarzkutte nicht dem Herzog melden sollte; oder wenigstens dem Richter von Wittenberg. Doch dann müsste er, der Domdekan von Magdeburg und künftige Bischof von Havelberg, dann würde er erklären müssen, woher er von dieser abscheulichen Unzucht wusste.

Von Zeit zu Zeit hauchte Sebastian die Kupferplatte an oder spuckte darauf. Er wienerte das rötliche Oval so lange mit einem Handtuch, bis Laurenz sein Spiegelbild darin erkennen konnte.

Der Domdekan hatte ein graues Gewand aus schlichter Wolle angelegt. Bloß nicht eitel erscheinen! Bloß nicht hervorstechen neben dem Erzbischof und dem ärmlich gekleideten Abt von Sankt Moritz. Er langte nach der Goldmünze unter dem Kissen, seinem Mariendenar.

Sebastian, ein kleiner, rundlicher Halbwüchsiger, trat zur Seite und wies auf das Kupfer. »Euer Auftritt, Hochwürden.« Wie meist strahlte er über das ganze mondförmige Kindergesicht. Diesmal hatte er allen Grund dazu: Klar wie Glas glänzte das lange Kupferoval.

Laurenz betrachtete sein Spiegelbild. Er trat zwei Schritte zurück, um auch seine Stiefel und den Saum seines Gewandes erkennen zu können. Er drehte sich nach links und rechts, prüfte den Kragen und die Lage der Falten. Schließlich beugte er sich nahe an das Kupfer heran. »Mein frommer Hut.« Er streckte die Rechte aus.

Sebastian bürstete Haare, Stoffflusen und Staub vom Birett des Dekans, bevor er es endlich seinem Herrn reichte. Auf sein farbenfrohes Gewand hatte Laurenz heute verzichtet, doch sein violettes Samtbirett gestattete er sich. Als Domherr stand ihm das zu.

Laurenz steckte seinen Glücksbringer, den goldenen Mariendenar, in die Tasche seines Gewandes. Vor der spiegelnden Kupferplatte zog er die vierzipflige Kopfbedeckung über seine vollen grauen Locken. Er kniff die Augen zu Schlitzen zusammen, um sich besser erkennen zu können. Nein, man sah ihm die schlaflose Nacht nicht an. Er wandte den Kopf hin und her, strich sich über die frisch gestutzten Bartlocken, zwirbelte die Spitzen seines Schnurrbarts. War er nicht ein stattlicher Bischofskandidat? Weiß Gott, das war er!

Er drehte sich zu Sebastian um, wollte es noch aus dem Mund eines anderen hören. »Nun?«

»Wunderbar seht Ihr aus, Hochwürden!« Sebastian klatschte in die fleischigen Händchen. Er war dunkelblond und hatte große braune Augen. »So stellt man sich einen frommen Mann vor, einen künftigen Bischof, einen Erzbischof gar!«

»Immer eines nach dem anderen, Knabe.« Laurenz wandte sich zur Tür. »Begleite mich zur Marien-Kirche.«

»Aber das Frühstück, Hochwürden!« Sebastian fasste sich an den Bauch, der sich allzu deutlich unter dem Leinen seiner Weste wölbte. »Ihr müsst doch etwas zu Euch nehmen. Nicht, dass Euch plötzlich der Magen knurrt, wenn Ihr vor dem römisch-deutschen König steht.« Die Vorstellung schien ihm zu gefallen, denn er kicherte.

»Was gibt es da zu lachen?« Laurenz schlug ihm sanft auf die Wange. »Keine Sorge, du kommst schon noch zu deiner Morgensuppe.« Er griff nach der Klinke. »Erst einmal jedoch geleitest du mich zum Portal von Sankt Marien. Und unterwegs hörst du dir meinen Auftrag an, den du bis zum Mittagsgebet zu erledigen hast.«

Seite an Seite verließen sie die Schlafkammer des Domdekans und den Gästetrakt der herzoglichen Burg. Laurenz' Diener und Sekretär achtete darauf, ihm vor jeder Tür vorauszueilen, um sie ihm öffnen zu können.

Sebastian von Meißen studierte an der Domschule zu Magdeburg und war Chorknabe des Domkapitels. Der Sechzehnjährige galt als gelehriger Schüler und hatte auch nach dem Stimmbruch noch eine schöne Stimme. Vor allem aber verehrte und liebte er seinen Domdekan bedingungslos. Allein deswegen hatte Laurenz ihn zu seinem Diener und Sekretär erwählt.

»Domkapitel« hieß die Gemeinschaft der Domherren, die eine Kathedrale regierten, in ihr als Seelsorger dienten und deren Bischof berieten. Am Erzstift Magdeburg gehörten dem Kapitel anno domini 1205 etwa zwanzig Domherren an. Weil der Dompropst Abrecht von Käfernburg Italien bereiste, leitete Laurenz das Domkapitel.

»Ich bin gespannt, Hochwürden«, sagte Sebastian, als sie den Burghof überquerten. Die Morgensonne flimmerte schon eine Handbreite über dem Horizont.

»Gespannt? Worauf, Bursche?« Laurenz verstand genau, legte sich aber noch die Worte zurecht. Immerhin ging es um die Magd des Baders, das arme Mädchen. Sebastian war heikel in diesen Dingen.

Ein Chorknabe ging den Domherren in vielfacher Weise zur Hand, vor allem bei den täglichen Lesungen und Gesängen. Chorknaben waren Anwärter auf einen künftigen Sitz im Domkapitel. Einen solchen Sitz hatte Sebastians Vater, der Markgraf von Meißen, ins Auge gefasst, als er seinem Sohn mit einer großzügigen Spende Ackerlandes die Tür in die Domschule aufstieß.

»Auf den Auftrag, den ich für Euch erledigen darf, Hochwürden.«

»Gedulde dich gefälligst.« Sie grüßten die Turmwächter, durchquerten das offene Burgtor, nahmen den Fußweg, der sich von der Burg in die Stadt und zur Kirche hinunterschlängelte. Die ganze Nacht hatten Laurenz' Gedanken um das arme Kind gekreist.

Auf dem Kirchplatz blieb er stehen. »Hör gut zu. Du gehst jetzt zurück in die Burgküche und lässt dir deine Suppe ausschöpfen.« Sebastian nickte. »Danach gehst du ins Badehaus. Dort arbeitet ein blondes Mädchen, etwas jünger als du. Du erkennst es am zerschlagenen Gesicht.« Sebastian nickte eifrig. »Wenn du die junge Magd nicht gleich findest, frag den Bader nach ihr.«

»Werde ich tun, Hochwürden.« Sebastian nickte eifriger und strahlte. »Das alles werde ich gehorsam erledigen. Und dann?«

»Wenn du sie gefunden hast, sag ihr, dass ich von ihrem Unglück erfahren habe.« Laurenz blickte sich um, zog seinen Diener näher zu sich und senkte die Stimme. »Sag ihr, dass mich ihr Unglück erbarmt und dass ich sie aus Erbarmen entschädigen will. Mit zehn Silberpfennigen und einem Geschenk.« Sebastian nickte nicht mehr ganz so eifrig. »Sie soll in mein Gästegemach kommen. Heute Abend, nach Anbruch der Dunkelheit.«

Sebastian starrte ihn an, strahlte nicht, nickte nicht, schluckte nur.

Laurenz schlug ihm auf die Wange. »Ist das so schwierig zu begreifen, Bursche?«

»Nein, Herr, gewiss nicht.« Sebastian wich seinem Blick aus.

Laurenz schlug ihm auf die andere Wange. »Dann los. Fort mit dir!« Er deutete auf das Kirchenportal. »Und zum Mittagsgebet bist du im Chor und berichtest mir.« Sebastian eilte zurück zum Burgberg.

Eifersucht. Laurenz sah ihm nach. Die pure Eifersucht. Sebastian liebte ihn mehr, als die frommen Sitten es vorsahen, ja gestatteten. Laurenz hatte nichts dagegen. Er stieg die Treppe zum Kirchenportal hinauf, schritt durch das Seitenschiff zum Chor.

Natürlich hatte er Mitleid mit dem schönen Kind. Er seufzte

und achtete darauf, nicht auf die Stellen zu treten, wo die Fliesen mit den Ecken zusammenstießen. Was musste es sich auch mit diesem sündhaften Lüstling einlassen! Er schnalzte tadelnd mit der Zunge. Mitleid, jawohl, tiefes Mitleid. Sollte etwa fleischliches Verlangen ihn bewegen, das arme Mädchen mit einem Geschenk zu trösten? Niemals! Ihn, den Domdekan von Magdeburg und künftigen Bischof von Havelberg? Ein wenig vielleicht. Er bekreuzigte sich.

Laurenz verkroch sich ins Chorgestühl. Frühstück? Er war viel zu aufgeregt, um auch nur einen Bissen herunterzubekommen. Außerdem regte sich seit der Schifffahrt wieder sein altes Leiden: Magenbrennen. So verbrachte er die Morgenstunden betend im Chorgestühl von Sankt Marien.

Betend und grübelnd. Wieder und wieder irrten seine Gedanken zurück zum gestrigen Tag, zum Mäusetreter und dem armen Mädchen. Flogen voraus zum König und in die Abenddämmerung, wenn das hübsche Kind vor seiner Tür stehen und sein Geschenk begehren würde. Flogen noch weiter voraus bis zum Bischofsstuhl von Havelberg. Und noch weiter voraus bis zum Erzbistum an der Ostsee, das ihm vorschwebte. Und dann wieder zurück zum Habichtsauge.

Zwei Stunden vor dem Mittagsgebet holten der Erzbischof und der Abt von Sankt Moritz ihn ab und begleiteten ihn zum König.

*

»Eine reine Formsache«, murmelte der Erzbischof Ludolf, während sie auf das zweiflüglige Portal zugingen, hinter dem Herzog Bernhard seine Lehensmänner zu empfangen pflegte. »Ein römisch-deutscher König hat das Recht, einen designierten Bischof vor der Wahl kennenzulernen. Wählen darf er nicht, dafür nach der Wahl seinen Konsens erklären. Das ist Reichsrecht und gut so. Reine Formsache.«

»Ich weiß«, antwortete Laurenz. »Der Allmächtige wird Philipps Gedanken nach seinem gnädigen Vorsatz lenken. Ich vertraue Gott und fürchte mich nicht.« Der Abt schwieg die ganze Zeit. Laurenz fand das unhöflich. Er rieb das Goldstück in seiner Tasche.

»König Philipp weiß ja, wie tapfer Ihr Euch gegen Ottos Kriegsvolk geschlagen habt, Laurenz.« Ludolf hinkte und stützte sich auf seinen Bischofsstab. »Der Feind seines Feindes ist sein Freund – so geht das zu in der Welt. Doch in diesem Fall hilft es einem guten Mann auf den Bischofsstuhl.« Er klang überzeugt. Das beruhigte Laurenz.

Die Türwächter öffneten ihnen die Portalflügel, der herzogliche Hofmarschall nahm sie in Empfang. Er geleitete sie vor die Thronsessel des Königs und des Herzogs, nannte ihren Namen und ihr Amt. Dann das übliche: Verbeugungen, Ehrenbezeugungen, Segensgrüße, Küsse auf den Ring des Erzbischofs. Neben den Thronsesseln standen Ministeriale mit Wachstafeln und Federkielen sowie der Kanzler, der Hofmarschall und der päpstliche Gesandte.

Aus dem Augenwinkel überblickte Laurenz die Reihe der festlich gekleideten Würdenträger, die rechts und links an den Wänden auf hohen Lehnstühlen saßen. Unter ihnen, ganz in Schwarz, Norbert von Fulda. Der lächelte ihm zu, hatte es hinter sich.

Mit dürren Worten bedankte sich der alte Ludolf beim König für den Empfang. Er erklärte, dass in seinem Erzbistum zwei Bistümer zu verwaisen drohten, weil die amtierenden Bischöfe sterbenskrank oder siech waren. »Ihr wisst selbst, wie wichtig gut geführte Bistümer im Gebiet der Wenden sind, Eure Königliche Hoheit.«

Laurenz hätte das alles ein wenig blumiger dargelegt, doch so war er nun einmal, der alte Bauernsohn Ludolf: knapp, schnörkellos und ein wenig schroff.

»Das Bistum Naumburg beabsichtigen wir, mit dem Abt Norbert von Fulda zu besetzen«, fuhr der Erzbischof fort. »Den habe ich Euch bereits vorgestellt, Königliche Hoheit. Auf den Bischofsstuhl von Havelberg nun wollen wir diesen frommen Mann hier wählen.« Ludolf wies auf Laurenz. »Laurenz von Magdeburg, Domdekan und Leiter des Domkapitels daselbst, und Uns in allen Fragen der Lenkung Unseres Erzbistums ein weiser und unersetzlicher Berater.«

Ludolf schilderte ein paar Erfolge Laurenz' im Erzstift und in Magdeburg, nannte eine Reihe Vorzüge, die er an ihm schätzte, und vergaß auch nicht seine Erfahrung als Kriegsherr im Kampf gegen Otto, den Welfen, zu erwähnen.

Der König, ein junger blonder Mann von siebenundzwanzig Jahren, hörte aufmerksam zu, nickte hin und wieder und musterte Laurenz mit unverhohlener Neugier. Der fragte sich die ganze Zeit, ob er das Lächeln um Philipps bärtigen Mund für einen Ausdruck leisen Spottes oder freundlicher Bewunderung halten sollte. Irgendwann entschied er sich für Letzteres.

»Wir schätzen uns glücklich, einen Mann kennenzulernen, der im Ostelbland die Missionierung der Wenden vorantreiben will«, ergriff Philipp das Wort. »Die deutschen Siedler dort leiden arg unter den Heiden. Von Eurem Erzbischof spricht man im Reich als einem Mann, der sein Wort hält, zu seinen Entscheidungen steht und auf dessen Treue man zählen kann. Das durften durch Gottes Gnade auch Wir erleben, und da er Euch zur Wahl vorschlägt, Laurenz, und Ihr durch tapfere Kriegstaten längst bewiesen habt, auf wessen Seite Ihr steht, sehen Wir keinen Grund, Ludolfs Vorschlag in Zweifel zu ziehen. Danke, dass Ihr die mühsame Reise auf Euch genommen habt. Gott segne Eure Wahl im Sommer und Euren Amtsantritt im nächsten Jahr.«

Laurenz verneigte sich. Seine Brust barst ihm schier vor Stolz und Freude. Als er den demütig lächelnden Blick wieder hob, sah er den päpstlichen Gesandten neben dem Thron des jungen Königs stehen und ihm ins Ohr raunen.

»Allerdings, ehrwürdiger Laurenz, hätten wir da noch eine Frage zu klären.« Philipp zog die blonden Brauen hoch, seine Miene wurde ernst, und er räusperte sich. »Der ehrwürdige Kardinal Rudolf, Gesandter des Heiligen Vaters in Rom, fragt uns, wo Ihr wohl Euren Scholaster gelassen habt, Pirmin von Paris.«

Laurenz traute seinen Ohren kaum. »Unseren Scholaster?« Weil ihm der Atem stockte, wollte Laurenz keine kluge Antwort einfallen. »Eure Hoheit, gnädigster König, ich …« Er begann zu stammeln.

»Wir werden uns beeilen, Pirmin von Paris zu Euch zu bringen, Königliche Hoheit.« Der Erzbischof kam ihm zu Hilfe. »Ihr sollt den gelehrten Mann kennenlernen, gewiss doch. Heute allerdings schien es uns wichtig, Euch den Diener Gottes vorzustellen, den wir zum Bischof von Havelberg zu wählen gewillt sind.«

»Gewiss, Hochwürden Ludolf, gewiss.« Der König rieb sich das blondbärtige Kinn, sein unsteter Blick flog zwischen dem Erzbischof und dem päpstlichen Gesandten hin und her. »Doch aus Rom hören wir, wie sehr der Heilige Vater Pirmin schätzt. In Bologna haben sie zusammen studiert, wie Ihr vielleicht wisst …« Der päpstliche Gesandte unterbrach ihn, raunte ihm erneut ins Ohr. »Und in Paris«, fuhr der König fort, »ist der Heilige Vater Pirmins Lehrer gewesen, wie wir gerade erfahren. Wo findet man Euern Scholaster denn?«

Der Hofmarschall trat vor. »Der hochwürdige Pirmin hat sich bei Sonnenaufgang zum Studium in die Burgbibliothek zurückgezogen.«

»Nun, dort wollen wir ihn selbstverständlich nicht stören.« Dem König war die unverhoffte Störung des Protokolls sichtbar peinlich. »Doch noch vor dem abendlichen Festmahl wollen wir ihn sehen und sprechen. Richtet ihm unsere Grüße aus, Hochwürden.«

Der Erzbischof schwieg, deutete lediglich eine Verbeugung an. Offenbar fiel auch ihm nichts mehr ein. »Wie Ihr sicher verstehen werdet, Hochwürden, wollen wir die Wünsche des Heiligen Vaters sorgfältig prüfen.« Der König lächelte bedauernd. »Als sein ergebener Diener sind wir überzeugt, ihm das schuldig zu sein.«

Ein Raunen ging durch die Menge der Anwesenden. Laurenz spürte, wie ihm das Blut ins Gesicht stieg. Er wünschte, der Boden unter ihm würde sich auftun und ihn verschlingen. Lächelnd verneigte er sich und floh an der Seite seines Erzbischofs und des Abtes aus dem Versammlungssaal.

*

Er hielt sich an der Holzbrüstung fest, das Chorgestühl schien zu schwanken. Das Angelusgebet rauschte an ihm vorbei. Er bewegte nur die Lippen, starrte die ganze Zeit das dunkle Holz zwischen seinen Fäusten an. Seine Fingerknöchel waren bleich.

Irgendwann vernahm er gedämpfte Stimmen und das Scharren vieler Sohlen: Die anderen verließen längst den Chorraum, das Glockengeläut war verklungen. Laurenz merkte es nicht. Er hatte nicht einmal gemerkt, wie er sich hingesetzt hatte. Krank fühlte er sich, fiebrig und nahezu gelähmt. In der Tasche seines Gewandes schloss seine Faust sich um den Mariendenar.

Jemand rutschte an seine Seite, beugte sich an sein Ohr. »Sie liegt im Burgverlies.«

»Was?« Laurenz blickte dem Flüsterer ins Gesicht, Sebastian strahlte ihn an. »Wer?«

»Die Wasserträgerin des Baders, die Magd. Wegen Hurerei und Verleumdung.« Sebastian schien bester Dinge. »Man will ihr den Prozess machen. Sie ist so gut wie tot.«

Laurenz schlug ihm ins grinsende Mondgesicht, stand auf und trat aus dem Chorgestühl. Sebastian rieb sich die Wange und folgte ihm mit hängenden Schultern. Auf dem Weg durch das Seitenschiff achtete Laurenz nicht auf die Ecken und Kanten der Fliesen. »Wieso ›Verleumdung‹?«

»Sie hat einen Mann zu Unrecht beschuldigt, sie mit Schlägen gefügig gemacht zu haben.«

»Wen?«

»Einen Mönch aus Bamberg, einen Glatzkopf. Der Bader kannte seinen Namen nicht.«

Laurenz hörte Sebastians Worte, doch sie berührten ihn nicht. Eine große Taubheit herrschte in seiner Brust seit der Demütigung vor dem König und dem Herzog und ihren Würdenträgern. »Im Kerker also«, murmelte er. »Hurerei und Verleumdung also.«

Lieferte Gottes Wille die süße Magd also dem Henker aus. *Selbst schuld*, dachte er. *Was treibt sie es auch mit diesem habichtsäugigen Lüstling?* Bei dem Gedanken an den Fremden löste sich seine innere Taubheit einen Atemzug lang auf, und ihn schauderte.

Sie traten aus dem Kirchenportal. Auf dem Kirchplatz standen sie in Gruppen beieinander und palaverten. Laurenz entdeckte den Erzbischof und Norbert von Fulda in einer großen Schar Kuttenträger. Er wollte sich an ihnen vorbei zum Burgberg schleichen, doch die Männer lösten sich von den anderen und kamen auf ihn zu. Der unvermeidliche Abt des Moritzklosters folgte ihnen.

Norbert schüttelte missbilligend den Kopf. »Unverzeihlich, diese Demütigung aus Rom!« Offenbar sahen das alle hier so, sonst hätte Norbert, der künftige Bischof von Naumburg, es kaum so laut ausgerufen. »Wir beten für Euch, Bruder Dekan.« Norbert legte den Arm um Laurenz. »Wir stehen fest an Eurer Seite. Wen wir nicht wählen, kann der König nicht anerkennen.«

»Noch ist nichts verloren, Laurenz.« Der Erzbischof blieb dicht vor ihm stehen, sah ihm ins Gesicht, sprach mit gesenkter Stimme. »Ich habe ein Gespräch unter sechs Augen mit Philipp und dem Kardinal erwirken können. Ich werde versuchen, ihnen Pirmin auszureden, bevor ich mit unserm Scholaster selbst vor den König trete.«

»Wird wenig nützen.« Zum ersten Mal ergriff der Abt von Sankt Moritz das Wort. »Philipp will Kaiser werden, doch der

Papst hält es mit Otto. Also muss der König dem Heiligen Vater entgegenkommen. Zudem ist Pirmin Säkularkanoniker. Er hat keine Weihe.«

»Selbst Innozenz empfing erst nach der Papstwahl Priester- und Bischofsweihe«, entgegnete Ludolf. »Und Pirmin hörte ich erst kürzlich sagen, dass er Mönch und Priester werden will.«

Sie begleiteten Laurenz bis zum Westflügel der Burg und zum Gästetrakt. Die ganze Zeit über palaverten sie. Norbert von Fulda wurde nicht müde zu versichern, wie gewiss er sei, Laurenz bei der nächsten Synode des Erzstifts von Bischof zu Bischof zu begrüßen.

Endlich allein mit Sebastian in seinem Gemach, ließ Laurenz sich von diesem beim Auskleiden helfen. Tiefe Melancholie ergriff ihn; ins Bett flüchten und vergessen, mehr wollte er nicht. »Bleib bei mir, Sebastian«, sagte er, als sein junger Diener zur Tür gehen wollte. »Merkst du denn nicht, wie ich leide? Lass mich nicht allein.« Er hob die Decke. Der Chorknabe streifte Kutte und Wäsche ab und legte sich zu ihm. Begierig öffnete Laurenz die Arme, sog die Zärtlichkeiten des Jüngeren auf und ließ sich von ihm trösten.

Später lag er wach und grübelte. In seiner Brust glühte der Hass auf Pirmin. Er stand auf, leise, um Sebastian nicht zu wecken. Am Fenster spähte er in den Burghof hinunter. Es war bereits früher Abend. Der alte Ludolf, der Abt von Sankt Moritz und Pirmin erschienen in seinem Blickfeld. An der Burgfassade entlang gingen sie zur Hauptburg, stiegen die Freitreppe hinauf und verschwanden in der Ritterhalle.

Hatte Ludolf also schon allein mit dem König gesprochen?

Laurenz' Mund wurde trocken. Gleich würde sein Schicksal sich entscheiden. Er lief zwischen Tür und Fenster hin und her und verfluchte den Tag, an dem er sich vom Erzbischof hatte überreden lassen, Pirmin von Paris als Scholaster an die Domschule zu berufen. Die Glut des Hasses in seiner Brust brannte heißer.

Als er das nächste Mal am Fenster stand und der Rückkehr des

Erzbischofs entgegenfieberte, überquerte ein Mönch in schwarzer Kutte den Burghof. Er hatte die Kapuze tief ins Gesicht gezogen. An seinem Gang meinte Laurenz, das Habichtsauge zu erkennen. Unter seinem Fenster verschwand er im Westflügel der Burg.

Der Domdekan lief in seinem Gemach hin und her. Sebastian schnarchte. Zäh kroch die Zeit dahin. Irgendwann hielt Laurenz es nicht mehr aus, zog den Mantel über sein Gewand und lief hinunter in den Burghof. Kaum stand er vor dem Westflügel, öffnete sich das Portal an der Hauptburg, und Erzbischof und Abt erschienen auf der Treppe. Ohne Pirmin. Die Köpfe gesenkt, die Mienen finster, stiegen sie Stufe um Stufe herab. Laurenz lief ihnen entgegen.

Wieder öffnete sich das Burgportal, und diesmal trat der päpstliche Gesandte heraus – an seiner Seite Pirmin von Paris. Ins Gespräch vertief blieben die Männer stehen. Laurenz sah sie lächeln. Da wusste er, was die Stunde geschlagen hatte.

»Der König hat sich Bedenkzeit erbeten«, sagte Ludolf. »Er will sich mit dem Herzog und anderen Fürsten beraten, bevor er eine Entscheidung trifft.« Die Flamme des Hasses loderte in Laurenz empor. Er biss die Zähne zusammen.

Plötzlich hallte ein langgezogener Schrei über den Burghof. Laurenz fuhr herum: Etwas Schwarzes rauschte flatternd entlang der Fassade des Westflügels, schlug hart auf dem Hofpflaster auf. Laurenz rannte los; alle rannten sie. Und knieten schließlich rings um Norbert von Fulda.

Blut sickerte dem Abt und designierten Bischof aus Nase, Ohren und Mund. Blut floss ihm aus der aufgeplatzten Schädelschwarte in seiner Tonsur. Sein gebrochener Blick stierte durch Laurenz hindurch.

5

TODESANGST

Pfeile pfiffen über sie hinweg, eine Lanze prallte zwischen Waldemar und Runja gegen die Wehrmauer. Runja stolperte über den Schaft, schlug lang hin, sprang wieder auf. Sie bückte sich nach der Waffe, wusste selbst nicht, warum, rannte weiter.

All das Gejammer, das Fluchen, das Gebrüll, das Flehen und Waffenklirren – wie Lärm aus einer anderen Welt drang es an ihr Ohr. Wie Lärm aus einem Traum. Was ging sie all das an? Der Vater starb. Wohin jetzt noch? Der Vater starb. Ein großes schwarzes Loch gähnte in ihrer Brust. Warum jetzt noch leben?

Weil der Vater es so wollte.

Ihr sollt leben, hatte er gesagt, *zum Nordturm*, hatte er gesagt.

Unten im Burghof rannte der Wende mit dem Zopf auf dem ansonsten kahlen Schädel und folgte ihnen. Hinter ihm drei seiner Krieger. Der Verräter Helmold war zurückgeblieben – zu schwer sein Harnisch, zu grobschlächtig seine Glieder. Über den Verfolgern, auf dem Wehrgang, rannten Runja und Waldemar.

Die Wenden hatten im Laufen ihre Pfeile auf Waldemar und Runja abgeschossen, ihr bulliger Anführer seine Lanze geschleudert. Keiner hatte getroffen. Runja hörte, wie ihr Bruder mit keuchender Stimme Gott dafür dankte. Und die raue kehlige Stimme des Bulligen hörte sie nach noch mehr Bogenschützen schreien.

In diesen Augenblicken empfand sie keine Angst. Gar nichts empfand sie. Nur noch Leere. Ob der Vater noch lebte? Gerade seinen letzten Atemzug tat?

Die Verfolger mussten vor den an die Mauer gebauten Stallungen Halt machen, der Wehrgang aber führte über das Stalldach hinweg. Runja hörte, wie die Heiden sich gegen die geschlossene Stalltür warfen, wie sie mit Äxten das Türholz zertrümmerten, wie ihr Anführer nach einer Leiter verlangte. Noch hundert Schritte bis zum Nordturm. Donnern und Krachen drangen aus der Richtung, in der er über Burg und Hof aufragte.

Fünf Schritte vor dem Turm ging Waldemar blitzschnell hinter der Wehrgangsbrüstung in die Hocke. Runja tat es ihm gleich. Mit einer Kopfbewegung deutete ihr Bruder in den Burggarten hinunter; von dort krachte und polterte es: Acht Wenden versuchten die schwere Turmtür mit einem Rammbock zu zertrümmern. Eine Rotte von weiteren Männern stand bei ihnen. Unter vielen Wenden auch drei Zvariner, Genossen des Verräters Helmold. Die meisten Krieger feuerten die Rammbockträger an, manche jagten Pfeile zu einem der Turmfenster hinauf.

Von dort schoss jemand auf die Angreifer hinunter. Der vordere Rammbockträger brach getroffen zusammen. Der schwere Stamm senkte sich, prallte ins Gras. Sofort eilte ein anderer Wende herbei, ein junger Krieger mit geflochtenem Bart, blondem Haar und einem Hahnenkopf auf dem Helm. Der half, den Rammbock hochzuwuchten, und nahm den Platz des Angeschossenen ein.

»Schnell!« Runja deutete auf die Luke, die vom Wehrgang in den Turm führte. »Lange wird die Turmtür dem Rammbock nicht standhalten.« Sie huschten die letzten Schritte zur Luke hinüber. Niemand sah sie.

Die Luke war abgeschlossen. Durch das Fenster daneben spähten sie in das Wachzimmer. Gegenüber, rechts und links des offenen Gartenfensters, lehnten zwei Männer gegen die Turmwand und spannten Pfeile in ihre Bögen. Runja erkannte Wulf und Alwin. Waldemar winkte. Wulf – der junge Waffenträger des Vaters – entriegelte ihnen die Luke zum Wachzimmer.

Runja dachte an den Vater. Ob sie ihn schon totgeschlagen hatten? Sie schob Waldemar ins Wachzimmer. Aus dem Untergeschoss hörte sie den Rammbock gegen die Turmtür krachen.

»Auf den Boden! Sie schießen durchs Fenster herein.« Waldemar und Runja gingen in die Knie. Der alte Ritter Alwin jagte einen Pfeil zum Fenster hinaus. Metall scheuerte gegen Stein, als er sich wieder neben dem Fenster an die Wand warf. »Zur Treppe, los! Und dann hinunter in den Kerker mit euch!« Er spannte den nächsten Pfeil in die Sehne. »Eure Mutter wartet!«

Alwin von Tressow war ein alter Kampfgefährte von Runjas Vater. Er hatte schon dem Großvater des Grafen den Eid geschworen und war gemeinsam mit Unger von Seeburg dem Kaiser Rotbart auf seinem Kreuzzug ins Heilige Land gefolgt.

»Einer hat den Vater mit einer Wurflanze in den Rücken getroffen.« Runja schlug die Hände vors Gesicht. »Er ist sicher tot.«

»Weiß schon.« Runja schluckte die Tränen herunter. Dann wusste es auch die Mutter. »Sie haben ihn sterbend von der Wehrmauer gestürzt. Ein Torwächter hat sich mit der bösen Nachricht zu uns durchgeschlagen.« Neben Alwin schoss nun Wulf wieder zum schmalen Turmfenster hinaus. »Vermaledeiter Hund, dieser Kahlschädel!«, schimpfte der Ritter. »Die Blattern über ihn!« Draußen knallten wendische Pfeile gegen die Turmmauer. »Und Helmold und Walter werden in der Hölle braten – sie haben der Mörderrotte Leitern aus den Fenstern des Rittersaals in den Wald hinunter geschoben.«

»Warum haben sie das getan?« Waldemars Stimme bebte.

»Gold?« Alwin zuckte mit den Schultern und riss den nächsten Pfeil aus seinem Köcher. »Um ihren Vater auszulösen?« Der Wendenfürst Jaromar hielt Helmolds und Walters Vater als Geisel gefangen. »Man munkelt auch, dass Helmold ein Auge auf Jaromars Tochter geworfen hat. Warum auch immer – er ist ein Satansbraten.«

Alwin spannte seinen Bogen, sprang vors Fenster und schoss. »Hinunter jetzt in den Kerker mit euch.« Er stieß Wulf vom Fenster weg. »Du auch. Ein Weilchen kann ich die da unten noch aufhalten.«

»Und du, mein Ritter?« Aus großen Augen starrte der junge Wulf ihn an.

»Bin alt genug zum Sterben. Haut endlich ab!«

Wulf zögerte. »Nein. Mein Herr Unger hat mich an deine Seite und hierher befohlen. Da werde ich bleiben bis zum Ende.«

»Grindskopf!« Alwin schoss zum Fenster hinaus.

Auf den Knien rutschten Runja und Waldemar zur Treppe. Die Stöße des Rammbocks dröhnten zu ihnen herauf. Das Wachzimmer blieb zurück, es wurde dunkler, sie sprangen auf, rannten die Wendeltreppe hinunter. Im Erdgeschoss bebte die Turmtür unter dem nächsten Stoß. Hinter ihr hörten sie die Heiden ihre Genossen am Rammbock anfeuern.

Die Geschwister sprangen die Wendeltreppe in den Kerker hinunter. Mit jeder Treppenwendung klangen das Geschrei und das Krachen des Rammbocks gedämpfter. Schritte kamen ihnen entgegen. Eine menschliche Gestalt schälte sich aus dem Halbdunkel. Die Mutter.

Runja und Waldemar fielen ihr in die Arme. Sie weinten gemeinsam. »Ich wusste, dass ihr kommen werdet!«, schluchzte die Mutter. »Er hat euch geschickt, nicht wahr?«

»Er wollte allein sterben«, flüsterte Waldemar.

»Er wollte, dass wir leben«, sagte Runja.

»Kommt schnell.« Die Mutter löste sich aus ihren Armen und machte kehrt. »Die meisten anderen sind schon voraus gegangen.« Hinter ihr her stiegen sie die letzten Stufen der Wendeltreppe hinunter. Im Lanzenholz tastete Runja kleine Kerben. Ein Namenszug! Wegen der Dunkelheit vermochte sie nicht, ihn zu entziffern.

Schummriges Streulicht erhellte das Kerkerloch spärlich. Jemand hatte das Gitter darüber beiseite geschoben. An einem Seil ließen sie sich in Schlamm und Unrat hinab. Es stank nach Kot, Fäulnis und Rattendreck. Runja las den Namenszug im Lanzenschaft: *Kasimir*.

Am Kerkergrund eine Menge aufgehäufter Schmutz, im freigelegten Boden ein schmaler Schacht. Aus ihm drang das Streulicht. Runja blickte hinein. Etwas wie eine Höhle wölbte sich dort unten. Eine Tante, zwei halbwüchsige Vettern und eine Base warteten unterhalb einer Leiter. Ein Vetter hielt eine Fackel.

»Heilige Jungfrau sei gesegnet!« Die Tante bekreuzigte sich. »Gott sei Lob und Dank – wenigstens ihr seid entkommen!« Ihre Tränen glänzten im Fackelschein. Runja stieg hinunter, Waldemar folgte, zuletzt die Mutter.

Ein Vetter holte die Leiter ein, der andere deutete mit der Fackel auf ein schulterhohes und höchstens zwei Ellen breites Loch im Schachtgewölbe. »Da entlang.« Er bückte sich hinein und winkte.

Nacheinander schlüpften sie in den niedrigen und schmalen Stollen. Es roch nach Lehm und Moder. Runja und die Mutter bildeten den Schluss. »Wie viele sind schon vorausgegangen?«, wollte Runja wissen.

»Höchstens ein Dutzend. Meist Mädchen und Jungfrauen.« Die Mutter nannte die Namen von Basen, Freundinnen, Tanten. »Der Onkel ist mit ihnen gegangen. Er hat ein Schwert.«

In gebückter Haltung drangen sie tiefer in den Stollen ein. Kaum jemand sprach ein Wort. Nur die Tante sprach der jammernden Base hin und wieder Mut zu. »Wie ist der Vater gestorben?« Die Mutter brach irgendwann das Schweigen. »Was hat er gesagt?« Alles wollte die Mutter wissen. »Was waren seine letzten Worte?«

»Dass wir leben sollen und zum Nordturm gehen.« Runja flüsterte. »Dass du den Weg in den Wald kennst, und Gott möge uns segnen.« Ihre Stimme brach. »Und dass er an mich glaubt …« Sie verstummte, weinte, brach in den Knien ein.

Die Mutter zog sie hoch, schob sie voran. Die Fackel flackerte bereits mehr als zehn Schritte entfernt. Von Waldemars Rücken sah Runja nur noch die Umrisse. Hinter ihr begann die Mutter zu beten. Das Ave-Maria, das Tedeum, das Kyrieeleison, das Vaterunser und Gebete, die Runja nie zuvor gehört hatte. Die Mutmelstimme der Mutter und die Gebete beruhigten sie ein wenig, machten ihr wieder Mut. *Kasimir*, dachte sie, *ich will dich sterben sehen.*

»Der Herr ist mein Hirte«, hörte Runja es irgendwann murmeln. »Mir wird nichts mangeln. Er weidet mich auf einer grünen Aue und führet mich zum frischen Wasser. Er erquicket meine Seele.«

»Das hast du schon damals gebetet.« Runja verjagte die Hassbilder des Lanzenträgers. »Als ich noch klein war, in der Sklaverei.«

»Daran erinnerst du dich?« Von hinten tastete die Mutter nach Runjas Hand. »Du warst kaum vier Jahre alt.«

»Nie werde ich vergessen, wie die Knechte des Scheichs mich festhielten und mir das Brandeisen hinten auf die Schulter pressten.«

»Verfluchtes Schandmal!« Die Mutter zischte, drückte Runjas Hand. »Nie werde ich vergessen, wie du geschrien hast.«

»Du hast nicht geschrien, als sie's dir einbrannten. Hast gebetet.«

»Auch das weißt du noch?« Die Mutter seufzte. »Ich wollte ihnen keine Schwäche zeigen, gönnte ihnen meine Schmerzen nicht. Verfluchtes Schandmal.«

»Ich trage es mit Stolz, Mutter. Es sagt mir, dass ich eine Überlebende bin. Eine, die der Heiland liebt und gerettet hat. Eine Freie, eine Entkommene.«

»Wahrhaftig, das bist du. Sie wollten dich den Löwen des Scheichs vorwerfen, weil sie dich nicht verkaufen konnten. Du warst krank, während der ganzen Gefangenschaft krank.«

»Gott sei Lob und Dank.«

»›Ihr steht ein langes Leben bevor‹, hat dein Vater gesagt. ›Wer einmal dem Tode entronnen ist, den kriegt er so schnell nicht mehr‹, hat er immer gesagt.«

»Ich erinnere mich genau, wie der Vater in den Palast kam und uns herausholte.« Der Fackelschein war wieder näher gerückt.

Wenn Runja die Hand ausstreckte, konnte sie Waldemars Rücken berühren. »War es nicht, als würde die Sonne aufgehen?«

»Auch das weißt du noch, Rubina?«

»Er hat laut geweint vor Freude. Und ich habe gelacht. Habe nie gezweifelt, dass er kommen würde.«

»Ich hatte alle Hoffnung fahren lassen. Dabei hat die Sehnsucht nach meinem kleinen Säugling mich schier verzehrt.«

»Eine Amme hat Waldemar gesäugt, nicht wahr?«

»Ja, Alwins Weib«, antwortete die Mutter heiser. »Eine Frau aus dem Harem stammte aus Ägypten, sie war ein Orakel. ›Du musst die Christenfrau und ihre kleine Tochter freilassen‹, hat sie ihm geweissagt, dem Scheich, dieser Sau. »›Gibst du sie nicht frei, wirst du jung und kinderlos sterben.‹ Sie hat's mir selbst erzählt. Eine Koptin. Hat auch an den Heiland geglaubt.«

»Und dann?« Wasser plätscherte. Runja fühlte es von der Wand rinnen, spürte seine Nässe an den Füßen.

»Er hat nur gelacht. Und als sie es wieder weissagte, hat er sie den Löwen vorwerfen lassen.«

»Dieser Teufel.« Bis zu den Knöcheln wateten sie in Wasser. Wahrscheinlich führte der Stollen in der Nähe des Waldteiches vorüber. Der Stollen wurde ein wenig höher. »Und dann?«

»Sein Pferd hat ihn abgeworfen. Tage später nur. Er ist in seinen Säbel gestürzt und starb kinderlos.« Triumph und Verachtung machten die Stimme der Mutter eisern. »Ein großer Schrecken fiel damals auf sein Heer, auf seine Dienerschaft, auf seinen ganzen Hof. Im Harem hat niemand um ihn geweint. Kurz darauf stürmte dein Vater mit kaiserlichen Rittern den Palast.«

»Gott sei Lob und Dank.« Runja weinte schon wieder; die Geschichte zerwühlte ihr die Brust.

»Amen« kam es von vorn und aus vielen Kehlen. Waldemar und die anderen hatten mitgehört.

Das Wasser reichte ihnen inzwischen bis über die Knie. Runja raffte ihr Wildlederkleid hoch und legte die erbeutete Lanze auf die Schulter. »Viel weiter wird es doch nicht steigen?« Die Stimme der Tante bebte vor Furcht. Ihre Tochter, Runjas Base, wimmerte; das Mädchen war erst zwölf Jahre alt und von ängstlicher Natur. Ihr halbwüchsiger Bruder redete ihr gut zu.

»Siehst du die anderen irgendwo?«, fragte der ältere Vetter, der Fackelträger. »Nirgends, oder? Also haben sie das Wasser überlebt, also werden wir auch durchkommen.«

Das Wasser stieg weiter, stieg Runja bis an die Hüfte. Hinter ihr begann die Mutter wieder zu beten. »Er führet mich auf rechter Straße um seines Namens willen …«

Runja betete mit. »… und ob ich schon wanderte im finstern Tal, fürchte ich kein Unglück, denn du bist bei mir, dein Stecken und Stab trösten mich …«

»Wohin werden wir gehen, wenn wir's in den Wald geschafft haben?«, fragte Waldemar.

»Auf den Grafen warten«, sagte der Vetter, der Fackelträger. »Und dann mit ihm gegen die Heiden und zurück in die Seeburg.«

»Und wenn der Graf nicht zurückkommt?« Die bange Stimme der jungen Base Elisabeth.

»Gunzelin wird kommen«, versicherte der andere Vetter.

»Und wenn sie die Burg schleifen und niederbrennen?«

»Dann werden wir erst einmal nach Magdeburg gehen«, sagte die Tante. »Zu meinem ältesten Bruder, eurem Onkel.«

»Ich nicht!«, rief die Mutter von hinten. »Ich bleibe bei Ungers Grab. Ich werde ein Haus bei den Gehöften bauen.«

Niemand antwortete ihr, alle schwiegen sie. Die Fackel glitt dem Vetter aus der Hand, erlosch zischend im Wasser. Er stieß einen Fluch aus. Die Tante und die junge Base schrien auf.

»Wartet«, sagte die Mutter. »Ich gehe voran, ich kenne den Gang. Nehmt euch bei der Hand.« Sie watete nach vorn, Runja tastete nach Waldemars Hand. Und weiter ging es.

Stockdunkel war es nun, wenigstens sank das Wasser. Bald fühlte Runja wieder festen Boden unter den Sohlen. Die Mutter stimmte ein Kinderlied an, nach und nach stimmten die anderen mit ein.

Runja nicht. Sie schloss die Augen, dachte an den Vater. Wie ein inneres Licht sah sie sein Bild vor sich. Es leuchtete ihr, es gab ihr Kraft. Doch auf einmal verdrängte ein anderes Bild des Vaters liebes Gesicht – das breite Gesicht Helmolds, des Verräters. *Die gehört mir*, hörte sie ihn prahlen, *die Tochter des Burgmarschalls gehört allein Helmold, dem Neffen des Grafen Gunzelin.*

»Verfluchter Hundsfott«, murmelte Runja und ballte die Linke. »Dafür wirst du bezahlen.«

Sein Gesicht verblasste, und plötzlich stand ihr der bullige Wende vor Augen. *Ich hab Unger, den Burgmarschall des Grafen erwischt!* Hatte er das nicht geschrien, der Kahlschädel mit dem Zopf? *Werft ihn über die Mauer in den Burggraben!* Sie glaubte, seine kehlige und raue Stimme so deutlich zu hören, als würde er neben ihr stehen. *Und bringt mir meine Lanze zurück! Greift seine Tochter, die Rote!* Hatte er so nicht getönt, der schlimme Heide mit dem Goldring im Ohr?

Hass und Schmerz sprengten schier Runjas Brust. »Verfluchter Mörder!«, zischte sie. »Dafür werde ich dich töten!«

»Was hast du gesagt?« Sie spürte, wie vor ihr Waldemar herumfuhr.

»Nichts, gar nichts.« Runja umklammerte die Lanze, stieß sie in den Boden.

Ganz vorn hörte die Mutter mit dem Singen auf. Nach und nach verstummten auch die anderen. »Ich sehe Licht«, flüsterte die Mutter. »Tageslicht.«

»Habe ich es euch nicht gesagt?« Der ältere Vetter triumphierte. »Wir haben es geschafft!«

»Gott sei Lob und Dank!« Die Tante klang jetzt zuversichtlicher, umarmte ihre Tochter. »Gleich sind wir beim Vater. Hörst du, Kind?«

»Endlich.« Das Mädchen schluchzte.

Das Licht am Ende des Stollens wurde heller. Runja sah wieder die Hand vor Augen. Der Ausgang rückte näher. Sie glaubte, Stimmen zu hören. »Siehst du meinen Vater, Tante?«, fragte der jüngere Vetter. »Kannst du jemanden von den anderen erkennen?«

»Nein«, hörte Runja die Mutter sagen. »Da ist niemand.«

Heller und heller wurde es. Runja konnte die bleichen Gesichter der anderen erkennen, und Waldemars Haar schimmerte wieder blond. Ganz vorn, am Ausgang des Stollens, hing etwas wie Gehölz von einer Schachtwand. Zerbrochene Äste?

»Ein Tier.« Plötzlich blieb die Mutter stehen. »Ein Wolf.« Alle standen nun still.

»Lasst mich durch.« Runja drängte sich an Waldemar und der Tante vorbei. »Ich trage Lanze und Armbrust.« Alle drückten sich eng an die Stollenwand, um ihr Platz zu machen. Bald stand sie vor der Mutter und hob die Wendenlanze wie zum Stoß.

»Ich glaube, er ist tot.« Die Mutter deutete auf ein dunkelgraues Pelzbündel. Ein Pfeil ragte aus ihm.

»Das Erdloch, in das ich gestürzt bin.« Runja bückte sich aus dem Stollenausgang. »Der Wolf, den du getötet hast, Waldemar.« Die ihnen vorausgegangen waren, hatten die aus Geäst gebaute Luke aus dem Ausgang gedrückt und als Stiege gegen die Grubenwand gelehnt.

»Wir sind im Wald.« Runja musste sich tief bücken, um aus dem Stollenende kriechen zu können. »Eine halbe Wegstunde von der Seeburg entfernt. Folgt mir, schnell. Wir sind gerettet.« *Fürs Erste*, fügte sie in Gedanken hinzu.

Sie spannte ihre Armbrust, legte einen Bolzen ein. Dann trat sie auf den Wolfskadaver, kletterte aufs Geflecht. Ein Seil hing vom Rand der Grube herab. »Das hing heute Morgen noch nicht hier.« Die anderen hatten es wohl aus der Burg mitgenommen und oben an der Eiche befestigt. Runja packte es und kletterte hinauf in den Wald.

Oben angekommen, blickte sie sich um. Alles sah aus wie am Morgen: tote Wölfe, vom Kampf zerwühltes Laub, zerdrücktes Gestrüpp ringsum. Doch niemand war zu sehen, niemand zu hören. Runja wagte nicht, laut nach dem Onkel und den anderen zu rufen.

Sie beugte sich über die Grube. »Hier ist keiner. Unsere Leute nicht, aber auch keine Wenden.« Die Mutter und der ältere Vetter standen schon unten in der Grube. »Kommt endlich hoch.«

Nacheinander kletterten sie aus dem Erdloch. Waldemar zuletzt. Alle blickten sich um, keiner wusste recht weiter. Die zwölfjährige Base zitterte am ganzen Leib; die Tante bekreuzigte sich unablässig; die Vettern und Waldemar stritten um den nächsten Schritt. Allen standen Schrecken und Angst ins Gesicht geschrieben. Und Ratlosigkeit. Wohin sollten sie sich wenden?

»Bloß nicht zum Burgweg«, warnte Runja. »Dort treffen wir ganz gewiss auf die Heiden.« Sie deutete nach Osten. »Zum Ufer des Sees und zur Warnow.« Dem Heer des Grafen entgegen zu fliehen, schien ihr am klügsten.

Den anderen auch. Also machten sie sich auf den Weg. Runja und Waldemar kannten die Wildpfade zum See und übernahmen die Spitze. Sie rannten, doch nur so schnell, dass die erschöpften Frauen und das Mädchen nicht allzu weit zurückfielen. Wieder fliehen, wieder durch Unterholz und Buschwerk huschen, wieder Dornen und peitschende Baumzweige.

Waldemar überholte Runja, die kleine Kolonne der Flüchtlinge zog sich in die Länge. Als wäre er gegen ein unsichtbares Hindernis geprallt, stand Waldemar plötzlich still. Runja rannte gegen ihn, hielt sich an ihm fest, starrte dorthin, wo auch er hinstarrte: Ein Mann lag im blutigen Unterholz. Sein Kopf fehlte.

»Was ist?« Hinter ihnen blieben die anderen stehen, fürchteten sich vor dem, was Waldemar und Runja entdeckt hatten. »Warum lauft ihr nicht weiter?«

»Der Onkel.« Waldemar deutete ins Blaubeerkraut. Ein Schädel lag dort – grauhäutig, blutverschmiert, aufgerissene Augen. »Er ist tot.«

Die Tante schrie auf, rannte los, stürzte an Runja und Waldemar vorbei, sank schreiend vor ihrem enthaupteten Gatten nieder. Plötzlich schrie auch die Mutter. »Wenden!«, schrie sie. »Lauft! Lauft!«

Runja und Waldemar fuhren herum – ein knabenhafter Krieger mit Fellmütze und Nasenring und der bärtige Hüne mit der verwüsteten Nase hatten die Mutter gepackt. Der Blonde mit dem geflochtenen Bart und dem Hahnenkopf auf dem Helm hielt die zappelnde Base vor der Brust fest. Von allen Seiten tauchten nun Wenden aus dem Unterholz auf. Der ältere Vetter stürzte von einer Lanze durchbohrt, den anderen traf ein Pfeil durch den Hals.

»Hab ich dich doch noch erwischt, rotes Luder«, höhnte eine raue, kehlige Stimme. Der Bullige mit dem Goldring erhob sich aus einem Farnfeld. Sein feixender Blick traf Runja wie ein Fausthieb. Er stemmte die Linke in die Hüfte und streckte die Rechte aus. »Her mit dir, Weib! Bring mir meine Lanze.«

6

STATUE

Ein Tag Mitte Juni. Schwül, feucht und gewittrig. Sie schritten am Elbufer entlang. Laurenz erklärte Sebastian, was er zu tun hatte, und ließ sich jeden Satz wiederholen. Fünfzig Ruten vor ihnen, auf der Elbbrücke, warteten vier berittene Waffenknechte des Magdeburger Domkapitels mit einem fünften gesattelten Pferd ohne Reiter. Laurenz hatte sie durch einen Boten nach Wittenberg befohlen.

»Wenn du in Bamberg angekommen bist, fragst du bei den Benediktinern dort nach einem Bruder namens Jakob von Passau.« Sie wateten durch eine Pfütze. »Ein alter, gelehrter Mönch aus edler Familie. Gewiss ist er inzwischen Abt. Wiederhole.«

Sebastian wiederholte seinen Auftrag Wort für Wort. Ein Gewittersturm war am Morgen über Wittenberg hinweggezogen. Jetzt schien wieder die Sonne. Doch wie lange noch?

»Und wenn er mir nicht glaubt, dass ich Euer Bote bin, Hochwürden?«

»Esel!« Laurenz holte aus, schlug aber nicht zu. »Wozu gebe ich dir wohl den Brief mit dem Siegel der Magdeburger Dompropstei mit?«

Hinter ihnen, an der Anlegestelle vor dem Elbtor, rollten und schleppten Knechte des Erzbischofs Fässer, Säcke und Kisten an Bord des Lastkahns nach Magdeburg: Hopfen, Bier, Wein und Erz. Zwei Stunden noch höchstens, dann würde er ablegen. Der Abt des Moritzklosters und seine Benediktiner gingen bereits an Bord.

Und der Erzbischof? Der ließ noch auf sich warten. Laurenz vermutete, dass er Herzog Bernhards Leibarzt konsultierte. Der alte Ludolf schien seit Norberts Sturz aus dem Fenster noch hinfälliger geworden zu sein. Der Tod des künftigen Bischofs von Naumburg hatte ihn tief erschüttert. Es konnte noch dauern, bis man den Alten aus der Burg an die Elbe brachte.

»Frag Bruder Jakob nach einem jungen Kreuzfahrer, bevor du ihm den Brief gibst.« Laurenz wich einer noch größeren Pfütze aus. »Nach einem Ritter, der ihm im Jahr vor Kaiser Friedrichs Tod in Konstantinopel einen Seldschukensäbel abgekauft hat. Nennt er daraufhin meinen Namen, überreich ihm den Brief. Wiederhole.«

Der Aufenthalt in Wittenberg hatte sich hingezogen, Herzog Bernhard hatte auf einer gründlichen Untersuchung des Fenstersturzes bestanden. Alle, die mit Norbert zu tun hatten, wurden befragt. Auch der Fremde in der schwarzen Kutte. So hatte Laurenz Namen und Herkunft erfahren: Dagomar von Bamberg. Ein Mönch vom Orden des Heiligen Benedikt.

Am Ende sah es danach aus, dass Norbert seine Zukunft als Naumburger Bischof mit allzu viel Wein begossen und sich betrunken zum Fenster hinausgelehnt hatte, um das Treiben auf dem Burghof zu beobachten. Dabei hatte er wohl das Gleichgewicht verloren.

Alle glaubten das inzwischen. Alle, außer Laurenz.

Brücke und Reiter rückten näher. Wort für Wort wiederholte Sebastian, was sein Herr ihm einschärfte. »Ihr kennt ihn gut, diesen Abt Jakob von Bamberg?«, fragte er danach.

»Bruder Jakob war lange Jahre mein Beichtvater gewesen. Ohne ihn wäre ich weder Priester noch Domdekan von Magdeburg geworden.« Laurenz verstummte. Zu viel Persönliches musste der Knabe nicht wissen. »In Bamberg wirst du mit niemandem über das reden, was hier geschehen ist. Fragt man dich, warum ich dich geschickt habe, sagst du, ich bräuchte die Abschrift eines Briefes, den Kaiser Friedrich anno domini 1185 an den Abt von Bamberg geschrieben hat. Wiederhole.«

Während Sebastian seine Worte wiederholte, blickte Laurenz zurück. Der Erzbischof ließ noch auf sich warten. Er sah zur Burg hinüber – am Grund ihres Bergfrieds, im Kerker, wartete die junge Magd auf den Henker. Die Anspannung, noch immer hier in ihrer Nähe weilen zu müssen, überwog allmählich die Erleichterung, Wittenberg endlich den Rücken kehren zu können.

Nein, er hatte niemandem geschildert, was er im Ruheraum gehört und gesehen hatte. Und er würde es auch nicht tun. Sollte er sich denn endgültig und aus freien Stücken um das Bistum Havelberg bringen? Nein. Laurenz gehörte nicht zu den Männern, die einen Plan aufgaben, nur weil ihnen ein Gegner in den Weg trat.

»In meinen Brief an Bruder Jakob frage ich nach Dagomar von Bamberg und diesem Kuno«, wandte er sich wieder an Sebastian. »Du aber wirst niemanden nach diesen beiden fragen.«

»Kuno?«, staunte sein Diener. »Der Ritter mit dem langen schwarzen Haar?«

»Du wirst niemanden nach ihnen fragen, verstanden? Will es aber Gott, dass du einen der beiden siehst, versuche herauszufinden, wo sie wohnen, was sie tun, wie sie leben.«

Sebastian nickte eifrig. »Was interessiert Euch dieser junge Ritter, Hochwürden?« Misstrauisch musterte er seinen Herrn von der Seite.

»Der Rosenheimer hat im selben Zuber gebadet wie ich und Norbert von Fulda. In den beiden Tagen vor Norberts Tod sah ich sie miteinander schlendern und scherzen. Außerdem: Wie Dagomar, trägt auch der Rosenheimer einen Ring mit schwarzem Stein.«

»Das stimmt.« Sebastian strahlte Laurenz an, als wäre ihm eben die Lösung eines Rätsels eingefallen. »Ein goldener Cherub mit Flammenschwert vor einem goldenen Kreuz sind darin eingraviert.«

»Ein Engel?« Überrascht sah Laurenz dem kleinen Chorknaben ins Mondgesicht. »Bist du sicher?«

»Aber ja! Ich habe doch mit Kuno gewürfelt. Und dem Mönch aus Bamberg habe ich eine Nähnadel geliehen. Als er sie mir zurückbrachte, konnte ich die Gravur auf dem schwarzen Stein erkennen – ein Cherub mit Flammenschwert vor einem Kreuz.«

»Eine Nähnadel hast du ihm geliehen?«

»Ja, seine Kutte war zerrissen. Am Ärmel.«

»Was du nicht sagst!« Laurenz ärgerte sich, davon jetzt erst zu erfahren, beherrschte sich aber. Wer wusste denn, wozu das gut war? »Wann hat er sich denn die Nähnadel geliehen – vor Norberts Tod oder danach?«

»Am Abend danach.« Sebastian riss Augen und Mund auf. »Ihr glaubt doch nicht, dass Dagomar …?«

»Gar nichts glaube ich!«, zischte Laurenz. »Und auch du hast in dieser Sache nichts zu glauben! Verstanden?« Sebastian nickte. »Und kein Wort über den zerrissenen Ärmel, zu niemandem.« Sebastian nickte eifriger. »Wiederhole. Jetzt alles.« Der Domschüler gehorchte.

Unterdessen erreichten sie die Brücke. Die Waffenknechte hockten am Boden vor der Brüstung und spielten Karten. Drei waren Söhne von Bauern, die Ackerland des Domkapitels bestellten. Ein in die Jahre gekommener Ritter führte sie an; Laurenz hatte ihn mit Land östlich der Elbe belehnt.

»Ihr Weggeld habe ich deiner Schutzschar bereits ausgezahlt.« Laurenz zog ein Ledersäckchen aus seinem Mantel. »Hier, vierzig Silberpfennige für deinen eigenen Unterhalt. Davon zahlst du dein Essen und deine Herberge. Auch für neue Hufe reicht es, notfalls auch für ein neues Pferd. Führe genau Buch, du wirst nach deiner Rückkehr mit dem Domkämmerer abrechnen.«

Sebastian staunte den Geldsack an. Vierzig Pfennige, das Sechstel einer Mark! Viel Geld für einen Chorknaben. »Ich werde alles tun, was Ihr mir aufgetragen habt, hochwürdiger Dekan.« Sebastian steckte den Geldsack ein. »Alles und in großer Treue. Ihr kennt mich doch, Herr.«

»Geh nun.« Laurenz schlug das Kreuz über Sebastians gebeugtem Haupt. »Gott segne dich und sei mit dir auf deinem Weg.«

Der Domherr blieb an der Brücke stehen, bis die vier Reiter auf dem Weg jenseits der Elbe mit dem Waldhang verschwammen. Dann wandte er sich wieder stromabwärts. Auf dem Anlegesteg vor dem Lastkahn sah er den Erzbischof mit seinem Gefolge. Endlich!

Laurenz hatte schon befürchtet, Ludolfs Erkrankung würde ihnen weitere Tage in Wittenberg aufzwingen. Dann hätte er den Tod des Mädchens mit ansehen müssen. Morgen sollte es auf dem Marktplatz enthauptet werden.

Er lief schneller, äugte zur Anlegestelle. Der alte Ludolf hinkte stärker als gestern noch. Ein Blondschopf stützte ihn. Pirmin von Paris. Beim Schiff angekommen, nahm Pirmin den kranken Erzbischof auf die Arme und trug ihn über die Landungsbrücke. Ein bitterer Geschmack kroch Laurenz auf die Zunge.

Drei Mal hatte der Domscholaster das Gespräch mit ihm gesucht. Laurenz jedoch war ihm aus dem Weg gegangen. Er würde ihm auch während der Schifffahrt nach Magdeburg aus dem Weg gehen.

Zurück an Bord, dachte er an das Habichtsauge aus Bamberg. Er habe Norbert von Fulda kaum gekannt, hatte der bei der Befragung behauptet. Und er habe nichts Besonderes an ihm bemerkt.

Und niemandem war der zerrissene Kuttenärmel des Bambergers aufgefallen. Auch Laurenz nicht. Konnte das wahr sein?

Laurenz seinerseits würde niemanden nachträglich darauf aufmerksam machen. Er hatte ja schon keinem Menschen erzählt, dass er einen Mann in schwarzer Kutte in den Westflügel der Burg hatte gehen sehen. Kurz vor Norberts Fenstersturz. Wer wusste denn, wozu man einen wie diesen Dagomar von Bamberg noch brauchen konnte?

*

Der Juli neigte sich, noch keine Nachricht von Sebastian. Im Obstgarten ragte ein Mann in die Krone eines Apfelbaumes und pflückte erste Sommeräpfel. Laurenz blieb stehen und staunte zu ihm hinüber. Ein Turm von einem Kerl! Er stand auf keiner Leiter und langte dennoch bis ins Wipfelgeäst.

Dabei war das kein junger Apfelbaum mehr, von dem der Hüne da erntete. Laurenz kannte den Baum, hätte das Anwesen an der Elbe beinahe selbst einmal gekauft. Vor fast zwölf Jahren, und schon damals war dieser Apfelbaum nicht mehr ganz jung gewesen.

Der Riese ließ die Wipfelzweige los, bog das Geäst beiseite und verneigte sich in Laurenz' Richtung. Die Chorknaben grüßten zurück. Laurenz wandte sich ab und beachtete den Gärtner nicht weiter.

»Er heißt Johannes«, sagte einer der Chorknaben. »Pirmin habe ihn aus einem Zirkus in Konstantinopel freigekauft, heißt es.«

Laurenz tat, als hörte er es nicht. In Gedanken aber rechnete er nach, wie jung sein Scholaster gewesen sein musste, als er Friedrich Barbarossa als Kreuzritter nach Konstantinopel folgte. Achtzehn? Neunzehn? Kaum zu glauben! Immerhin hatte man ein gewisses Vermögen gebraucht, um den Kaiser ins Morgenland begleiten zu können. Dazu Waffen, Harnisch, Pferd und genug Geld, um sich und seine Pferdeknechte zwei Jahre lang am Leben zu halten.

Laurenz erschrak: Wie wenig er über Pirmin wusste! Ein Fehler. Er musste sich gründlicher vorbereiten, wenn er ihn beseitigen wollte.

Sie kamen an einem Regenwasserbottich vorbei; Efeu bedeckte ihn halb. Daneben führte eine Gartentreppe zur Elbe hinunter. Buschrosen und Königskerzen blühten entlang der Stufen. Unten sah Laurenz zwei Ruderboote an einem Steg liegen.

Ein Springbrunnen sprudelte vor der Freitreppe. Auf ihr stiegen sie unter das von dorischen Säulen getragene Vordach. Neben den Säulen wuchsen sorgfältig geschnittene Quittenbäume voller verwelkter Blüten. Das weiße Haus des Scholasters war römischer Architektur nachempfunden. Es hatte zwei Stockwerke; eine Balustrade säumte sein Flachdach.

Laurenz bewohnte ein ähnliches Gebäude. Allerdings waren sein Haus und sein Hof erheblich größer. Als Bischof von Havelberg würde sein Anwesen dreimal so groß sein wie sein Magdeburger Hof und sein Haus eine kleine Burg. Die Bischöfe im ostelbischen Heidenland erfreuten sich zudem wesentlich größerer Einnahmen, als ein Domdekan sie jemals erzielen konnte.

Pirmin war der erste Scholaster, dem es gestattet wurde, außerhalb der brüderlichen Gemeinschaft des Domkapitels zu leben. Nur die führenden Domherren genossen dieses Privileg bisher. Der Dompropst Albrecht natürlich; oder der Domkustos, der für den Domschatz verantwortlich war. Und eben Laurenz, der Domdekan.

Die anderen Domherren wohnten in einem Anbau des Doms, der Domklausur. Sie pflegten noch ein gemeinsames Leben, nahmen die Mahlzeiten gemeinsam ein und schliefen in einem gemeinsamen Schlafsaal, dem Dormitorium. Wie in anderen Bistümern löste sich diese klösterliche Lebensform jedoch auch in Magdeburg nach und nach auf. Laurenz, die anderen beiden Domherren mit eigenen Häusern und Höfen und nun auch Pirmin fanden sich nur noch zu den Mahlzeiten in der Klausur ein. Und zu den Gebeten im Domchor.

Beide Flügel des Eingangsportals standen offen. Zwischen seinen Chorknaben betrat Laurenz das Haus. Sauer stieg es ihm aus dem Magen hoch, als er die kleinen Buntglasscheiben bemerkte, mit denen Pirmin seine Fenster, ja sogar die Tür zum Innenhof gefüllt hatte. Wie eitel und verschwenderisch! Die Fenster seines persönlichen Wohnhauses bestanden ganz und gar aus Holz.

Die Eingangshalle war mit rötlichen Fliesen ausgelegt. Der Dekan achtete darauf, nicht auf die Kreuzlinien an ihren Ecken zu treten. Aus der Küche duftete es nach gebratenen Speisen, und aus dem Innenhof drangen Stimmen und Gelächter. Offenbar gehörten Laurenz und seine Begleiter zu den Gästen, die als Letzte eintrafen.

Zweimal im Jahr veranstalteten die Domherren ein Festmahl. Die Kosten dafür deckten sie aus Einnahmen von Ländereien, die der Kaiser dem Domkapitel als Sondervermögen geschenkt hatte. Liebend gern hätte Laurenz in diesem Sommer auf das Festmahl verzichtet, doch als stellvertretender Dompropst und oberster Seelsorger des Domkapitels blieb ihm keine Wahl: Er hatte der Tafel vorzusitzen, die Gebete zu sprechen und die Dankrede zu halten.

Eine junge Frau empfing sie in der kleinen Eingangshalle: weißhäutig, sehnig, von schöner Gestalt und mit grünen Augen. Laurenz stand wie angewurzelt. Eine junge Frau? Im Haus des Domscholasters?

Sie war ganz in festliches Weiß gekleidet und hatte kupferrotes Haar. Ihr lächelnder Blick hieß den Gast willkommen, doch kein Wort kam über ihre Lippen. Sie bewegte nicht einmal den schönen Kopf, hob keine Hand, bewegte keinen Fuß. Ähnlich starr wie Laurenz stand sie da und lächelte ihr liebliches Lächeln.

»Welch lebendige Anmut!« Seine Chorknaben schienen weniger überrascht. Wie um eine Verwandte schritten sie um die Frauengestalt herum. »Was für eine Schönheit!« Sie sahen ihr ins wachsame Gesicht, betrachteten ihre feingliedrigen Hände, bewunderten mit glänzenden Augen die Wölbungen ihrer Brüste unter dem weißen Kleid.

Voller Empörung wollte Laurenz sie zurechtweisen, doch plötzlich begriff er: Eine Statue. Farbenfroh, schön und lebensecht, doch nur eine Statue. Laurenz schwankte zwischen Entrüstung und Bewunderung.

»Willkommen, Hochwürden.« Eine Stimme von unten. »Bitte folgt mir.« Er zuckte zusammen, blickte nach unten. Ein Weib mit langem großem Schädel und kurzen krummen Beinen stand vor ihm. Sie reichte ihm nur bis zur Hüfte. »Hier entlang, Hochwürden.« Die Kleinwüchsige wies zur Tür in den Innenhof. Sie folgten ihr.

Das Stimmengewirr senkte sich, als Laurenz eintrat. Er begrüßte die Gesellschaft der Dombrüder, dankte Pirmin, weil er Haus und Küche zur Verfügung gestellt hatte, rang sich auch zu ein paar freundlichen Worten wegen des gepflegten Gartens und des schönen Hauses durch. Bevor Pirmin ihn in ein Gespräch verwickeln konnte, schritt er zum Kopf der Tafel, wo man ihm einen Platz reserviert hatte.

Dort hielt er seine Ansprache, gedachte des verstorbenen Kaisers Heinrich und seiner großzügigen Spende zehn Jahre zuvor und dankte einzelnen Domherren für besonders herausragende Taten in den zurückliegenden sechs Monaten. Dann nickte er einem Chorknaben zu, der einen Psalm, drei Kapitel aus dem Markusevangelium und zum Schluss einen weiteren Psalm vorlas. Danach sprach Laurenz ein Gebet und schloss König Philipp, den Heiligen Vater, Herzog Bernhard und den kranken Erzbischof in die Fürbitte mit ein.

Das Tischgebet sprach der Hausherr, Pirmin, und gab danach die Tafel frei. Die Kleinwüchsige und der Koch des Scholasters trugen die Speisen auf, Chorknaben halfen ihnen. Den Wein schenkte Pirmin selbst aus.

Der Koch fesselte Laurenz' Blick: Der Mann hatte volles blauschwarzes Haar und bronzefarbene Haut. Er sah ein wenig aus wie die Männer, die der Domdekan in Süditalien gesehen hatte, war nur viel größer und dazu kräftiger gebaut.

»Ein Ägypter wie der Heilige Moritz«, flüsterte ihm der Chorknabe zu, der Sebastian vertrat. »Und ein Christ wie dieser. Pirmin habe ihn und die Zwergin aus den Kerkern eines Seldschukensultans befreit, erzählt man in der Schänke.«

»Was hast du in der Schänke verloren?«, zischte Laurenz ihn an.

Bald nach dem Essen stand er auf und entschuldigte sich. Ihm sei unwohl und sein Leibarzt habe ihm Ruhe verordnet. Er ignorierte die erstaunten oder besorgten Blicke und winkte seinen beiden Chorknaben. Und das Unvermeidliche geschah: Pirmin geleitete ihn aus dem Atrium in die Empfangshalle.

»Auf ein Wort, Bruder Laurenz«, sagte er dort. Mit einem Wink schickte Pirmin die Chorknaben in den Garten voraus. Dass sie ihm gehorchten, ärgerte Laurenz. »Es tut mir herzlich leid, Bruder«, wandte Pirmin sich wieder an ihn. »Diese Demütigung vor dem König habt Ihr wahrhaftig nicht verdient, und römische Politik sollte nicht zwischen zwei Männer treten, die weiter nichts wollen, als Gott zu dienen.«

»Aber nicht doch, verehrter Scholaster!« Laurenz setzte sein freundlichstes Lächeln auf. »Gott beruft, wen er will, und das über alle königlichen und päpstlichen Pläne hinweg. Und wenn er Euch nach Havelberg beruft, werde ich mich ehrlichen Herzens freuen und für Euch beten. Wie Ihr will doch auch ich nur das Beste für unsere Kirche.«

»Eure Worte beweisen die Größe Eures Herzens, hochwürdiger Bruder.« Pirmin neigte den Kopf, schien ernsthaft gerührt. »Ich schätze mich glücklich, Gott und der Kirche unter einem Domdekan wie Euch dienen und von Euch lernen zu dürfen.« In einer Geste des Bedauerns breitete Pirmin Hände und Arme aus. »Glaubt mir, Bruder Laurenz – ich will weiter nichts, als in Ruhe zu lehren. Und nun diese leidige Bischofsfrage!« Er seufzte und schüttelte den Kopf.

»Ich verstehe Euch nur zu gut. Doch wer wollte sein Herz verschließen, wenn Gott ihn ruft?« Laurenz legte dem Jüngeren den Arm um die Schulter. »Seid nur ganz beruhigt, Bruder Pirmin: Diese Angelegenheit wird keinen Keil zwischen uns treiben.« Plötzlich sah er, dass er auf gekreuzten Linien stand – rasch trat er einen Schritt zur Seite. »Zwischen uns nicht, und nicht zwischen die Brüder des Domkapitels.«

»Ihr glaubt gar nicht, wie erleichtert ich bin, Euch so reden zu hören, Hochwürden!«

»Seid nur ganz beruhigt.« Laurenz deutete auf die Statue in der Eingangshalle. »Darf ich fragen, wer das ist, Bruder Pirmin?«

»Jemand, der mir sehr viel bedeutet.« Leise und heiser klang Pirmins Stimme plötzlich. »Und ohne den ich nicht wäre, der ich bin.«

»Eine Heilige also?« Darauf wäre Laurenz zuletzt gekommen. Doch tatsächlich wirkte der Teppich vor der Statue abgenutzt; ganz so, als würde häufig jemand dort stehen oder knien.

Pirmin zögerte. »Eine ›Heilige‹ – ja, das trifft es in etwa.«

Laurenz trat näher an die Figur heran und merkte, dass sie aus dem gleichen teuren Stein gemeißelt war wie das alte Taufbecken im Dom und die Säulen in dessen Chorraum: Rosenporphyr. In seinen Eingeweiden ballte der Neid die Fäuste. »Und welche Heilige?«

»Keine von denen, die in der Kirche verehrt werden, Hochwürden. Ihr Name würde Euch nichts sagen.«

Sein Scholaster wollte offenbar nicht über die Frau reden. Also lächelte Laurenz höflich, verabschiedete sich und verließ Pirmins Haus. Draußen warteten seine Chorknaben. Am Moritzkloster vorbei ging er mit ihnen zum Dom.

Eine Heilige also. Laurenz feixte in sich hinein. Nur, wer blind und taub zugleich gewesen wäre, hätte übersehen und überhören können, wie sehr der Scholaster für diese Heilige brannte. Es gab also eine Frau in seinem Leben. Eine Frau, die er liebte und wie eine Heilige verehrte. Eine Frau, für die Pirmin so sehr brannte, dass er sogar ein Bildnis von ihr in seinem Haus aufgestellt hatte.

Ich muss herausfinden, wer sie ist, dachte Laurenz. *Pirmin wäre nicht der Erste, der über eine Geliebte ins Verderben stürzt.*

*

Im Morgengrauen hämmerte der schwere Türklopfer gegen das Hofportal. Laurenz fuhr aus dem Schlaf hoch. Er hörte, wie sein Chorknabe das Fenster über dem Eingang öffnete. Dann ein Wortwechsel. Kurz darauf klopfte der Diener an Laurenz' Schlafkammertür. »Sebastian ist zurück, Hochwürden!«

»Lass ihn ins Haus!« Laurenz kletterte aus dem Bett. »Ich will ihn sprechen.« Plötzlich war er hellwach. Während er sich anzog, hörte er Stimmen in der Vorhalle unten und kurz darauf Schritte auf der Treppe. Er öffnete die Tür und ging hinaus.

Mit einem Kerzenleuchter in der Rechten stieg sein Diener die Treppe herauf. Neben ihm Sebastian. Müde und gehetzt kam er Laurenz vor, und irgendwie betreten. »Es tut mir leid, Herr, wirklich.« Er stammelte, nahm die letzte Stufe. »Doch sie wollten unbedingt …«

Der Kerzenschein fiel auf zwei Männer hinter ihm und dem anderen Chorknaben. Männer in schwarzen Kapuzenkutten. Laurenz erschrak und stand still. Einer der schwarz Verhüllten schob Sebastian zur Seite. An ihm vorbei kam der Fremde auf Laurenz zu.

Der Kahlkopf mit den Habichtsaugen! Und der hinter ihm war Kuno von Rosenheim. Dem Domdekan klopfte das Herz in der Kehle.

»Ihr sucht mich, Laurenz von Magdeburg?« Dicht vor ihm blieb Dagomar stehen. »Hier bin ich.«

Sein lauernder Blick musterte Laurenz, und seine tiefe Stimme ging ihm durch und durch. Der Domdekan wich zurück. »Warum seid Ihr gekommen, Dagomar?« Seine eigene Heiserkeit erschreckte ihn. »Was wollt Ihr von mir?«

7

Angelus

Vorbei. Worauf jetzt noch hoffen? Beide Vetter lagen sterbend im blutigen Moos. Irgendwo hinter Runja kniete die Tante neben dem abgeschlagenen Schädel des Onkels und jammerte sich die Seele aus dem Leib. Der blonde Wende mit dem Bartzopf und dem Hahnenkopfhelm schleppte die wimmernde und strampelnde Base ins Unterholz. Der Knabenhafte und der Graubart zerrten die Mutter zu den Holunderbüschen. Wohin jetzt noch fliehen? Es war vorbei.

Runja stand wie festgewachsen. Dreißig Schritte weiter ragte der schreckliche Anführer der Heiden aus dem Farnfeld. Der Bulle mit dem goldenen Ohrring, der Mörder des Vaters, der verfluchte Kasimir. Er winkte mit dem Zeigefinger. »Wird's bald? Meine Lanze!«

Mit von Hass brennendem Herzen wünschte Runja ihn sterben zu sehen, bevor sie selber starb. Doch dazu hätte sie die gespannte Armbrust mit beiden Händen greifen müssen. Sollte sie die Lanze also fallen lassen? Das wagte sie noch nicht. Ein paar Schritte näher heran noch, ja, dann konnte sie gewisser sein, den verhassten Mörder ins Herz oder ins Auge zu treffen.

Sie schulterte die Lanze, schob die gespannte Armbrust ein Stück hinter sich, setzte einen Fuß vor den anderen, zögerte. Dicht bei sich hörte sie Waldemars schnelle Atemzüge. Und begriff: Sobald sie ihn nicht mehr mit ihrem Körper deckte, sobald sie sich weiter als einen Schritt von ihm entfernte, würde auch den Bruder eine Lanze oder ein Pfeil treffen. Die Einsicht schmerzte wie ein Peitschenhieb.

Die Mutter wand sich in den Armen des bärtigen Hünen und

des Knabenhaften mit dem Nasenring. Sie stemmte die Füße nach hinten in den Waldboden. Ihr Blick brannte und hielt Runjas Blick fest. *Denk an die Worte des Vaters*, sagte er. *Fliehe, wenn du kannst*, sagte er. *Du sollst leben.*

Nicht weit entfernt hörte Runja etwas im Unterholz aufschlagen, einen Körper. Zweige splitterten, dann ein Klatschen wie von Schlägen. Das ängstliche Gewimmer der Base steigerte sich jäh zu entsetzlichem Kreischen.

Runja zuckte zusammen, eine Eiskralle drückte ihr das Herz zusammen. »Bist du taub?«, herrschte der bullige Kahlkopf sie an. »Meine Lanze will ich!« Er tat einen Schritt auf sie zu. »Und dich.«

Auch gut, dachte sie, *komm nur noch näher, Kasimir.*

Neben ihm ließen sie die Mutter fallen. Der Kleine mit dem Nasenring trat zu, der bärtige Hüne holte mit der Axt aus und hieb ihr ins rechte Bein, holte wieder aus, zerschlug ihr auch das linke. Alles in Runja gefror. Sie hörte keinen Ton über die Lippen der Mutter kommen. Vielleicht, weil das entsetzliche Kreischen der Base jedes andere Geräusch übertönte. Die beiden Wenden packten die sich krümmende Mutter und schleppten sie ins Farn.

Ihr leerer Blick, noch immer auf Runja gerichtet, die Blutspur, die ihre Beine durchs Moos und in den Farn zogen, das Kreischen des Mädchens, die harte Miene des Bulligen – ein böser Traum, oder? Nur ein böser Traum, gleich vorbei.

Die Tante stürzte plötzlich an Runja vorbei, stieß sie zur Seite, warf sich zwischen ihre toten Söhne auf die Knie. Sie raufte sich das Haar, brüllte wie eine Besessene. Ihr Anblick, ihr Gebrüll – das riss Runja aus der Erstarrung. Die Tante sprang auf, wankte schreiend in die Richtung, aus der sie ihre Tochter kreischen hörte. Wenden stellten sich ihr in den Weg, einer griff in ihr Haar.

Plötzlich eine flüchtige Bewegung neben Runja. »Renn!« Waldemars Stimme neben ihr. Eine Hand flog hoch, ein Pfeil huschte durch ihr Blickfeld, eine Bogensehne spannte sich. Etwas sirrte, etwas peitschte. Der Mann, der die Tante festhielt, zuckte zurück, langte fluchend nach dem Pfeil in seiner Brust. »Renn, Runja, renn!«

Die Tante schlug auf die Heiden ein, versuchte, sich durch deren Rotte den Weg zu ihrer Tochter zu bahnen. Tumult entstand. Wann, wenn nicht jetzt? Runja rammte die Lanze in den Waldboden, riss die Armbrust hoch und schoss.

Der Wendenhauptmann schrie auf, schlug die Hände vors Gesicht, sackte in die Knie.

Runja riss die Lanze aus der Erde, fuhr herum, packte ihren Bruder und zerrte ihn hinter sich her. Sie sprangen ins Unterholz, liefen zwischen Birken- und Eichenstämmen in dichteren Wald, rannten in eine Brombeerhecke.

Mit der Lanze bahnte Runja ihnen den Weg durchs Dornengestrüpp. Den Rücken gegen ihren gedrückt, lief Waldemar hinter ihr rückwärts und zielte mit dem gespannten Bogen auf Verfolger. Wieder und wieder hörte sie das peitschende Schnalzen der Sehne, wenn Waldemar einen Pfeil freigab. Manchmal hörte sie auch einen getroffenen Heiden aufschreien. Jedes Mal erfüllte sie das mit grimmiger Genugtuung.

Sie durchbrachen die breite Brombeerhecke, taumelten durch ein Birkenwäldchen und einen steilen Buchenhain hinauf. Runja blickte zurück – kein Verfolger brach aus dem Birkenwald. Waldemar jedoch taumelte nur noch, Tränen strömten ihm übers Gesicht.

Auch Runja konnte kaum noch laufen, wie von Eisenschuhen gehalten fühlten sich ihre Beine an. »Weiter«, keuchte sie. »Gott im Himmel, gib uns Kraft.« Sie taumelte an den Buchenstämmen vorbei, zog ihren Bruder an der Lanze hinter sich her.

Eine Lichtung öffnete sich vor ihnen, der Bachlauf durchschnitt die Wiese darauf. Sie überquerten ihn. Am Waldrand blieben sie stehen, blickten zurück. Kein Verfolger, nur Stare auf der Wiese, Abendlicht schimmerte auf dem hohen Gras. Runja betrachtete die Schneise, die ihre Schritte durch die Lichtung gezogen hatten.

»Zurück.« Sie machte kehrt. »Halt dich am Lanzenschaft fest.« Sie trat zurück in die Lichtung. »Achte darauf, genau in der Schneise zu laufen.« Sie musste sich zwingen, einen Fuß vor den anderen zu setzen. Waldemar stellte keine Fragen; Trauer, Schmerz und Erschöpfung knebelten ihn.

Am Bachlauf angekommen, zog sie ihren Bruder an der Lanze ins Wasser. Noch immer zeigte sich kein Verfolger. Betrauerten sie ihren Anführer? Tobten die Heiden ihre Wut über seinen Tod an Mutter, Tante und Base aus? Und an den Mädchen und Jungfrauen, die sie vorher schon aus dem Erdloch gezogen hatten?

Runja hatte sich längst leer geweint. Sie zwang sich, nicht an die Mutter zu denken. Nicht an die Mutter, nicht an die Freundinnen, nicht an die jungen Tanten und Basen. Den Bruder im Schlepptau, wankte sie bachabwärts durch die Lichtung. Erst, als die etwa fünfzig Ruten hinter ihr lagen, stieg sie aus dem Wasser und zog Waldemar hinter sich her.

Die Fußsohlen brannten, die Beine schmerzten, Augen und Brust brannten. Waldemar stierte stumm vor sich hin. Vor einer dichten Blütenwand machte Runja Halt: Holunderbüsche und -bäume, zehn oder mehr und hoch wie zwei Männer; und so dicht, dass kein Durchkommen war.

Runja prüfte die Umgebung, betrachtete jeden Baum. Eine alte Eiche wuchs neben dem Holunderwäldchen, einer ihrer unteren Äste ragte weit in die Blütenpracht hinein. »Auf die Eiche.« Runja musste Waldemar zum Stamm stoßen. »Hinauf, sag ich.« Der Bruder rührte sich nicht. Sie rammte die Lanze vor ihm in den Waldboden und kletterte in die Eiche. »Reich mir deinen Bogen herauf.« Er gehorchte. Sie hängte die Waffe in die Krone. »Jetzt die Lanze.« Wieder gehorchte er.

Runja raffte ihr Kleid hoch, setzte sich rittlings auf einen dicken Ast, packte die Lanze an ihrem Ende und streckte sie zu Waldemar hinunter. »Halte sie fest, ich ziehe dich hoch.« Er rührte sich nicht. »Wirst du wohl gehorchen, du verdammter Narr!?« Waldemar rührte sich nicht, starrte nur mit leerem Blick den Eichenstamm an. »Denke an Vaters Worte – ›ihr sollt leben‹!« Wenigstens hob er jetzt den Kopf und schaute zu ihr hoch. »Gehorche mir! Los! Greif die Lanze über der Spitze!«

Runja zuckte zusammen: Von der Lichtung her laute Stimmen. »Ich will leben, Grindskopf! Sie kommen, hörst du nicht? Denk an deinen Schwur!« Waldemar neigte den Kopf, lauschte in den schon dämmrigen Wald. »Wenn du unbedingt ganz schnell sterben willst, geh ihnen halt entgegen. Doch weißt du, was sie mit mir anstellen werden? Hast du die Base schreien hören?« Sie spuckte aus. »Du hast geschworen, dein Leben für mich zu geben!«

Endlich packte er die Lanze, endlich stemmte er seinen rechten Fuß gegen den Eichenstamm. Endlich, endlich! Runja zog ihn hoch, packte ihn, schob ihn auf den Ast, der in den Holunder hineinragte. »Da lang. Da finden sie uns nicht, da können wir ausruhen.« Sie hängte ihm den Bogen um die Schultern. »Mach schon.«

Waldemar hielt sich an einem Ast fest, der über ihm verlief. Schritt für Schritt balancierte er ins Holundergestrüpp hinein. Runja schulterte die Lanze und folgte ihm. Von der Lichtung her rückten Stimmen und Schrittlärm näher.

Der Ast wurde dünner, bog sich unter ihrem Gewicht immer tiefer dem Waldboden entgegen. »Siehst du das Moos dort um den Fuchsbau?« Runja hielt ihren Bruder fest, deutete hinunter. »Los. Spring.«

Er gehorchte. Sie reichte ihm die Lanze hinunter, sprang hinterher. Gemeinsam brachen sie Zweige ab, klemmten Äste und schoben Vorjahreslaub zur Seite, kauerten sich ins Moos. Still verharrten sie und lauschten. Es wurde dunkler, die Männerstimmen klangen sehr nahe auf einmal. Sie sprachen Wendisch. Runja ballte die Fäuste und zog die Schultern hoch.

»Und wenn sie weiter im Bach marschiert sind?«, sagte eine hohe, sehr junge Stimme. Runja presste die Faust vor den Mund – hatten die Heiden ihre List durchschaut?

»Dem schlauen Luder trau ich's zu«, sagte eine ältere, tiefere Stimme.

Und eine dritte Stimme, heiser und brüchig, sagte leise. »Sie sind ganz in der Nähe, ich spür's doch.« Waldemars Hand schob sich in ihre. Sie hielt sie fest, wagte kaum zu atmen.

»Sucht noch einmal den Waldboden hier ab«, sagte die ältere, tiefe Stimme. »Achtet auf jede Spur. Achtet auch auf rotes oder blondes Haar.«

Sie palaverten, während sie suchten. Mal entfernten sich ihre Stimmen, mal näherten sie sich wieder. Aus ihren Wortwechseln erfuhr Runja, dass eine zweite Rotte bachaufwärts nach ihnen suchte und eine dritte im Wald jenseits der Lichtung. Sie erfuhr, dass die Wenden die Seeburg schleiften und niederbrannten, dass sie viele Gefangene gemacht hatten, dass sie gleich bei Sonnenaufgang zurück ins Gebiet ihres Fürsten ziehen wollten und dass ihr Anführer demjenigen eine Belohnung versprochen hatte, der ihm seine Lanze und das »rote Luder« bringen würde.

Hatte sie ihn also nicht tödlich getroffen. Tiefes Bedauern erfüllte Runja. Sie biss sich auf die Unterlippe.

Die Dämmerung war weit fortgeschritten, und das Holundergehölz schon schwarz, als die Stimmen der drei Wenden wieder dicht vor dem Versteck der Geschwister tönten. »Und wenn sie in diesen Holunder hier gekrochen sind?« Der mit der heiseren Stimme stellte die Frage. Runja verfluchte ihn stumm.

»Dann müsste man doch Spuren hier irgendwo sehen«, erwiderte die junge Stimme, »niedergetretenes Gras oder abgebrochene Zweige.« Sie schritten den Rand des Holunderwäldchens ab, Runja hörte es genau.

»Hier hast du niedergetretenes Gras«, sagte die alte Stimme.

»Wahrscheinlich Wild. Abgebrochene Blüten oder Zweige sehe ich nicht«, erwiderte die junge, hohe Stimme. »Und nicht die Spur einer Schneise im Holundergebüsch.«

»Ich traue dem Frieden nicht.« Wieder die heisere Stimme.

»Das Luder ist in der Nähe, ich spür's doch in der Pisse! Schlagen wir halt eine Bresche in den Holunder und schauen nach.«

Etwas fuhr krachend und splitternd ins Gehölz. Ein Schwert oder eine Axtklinge. Runja blieb schier das Herz stehen. »Komm schon, schlaf nicht ein!« Die heisere Stimme klang unwillig. »Benutz deine Streitaxt!« Und wieder krachte und splitterte es. Waldemar drückte ihre Hand so fest, dass es weh tat. Um die Geschwister herum bebte das Holundergeäst.

Plötzlich krähte und zeterte ein Vogel. Runja hörte es flattern und fluchen. Das Krähen tönte jetzt über ihnen in der Eichenkrone. »Mistvieh!«, schrie der Heisere. »Habt ihr das gesehen? Hat nach meinem Ohrring geschnappt!«

Runja und Waldemar legten den Kopf in den Nacken. Schwarz-weißes Gefieder sträubte sich über ihnen. Eine Elster. Und wieder Flügelschlagen und zeterndes Vogelkreischen. Die Elster schwang sich aus der Krone.

»Achtung!« Die junge Stimme. »Das Biest kommt zurück!«

»Aua!« Die heisere Stimme. »Das Vieh ist des Bubacks!« Runja hörte die Elster aufflattern.

»Du blutest am Kopf«, sagte die junge Stimme.

»Hat mir meinen Ohrring abgerissen!« Wieder die heisere Stimme. »Vom Buback besessen das Vieh! Schieß es tot!«

Das Krähen entfernte sich, ein Pfeil sirrte, eine Sehne schnalzte. »Getroffen!« Die alte Stimme.

»Hinterher.« Die heisere Stimme klang weiter weg nun. »Wir schnappen sie! Bubacksbraten! Mein Ohrring!«

Schritte und Geschrei entfernten sich mit dem jämmerlichen Krähen der Elster. Runja und Waldemar lauschten. Nach und nach verstummte der Lärm.

»Das war Angelus«, flüsterte Waldemar. »Hast du ihn gesehen dort oben?« Er deutete zur Eichenkrone. »Angelus hat uns gerettet.«

»Du spinnst.«

»Hast du ihn nicht gesehen?«

»Doch. Aber keine Elster rettet irgendeinen Menschen. Nicht einmal im Traum.«

»Du hast es doch gehört und gesehen!«

»Gib Ruhe.«

»Und wenn Gott uns in Angelus einen Engel geschickt hat?«

»Gib endlich Ruhe.« Runja umarmte den Bruder, zog ihn an sich.

»Sie haben Angelus tot geschossen.« Waldemar schluchzte.

Dunkelheit fiel auf den Wald, die Nacht brach an. Die Wenden kehrten nicht zurück. Waldemar rutschte an Runjas Brust hinunter, sank auf ihren Schoß. Er war eingeschlafen. Sie hielt ihn fest, streichelte ihm Haar und Wangen, wenn er erschrocken die Augen aufriss, wenn er im Schlaf wimmerte und weinte.

Sie selbst machte kein Auge zu. Ihr Geist irrte wie im Fieber durch die Stunden des vergangenen Tages. Vom Wolfsschädel im Ginster über den sterbenden Vater zu seinem Mörder. Vom dunklen Erdstollen über den brennenden Blick der Mutter bis hierher in den Holunder. Und dann wieder zurück zum Wolf, zum Vater, zum Mörder. »Kasimir!« Wie einen Fluch zischte sie seinen Namen.

Mehr als einmal durchfuhr das Kreischen der Base sie wie ein Blitz, und Waldemar riss jedes Mal die Augen auf, wenn sie dann zusammenzuckte. Die Ohren gellten ihr von Geschrei und Stimmen, die es nur in ihrem Kopf, in ihrer Erinnerung gab.

Als der Morgen über dem Holunderwäldchen graute, dachte Runja nur noch an ihre Eltern. Jedem Wort, das sie in ihren letzten Lebensstunden gesprochen hatten, lauschte sie nach. *Ihr steht ein langes Leben bevor; wer einmal dem Tode entronnen ist, den kriegt er so schnell nicht mehr.*

Das stimmte nicht, konnte nicht stimmen. Denn wäre das wahr, würde ihr Vater noch leben und der Ritter Alwin auch. Und die Mutter sowieso. Doch sie waren tot. Alle drei. Runja zweifelte nicht daran; jede Hoffnung in ihr war erloschen.

Ein Strahl der Morgensonne fiel irgendwann in ihr Gesicht. Sie riss die Augen auf, schloss sie gleich wieder geblendet. War sie doch noch eingeschlafen? Sie blinzelte auf ihren Schoß: Ihr Kleid war nass geweint dort, wo Waldemars Kopf gelegen hatte. Runja äugte nach rechts und links. »Waldemar?« Sie war allein.

»Waldemar?« Keine Antwort. Sie spähte ins Holundergestrüpp. Keine Spur von ihrem Bruder. Sie blickte nach oben, zum untersten Ast der Eiche. Sollte sie wirklich so tief geschlafen haben, dass ihr Bruder unbemerkt da hinaufklettern konnte?

Runja griff nach einem starken Holunderast über ihrem Kopf, zog sich hoch. Wie durchgeprügelt fühlten sich ihre Glieder an. Nicht einfach, den Eichenast zu fassen, doch irgendwie schaffte sie es. Die Füße fanden Halt im Holunder, so stemmte sie sich schließlich in die Eichenkrone hinauf.

»Waldemar?« Sie spähte in die Krone, fasste jeden Ast ins Auge. Keine Antwort. Ihr Blick wanderte bis zum Wipfel hinauf – Waldemar war nicht zu sehen. Runja balancierte zum Stamm, lauschte, bevor sie sprang. Keine Stimmen, keine Schritte. Nichts, außer Vogelgezwitscher und das Rauschen des Windes in den Laubkronen. Sie sprang ins Unterholz.

Spuren im Moos. Sie folgte ihnen. Wenig später entdeckte sie ihren Bruder: Er hockte unter den tiefhängenden Zweigen dreier Birken und redete mit sich selbst. Die Angst stieg ihr in die Kehle. Hatten etwa Schmerz und Schrecken Waldemar wahnsinnig gemacht? Runja pirschte sich näher an ihn heran. Und sah endlich den Vogel.

Nicht mit sich selbst – mit einer Elster redete Waldemar.

Die rechte Schwinge abgespreizt, lag der Vogel auf seinem Schoß. Mit schief gelegtem Schädel äugte er zu Runja herauf. Er krächzte heiser und jämmerlich, fiepte zwischendurch. Ein wendischer Pfeil steckte in seinem rechten Flügel.

»Ich wusste doch, dass sie Angelus getroffen haben.« Waldemar reichte ihr einen silbernen Ohrring.

»Grindskopf! Die Heiden hätten dich erwischen können!«

»Sie sind weg.« Er streichelte die Elster. »Ich habe Angelus gesucht. Er steckte in einem Loch zwischen zwei Buchenästen. Seltsam, dass sie ihn nicht gefunden haben. Sein Flügel ist gebrochen.«

»Sie kann nicht leben mit krankem Flügel. Brich ihr das Genick.«

»Niemals!« Waldemar drückte den Vogel an seine Brust. »Angelus hat uns das Leben gerettet!«

Runja zögerte, biss auf ihrer Unterlippe herum. Der Anblick ihres bleichen und verheulten Bruders erbarmte sie. »Der allmächtige Gott hat uns gerettet.«

»Vielleicht ist der Herrgott ja im Federkleid dieses Elsternhahns zu uns herabgeflogen?«

»Was für einen lästerlichen Schwachsinn du redest!«

»Ich nehme ihn mit nach Magdeburg.«

Runja gab nach. Das Tier würde sowieso sterben. »Zieh wenigstens den Pfeil raus.«

»Ich trau mich nicht, es wird ihm weh tun.«

»Grindskopf.« Sie steckte den wendischen Ohrring ein, bückte sich, fasste die Elsternschwinge und brach den gefiederten Schaft des Wendenpfeils ab. Von unten griff sie dann nach der Pfeilspitze. »Raus damit! So.« Die Elster krächzte laut, hackte nach Runjas Hand.

Sie holten ihre Waffen aus dem Holunder und machten sich auf den Weg zum See. Bald hörten sie Lärm von Hufen, Wagen und Stimmen. »Die Wenden!« Runja riss ihren Bruder ins Unterholz. Jetzt erst merkte sie, dass der Reitweg zum See kaum einen Steinwurf entfernt verlief. Sie warfen ihre Waffen in ein Farnfeld, setzten auch die Elster dort ab und kletterten in die dichte Krone einer Eiche hinauf.

Wendische Reiter ritten auf dem nahen Weg vorüber; mehr als dreißig Krieger zählte Runja. Ihnen folgten elf Fuhrwerke und mindestens zweihundert Heiden zu Fuß. Auf zwei Wagen hockten oder lagen zwischen Truhen und Säcken etwa zwanzig Frauen und Mädchen. Lauter gebeugte Gestalten mit zerschlagenen Gesichtern und zerrissenen Kleidern. Runja erkannte zwei Tanten und drei Basen.

Sie knirschte mit den Zähnen. Ihr Blick sprühte flammenden Hass, flammender Hass fraß sich durch ihre Brust. Sie versuchte, die Gesichter heidnischer Krieger zu erkennen, prägte sich ein, so viele sie konnte: den Graubart mit der verwüsteten Nase, das Knabengesicht unter der Fellmütze, den Blonden mit dem geflochtenen Bart und dem Hahnenhelm und andere.

Auf dem Kutschbock des ersten Wagens saß einer mit verbundenem Schädel. Sogar die Augen hatten sie ihm verbunden. Oben ragte ein Zopf aus blutiger Bandage, am Ohr baumelte ein goldener Ring. Der bullige Kahlkopf, der Mörder des Vaters.

Der Lärm des Trosses war längst verklungen, da hockten die Geschwister immer noch in der Eiche. Irgendwann kletterte Waldemar hinab. »Ich geh nach Hause.« Im Farnfeld schulterte er seinen Bogen, bückte sich nach der Elster und marschierte Richtung Seeburg.

»Die Eltern sind tot, die Tanten und Basen gefangen.« Runja kletterte ins Unterholz, eilte ihm hinterher. »Wir haben kein Zuhause mehr!« Waldemar hörte nicht, lief schnurstracks geradeaus. Runja konnte drohen, bitten und schimpfen, wie sie wollte; es nutzte nichts.

Gegen Mittag fanden sie die Toten: Mutter, Tante, Base. Schrecklich zugerichtet allesamt. Zusammen mit dem Onkel, seinem Schädel und den Vettern begruben sie alle im Erdloch über dem Wolf.

Gegen Abend standen sie zwischen den Bäumen am Rande der Rodung: Die Seeburg war ein brennendes Trümmerfeld. Eingerissen und rußgeschwärzt beide Türme und die Hauptburg, die Wehrmauern zerbrochen. Rauch stieg auf, Flammen loderten noch. Die Gehöfte auf der Rodung hatten die Wenden dem Erdboden gleichgemacht.

»Da siehst du es.« Runja konnte nur noch krächzen. »Wir haben kein Zuhause mehr. Vielleicht schaffen wir es bis nach Magdeburg.«

»Der Onkel dort ist zerstritten mit der Mutter, seine Frau ist eine Furie.« Hohl und gebrochen klang Waldemars Stimme. »Außerdem kriegen sie nicht mal die eigenen Kinder satt. Sie werden uns fortjagen.«

»Versuchen wir es wenigstens.« Runja schloss ihren Bruder in die Arme. »Wohin können wir denn sonst gehen?«

8

SCHWARZER ABT

Ein Luftzug ließ die Kerzenflammen flackern. Licht und Schatten tanzten auf Gesichtern – auf Sebastians erschöpftem, auf Kunos angespanntem, auf Dagomars feixendem Gesicht. »Was ich von Euch will, fragt Ihr mich?« Dagomar lachte tonlos. »Die Frage lautet doch wohl eher: Was wollt Ihr von mir, Laurenz von Magdeburg?«

Das Flackern der Kerzen wollte nicht aufhören. Laurenz fürchtete, der Luftzug könnte sie löschen und er dem anderen im Dunkeln gegenüberstehen. An Dagomar vorbei richtete er seinen Blick auf den Chorknaben, der ihm während Sebastians Abwesenheit gedient hatte. »Du hast das Fenster zur Straße offen gelassen!«, herrschte er ihn an. »Schließe es. Und führe Sebastian und den Ritter aus Rosenheim in deine Kammer, damit sie ruhen können. Dann gehe in die Küche und koche die Morgensuppe. Zuvor bring uns Wein in die Bibliothek.«

Er nahm einen Leuchter von der Wand und entzündete dessen Kerze am Leuchter des Dieners. Sein Atem beruhigte sich, das Herz schlug ihm nicht mehr ganz so schnell, klare Gedanken gelangen ihm wieder. »Folgt mir bitte, Pater Dagomar«, wandte er sich an den Überraschungsgast aus dem Süden. Sein Mund war noch trocken. »In der Bibliothek können wir ungestört reden.«

Reden? Über was? Er wusste es nicht, wusste nur, dass er keine Zeugen brauchen konnte. Laurenz ging dem Mönch voran. »Für mich keinen Wein!«, hörte er ihn hinter sich rufen. »Mir bringst du gekochtes Wasser.«

Mit seiner Kerze entzündete Laurenz in der kleinen Bibliothek den großen fünfarmigen Leuchter auf dem Schreibtisch. Zwischen Regalen voller Folianten und Pergamentrollen nahmen sie auf Hockern an der schweren Eichentischplatte Platz, Laurenz auf der Fensterseite, der Benediktinermönch gegenüber. Auch auf dem Tisch selbst stapelten sich Folianten, Schriftrollen und Pergamentbögen zwischen Wachstafeln, Federkielen, Siegeleisen und Sandschalen.

»Wein tut meinem Magen gut, müsst Ihr wissen.« Laurenz mühte sich um ein beständiges Lächeln. »Und das Magdeburger Wasser, nun ja, in den ersten Jahren hat es mich gar zu oft aufs Krankenlager geworfen. Mein Leibarzt warnt mich davor. Wein dagegen scheint mir äußerst bekömmlich.«

Der frühe Gast antwortete nicht, musterte ihn nur schweigend. Auf seiner knochigen Miene tanzte der Widerschein des Leuchters. Selten hatte Laurenz einen Menschen gesehen, dem die Augen so weit aus den Höhlen traten. Gespenstisch sah das aus. Im Geiste bekreuzigte er sich. Der Mann machte ihm Angst.

»Ein weiter Weg von Bamberg hierher nach Magdeburg, nicht wahr? Wie lange habt Ihr gebraucht, Bruder? Ich hoffe, Ihr hattet eine angenehme Reise. Hattet Ihr gutes Wetter? Was für ein Zufall, dass Ihr Sebastian getroffen habt! Ich habe ihn nach Bamberg geschickt, um mir eine Briefabschrift aus dem Kloster dort zu besorgen.«

Er fühlte sich belauert, und das machte ihn keineswegs ruhiger. Jetzt erst fiel ihm auf, dass er den anderen unentwegt wie einen Edlen und Ranggleichen ansprach. Dabei war er doch nur ein einfaches Mönchlein. Oder? Unter seinem Gewand ballte er die Faust um seinen goldenen Mariendenar.

»Unschöne Geschichte, der Tod unseres Bruders Norbert von Fulda, nicht wahr, Pater Dagomar? Hat uns alle tief bewegt, doch.« Plötzlich sah Laurenz die hübsche Magd vor sich – wie sie blutete, wie sie weinte, wie sie rannte. Er hielt dem Blick der Habichtsaugen stand. »Dass Ihr diesen weiten Weg hierher auf Euch genommen habt. Wo seid Ihr meinem Diener begegnet? In der Benediktiner-Abtei von Bamberg, nehme ich an. Lebt denn der edle Bruder Jakob noch?«

Dagomar schob eine Sandschale und eine Tintenamphore zur Seite und beugte sich weit über das dunkle Holz. »Ihr redet und redet und sagt doch nichts, Hochwürden. Was wollt Ihr von mir? Warum schickt Ihr mir diesen dicken Knaben nach Bamberg?«

»Wie gesagt: Ich habe ihn zu Bruder Jakob geschickt. Zu Eurem Abt, nicht zu Euch.«

»Bruder Jakob lebt als Einsiedler in den Wäldern bei Bamberg.«

»Ach ja?«

»Ja. Doch Ihr, Laurenz, wollt sicher kein Einsiedler werden in den heidnischen Wäldern um Havelberg. Und wenn Pirmin von Paris dort auf dem Bischofsstuhl sitzt, zweimal nicht, nehme ich an. Sollen wir Euch Pirmin vom Hals schaffen, oder was wollt Ihr von uns?«

Laurenz verschlug es erst einmal die Sprache. Wie von einem Fausthieb halb betäubt, sackte er auf seinem Hocker zusammen. »Was sagt Ihr da?« Er klammerte sich an der Tischplatte fest. »Vom Hals schaffen? Was für eine Frage von einem Bruder aus dem Orden des Heiligen Benedikt!«

»Sollen wir, oder sollen wir nicht?« Dagomars Miene war hart, sein Blick kühl und bohrend. Der Domdekan starrte ihn an, wusste nichts zu antworten. »Wegen dieser Möglichkeit habt Ihr den dicken Knaben doch zu uns geschickt. Ja oder nein?«

»Das denkt Ihr also?« Laurenz schluckte. Eine trockene Hostie schien ihm in der Kehle zu kleben. »Ich habe ihn zu Bruder Jakob geschickt, wie gesagt. Ihr glaubt doch nicht etwa, dass ich …?« Wie abwehrend hob er die Hände. »… niemals würde ich Euch unterstellen, dass Ihr irgendetwas mit dem Tod des designierten Bischofs von Naumburg zu tun hattet. Das könnt Ihr mir wirklich glauben, Pater Dagomar.«

»Ihr wisst so gut wie ich, dass Norbert nicht freiwillig aus dem Fenster gestiegen ist.« Dagomars Augen wurden schmal. »Und seid versichert: Wir wünschten seinen Tod nicht. Andere wünschten ihn. Und die haben sich mit diesem Wunsch an uns gewandt.«

So viel Offenheit machte Laurenz sprachlos. Er beugte sich vor, zog einen kleinen Krug voller Federkiele zu sich, langte einen heraus, drehte ihn zwischen den Fingern. Was nun? Was sagen, was fragen? Er blickte Dagomar ins Gesicht. Wie konnte es sein, dass dieser Mann ihn durchschaute? Oder hatte etwa Sebastian sich verplappert? Doch was hätte der Chorknabe ihm schon erzählen können?

»Wir?« Laurenz stand auf, ging zum Fenster. Die Nacht wich bereits dem Licht des neuen Tages. Jemand trat ein, stellte ein Tablett ab, schenkte ein, schlich hinaus. »Wer ist ›wir‹?«, fragte Laurenz.

»Wir sind ein geheimer Orden«, sagte hinter ihm Dagomar von Bamberg. »So geheim, dass nur wenige ihn kennen. Ihr werdet in keiner Chronik von ihm lesen, in keinem Brief, in keinem Vertrag, in keinem Archiv. Und dennoch gibt es Angehörige dieses Ordens in beinahe allen klösterlichen Gemeinschaften, an fast jedem Hof und in nicht wenigen Bistümern und Kanzleien des Reiches.«

»Wie heißt dieser Orden?«

»Wir haben keinen Namen. Doch die unsere Dienste in Anspruch nehmen, nennen uns den ›Orden der Vollstrecker‹.«

Laurenz verschränkte die Arme auf dem Rücken. Durfte er seinen Ohren trauen? *Orden der Vollstrecker?* Hinter den Fensterscheiben sang die erste Amsel. Ein Ringeltaubenpaar schwang sich aus einer Birke ins Gras hinunter. Ungeheuerlich, was er da hörte!

»Und wessen Urteil und Willen vollstreckt Ihr, Dagomar?«

»Den Willen Gottes vielleicht?« Laurenz hörte es der Stimme des anderen an, dass er lächelte. »Auf jeden Fall den Willen von edlen und frommen Männern, die sich auf die Fahnen geschrieben haben, den Willen Gottes und nichts als den Willen Gottes zu tun. Und glaubt mir, Hochwürden – es gibt Männer, die wollen Euch auf dem Bischofsstuhl von Havelberg sehen.«

Das zu hören erleichterte Laurenz beinahe. Hatte dieser unheimliche Mönch ihm also doch nicht ins Herz geblickt, gab es also Mächtigere als ihn, die ihn geschickt hatten. Diener der Kirche oder Fürsten. Womöglich der Erzbischof selbst?

Über den Dächern Magdeburgs ging die Sonne auf. Laurenz wandte sich zu Dagomar um. »Schickt Ludolf Euch zu mir?«

»Unsinnige Frage, Laurenz.« Dagomar verzog keine Miene. »Wichtig ist jetzt nur eines: Was wollt Ihr von mir?«

Laurenz ging zurück zum Tisch, setzte sich, sah dem anderen ins Gesicht. »Welche Rolle spielt Ihr im geheimen Orden der Vollstrecker, Dagomar von Bamberg? Welchen Rang bekleidet Ihr?«

»Ich bin ein Abt des Ordens, einer von dreien. ›Schwarzer Abt‹ nennt man mich. Meine Aufgabe ist es, Novizen auszubilden. Auch die Kunst, mit der unser Orden dem Willen Gottes zu seinem Recht verhilft, muss gelernt und gelehrt werden, wie Ihr verstehen werdet.«

Laurenz erschauerte. »Ihr sprecht vom – Töten?«

»Für einen geheimen Orden, der geheim bleiben will – und Ihr, Laurenz, bürgt ab heute mit Eurem Leben dafür, dass Ihr Euern Teil dazu beitragen werdet –« Dagomar tat, als hätte er Laurenz' Frage gar nicht gehört. »– für einen solchen Orden also ist es eminent wichtig, seine Novizen besonders gründlich in dieser Kunst auszubilden.«

»Männer wie Kuno?«

»Männer oder Frauen wie ihn, ganz richtig. Kuno von Rosenheim ist ein Meisterschüler. Ihr allein entscheidet, ob er seine Kunst hier in Magdeburg erproben wird oder nicht.« Dagomar zog die schwarzen Brauen hoch. »An demjenigen erproben, den Ihr uns nennt, Hochwürden.«

»So wie in Wittenberg an Norbert von Fulda?«

»Ihr allein entscheidet, sage ich. Ich höre.«

»Was erwartet Ihr von mir, wenn ich den Dienst Eures Ordens in Anspruch nehme?«

Der habichtsäugige Kahlkopf lächelte. »Die Hälfte dessen, was zusätzlich in Eure Schatulle geflossen sein wird, wenn Ihr nach einem Jahr auf dem Bischofsstuhl von Havelberg Eure Einkünfte berechnet. Und den vierten Teil Eurer zusätzlichen Einnahmen, solltet Ihr einmal Erzbischof werden.«

»Und …« Laurenz beugte sich vor, stützte die Ellbogen auf die Tischplatte und das bärtige Kinn auf die gefalteten Hände. Er fror plötzlich. »Und wie wollt Ihr es tun?«

»Das, Hochwürden, dürft Ihr getrost uns überlassen.«

»Gut, Pater Dagomar.« Laurenz nickte langsam. »Einverstanden.«

*

Das Angelusgebet zog sich hin. Laurenz stützte sich auf die Brüstung, bewegte die Lippen zu seinem fistelnden Gesang und lauschte der glockenhellen Stimme Sebastians, der an seiner Seite sang. Seine Gedanken kreisten um den schwerkranken Erzbischof.

Der alte Ludolf von Kroppenstedt verlangte nach dem Sakrament der Krankensalbung. Noch heute wollte er gesalbt werden. Ein ganz schlechtes Zeichen. Der Erzbischof war Laurenz' wichtigster Fürsprecher. Sollte er sterben, rückte der Bischofsstuhl von Havelberg in noch weitere Ferne.

Zumal Ludolfs Nachfolger so gut wie feststand: Graf Albrecht von Käfernburg. Der hielt es mit dem Papst und dem welfischen Gegenkönig Otto. Niemals würde er sich für Laurenz stark machen.

Der Domdekan fragte sich, wo der schwarze Abt Dagomar und sein Meisterschüler Kuno steckten. Seit zwei Wochen hatte er nichts mehr von ihnen gehört.

Der schweifende Blick des Domherrn glitt über die Schnitzereien im Chorgestühl. An zahllosen Stellen wölbten sie sich aus Balustrade, Armlehnen und Brüstung: lauter zu kleinen Skulpturen gestaltete Warnungen vor Sünden. Vor den Todsünden zumeist.

Laurenz' Blick blieb schließlich an seinem Lieblingsbild hängen. Zwei Sitze weiter zierte es die Brüstung am Eingang des Chorgestühls: ein Mönch, der sich eine Nonne über die Schulter geworfen hatte und seine Beute ins nahe Kloster schleppte.

Eine Warnung vor Wollust und Unzucht eigentlich. Doch Laurenz betrachtete sie nicht ungern. Jedes Mal verwandelte sich ihm die Nonne auf der Schulter des mönchischen Lüstlings rasch in ein Mädchen, ähnlich des schönen Kindes aus dem Wittenberger Badehaus. Oder in das Bildnis eines hübschen Knaben. In einen nackten, jungen Körper jedenfalls.

Vor zwei Jahren noch trug dieser Knabe meist Sebastians Züge. Seit er ihn jedoch zu seinem Diener und Sekretär gemacht hatte, ging ihm der rundliche Chorknabe zunehmend auf die Nerven. Laurenz wurde seiner allmählich überdrüssig. Trotz seiner schönen Stimme.

Das »Amen« rauschte durch den Chorraum, Laurenz schreckte aus seinen wollüstigen Fantasien hoch. In dem Chorgestühl gegenüber entdeckte er den Scholaster. Pirmin nickte ihm freundlich lächelnd zu. Laurenz lächelte zurück.

»Hast du geweihtes Öl vorbereitet?«, zischte er Sebastian auf dem Weg zur Sakristei ins Ohr. Sein Diener nickte. »Und die Hostie?« Wieder ein Nicken. »Gut.«

In der Sakristei zog der Domdekan das Chorhemd aus und ließ sich von Sebastian in die Albe helfen, ein knöchellanges, liturgisches Gewand. Laurenz raffte den weißen Stoff hoch, damit der Chorknabe ihm das kordelartige Zingulum um die Hüften binden konnte. Sein Mariendenar rutschte aus der Tasche und klimperte über die Fliesen. Laurenz bückte sich nach dem Goldstück; auf einer Seite trug es das Bild der Heiligen Jungfrau mit einer Rose, auf der anderen ein keltisches Kreuz. Er steckte es ein.

Sebastian betrachtete ihn. »Euer ehemaliger Beichtvater, der

Bruder Jakob von Bamberg, trug zerrissenen Sackstoff und eine Kette statt eines Zingulums. Bart und Haar reichten ihm bis zum Bauchnabel. Ich hätte mich fast übergeben, als er aus seinem Erdloch kroch, so sehr hat er gestunken.«

Der Einsiedler musste den Chorknaben tief beeindruckt haben. Ständig erzählte Sebastian davon, wie er ihn in den Wäldern gesucht und gefunden hatte. »Plappere nicht, reich mir lieber die Mozetta!« Laurenz streckte die Rechte aus, fuchtelte ungeduldig. Der bevorstehende Besuch beim Erzbischof beunruhigte ihn.

»Welche Mozetta passt zur letzten Ölung – die violette?«

Laurenz verpasste dem Chorknaben eine Ohrfeige. »›Krankensalbung‹ heißt das Sakrament, nicht ›letzte Ölung‹! Hat euch Pirmin das denn immer noch nicht beigebracht? Die schwarze mit den roten Knöpfen.«

Sebastian schnitt einen Schmollmund, zog seinem Herrn die schwarze Mozetta über die Schultern und knöpfte sie zu. Danach legte er ihm eine violette Stola um. »Ein wunderlicher Kerl, der Bruder Jakob.«

Schon wieder setzte es eine Ohrfeige. »So spricht man nicht über einen Mann Gottes und ehemaligen Abt!«

»Und wie spricht man über einen Dompropst?« Sebastian brauste auf, tat beleidigt.

»Was soll die Frage?«

»Er hat mich vor Euch gewarnt, Hochwürden.«

»Das glaube ich nicht. Reich mir die einfache Leinenmitra mit den roten Fransen. Was für einen Unsinn du wieder erzählst!«

»Wollt Ihr wissen, wie er Euch genannt hat?« Sebastian reichte ihm die verlangte Kopfbedeckung. »Einen eitlen Sack mit einer Mördergrube statt einem Herzen in der Brust. So hat er Euch genannt! Ist er nun ein wunderlicher Kerl oder nicht?«

Laurenz fiel die Kinnlade herunter. Aus schmalen Augen belauerte er seinen jungen Diener. Er spürte genau, welch diebische Freude es Sebastian bereitete, die angeblichen Worte des Eremiten zu zitieren. »Unverschämte Lüge!« Wieder schlug er zu, diesmal so fest, dass der Chorknabe zur Seite taumelte. »Schweig endlich!«

Er stülpte sich die weiße Mitra auf die grauen Locken und deutete mit herrischer Geste zum Tisch, wo das Silbertablett mit dem Öl, dem Kruzifix, dem Blut und dem Leib des Herrn standen. Sebastian brachte es zu ihm, sodass Laurenz Hostie, Wein und Öl überprüfen konnte. Sebastians Augen glitzerten eisig. Auf den Pausbacken seines kindlichen Vollmondgesichtes brannten rote Flecken.

Mit einer herrischen Kopfbewegung deutete Laurenz zur Tür. Sebastian öffnete sie und trug dann das Tablett neben ihm her durch das Kirchenschiff. Am offenen Hauptportal warteten die Domherren mit weiteren Chorknaben und schlossen sich Laurenz und Sebastian an.

Lauter blutjunge Gesichter sah der Dekan unter den Kapuzen der Chorhemden. Eines kannte er nicht – und kannte es zugleich doch. Ein neuer Chorknabe? Ein neuer Scholar der Domschule? Wo beim Heiligen Moritz hatte er dieses Gesicht schon gesehen?

Der Tross überquerte den Domplatz und kurz darauf den Breiten Weg. Immer mehr Magdeburger reihten sich in die Prozession ein: Ritter, Kaufleute, Handwerker, Bauern, Mönche des Moritzklosters. Bald schritt der Abt an Laurenz' Seite. Er hatte sich ein weißes Gewand über seine ärmliche Kutte gezogen und eine Mitra auf den Kopf gesetzt. Nur sie beide, den Abt und Laurenz, wollte der alte Ludolf an seinem Sterbebett dulden.

Vor dem Haus des Erzbischofs stand der Zug still. Hunderte Magdeburger hatten sich hier versammelt, sämtliche Stände und Zünfte waren vertreten. Laurenz blickte in einige ernste und viele traurige Mienen. Etliche Frauen weinten. Sogar manche Männer.

Als er sich halb umdrehte, um Sebastian das Tablett abzunehmen, traf sich sein Blick wieder mit dem des neuen Domschülers und Chorknaben. Der stand neben dem Scholaster. Und jetzt erkannte Laurenz den Jüngling auch: Kuno von Rosenheim! Schrecken durchzuckte den Domherrn. Der junge Ritter wagte sich tatsächlich so nahe an Pirmin heran?

Abrupt wandte Laurenz sich ab und schritt an der Seite des Abtes von Sankt Moritz zum erzbischöflichen Haus. Hinter ihm her stieg er die Treppe zu Ludolfs Krankenzimmer hinauf.

Ob auch Dagomar unten in der Menge wartete? Beklemmung beschlich ihn, ließ ihn auch am Bett des Erzbischofs nicht mehr los. Die ganze Zeit während der Eucharistiefeier und der Salbung kreisten seine Gedanken um den Habichtsäugigen.

Sie hatten etwas gemeinsam, er und der Habichtsäugige. Der Schwarze Abt, wie Dagomar sich nannte, stammte aus einem wendischen Geschlecht. Vor seiner Bekehrung kämpfte er für den wendischen Fürsten Niklot gegen die Sachsen. Das hatte Sebastian vom Einsiedler erfahren und ihm, Laurenz, berichtet.

Laurenz, Sohn eines thüringischen Markgrafen, hatte selbst jahrelang am Hof eines Wendenfürsten gelebt. Als halbwüchsige Geisel. Schwere Zeiten waren das gewesen. Laurenz verscheuchte die hässlichen Bilder der Erinnerung.

Nach Eucharistie, Salbung und Segen beugte der Abt von Sankt Moritz sich zum alten Ludolf hinunter. Der Erzbischof flüsterte ihm ins Ohr. Der Abt küsste erst den Mund des Kranken, dann seinen Ring. Tränen standen ihm in den Augen, als er sich wieder aufrichtete.

Mit dem Finger winkte Ludolf auch Laurenz zu sich hinunter. Laurenz küsste seinen Ring, gab dem Sterbenden den Bruderkuss und wollte sich danach wieder aufrichten. Doch der Erzbischof hielt ihn fest und zog sein Ohr an seine Lippen. »Pirmin wird niemals Bischof von Havelberg werden«, flüsterte er. »Das ist gewiss, Bruder. Gott hat es mir im Traum gezeigt. Ein roter Löwe wird ihm den Weg auf den Bischofsstuhl versperren. Du aber, Laurenz, du hüte dich vor dem Löwen …«

Der Erzbischof verstummte. Sein Kopf fiel zur Seite, sein Atem ging schnell und flach. Laurenz blickte auf das spitze Gesicht des

Sterbenden hinab. Er versuchte gar nicht erst, sich einen Reim auf das Gestammel des verwirrten Greises zu machen.

*

Ludolf von Kroppenstedt, der alte Erzbischof von Magdeburg, starb drei Tage später. Ohne noch einmal zu sich gekommen zu sein. Am selben Tag, am 16. August anno domini 1205, überbrachte ein Chorknabe dem Dompropst einen versiegelten Brief. Auf dem schwarzen Siegel erkannte Laurenz einen Cherub mit Schwert und gespreizten Schwingen vor einem Kreuz. Laurenz brach es.

Ein Brief mit nur wenigen Zeilen: Der Dompropst möge noch vor Sonnenuntergang über den Elbarm zum Großen Werder hinüberrudern. Er könne Dagomar nicht verfehlen. Am Inselufer würde der Schwarze Abt ihn erwarten. Und er möge diesen Brief verbrennen.

Von Sebastian ließ Laurenz sich am Abend hinüberrudern. Ein Boot trieb nahe des Werderufers auf der Elbe. Zwei Männer saßen darin, ein Mönch in schwarzer Kutte und ein Jüngling in hellem Umhang und mit langem schwarzem Haar.

Laurenz ging an Land und befahl Sebastian zu warten. Er selbst würdigte die beiden Fischer keines Blickes, sondern wanderte zwischen die Weidenhaine in der Mitte des Werders. Strahlend weiße Boviste sprossen im Gras. Ein gutes Zeichen? Der Domdekan achtete darauf, keinen zu zertreten. Unter den Weiden wartete er.

Die Fischer kamen kurz vor Sonnenuntergang. Dagomar trug die Benediktinerkutte, Kuno die Tracht eines Chorknaben unter seinem Umhang. »Pirmin fühlt sich sicher«, sagte Dagomar. »Nur drei Diener wachen über ihn und sein Anwesen: eine Zwergin, ein dem Wein ergebener Seldschuke und ein schwachsinniger Goliath.«

»Und die Frau?«, fragte Laurenz.

»Welche Frau, Hochwürden?« Kuno runzelte die Stirn.

»Kupferrotes Haar, anmutige Gestalt, schönes Gesicht.«

»Tot«, sagte Dagomar. »Starb vor sieben Jahren im Kindbett. Samt ihres neugeborenen Sohnes.«

»Ach?« Laurenz konnte es kaum glauben.

»Häufig kniet er vor ihrem Abbild und redet mit ihm wie mit einer lebendigen Frau«, sagte Kuno.

»Woher weißt du das?«

»Was glaubt Ihr wohl, was wir in den letzten drei Wochen getan haben, Bruder Laurenz?«, antwortete Dagomar anstelle des jungen Ritters.

»Wann soll es geschehen?«

»Übermorgen«, sagte der Rosenheimer. »Pirmin wird an den Trauerfeierlichkeiten für den Erzbischof teilnehmen. Und mit ihm mindestens einer seiner Diener. Wenn er am Abend in sein Haus zurückkehrt, werde ich ihn in seinem Schlafgemach erwarten.«

9

JEREMIAS

Gemähte Felder, so weit das Auge blickte. Dazwischen ragten Türme und Mauern einer Stadt auf. Runja und Waldemar liefen schneller. Der Hunger trieb sie vorwärts, und bald wehte der Südwestwind ihnen Glockengeläut entgegen. Kirchtürme und Mauerzinnen waren nun deutlicher zu erkennen. Sogar eine Brücke entdeckte Runja. »Das ist es«, sagte sie. »Das muss Magdeburg sein.«

»So groß?« Waldemar staunte. Die Elster auf seiner Schulter neigte den Kopf. »Und die Glocken läuten den ganzen Tag?« Er war bleich und hohlwangig.

»Was du wieder redest!« Runja stützte sich auf die Wendenlanze, spähte zur Stadt hin und lauschte dem Klang der Glocken. »Vielleicht brennt es irgendwo.« Vergeblich suchte sie den Himmel über Magdeburg nach Rauchsäulen ab. »Oder es ist Krieg.«

»Komm!« Waldemar packte ihre Hand, machte kehrt und zog sie mit sich. »Nichts wie weg hier!«

»Nein, warte.« Runja entzog ihm ihre Hand. »Vielleicht läuten die Glocken auch einen Feiertag ein.«

»Mitten in der Woche?«

Waldemar hatte recht: Es war Donnerstag; falls sie die Tage seit dem Aufbruch richtig gezählt hatte. »Einen Feiertag, von dem wir nichts wissen, vielleicht«, sagte sie. »Komm schon, wir haben keine Wahl.« Sie ging weiter, winkte ihn hinter sich her.

Ihre Stiefel waren durchgelaufen, ihre Fußsohlen brannten. Der Hunger wühlte als dumpfer Schmerz in ihrem Bauch. Sechs Wochen voller Entbehrungen, Angst und Gefahren lagen hinter ihnen.

Zweimal hatten sie sich verirrt; in der Höhle eines Köhlers hatten sie ein tagelanges Unwetter überstanden; ein Kloster hatte ihnen Zuflucht vor der Verfolgung von Wegelagerern gewährt; bei einem Bauern, an dessen Tür sie um Essen gebettelt hatten, mussten sie Rüben ausgraben und Schweine hüten. Und dann war Waldemar auch noch krank geworden: Husten, Schnupfen, Fieber.

Sechs Wochen unterwegs, sechs mühselige, sechs traurige, sechs lange Wochen. Und nun endlich Magdeburg.

Sie kamen an einem gemauerten Podest vorbei. Eine Steinbrüstung friedete es zur Hälfte ein – die Richtstätte. Türme und Mauer rückten näher. Zugleich eine Ansammlung aus Unterständen, Hütten, Karren und Zelten. Flussarme rückten in Runjas Blickfeld. Die Elbe! Das Lager dehnte sich zwischen der Brücke und dem geschlossenen Stadttor aus. Alles so fremd, alles so groß.

Dreimal hatte der Vater sie mit über den See genommen. Zweimal zu den Gehöften an der Warnow, einmal in die Stadt Zvarin und zu den Mönchen dort. Sonst kannte Runja nur die Seeburg, den Wald und das südliche Seeufer. Aus der frühen Zeit im Morgenland waren ihr nur wenige klare Bilder der Erinnerung geblieben.

Menschen und Vieh tummelten sich zwischen den Unterständen und Zelten. Vor dem Tor stand inmitten einer Reiterschar eine Kolonne aus fünf großen Wagen mit Gespannen von jeweils vier Pferden. Zwei der geharnischten Reiter stritten mit den Wächtern auf der Tormauer, schüttelten Fäuste und Lanzen zu ihnen hinauf.

Die Torwächter wollten die Ritter und die großen Wagen wohl nicht in die Stadt hineinlassen. Auch die Leute im Lager zwischen Brücke und Stadt kamen Runja vor, als warteten sie schon länger auf Einlass. Runjas Magen knurrte.

Ein braun gebrannter Mann beobachtete sie von seinem Wagen

herab – noch nicht sehr alt, hoher Körperwuchs, heitere Miene und strotzend vor Kraft und Gesundheit. Er zupfte auf einer Laute, und sein spöttischer Blick wanderte über ihre verdreckten Kleider und Schuhe. Auf Runjas Gestalt und rotem Haar ruhte er schließlich. »Wie er dich angafft«, flüsterte Waldemar.

Der Lautenspieler schwang sich über den Seitenverschlag seines Wagens. »Wer seid denn ihr?« Er kam rasch näher. »Ihr seht ja aus, als hättet ihr seit dem Osterfest weder Bad noch Braten gesehen.«

»Seit dem Weihnachtsfest«, sagte Runja. »Auch keine Suppe mehr, nur Beeren, Pilze und frühe Äpfel.«

»Angelus.« Der Elsternhahn krähte den Mann an. »Angelus, Elster Waldemars, Sohnes Ungers von Seeburg«, krächzte er.

Der Fremde wich nicht zurück, zuckte nicht einmal zusammen. Er neigte nur den Kopf und betrachtete den zeternden Vogel aufmerksam. Der schien ihm zu gefallen, denn er guckte ganz vergnügt. »Seeburg? Da kommt ihr her? Wo ist das?«

»Im Norden«, sagte Runja, »am See.«

»An was für einem See?«

»Na, am großen See. Wo die große Stadt Zvarin liegt.«

»Zvarin?« Der Mann lachte. »Du meinst Schwerin. Große Stadt? Ihr seid noch nicht weit herumgekommen, scheint mir. Wie heißt ihr?«

»Rubina.«

»Die Rote.« Er nickte wohlgefällig, konnte nicht aufhören ihre Gestalt zu betrachten. »Wunderschöner Name, weiß Gott.« Er wandte sich an Waldemar. »Und du, Bursche?« Waldemar schwieg. »Nun sag schon, ich fress' keine bleichblonden Knaben.« Waldemar schwieg.

»Angelus«, krähte die Elster, »Elster Waldemars, Sohnes Ungers von Seeburg, Burgmarschalls Graf Gunzelins von Zvarin.«

»Waldemar also.« Der Fremde nickte anerkennend. »Nicht weit rumgekommen, aber einer Elster das Sprechen beigebracht. Alle Achtung. Wie lange hast du gebraucht?«

»Einen Monat«, murmelte Waldemar.

»Nach so kurzer Zeit sagt sie so viele Worte?«, staunte der Mann.

»Nicht ›sie‹«, nuschelte Waldemar. »Ist ein Hahn.«

»Dann wird er andere Dinge ähnlich schnell lernen, schätze ich. Ich bin Jeremias von Köln. Solche wie euch kann ich brauchen. Kommt.«

Zögernd folgte Runja ihm. Ihren widerwilligen Bruder musste sie an der Hand hinter sich herziehen. Die Hoffnung auf Suppe oder Brei besiegte ihr Misstrauen. Außerdem schien ihr der Mann, der sich als Jeremias vorgestellt hatte, warmherzig und ehrlich zu sein.

»Seit zwei Tagen lassen sie keine Fremden in die Stadt«, sagte er, während er sie zu einem großen Ochsenkarren führte. »Kann noch dauern, bis sie öffnen. Ihr Erzbischof ist gestorben, der Ludolf. Wird heute im Dom bestattet.«

Jeremias trug ein Kettenhemd über einem weißen Gewand aus schmutzigem Leinen. Darüber einen grauen Mantel mit Kapuze. Eine Mütze aus rotem Samt bedeckte sein langes schwarzes Haar, seine Ohren, seine Schultern. Schillernde Pfauenfedern standen nach allen Seiten von seiner Mütze ab. Auf seinem Rücken hing ein Krummschwert.

»Deswegen die Glocken schon seit dem Morgen, versteht ihr? Hoffentlich haben sie ihn bald versenkt, den Ludolf.«

Wegen des Chorhemds und des Umhangs erinnerte er Runja an einen Mönch; doch mit dem Kettenhemd, den Sporenstiefeln und dem Säbel sah er eher aus wie ein fahrender Ritter. Der Umhang, der rote Hut und die Pfauenfedern wiederum ließen Runja an jenen Gelehrten und Heiler denken, der eine Zeitlang in der Seeburg gelebt hatte.

Jeremias drehte sich zu ihr um, zog fragend die Brauen hoch. »Warum kommt ihr ausgerechnet nach Magdeburg?«

»Unser Oheim lebt in der Stadt«, erklärte Runja.

»Na, der wird lauthals jubeln, abgerissene Hungerleider wie

euch vor seiner Tür zu sehen.« Er winkte zwei Frauen zu, die nicht weit vor einem Zelt hockten. »Haben wir noch Hühnersuppe?« Die Frauen nickten. »Macht sie warm! Und bringt getrocknetes Fleisch und Wasser. Für die beiden Kinder hier.«

Die Frauen waren jünger als er und nur wenig älter als Runja. Eine dunkelhaarig, eine blond. Und beide ganz in Gelb gekleidet. »Kinder also.« Die Dunkelhaarige musterte Runja feindselig. »Kinder mit Lanze, Bogen und Armbrust«, höhnte sie. »Was du nicht sagst, Ritter Jeremias.«

»Schwatz nicht, bring zu essen.« Er klatschte ihr auf den Hintern. Vor dem Wagen setzte er sich auf ein Fass, wies auf eine Kiste, damit auch die Geschwister Platz nahmen. »Was für hübsche Gesellen ihr seid, ebenso hübsch wie heruntergekommen.«

Vier Ochsen waren vor den Wagen gespannt, hinter ihm angebunden ein schwarzes Pferd mit roter Decke. Auf dem Wagen sah Runja Kisten, Sattelzeug, eine Lanze, eine Harfe, die Laute, einen Kriegsbogen und Bündel aus Decken und Kleidern. Schinken und Kräutersträuße hingen zum Trocknen unter der halb geöffneten Plane. Ein Äffchen linste über den Seitenverschlag.

Die Frauen brachten Suppe, Näpfe und einen Krug mit Wasser. Danach setzten sie sich wieder vor das kleine Zelt auf der anderen Wagenseite. Hühner pickten neben ihnen, ein Hahn stolzierte um ein in die Erde gerammtes Schwert, an das er gekettet war.

»Wer sind die?«, wollte Waldemar wissen. Runja schlang die lauwarme Suppe herunter.

»Meine Schwestern Martha und Magda«, sagte Jeremias. »Früher war ich Ritter eines bayrischen Grafen, später ein Kreuzritter unter Kaiser Friedrich Rotbart. Jetzt ziehe ich als Sänger und Schausteller durchs Heilige Römische Reich Deutscher Nation.« Er beugte sich vor, senkte die Stimme. »In Wahrheit jedoch bin ich ein Prophet Gottes. Und ich sage euch – ihr beide habt eine gesegnete Zukunft vor euch.«

»Wirklich?«, entfuhr es Runja. Sie biss ins trockene Fleisch.

»Verlasst euch darauf.« Jeremias lächelte Runja zu. »Schmeckt gut, nicht wahr? Das kannst du künftig öfter haben.«

Runja sah, wie die Blonde mit einem geharnischten Mann ins Zelt schlüpfte, einem der Ritter, die vor dem Tor warteten. »Welche ist Magda, welche Martha?«, fragte sie mit vollem Mund.

»Das weiß ich selbst nicht so genau.« Jeremias lachte, als hätte er einen Witz gemacht. »Was treibt euch aus eurer Burg und von eurem schönen See hier herunter an die Elbe und vor die Tore Magdeburgs? Erzählt mir eure Geschichte, los.«

Waldemar blickte hinüber zum Tor, wo ein Ritter nun besonders lautstark Einlass begehrte. Er kaute heftiger, tat, als hätte er Jeremias' Aufforderung gar nicht gehört. Der Ritter unter der Mauer schlug sogar mit einer Stachelkeule gegen das Tor.

»Vater und Mutter sind tot.« Runja ließ das Fleisch sinken, drehte es zwischen ihren Fingern. »Die Tanten, der Oheim, die Neffen, die Basen – alle tot. Die Burg abgebrannt.«

Sie erzählte, was geschehen war. Alles. Angefangen vom Wolf im Ginster über den Tod des Grafensohns bis zum abziehenden Kriegstross der Wenden. »Wir haben kein Zuhause mehr«, schloss sie. »Und hier in Magdeburg lebt ein Oheim. Der Bruder der Mutter.«

»Der wird Gott auf den Knien danken für zwei weitere Esser im Haus.« Das klang spöttisch, und Jeremias feixte. »Besser, ihr bleibt gleich bei mir.« Er wandte sich an Waldemar. »Mit den Kunststücken deiner Elster lässt sich gewiss manch Brakteat verdienen.«

»Brakteat?« Runja hatte das Wort nie zuvor gehört.

»So heißen die silbernen Pfennige im Bistum Magdeburg.« Er beugte sich vor, berührte Runja an der Wange. »Und du mit deinen grünen Wunderaugen wirst den edlen Herren das Silber nur so aus den Taschen fischen.« Sie wich zurück, biss in ihr Schinkenstück. »Also, überlegt's euch.«

Runja antwortete nicht, beobachtete lieber Jeremias' dunkelhaarige Schwester. Martha oder Magda. Die hockte vor dem Zelt und scherzte mit einem Mann in feinen Kleidern. Hinter ihnen kroch der Ritter aus dem Zelt, danach Jeremias' blonde Schwester. Martha oder Magda. Sie ordnete Kleider und Haar.

»Das ist sehr großzügig von Euch«, hörte sie Waldemar sagen. »Doch wir wollen lieber unseren Oheim suchen.«

Jeremias richtete seinen Blick auf Runja, wartete auf eine andere Antwort aus ihrem Mund. Doch Runja tat, als hätte sie gar nicht zugehört. Sie beobachtete, wie nun die Dunkelhaarige ins Zelt kroch. Der in den edlen Kleidern kroch hinterher. Sie verstand nicht recht, was dort geschah. Oder wollte es nicht verstehen.

»Schade«, sagte Jeremias, »wirklich schade.« Er schnalzte mit der Zunge. *Schade*, das sagte er auch später ständig, als die Glocken zu läuten aufgehört, die Wächter endlich das Tor geöffnet hatten und den Tross der Wartenden in die Stadt hineinließen. »Schade, wirklich schade. Falls ihr es euch noch einmal anders überlegt – ihr findet mich am Elbufer oder auf dem Marktplatz.«

Zum Abschied strich er Runja übers Haar und der Elster übers Gefieder. Angelus beschimpfte ihn und hackte nach seiner Hand.

Die Geschwister streiften durch die Stadt, fragten nach ihrem Oheim. Kirchtürme erhoben sich über den Dächern, höher als die Türme der Seeburg. Und überall auf den Gassen und Plätzen: Menschen, Menschen, Menschen.

In der Burg am See und in den Weilern vor ihren Mauern hatten meistens nicht mehr als zweihundert Seelen gelebt. In Zvarin höchstens fünfhundert. Hier, in der Stadt an der Elbfurt, wohnten zehnmal so viele und noch mehr.

Sie gelangten an einen Platz mit zwei Kirchen. Aus einer – dem Kaiserdom, wie sie erfuhren – strömten Menschen. Runja und Waldemar staunten sie an: ihre prächtigen Kleider, ihre schönen, feierlichen Gesichter, die großen Wagen, in die sie stiegen, die geschmückten Pferde, auf die sie kletterten.

Später fanden sie das Haus des Oheims. Ein kleines windschiefes Holzgebäude nahe einem Kloster im Norden der Stadt. Die

Tür stand offen, sie traten ein. Jemand stellte sich ihnen in den Weg. Die Tante, auf jedem Arm ein kleines Kind. »Was wollt ihr?« Runja sagte es ihr. Die Tante machte große Augen, rief nach dem Oheim. »Komm schnell, Mann! Deine Schwesternkinder!«

Ein Mann bückte sich aus einer Tür – hohlwangig, dürr, mit grauen Lippen und entzündeten Augen. »Wie seht denn ihr aus?« Er starrte sie an. »Woher habt ihr die Waffen? Was wollt ihr?«

»Etwas zu essen und zu trinken«, sagte Waldemar mit müder Stimme. »Und einen Platz zum Schlafen. Und hättet Ihr vielleicht einen Zuber, in dem ich mich ein wenig waschen könnte?«

»Noch zwei Esser?« Die Tante schüttelte den Kopf.

»Seid ihr des Henkers?!«, zischte der Onkel, und die Tante rief: »Das Vieh auf seiner Schulter, schau doch, Mann! Schau doch – diese hässliche Elster!«

»Die Seeburg ist verbrannt, Oheim«, sagte Runja, »die Gehöfte verwüstet. Der Vater ist tot. Eure Schwester auch. Bitte, lieber Oheim.« Sie hob die gefalteten Hände wie zum Gebet, fühlte sich klein und schäbig auf einmal, konnte dennoch nicht aufhören zu flehen. »Bitte, bitte.«

»Alles Lügen!« Die Tante trat hinter ihren verstummten Mann. »Jag sie bloß weg!«

*

Eine Zeitlang irrten sie durch die Stadt und wussten nicht, wohin mit sich. Waldemar heulte; Runja unterdrückte die Tränen, um ihn nicht noch mehr zu entmutigen. Es waren Tränen der Wut, die sich in ihrer Kehle stauten. »Mach dir keine Sorge, Fürzchen.« Sie hielt ihren Bruder an der Hand fest. »Der liebe Heiland hat uns vor Wölfen, Wenden und Wegelagerern gerettet. Glaubst du etwa, er hat das getan, nur um uns hier in Magdeburg verhungern zu lassen?«

Waldemar schüttelte den Kopf und heulte noch ärger. Er beschwerte sich nicht einmal darüber, dass sie ihn »Fürzchen« genannt hatte. Runja legte den Arm um seine schmalen Schultern, zog ihn an sich, küsste ihm ein paar Tränen weg.

Am frühen Abend gelangten sie zu einer Straße am Elbufer; prächtige Häuser standen hier – groß, aus Stein, mit Säulen neben den Treppen und Springbrunnen vor dem Eingang. Eine Menschentraube hatte sich vor dem Torbogen zu einem Garten versammelt, vom Haus her hörte man Geschrei. Runja drängte sich in die Menge, wollte auch sehen, was es da zu gaffen gab. Waldemar wischte sich die Augen aus, blieb aber abseits stehen.

Ein riesiger Kerl sprang auf einem Balkon hin und her. Er schlug mit Fäusten auf einen jungen Burschen ein und beschimpfte ihn. Der Geschlagene versuchte über die Balkonbrüstung zu klettern, vermochte es aber nicht, weil er Arme und Hände brauchte, um sich vor den keulenartigen Fäusten des Riesen zu schützen.

Zwei Männer und eine kleine Frau blickten von unten, von der Treppe aus, zum Balkon hinauf. »Hör auf, Johannes!«, rief ein Blonder. »Du wirst ihn noch totschlagen!« Die Menge am Tor stierte schweigend.

»Hat so einer etwa das Leben verdient?« Wie das Röhren eines Hirsches klang die tiefe Stimme des Schlägers. Er griff dem jungen Burschen ins schwarze Langhaar, packte zugleich sein weißes Hemd und riss ihn an beidem über die Balkonbrüstung. »Mordbube, verfluchter!«, donnerte er.

»Loslassen!« Leben kam in die Menge, Rufe wurden laut. »Schmeiß ihn hinunter!«

»Nicht, Johannes!«, flehte der Blonde. »Lass ihn bloß nicht los!« Der Zorn hatte den Riesen wohl taub gemacht, denn er ließ los – das weiße Hemd und der dunkle Mantel flatterten hinter dem Burschen her, und im nächsten Augenblick prallte er im Gras auf. Die Männer und Frauen rund um Runja johlten vor Freude.

Der junge Bursche stemmte sich hoch, wollte sich davonschleppen. Sofort stürzte ein Mann von der Treppe zu ihm und riss ihn erneut zu Boden, einer mit sehr schwarzem Haar und dunkler Haut. Er trat nach dem sich Krümmenden; und die zwergenhafte Frau schlug mit einem Fleischklopfer auf ihn ein.

»Genug!« Der Blonde sprang nun die Treppe hinunter. »Ihr versündigt euch!« Der Mann trug die Kleider eines geistlichen Herrn: ein langes weißes Chorhemd, einen schwarzen kragenlosen Mantel und ein dunkelrotes Birett. »Weg von ihm!« Er zog die Kleine mit dem Fleischklopfer zur Seite, stieß den Bronzehäutigen weg von dem Gestürzten. Der rührte sich kaum noch.

Ein unwirklicher Anblick, gewalttätig und grausam, Runja stand mit offenem Mund und aufgerissenen Augen. »Du stinkst«, sagte ein Mann neben ihr, rümpfte die Nase und trat von ihr weg. Die anderen schrien, schüttelten Fäuste, verlangten noch mehr Prügel für den sich am Boden krümmenden Burschen.

»Hat der Hundsarsch sich etwa nicht versündigt?« Der Riese auf dem Balkon schwang einen Dolch, den er an der Klinge festhielt. »Damit wollte er Euch töten, der Teufelsgenosse! Hat so einer etwa Gnade verdient?« Die Menge jubelte und applaudierte.

»Wir sind Christenmenschen!«, rief der geistliche Herr zum Balkon hinauf. Er fuhr herum, sein zorniger Blick traf die Menge; die verstummte augenblicklich. »Wir zahlen nicht Auge für Auge und Zahn für Zahn!« Er deutete auf den Zerschlagenen. »Schafft ihn vor den Burgvogt und den Schöffenstuhl. Recht muss gesprochen werden, bevor ein Urteil ergeht.«

Die Kleine und der Bronzehäutige fesselten den jungen Mann. Neben Runja begannen die Leute zu flüstern. »Der wollte den Scholaster Pirmin ermorden. Wer ist dieser Kerl? Man müsste ihn aufhängen. Ach, was – aufs Rad gehört der geflochten.« So redeten sie alle, und Runja bekam es mit der Angst zu tun.

Weil der angebliche Mordbube nicht mehr laufen konnte, wurde ein Karren herbeigeschafft. Der riesige Kerl mit der Hirschstimme warf ihn auf die Ladefläche, zwei Männer aus der Menge zogen ihn aus dem Garten des Blonden. »Geh mit ihnen, Alma«, rief der Mann namens Pirmin. »Du bürgst mir dafür, dass ihm kein Haar mehr gekrümmt wird, bevor nicht Recht gesprochen ist.« Die Kleine nickte und kletterte zu dem Verletzten auf den Karren.

Sie zogen den Gefangenen an Runja und den anderen vorbei auf die Straße. Sein Gesicht war verschrammt und verschwollen, er jammerte leise und blutete aus Mund und Nase. Die Menge vor dem Torbogen löste sich auf, die meisten wollten den Karren zum Burgvogt begleiten.

Runja hielt Ausschau nach Waldemar. Der stand noch immer abseits und schaute an ihr vorbei auf etwas, das wohl hinter ihr stand. Sie drehte sich um und sah dem Blonden ins Gesicht, dem Hausherrn. Der schaute sie an wie eine Erscheinung. Sein Gesicht war eines, in das man gern schaute: kantig, ebenmäßig, schön. Er hatte schmale Lippen, Locken, einen kurzgeschorenen, blonden Bart und blaue, freundliche Augen.

Ganz anders die Männer neben ihm – der übermäßig Große namens Johannes und der, den der Blonde »Jusuf« genannt hatte: Grimmig und misstrauisch musterten sie Runja. Die kam sich vor wie gefesselt vom Blick des blonden Hausherrn. Ihr Herz schlug höher.

Pirmin? Hatten sie ihn nicht so genannt? Er machte einen Schritt auf sie zu, öffnete die Lippen, wollte etwas sagen, doch im selben Moment packte Waldemar ihre Hand und zog sie weg von dem eigenartigen Mann und seinem Gartentor.

In der Dämmerung fanden sie Jeremias und seinen Wagen. Hocherfreut nahm der sie auf, gab ihnen zu essen und wies ihnen einen Schlafplatz zu. Am Morgen badeten sie in der Elbe, Jeremias schenkte ihnen frische Kleider. Seine angeblichen Schwestern Magda und Martha beäugten vor allem Runja mit unverhohlener Missgunst.

Um die Mittagszeit nahm Jeremias sie mit zum Marktplatz. Ein Räuber und Mörder sollte dort geköpft werden. Viel Volk war auf den Straßen, alle strömten sie zur Hinrichtungsstätte, alle wollten zusehen, wie der Henker jenem Raubmörder den Kopf abschlug, der dem Domscholaster Pirmin von Paris mit einem Dolch aufgelauert hatte.

Mit Tausenden warteten sie in der Mittagshitze auf den Karren mit dem Verurteilten. Der wollte und wollte nicht kommen. Der Henker stand schon bereit, und ganz vorn in der ersten Reihe saßen auf Stühlen Magdeburgs Würdenträger und warteten ebenfalls. Runja entdeckte den blonden Scholaster dort, jenen Pirmin. Der drehte sich nach ihr um und nickte ihr zu. Das Herz schlug ihr plötzlich in der Kehle. Was geschah mit ihr? Rasch wandte sie den Blick ab.

Irgendwann stieg einer zum Henker aufs Podest, ein Bote des Burgvogtes, wie sich herausstellte. Er wandte sich an die Menge und rief: »Ein Benediktinermönch hat dem Verurteilten noch während der Nacht die Beichte abgenommen! Jetzt liegt der Mordbube tot in seinem Kerker!«

10

ROTER LÖWE

Müde. Laurenz ließ die Goldmünze in seiner Tasche los, stemmte sich aus seinem Chorsitz, umklammerte die Brüstung des Gestühls. Seit Wochen war er müde und erschöpft. Der Domkantor stimmte das Kyrie an. Seit Ludolfs Bestattung und dem gescheiterten Anschlag. Laurenz bewegte stumm die Lippen. Jemand beobachtete ihn, er spürte es.

Der einsetzende Gesang der Benediktiner und Domherren verschlang die Stimme des Kantors; es klang wie jäh aufbrausender Sturm. Laurenz schloss die Augen: Vertraut klang das, gut klang das, und am schönsten klang Sebastians Stimme neben ihm. Wie konnte ein Mensch so dick und hässlich sein, so einfältig und geschwätzig und zugleich eine derart reine und klare Stimme besitzen?

Dieses unselige Gefühl, beobachtet zu werden! Laurenz blinzelte zum Prachtlettner, der Schranke, die Chorraum und Kirchenschiff trennte. Hinter den Rosetten sah er die Menge des Magdeburger Volkes. Pirmins Gärtner ragte zwischen allen Schultern und Schädeln heraus. Wollte doch der Teufel ihn holen!

Ganz vorn, in der ersten Reihe entdeckte Laurenz den dürren Pater in Schwarz: Dagomar von Bamberg. Was hatte er zu glotzen?

Laurenz wünschte, er müsste nicht jeden Tag an das Habichtsauge denken. Tat er aber. Und seit der ehemalige Dompropst und künftige Erzbischof Albrecht versprochen hatte, ihn dem Heiligen Vater und dem Domkapitel als seinen Nachfolger zu empfehlen, um so mehr. Er wollte Albrecht nicht als Dompropst nachfolgen. Er wollte dem Bischof von Havelberg auf seinen Bischofsstuhl nachfolgen.

Doch sollte er hierfür wirklich noch einmal die Dienste des Schwarzen Abtes in Anspruch nehmen? Sie schrieben Briefe seit jenem Unglückstag, mieden persönliche Begegnungen. Zu gefährlich.

Laurenz lauschte Sebastians Stimme. Wundervoll! Hatte Gott dem Mondgesicht diese Gabe als Ausgleich für seine zahlreichen Schwächen geschenkt? Vermutlich. Laurenz fragte sich, wie er den Chorknaben jemals loswerden sollte – als Diener und Geliebten.

Vier Briefe hatte Dagomar ihm seit dem rätselhaften Tod des jungen Ritters geschrieben. Jedes Mal dasselbe mit anderen Worten: Es sei ihm peinlich, dass sein Meisterschüler versagt hatte, und er wolle es wieder gut machen, wolle sich Pirmin persönlich widmen.

Laurenz hatte abgelehnt. Bis jetzt. Musste man es nicht als Zeichen Gottes deuten, dass dieser schwachsinnige Johannes den Ritter von Rosenheim im Schlafgemach Pirmins ergriffen hatte?

Laurenz stützte sich auf die Brüstung, bewegte die Lippen, unterdrückte ein Gähnen. Am liebsten hätte er sich zurück in seinen Chorsitz gleiten lassen, so müde war er.

Gut möglich, dass der Teufel in diesem Riesen von einem Gärtner steckte. In diesem Fall hätte ja der Leibhaftige selbst Pirmins Ableben verhindert. Musste einst nicht sogar Gottes Sohn die Versuchung des Teufels erdulden? Der Gedanke gefiel Laurenz. Kunos Scheitern wäre demnach eine Prüfung Gottes gewesen.

»Amen«, murmelte er, »so ist es.« Eine Prüfung: Würde er jetzt aufgeben, taugte er nicht zum Bischof und schon gar nicht zum Erzbischof; blieb er jedoch hartnäckig, würde Gott ihn segnen und erst zum einen und dann zum anderen machen. »Amen, amen.«

Die verstohlenen Blicke Sebastians und des Domkämmerers holten Laurenz aus seiner inneren Zwiesprache zurück ins Chorgestühl. Er beherrschte sich, richtete seine Aufmerksamkeit wieder auf den Gesang, fistelte die Gebetsworte vor sich hin. Heilige Jungfrau, diese bleierne Müdigkeit!

Sein Blick glitt über die Schnitzereien, über die Darstellungen der sieben Todsünden. Seltsam, dass Mord nicht dazugehörte. Hatte Dagomar dem jungen Ritter Gift verabreicht? Laurenz hatte Kunos Leiche gesehen. Knochenbrüche, Schürf- und Platzwunden, sonst nichts. Und keine Spur vom Siegelring des Ordens der Vollstrecker.

Laurenz betrachtete das Bildnis der Unkeuschheit: der lüsterne Mönch, der eine Nonne wie ein erlegtes Wild auf der Schulter davontrug. In sein Kloster, in seine Zelle, auf sein Nachtlager. Laurenz ging mit ihm. Der Gesang rückte in weite Ferne, die Brüstung des Chorgestühls entglitt seinen Fingern. Ihm war, als schwebte er davon.

Er spürte den Stoff einer Kutte zwischen den Fingern, riss daran, riss so lange, bis die Nonne mit entblößten Brüsten vor ihm lag. Sie wälzte sich unter ihm, lüstern und stöhnend wie jene Maria in Wittenberg neulich. Sie half ihm aus seinem Chorhemd, griff nach ihm, griff dorthin, wo er ihre Hände zu spüren ersehnte.

Erschrocken sah er in ihr Gesicht – nein: nicht das faltige Gesicht der welkenden Maria schmachtete ihn an, sondern das zarte Gesicht der hübschen Magd aus dem Badehaus. Umso besser. Laurenz schob sich zwischen ihre gespreizten Schenkel, beugte sich über sie, und ihr hübsches Gesicht verwandelte sich in das des anmutigen Domschülers, der gestern zu ihm in den Beichtstuhl gestiegen war.

Die Hitze der Lust durchflammte Laurenz. Hände, Leib und Zunge entglitten seiner Kontrolle ganz und gar. Er wälzte sich über dem halbnackten Knaben, saugte den milchigen Duft von seiner samtenen Haut, packte ihn endlich bei den Hüften und warf ihn auf den Bauch.

Der Knabe schrie. Vor Lust? Vor Schmerzen? Vor Ekel? Laurenz stutzte. Nein, nicht der Knabe unter ihm war es, der schrie – hinter ihm schrien sie. Laurenz stockte der Atem, er sprang auf.

Auf dem Domplatz stand er plötzlich, splitternackt. Und überall Menschen – Magdeburger Volk, die Benediktiner von St. Moritz, die Domherren, die Chorknaben, die Kaufleute, die Ritter, und in der ersten Reihe: Pirmin, der Abt von St. Moritz und der alte Erzbischof Ludolf. Laurenz bedeckte seine Scham mit den Händen.

Hunderte schrien. Viele deuteten voller Zorn auf ihn, andere schüttelten die Fäuste. Der Abt weinte, Pirmin senkte beschämt den Blick, und der Erzbischof sagte: »Pirmin wird niemals Bischof von Havelberg werden, das ist gewiss. Du aber, Laurenz, du hüte dich!«

Gebrüll erhob sich plötzlich, entsetzliches Gebrüll. Keines, wie rasende Menschen es ausstießen, sondern ein urweltliches, ein röhrendes, dröhnendes Gebrüll. Die Luft vibrierte davon. Die Menge fuhr auseinander, alle rannten um ihr Leben. Nur Pirmin rührte sich nicht. Der Scholaster hob seinen unendlich traurigen Blick – sah Laurenz in die Augen und drehte sich nach dem Gebrüll um.

Ein Löwe! Feuerrot! Vom Kloster des Heiligen Moritz her setzte er in großen Sprüngen über den Domplatz. Sein Gebrüll ging Laurenz durch Mark und Bein. In den Gassen drängten sich fliehende Menschen, in den Kirchenportalen, Hoftoren, Hauseingängen. Doch Laurenz konnte nicht fliehen, stand wie festgefroren, wollte schreien, fürchtete, sein vor Angst rasendes Herz könnte zerspringen.

Der brüllende Löwe fiel Pirmin an, riss ihm Haar und Gesicht mit zwei Prankenhieben vom Schädel, schlug ihm die Reißzähne in Hals und Brust, schüttelte seinen Leib, bis er in blutigen Fetzen davonflog. Dann ließ er den Zerrissenen fallen, äugte zu Laurenz und fauchte grollend. Seine Lefzen trieften von Blut.

»Suche ihn auf dem Domplatz«, sagte die Stimme des Erzbischofs vom Glockenstuhl des Domes her. »Finde ihn, bändige ihn, füttere ihn, zwinge ihm deinen Willen auf, aber hüte dich.«

Der rote Löwe riss den Rachen auf, brüllte erneut und duckte sich zum Sprung auf Laurenz. Dem zerdrückte die Angst Kehle und Herz. Mit aller Kraft versuchte er zu schreien.

Schreiend fuhr er aus dem Schlaf hoch. Kalter Schweiß strömte ihm übers Gesicht. Sebastian und der Domkämmerer hielten hin fest. Alle Domherren im Chor guckten erschrocken zu ihm. Hinter den Rosetten des Lettners gaffte das Volk. Und aus der ersten Reihe lauerte der Schwarze Abt zu ihm herüber.

*

Der September neigte sich, der erste Tag der Herrenmesse brach an, der höchste. »Jedes Jahr zu Herbstbeginn feiern die Magdeburger ihren Schutzpatron, den Heiligen Moritz«, erklärte der fahrende Ritter und Sänger Runja und ihrem Bruder. »Ein schönes Spektakel.« Zufrieden zwirbelte Jeremias die Spitzen seines Schnurrbartes – es war ihm gelungen, dem Domkapitel einen besonders günstigen Standplatz für seinen Wagen und sein Podest abzuschwatzen. Direkt am Durchgang zwischen Domportal und Breitem Weg.

Schon bald nach Sonnenaufgang regte sich Leben an allen Buden und Ständen auf dem Neumarkt, am Breiten Weg und auf dem Domplatz. Leiterwagen und Ochsenkarren schafften Waren herbei, die Händler hängten Fleisch unter die Dächer ihrer Unterstände, luden Obstkörbe ab, öffneten Fässer voller Gurken und Kraut, legten Bretter über Holzböcke, verteilten darauf, was sie anzubieten hatten: Stoffe, Gemüse, Brote, Kleider, Lederzeug, Hausrat, Schnitzereien.

Sie hatten lange und fleißig geübt für die Markttage. Waldemar hatte Angelus neue Worte und ein paar Kunststücke beigebracht, Jeremias an den Reimen seiner Lieder gefeilt, Runja an ihrer Fingerfertigkeit beim Stehlen. Jeremias selbst hatte sie dieses Handwerk gelehrt. Tag für Tag musste sie ihm Tücher, Münzen, Schmuck oder Würfel aus den Taschen ziehen, stundenlang, wieder und wieder. Bis Jeremias es nicht mehr merkte, wenn sie zulangte.

Magda und Martha hatten ihr Zelt im Hinterhof einer Schänke aufgeschlagen. Sie arbeiteten am wenigsten – so kam es Runja wenigstens vor – und warfen doch schon die ersten Münzen in Jeremias' Schatulle. Sie hatten sich geschmückt, ihre Frisuren erneuert, ihre gelben Kleider gewaschen und geflickt – weiter nichts. Und ständig kamen Männer, die mit ihnen ins Zelt kriechen wollten.

Runja hatte inzwischen eine vage Vorstellung von dem, was im Zelt geschah. Ginge es nach Jeremias, hätte er längst ein größeres aufgeschlagen, in das nur Runja und mit ihr die edleren und reicheren Herren hätten kriechen sollen. »Mehr Münzen als beide Schwestern zusammen könntest du dann in die Schatulle werfen«, sagte er.

Sogar eine Kammer in der Schänke wollte er ihr dafür beschaffen. Die Wirtsleute nahmen ja keinen Heller von ihm, gaben ihm sogar das Essen umsonst. Er hatte sie so lange beschwatzt, bis sie ihn für einen großen Heiler und einen Mann Gottes hielten.

Runja weigerte sich. Noch. Kein Zelt, keine Kammer, keine Männer. Sie wollte nichts tun, für das sie sich vor ihrem Vater hätte schämen müssen. Und vor Waldemar. Der war stolz auf sie. »Lieber eine Diebin als eine Hure«, hatte er gesagt. Runja schämte sich dennoch. Doch was blieb ihr übrig, wenn sie ihren Bruder und sich selbst am Leben erhalten wollte?

Nach der Messe strömten die Menschen aus der Kathedrale. Großes Gewimmel entstand. Tausende Magdeburger und Leute aus dem Umland tummelten sich zwischen Buden und Verkaufsständen auf Domplatz, Markt und Breitem Weg. Viele blieben vor dem Podest und dem Karren des Sängers und Ritters aus Köln stehen.

Jeremias warf dort faulige Äpfel in die Luft und halbierte sie mit Säbelhieben. Er jonglierte mit faulen Äpfeln, warf vier auf einmal in die Luft, zersäbelte alle vier schneller, als Runja gucken konnte.

Er legte dem Äffchen einen Apfel mit dem Stiel nach unten auf den Kopf und spaltete die Frucht mit einem Säbelhieb von oben nach unten, ohne das Tier zu verletzen. Die Leute rissen die Augen auf. Er tat dasselbe mit seinen angeblichen Schwestern. Die Leute vergaßen zu atmen. Er nahm eine Pflaume, legte sie der Blonden auf den Scheitel und holte mit dem Säbel aus. Die Leute flehten ihn an, es bloß nicht zu versuchen. Jeremias tat ihnen den Gefallen.

Das war der Augenblick, in dem Runja das erste Seidentüchlein erbeutete. Das Herz klopfte ihr bis zum Hals.

Als schon eine dichte Menschentraube Jeremias' Wagen belagerte, griff er sich seine Laute, kletterte auf ein Fass, zupfte die Saiten und erzählte, wie er während des letzten Kreuzzuges vor Jerusalem von zehn Sarazenen mit Säbelhieben bedrängt worden war. Damals habe er gelernt, so behauptete er, die Heidenschädel ebenso sorgfältig zu spalten wie gerade die faulen Äpfel. Die Leute segneten ihn und klatschten in die Hände.

Und Runja gelang es, einem bereits betrunkenen Waffenknecht zwei Münzen aus der Tasche zu ziehen. Der schwankende Mann hatte nur Augen für Jeremias' blonde Schwester.

Die ging mit dem Äffchen auf ihrer halb nackten Schulter durch die Reihen. Das Äffchen hielt eine Holzschale, und die Leute warfen Geld hinein. Laurenz pries Martha und Magda, forderte sie auf, in die Schänke zu gehen, und während die applaudierende Menge ihnen eine Gasse bildete, erklärte Jeremias in blumigen Worten, wo man seine Schwestern genauer kennenlernen könne.

Dann zupfte der Sänger die Saiten lauter und fiel aus dem Erzählton in melodischen Gesang. In sauberen Reimen lobte er Gott, der ihm gestattete, durch die Welt zu ziehen und Neuigkeiten aus allen Teilen des Heiligen Römischen Reiches Deutscher Nation zu sammeln. Runja langte einem Gewandschneider in die Tasche und stahl ihm eine mit Pfefferkörnern gefüllte Silberdose.

Ein paar Schritte weiter öffnete sich eine Gasse in der Menge, und ein beleibter geistlicher Herr trat in die erste Reihe. Er verschränkte die Arme vor der Brust und lauschte dem Sänger. Der dicke kleine Chorknabe neben ihm, nicht viel älter als Waldemar, hatte ein Knabengesicht so rund wie der Vollmond.

Jeremias besang die reiche Stadt Venedig, ihre Wissenschaften und Künste, und wie ihre Seefahrer drei Jahre zuvor zusammen mit französischen Heerführern zum vierten Kreuzzug nach Jerusalem aufbrachen, wie sie Konstantinopel belagerten und die mächtige Stadt im Sommer vor zwei Jahren eroberten und plünderten.

Runja schob sich durch die Menge der andächtig lauschenden Zuhörer und langte einer edlen Jungfrau das Duftfläschchen aus dem Schnürbeutel. Jeremias besang Paris mit seinen neuartigen Kathedralen, seinen Fecht- und Reitschulen, seinen Turnieren, seinem Strom und seinen hunderttausend Bewohnern. Runja fand sich hinter dem geistlichen Herrn wieder.

Der trug einen schwarzen Mantel über leinenem Chorhemd. Ein dunkelrotes Birett bedeckte seine grauen Locken. Der fromme Mann hatte nur Augen für Waldemar. Und er roch eigenartig, irgendwie muffig und sauer. Runja spähte nach einer Tasche in seinem Mantel.

Jeremias besang derweil Weisheit und Gelehrsamkeit des Papstes Innozenz, die Klugheit des Erzbischofs Adolf von Köln, der dem Gegenkönig Otto die Gefolgschaft aufgekündigt hatte. Und in besonders vielen und schönen Versen besang er den edlen König Philipp, die junge Hoffnung aller römisch-deutschen Menschen.

Singend erzählte Jeremias, wie Philipp erst im Winter zu Aachen seine Königskrone niedergelegt und wie ihn die deutschen Fürsten erneut zum römisch-deutschen König gewählt hatten. Singend wagte er einen Ausblick auf den noch verwaisten Kaiserthron des Reiches, und singend sah er den jungen Philipp diesen Thron als Kaiser des Heiligen Römischen Reiches Deutscher Nation besteigen.

An dieser Stelle brachen viele in Jubel aus, schmetterten

Hochrufe auf den König und Herzog Bernhard und klatschten in die Hände. Auch der geistliche Herr vor Runja hörte auf, Waldemar anzustarren, und klatschte und jubelte. Runja fasste sich ein Herz und griff zu.

*

Das Tageslicht verblasste, Stimmengewirr ebbte ab, die Sakristeitür fiel endgültig hinter ihnen zu. Düsternis umfing Laurenz und seinen Diener. Der Domdekan war viel zu spät dran; Sebastian half ihm, in Windeseile die liturgischen Gewänder anzulegen. Von der Sakristei aus huschten sie in den Chorraum. Laurenz bedeutete Sebastian, im Gestühl zu warten. Er selbst ließ den Lettner hinter sich, eilte ins Hauptschiff und bückte sich in den ersten Beichtstuhl.

Jemand hatte ihm eine Botschaft zugesteckt. Von Dagomar. Noch vor dem Abendgebet wolle der mit ihm sprechen. In diesem Beichtstuhl. Laurenz hatte lange mit sich gerungen. Jetzt zwängte er seine massige Gestalt doch in den Sitz, zog den Vorhang vor den Einstieg, versuchte das Halbdunkel hinter dem Sprechgitter mit seinem Blick zu durchdringen. Dahinter kniete der Schwarze Abt.

»Konnte nicht eher kommen, musste allerhand Bittsteller empfangen.« Laurenz lehnte sich zurück, atmete durch. »Ihr kennt das ja, Pater Dagomar.« Noch immer stand ihm das Bild des blonden und schönen Jünglings vor Augen; eine kleine Elster hockte auf seiner Schulter. Ein liebliches Bild! Laurenz vermochte kaum, es zu verscheuchen.

»Meine Sünden kennt Ihr ja, Hochwürden«, flüsterte es auf der anderen Seite des Sprechgitters. »Ich habe Kuno überschätzt. Meine Schuld. Verzeiht mir.«

»Möge Gott Euch verzeihen, Pater Dagomar. Mir fällt es schwer. Kommt zum Punkt.«

»Kuno lag versteckt in Pirmins Schlafgemach. Stundenlang, alles hätte nach Plan geschehen müssen. Doch dann, bei Pirmins Heimkehr, betrat vor ihm sein Gärtner, dieser Goliath, das Schlafgemach. Der griff so zielstrebig unters Bett, als kenne er Kunos Versteck. So riss er ihn hervor, und den Rest kennt Ihr. Der Goliath muss mit dem Teufel im Bunde stehen, Hochwürden.«

»Er kann nur mit dem Teufel im Bunde stehen. Und jetzt?«

»Gleich nach Kunos Tod …«

»Wie habt Ihr den Ritter getötet?«

»… habe ich Ersatz angefordert, einen jungen Gewandschneider aus Venedig. Einen Vollstrecker mit besten Referenzen bis in die römische Kurie hinein. Seit einer Woche hält er sich in Magdeburg auf und erwartet seinen Auftrag. Kein Meisterschüler, ein Meister.«

Laurenz bekam es mit der Angst. »Scheitert ein zweiter Mordversuch, fällt der Verdacht unweigerlich auf mich.« Er griff unter sein Gewand, tastete nach seiner Glücksmünze. »Zu gefährlich.« Sein Vater hatte ihm den Mariendenar in der Stunde des Abschieds geschenkt, kurz bevor er ihn, seinen ältesten Sohn, den Abgesandten des wendischen Fürsten als Geisel übergab. »Viel zu gefährlich.«

»Macht Euch keine Sorgen, Hochwürden«, flüsterte es hinter dem Sprechgitter. »Diesmal wird niemand scheitern, diesmal wird ein Meister zuschlagen. Pirmins Schicksal ist besiegelt.«

Laurenz antwortete nicht, tastete und wühlte. Wo beim Heiligen Moritz steckte sein Mariendenar? Er durchwühlte alle Taschen, tastete Chorhemd, Mozetta und Stola ab. Nichts. Einfach weg!

»Alles in Ordnung, Bruder Laurenz?« Die nun lautere Stimme hinter dem Sprechgitter klang verwundert und besorgt.

»Nein.« Wo, bei der Heiligen Jungfrau, steckte sein goldener Glücksbringer? Im Mantel natürlich! Und der lag in der Sakristei. »Entschuldigt mich, Dagomar.« Laurenz stürzte aus dem Beichtstuhl, rannte mit flatternden Gewändern in den Chorraum und dann in die Sakristei. Sebastian sprang aus dem Chorgestühl und folgte ihm.

Doch auch im Mantel keine Spur seines Mariendenars. »Himmel hilf!« Laurenz bekreuzigte sich. »Ich muss ihn verloren haben!«

»Oder jemand hat ihn Euch gestohlen, Hochwürden«, sagte Sebastian.

*

Sie saßen in der Schänke am Breiten Weg nahe des Doms und tranken Sauerbier und Wein. Jeremias war bester Dinge. Er tätschelte Waldemars Wange. »Gut, Goldlöckchen, sehr gut gemacht.«

Angelus war etlichen Leuten auf der Schulter gelandet und hatte ihnen den Segen Gottes entboten. Einem Waffenknecht des Domkapitels hatte die Elster den Handschuh gestohlen und ihn nach einer Runde über dem Domplatz vor die Stiefel fallen lassen. Nicht, ohne den verdutzten Mann um Verzeihung zu bitten.

Waldemar hielt Angelus vor der Brust fest und streichelte ihn. Die Röte stieg ihm ins Gesicht; Runja sah ihrem Bruder an, dass er schier platzte vor Stolz. Sie selbst saß wie auf Kohlen. In der Menge, während Waldemar seine dressierte Elster vorführte, hatte sie drei bekannte Gesichter entdeckt: die Neffen des Grafen, Helmold und Walter, dazu einen Wenden mit zerschlagener Nase.

»Jetzt du, Rote,« sagte Jeremias. »Was hast du zu bieten?« Runja versuchte, nicht an die verhassten Gesichter zu denken, leerte lieber ihre Tasche: ein Seidentuch, ein Heller, ein Silberpfennig, eine Silberdose mit Pfefferkörnern, eine Duftamphore, eine Goldmünze.

»Ein Wunder!« Jeremias' Augen leuchteten. Er drehte sich nach dem Wirt um, verlangte eine zweite Runde. »Ein wirkliches Wunder!«

Waldemar staunte mit offenem Mund. Die Dunkelhaarige

entkorkte die Amphore und schnupperte. Die Blonde griff nach der Goldmünze. »Davon leben wir bis zum übernächsten Weihnachtsfest und kaufen noch einen neuen Wagen davon.« Ihre Augen füllten sich mit Tränen.

Jeremias nahm ihr das Goldstück ab, betrachtete es von beiden Seiten und schnalzte andächtig mit der Zunge. »Ein keltisches Kreuz und die Gottesmutter mit Rose.« Er biss auf die Münze. »Pures Gold. Diesen Tag hat der allmächtige Gott gemacht!«

Der Wirt brachte Wein und Bier. Sie stießen an, sie lachten, sie tranken, sie bestellten eine dritte Runde. Die Tür wurde aufgestoßen, ein rundlicher, sehr junger Mann mit knabenhaftem Mondgesicht stürzte herein. »Das ist sie!« Er zeigte auf Runja.

Bewaffnete drängten sich an ihm vorbei, und nach ihnen ein beleibter Herr in liturgischem Gewand. Runja gefror das Blut in den Adern, sie griff nach dem Goldstück. »Packt sie!« Der Domherr zeigte auf sie. »Das rote Weib und alle anderen – packt sie! Und gleich aufs Rad mit ihnen! Danach hängt ihre Knochen an der Elbbrücke auf – als Warnung für alle Galgenschwengel und Schnapphähne!«

Waldemar stellte sich schützend vor seine Schwester. Einer der Waffenknechte stieß ihn zur Seite, erwischte Runja am Ärmel, riss sie zu Boden. Sie stürzte schwer, und das Goldstück klimperte über die Dielen. Alle starrten sie auf ihre entblößte Schulter unter dem zerrissenen Kleid – Jeremias, das Mondgesicht, der Domherr, die Waffenknechte, alle.

»Ein Brandzeichen«, sagte einer, und das Mondgesicht flüsterte: »Ein roter Löwe.«

ZWEITES BUCH

Der Orden der Vollstrecker

I

ERBARMEN

Runja warf den Kopf zur Seite, der Stock des Henkerknechts traf ihre Ohrmuschel. Der Schmerz sprengte ihr schier den Schädel, doch sie biss die Zähne zusammen und blieb stumm. Dafür schrie Waldemar. »Mich musst du schlagen«, schrie er, »nicht sie!« Er riss an seinen Ketten. »Ich habe die Münze gestohlen, nicht sie!«

Der Henkersknecht, ein kleiner, stämmiger Mann mittleren Alters, kümmerte sich nicht um ihn. »Du musst mit dem Teufel im Bunde stehen, Weib!« Er keuchte, sein Atem roch nach saurem Wein. Wieder holte er aus, wieder schlug er zu. Diesmal traf er Runjas Stirn und Auge. Blitze erfüllten die Dunkelheit, die plötzlich über sie fiel. Und ein ungeheurer Schmerz. Jetzt schrie auch sie, sie konnte nicht anders.

»Mich musst du schlagen!« Waldemar stieß sich von der Kerkerwand ab, riss an seinen Ketten, versuchte nach dem Henkersknecht zu treten. »Mich musst du schlagen, nicht sie!«

Der Stockschwinger schlug erneut zu, weniger heftig diesmal. Die Arbeit ermüdete ihn. Dennoch platzte Runjas Haut knapp unterhalb des Brandzeichens auf; Blut floss ihr den Arm hinunter. Zuckend und heulend hing sie in ihren Ketten.

Der Henkersknecht holte zum nächsten Schlag aus, spürte jedoch, dass jemand von hinten nach ihm trat, und drehte sich um. »Bist du des Teufels, du Narrenesel?« Er schlug nach Waldemars Beinen, ging näher zu ihm, zielte nach seinem Kopf. Waldemar riss die Augen auf, wich nicht aus, sah zu ihm hinauf, erwartete den Hieb so starr, als sei er vor Angst schon tot.

»Nicht ihn, uns müsst Ihr schlagen, Hochhenkerswürden!«, rief nun Jeremias. »Wir haben diese Kinder in Gottes Namen gezwungen, dem Bischof sein Münzlein aus der Tasche zu ziehen! Und warum haben wir es getan? Wir, der Ritter und Seher Jeremias von Köln? Warum? Ratet, Hochhenkerswürden, ratet.«

Der Henkersknecht stutzte, blickte über die Schulter nach dem Sänger und seinen Schwestern. »Hä?« Er ließ seinen Stock sinken. Irgendwo in der Dämmerung draußen krächzte eine Elster.

»Wir haben es getan, um hierher zu Euch in den Abgrund dieses Gewölbes zu gelangen«, erklärte Jeremias mit fester Stimme. »Denn Gott, der Herr, hat uns offenbart, dass wir Euch hier treffen werden, Henkerswürden. Hört also das Wort des Herrn.«

»Wassis?« Der Steckenknecht drehte sich nach dem angeketteten Ritter um, taumelte zu ihm und holte aus.

Jeremias riss die Rechte hoch. Seine Kette klirrte, er deutete auf den Stockschwinger. »Gott, der Herr, hat dich erwählt!« Der Arm des Schlägers erstarrte im Schlag. »Du sollst nicht länger einfacher Henkersknecht sein, spricht der Herr Zebaoth! Bevor der Herbst sich neigt, wird dein Herr, der Henker sterben.«

Runja hob den blutenden Kopf. Jeder Knochen unter ihrer Haut schmerzte. Sie blinzelte hinüber zu Jeremias. Der Ritter musste wahnsinnig geworden sein. »Und du, Henkerswürden!«, rief er. »Du sollst an seiner Stelle erster Fronbote und Büttel des hochwürdigen Magdeburger Schöffenstuhls werden.«

Runja begriff nicht wirklich, was Jeremias da redete. Sie zitterte; Schmerz, Durst und Angst knebelten ihre Gedanken. Sie dachte an die letzten Worte ihres Vaters: *Ich glaub' an dich.* Ein wenig Kraft durchströmte sie wieder, dämpfte Schmerz und Verzweiflung.

Sie dachte an ihre Mutter, an die sterbenden Vettern, an den Onkel, die arme Base, die Tante. Und sie dachte an die wendischen Mörder und Schänder. *Bitte, lass mich leben, lieber Heiland.* Stumm bewegte sie die Lippen. *Bitte, bitte lass mich leben, damit ich Kasimir und seine Mordbuben bestrafen kann.*

Dem Henkersknecht sank die Hand mit dem Stock. Er sperrte das Maul auf und blinzelte zu Jeremias hinunter. Große Stille herrschte ein paar Atemzüge lang im Kerkergewölbe. Schließlich zog der Mann den Rotz hoch, wandte sich ab und schlurfte zur Kerkertür. Krachend fiel sie hinter ihm zu.

»Er kommt wieder«, flüsterte die dunkelhaarige Schwester des Sängers, Martha oder Magda. »Wehe uns, er wird noch mehr Wein trinken und wiederkommen.«

»Alles wird gut.« Jeremias beugte sich über sie, soweit seine Ketten es zuließen. »Glaube mir – alles wird gut.« Er küsste Martha oder Magda auf die Stirn.

»Nichts wird gut.« Die Dunkelhaarige warf den Kopf herum, wich seinen Küssen aus. »Aufs Rad werden sie uns flechten.« Sie weinte.

Flüsternd redete Jeremias auf sie ein. Runja verstand kein Wort. Dunkler und dunkler wurde es in ihrem feuchten, kalten Gefängnis. Runja lehnte sich gegen die Wand, blinzelte in den letzten hellen Flecken im Kerker. Im Garten, hinter dem einzigen Fenster, krächzte Angelus. »Aufs Rad flechten?«, fragte sie. »Was bedeutet denn das?«

»Nichts bedeutet das.« Jeremias' Stimme aus dem Halbdunkel. »Nichts von Bedeutung. Vergiss es.«

»Er lügt.« Die Dunkelhaarige schluchzte. »Sie werden dich auf ein großes Wagenrad fesseln. Sie werden dir sämtliche Knochen sämtlicher Glieder mit einer Eisenstange zerschlagen. Dann werden sie deine zertrümmerten Glieder um die Wagenspeichen flechten.«

»Still!«, zischte Jeremias.

»Kannst du dir den Schmerz vorstellen?« Wieder seine Schwester. »Nein, kannst du nicht. Niemand kann es. Es wird Tage dauern, bis du endlich sterben …«

»Wirst du wohl still sein?« Jeremias zischte und schimpfte. Runja lag wie festgefroren. Sie konnte die Augen nicht mehr schließen, konnte nicht mehr atmen; nicht einmal zittern konnte sie mehr.

*

Hinter dem Fenster saugte die Abenddämmerung das letzte Tageslicht aus dem Himmel. Vor dem Fenster nahmen alle Dinge die verschwommenen Konturen vager Schatten an: Schränke, Leuchter, Kreuze, Stühle, das Türblatt, der Tisch und der Mann in Schwarz. Kaum konnte man sie noch voneinander unterscheiden.

Nur der Mann in Schwarz blieb unverwechselbar der, der er war: Dagomar von Bamberg. Selbst mit geschlossenen Augen hätte Laurenz die Anwesenheit des Schwarzen Abtes gespürt. Er hütete sich jedoch, in Dagomars Gegenwart die Augen zu schließen. Zwischen den Fingern der Rechten drehte er sein wiedergefundenes Mariengoldstück hin und her.

Draußen krähte immer noch die Elster. Eine junge weiße Katze hockte auf der Mauerkrone und äugte zu ihr hinauf. Laurenz zog die Fensterflügel auf und spähte hinüber zur alten Linde im Garten der Dompropstei. Selbst das Weiß im Gefieder der Elster war kaum noch zu erkennen. Um so unüberhörbarer war jedoch ihr Gezeter: Sie schimpfte, als hätte einer ihr Gelege geraubt. Der Vogel war Laurenz unheimlich.

Es klopfte. »Komm schon rein!« Durch die sich öffnende Tür flackerte Lichtschein in den kleinen Saal der Propstei. Mit einem brennenden Kienspan in der Hand trat Sebastian von Meißen ein. »Endlich!« Laurenz' Diener entzündete zuerst die Kerzen des fünfarmigen Tischleuchters, danach die der Wandleuchter.

Das Licht tat gut, Laurenz' Augen entspannten sich. Er stieß sich vom offenen Fenster ab, wandte sich dem runden Tisch zu. Die kleine Armbrust darauf, der Jagdbogen, der Krummdolch, Ohrring und Pfeile waren nun wieder deutlicher zu erkennen. Daneben lagen Tücher, Münzen, Riechfläschchen, Schmuck.

Sebastian hatte alles aus dem Kerker heraufgebracht, was Waffenknechte und Henkersknecht den Gefangenen abgenommen hatten.

»Wer hat den getragen?« Dagomar griff nach dem silbernen Ohrring.

»Steckte dem roten Weib in der Tasche«, antwortete Sebastian.

»Eine wendische Arbeit.« Dagomar hielt den Ring unter den Leuchter. »Seht Ihr die Ziselierung, Hochwürden? Woher mag sie das Stück haben?«

»Es gehört wohl einem wendischen Krieger.« Das Gesicht der jungen Frau stand Laurenz vor Augen. Und das Brandzeichen auf ihrer Schulter. Ob der Henkersknecht sie zum Reden gebracht hatte? »Die Rote und der blonde Jüngling sind Kinder eines Ritters und Hofmarschalls des Grafen Gunzelin. Der Mann starb im Frühsommer, als ein wendisches Heer die Grafenburg erobert hat.«

»Ach!« Dagomar wunderte sich. »Woher wisst Ihr das, Hochwürden?« Auch Sebastian staunte seinen Herrn an.

»Ein Neffe des Grafen erzählte es mir erst gestern.« Laurenz wog seine Worte sorgfältig. »Er weilt in der Stadt während der Moritztage. Hat seinen jüngeren Bruder in die Obhut der Domschule gegeben.«

Dagomar musterte Laurenz aufmerksam, wartete, dass der Domdekan mehr berichtete. Als Laurenz das nicht tat, drang der Mönch in Schwarz nicht weiter in ihn, sondern beugte sich über den Tisch und griff nach der Armbrust. »Welch edle und filigrane Waffe, nicht wahr, Hochwürden?« Er betastete sie. »Halb aus Horn, halb aus Holz. Eibenholz, würde ich sagen. Nirgendwo zwischen Atlantik, Vesuv und Ostsee baut man derartige Armbrüste.«

Seine Worte weckten Laurenz' Neugier. »Woher hat sie die Waffe? Was meint Ihr, Pater Dagomar?«

»Fragt sie selbst, Hochwürden.« Dagomar legte die Armbrust

weg, griff nach dem Krummdolch. Laurenz sah es und spürte, wie alles in ihm sich anspannte. »Ich schätze, sie stammt aus derselben morgenländischen Werkstatt wie dieser Dolch hier.«

»Jemand muss ihr die Waffen von einem Kreuzzug mitgebracht haben«, überlegte Laurenz. »Ihr Bräutigam vielleicht?«

»Möglich.« Dagomar zuckte mit den Schultern. »Oder ein Verwandter. Fragt sie selbst.« Der Schwarze Abt legte den Dolch weg, griff wieder zur Armbrust und klaubte einen Pfeilbolzen vom Tisch.

Zurück am Fenster lehnte Laurenz sich gegen die Wand. Die Elster krähte und krähte. Und er musste immer an die Rothaarige denken. Rätselhafte Frau – widerspenstig, von ungewöhnlicher Gestalt, gerissen, gefährlich. Ein wenig wie Dagomar.

Hinter ihm tönte es wie von einer Lautensaite. »Gar nicht einfach zu spannen«, sagte Dagomar. »Nichts für einen Schwächling, diese Armbrust.«

Laurenz hörte es kaum, starrte hinüber zur Linde. Immer noch der weiße Fleck in der Krone, immer noch das nervtötende Gekrächze der verfluchten Elster, immer noch das neugierige weiße Kätzchen darunter. Und immer noch die rothaarige Frau in seinem aufgewühlten Schädel. Was für ein Zufall! Er dachte an das eingebrannte Löwenbildnis auf ihrer Schulter; er dachte an seinen beschämenden Traum letzten Monat im Chorraum; er dachte an die letzten Worte des Erzbischofs. Was für ein unglaublicher Zufall!

Ihm war schlecht. Sein Magen schmerzte. »Bring mir Wein, Sebastian«, verlangte er, ohne sich nach seinem Diener umzusehen. Er hörte Schritte und das Scharren der Tür.

Ein Löwe also. Ein Löwe in Ludolfs letzten Worten, ein Löwe auf der Schulter dieser Frau. Zufall? Vorigen Monat ein roter Löwe in seinem Traum, jetzt ein roter Löwe auf der Schulter dieser Frau. Wirklich Zufall? Laurenz bekam eine Gänsehaut. Er schloss die Faust um seinen Mariendenar und schüttelte sich.

In der Regel pflegte der Domdekan von Magdeburg, Träume gern einmal für in die Zukunft weisende Botschaften zu halten. Für Botschaften Gottes am liebsten. Doch so viel Übereinstimmung mit der Wirklichkeit? Derart eindeutige Wiederholung der Bilder? Das konnte kein Zufall, das konnte nur Fügung sein!

Ihm war so schlecht, dass er sich aus dem Fenster beugte, weil er fürchtete, sich übergeben zu müssen. Verfluchte Elster! Wollte sie denn die ganze Nacht über so ein Geschrei veranstalten? Der Vogel machte Laurenz Angst.

»Und Ihr wollt sie wirklich aufs Rad flechten lassen?«, fragte hinter ihm Dagomar. Wie gleichmütig seine Stimme klang.

»Oh ja.« Ein saurer Geschmack kroch Laurenz auf die Zunge; er schluckte ihn herunter. »Alle fünf.«

»Schreibt das Magdeburger Recht nicht vor, Diebe aufzuhängen, Hochwürden?«

»So ist es. Und Kirchenräuber sollen aufs Rad geflochten werden. Genau wie Mörder und Verräter.«

»Kirchenräuber?« Dagomars Stimme klang verwundert. »Haben diese Leute denn etwas aus dem Dom geraubt?«

»In der Tat. Sie haben mir meinen Mariendenar aus der Tasche geraubt. Und ich gehöre zum Dom.« Die Fragerei des Schwarzen Abtes ärgerte Laurenz.

Die Tür scharrte, Sebastian brachte Weinkrug und Becher. Es plätscherte im Raum hinter Laurenz, Weinduft drang ihm in die Nase. Er unterdrückte den Brechreiz, beherrschte sich, ging zum Tisch. »Alles in Ordnung, Hochwürden?« Dagomar hatte die Armbrust gespannt und angelegt. Er zielte zum Fenster.

»Alles bestens, Pater.« Laurenz griff nach dem gefüllten Weinbecher und trank in kleinen Schlucken. Das tat gut! Der Brechreiz verflog.

Sebastian beobachtete ihn; in seiner Rechten hielt er eine Lanze. »Was glotzt du, Bursche?« Das Mondgesicht senkte den Blick. Sollte doch der Teufel es holen! »Was ist das für eine Lanze?«

»Der Henkersknecht hat sie mir gegeben.« Sebastian streckte die Waffe mit der Spitze voran nach seinem Herrn aus. »Sie gehört wohl auch dem roten Weib.«

»Eine Frau besitzt eine Lanze?« Dagomar nahm ihm die Waffe ab und begutachtete sie. »Zuvor gehörte sie einem gewissen Kasimir, scheint mir.« Der schwarze Abt deutete auf einen eingeritzten Schriftzug und reichte Laurenz die Lanze. »Ein wendischer Name.«

»Seid Ihr ganz sicher, Pater?« Laurenz stellte den Wein ab, nahm die Lanze, betrachtete den Schriftzug. »Tatsächlich.« Seine Augen verengten sich zu Schlitzen. »Kasimir von Rügen«, las er flüsternd.

»Was erschreckt Euch so an diesem Namen, Hochwürden?« Dagomar nahm die Armbrust und stand auf. »Kasimir heißt ein berüchtigter Hauptmann des Wendenfürsten Jaromar, nicht wahr? Kennt Ihr ihn, Hochwürden?«

»Kennt Ihr ihn denn, Pater Dagomar?« Der Schwarze Abt antwortete nicht, ging zum Fenster, spähte in die Dämmerung hinaus. Er zuckte mit den Schultern und lauschte dem Geschrei der Elster.

»Der Henker will wissen, ob die Diebe und Gaukler noch heute Nacht aufs Rad geflochten werden«, sagte Sebastian. Laurenz hörte kaum zu; er beobachtete den Schwarzen Abt. »Was soll ich ihm antworten, Hochwürden?«, drängte Sebastian.

Laurenz sah, wie Dagomar die Armbrust anlegte und zur Linde hinüber zielte. »Was tut Ihr da, Bruder?« Er eilte zu ihm.

»Die Elster. Noch kann ich sie erkennen.« Dagomars Finger krümmte sich um den Abzugsbügel.

»Nicht, Pater.« Laurenz drückte dem anderen die Armbrust hinunter. »Lieber nicht.«

»Geht sie Euch nicht auf die Nerven?«

»Schon.« Laurenz nippte an seinem Wein. »Dennoch, lieber nicht.«

»Aber warum denn?«

»Ich weiß nicht – sie ist anders als andere Elstern.«

»Ein bisschen wie diese rothaarige Frau, nicht wahr?« Dagomar senkte die Armbrust. »Auch die ist irgendwie anders.« Dagomar spähte zur Linde und zur Mauer hinüber. »Ist Euch die Ähnlichkeit auch aufgefallen?«

»Von welcher Ähnlichkeit sprecht Ihr, Pater?«

Dagomar riss die Armbrust hoch. Blitzschnell ging das – er krümmte den Finger, es tönte, als würde eine Lautensaite reißen, und im nächsten Moment kreischte die junge Katze unter der Linde. »Ihr wisst, wovon ich spreche.« Dagomar setzte die Waffe ab und lächelte sein rätselhaftes Lächeln.

Das weiße Kätzchen stürzte von der Mauer, krümmte sich jaulend am Fuß der Linde. Laurenz hörte es kaum – Dagomar hatte recht: Er wusste, worauf der Schwarze Abt anspielte. Das Jaulen der Katze wurde zum Wimmern und erstarb nach und nach.

Die Elster schwang sich aus der Linde, flatterte durch die Dämmerung, verschwand krächzend aus Laurenz' Blickfeld und landete irgendwo unter ihm vor der Fassade der Dompropstei. Wahrscheinlich vor dem Kerkerfenster, hinter dem der Henkersknecht sich mit den Dieben befasste. Sogleich fuhr sie fort zu zetern und zu schimpfen. Der Vogel machte ihm wirklich Angst. Der Vogel und der Schwarze Abt.

Laurenz wandte sich an Sebastian. »Gehe in den Kerker hinunter. Man soll die Gefangenen waschen und verbinden. Ich will kein Blut sehen, wenn ich komme. Und keine offenen Wunden.«

»Sie waschen, um sie aufs Rad zu flechten?« Sebastian runzelte ungläubig die Stirn. »Sie verbinden, um ihnen die Knochen zu brechen?«

Laurenz sprang zum Tisch und holte mit der Lanze aus. »Tu, was ich dir sage, Bursche!« Sebastian duckte sich und verließ fluchtartig den Raum.

»Du willst sie noch einmal sehen vor ihrem Tod?« Dagomar zog staunend die Brauen hoch.

»Was soll mir aufgefallen sein, Pater?« Laurenz wollte es aus dem Mund des Schwarzen Abtes hören.

»Die Ähnlichkeit dieser Rothaarigen mit der Statue in Pirmins Haus.«

»Doch. Doch, sie ist sie mir aufgefallen.« Er blickte ins knochige Gesicht des Paters. »Und?«

»Habt Ihr, Hochwürden, nicht auch an die Möglichkeit gedacht –«, Dagomar zögerte, neigte den Kopf und breitete in einer abwägenden Geste die Handflächen aus, »– an die Möglichkeit, Gott selbst könnte uns diese Frau nach Magdeburg geschickt haben?«

*

Die blonde Hure heulte. »Weine nicht«, hörte Runja den Ritter Jeremias sagen. »Alles wird gut. Hast du an meiner Seite jemals Unglück erlebt?«

Martha oder Magda weinte noch heftiger, und die andere, die Dunkelhaarige, flüsterte unter Tränen: »Kälte, Hunger, Ratten und morgen gehts aufs Rad – wenn das kein Unglück ist, was dann?«

»Wenn du nicht mehr atmen kannst«, antwortete Jeremias, »wenn du keinen Zorn, keine Liebe, keine Lust mehr spürst, wenn du keine Hoffnung mehr hast. Das ist wahres Unglück!«

»Dann hoffe du«, sagte die Dunkelhaarige, Martha oder Magda, »du hoffst dich wund.« Der Elsternhahn landete oben vor dem Kerkerfenster und krächzte bekümmert. Waldemar flüsterte mit ihm.

Runja lauschte all diesen Stimmen aus der Dunkelheit. Wenigstens gaben sie ihr die Gewissheit, noch am Leben zu sein. So hing sie in ihren Ketten. Und dann näherten sich wieder Schritte. Lichtschein flackerte vor der Kerkertür; jemand stieß sie auf. Der Henkersknecht kam zurück. Jeremias' Schwestern wimmerten und heulten.

Schwankend stand der kleine, stämmige Mann mitten im Gewölbe. Tücher hingen auf seiner Schulter, in der Linken hielt er eine Schüssel mit Wasser. Der Schein seiner Fackel fiel auf Runja. »Lass mich«, flüsterte sie. »Lass mich leben. Ich muss leben, bis alle bestraft sind, die meine Familie ermordet haben.« Angst, Schmerz und Hass hatten ihr die Zunge gelöst. »Lass mich am Leben und hilf mir, Mann!« Sie wusste kaum, was sie redete. »Ich belohn' dich auch, wenn du mir hilfst. Alles, was du willst, gebe ich dir.«

Der Henkersknecht wandte den Kopf, stierte zur Kerkertür. Die quietschte auf einmal, und neuer Lichtschein fiel ins Gewölbe. Zwei Männer traten ein. Wie lange hatten sie schon draußen im Kellergang gestanden? Einer, ganz in Schwarz, blieb auf der Schwelle stehen. Der andere trat neben den Henkersknecht und hob seine Fackel.

Runja schluckte – es war der geistliche Herr, dem sie die Münze gestohlen hatte. »Tut meinem Bruder nichts zuleide, Herr.« Ihre Stimme brach schier. »Er ist unschuldig. Ich war es, ich habe das teure Stück aus Eurer Tasche gezogen.«

»Warum ist sie nicht gewaschen und verbunden?« Der Domherr zischte den Henkersknecht an.

»Endlich, Hochwürden!«, platzte es aus Jeremias heraus. »Wenn Ihr wüsstet, wie sehnsüchtig ich Gott und alle Heiligen angefleht habe, damit sie Euch zu mir herab in den Kerker schicken! Hört mich an, Hochwürden, ich flehe untertänigst – nicht dieses junge Weib und diesen Knaben bestraft! Auch nicht meine beiden Schwestern – allein mich bestraft, denn nur ich bin der Dieb. Ich gestehe es, und Gott ist mein Zeuge: Ich war es, ich habe Euch diese Silbermünze gestohlen!«

»Es ist eine Goldmünze.« Der hohe Herr griff unter sein Gewand, hielt die Münze ins Fackellicht. Das Gold strahlte auf. »Noch unter Carolus Magnus geprägt, ein Andenken an meinen seligen Vater.«

»Aus Gold auch noch! Himmel hilf!« Jeremias streckte die gefesselten Hände gegen das Gewölbe. Ketten klirrten. »Hätt' ich das geahnt! Ich hätt' sie doch stecken lassen, wo sie steckte! Straft mich, Hochwürden, straft mich! Doch hängt mich nicht und lasst mich nicht rädern! Gewährt mir, dem freien Ritter Jeremias von Köln, gewährt mir ein Gottesurteil!«

»Ihr müsst eine große Seele sein, Jeremias von Köln«, sagte der geistliche Herr. »Wie unser Heiland nehmt ihr fremde Schuld auf Euch.« Er wandte sich an den Henkersknecht. »Die Huren lass gehen, die Geschwister bring in die Propstei hinauf. Ein Medikus soll sie versorgen. Und Ihr Ritter –« er wandte sich wieder an Jeremias. »– Ihr sollt Euer Gottesurteil bekommen. Gleich morgen nach Sonnenaufgang.«

2

GOTTESURTEIL

Vor den Fenstern herrschte längst dunkle Nacht. Keine Elster krähte mehr. Kerzen brannten an Wandleuchtern und auf dem Tisch. Dort lagen ihre Waffen und das Diebesgut. Die Geschwister hockten nebeneinander auf einer Holzbank. Und erzählten. Alles.

Der Domherr lauschte mit auf dem Tisch gefalteten Händen. Hinter ihm stand sein Diener, ein kleiner, dicker Halbwüchsiger, nicht viel älter als Waldemar. Und der Mann am Fenster, der Mönch in Schwarz, wandte ihnen meistens den Rücken zu.

Immer, wenn Tränen Runjas Stimme erstickten, erzählte Waldemar weiter. Wenn seine Stimme brach, nahm Runja den Faden wieder auf. Und so erlebten sie die grässlichen Stunden erneut.

Wieder schossen sie von der Wehrmauer auf die Heiden hinab; wieder hörten sie die letzten Worte des sterbenden Vaters; wieder ließen sie sich von Alwin und Wulf die rettende Tür in den Nordturm öffnen; wieder flohen sie mit der Mutter und den Verwandten durch den unterirdischen Stollen in den Wald; und wieder musste sie das Leiden und Sterben ihrer Liebsten erleben: den Tod der Neffen, die Qual der Base, die Verzweiflung der Tante, das Entsetzen der Mutter.

Am Schluss weinten beide, hielten sich in den Armen und heulten einander die Schultern nass. Auf einen Wink des Domdekans hin – inzwischen kannte Runja Namen und Rang des geistlichen Herrn – reichte dessen Diener ihnen Tücher zum Schnäuzen und Tränentrocknen. Und Runja brachte er einen frischen Feuchtwickel, um ihr geschwollenes Auge zu kühlen. Er roch nach Fußschweiß.

Sebastian hieß der Halbwüchsige mit dem Mondgesicht. Er hatte ihnen auch zu essen gebracht; und zuvor dem Medikus geholfen, ihre Wunden und Striemen zu salben und zu verbinden.

Die ganze Zeit hatte der Domdekan schweigend zugehört, jetzt räusperte er sich. »Woher stammt das Zeichen auf deiner Schulter, Rubina von Seeburg?«, wollte er wissen.

»Vom Brandeisen eines seldschukischen Sultans«, antwortete sie mit leiser Stimme. »Ich war noch keine vier Jahre alt, als sie mir den Löwen auf die Haut brannten. Meine Mutter trug das gleiche Zeichen.« Sie erzählte, was sie noch wusste aus jener frühen Zeit ihrer Kindheit.

Erste zarte Sprösslinge des Vertrauens regten sich in ihrem Herzen. Hatte er sie nicht vor weiteren Schlägen bewahrt, dieser beleibte grauhaarige Domherr mit dem freundlichen Blick? Und sah nicht alles danach aus, als wollte er ihr den Diebstahl verzeihen?

»Euer Vater zog mit dem Kaiser Friedrich ins Morgenland?« Über die Schulter hinweg blickte der schwarze Mönch am Fenster zu ihnen herüber. Er hatte eine überraschend tiefe und volltönende Stimme.

Runja nickte, und Waldemar sagte: »Ich bin sogar im Reich der Seldschuken zur Welt gekommen.«

»Nicht viele Kreuzfahrer haben ihre Weiber mit nach Jerusalem genommen.« Der Mönch klang, als würde er ihnen nicht glauben.

»Unser Vater war ein deutscher Ritter am Hof eines Königs, dessen Reich am selben Meer liegt wie das Seldschukenreich«, erzählte Runja. »Man nennt dieses Meer das ›Schwarze‹ und das Reich dieses Königs ›Bulgarien‹. Dort hat unser Vater unsere Mutter getroffen und zur Frau genommen, und dort bin ich geboren.«

»Eure Mutter ist eine Bulgarin?« Zum ersten Mal, seit Runja und Waldemar erzählten, trat der Mönch in Schwarz vom Fenster zurück, drehte sich um und sah ihr ins Gesicht. »Dann fließt also slawisches Blut in euren Adern?«

Das stimmte, und dasselbe hatte auch der Vater oft gesagt.

Runja nickte, obwohl der Gedanke ihr nicht gefiel, denn auch die Wenden waren Slawen. Der Mönch jedoch schien Slawen zu mögen – zum ersten Mal sah Runja ihn lächeln.

»Unser seliger Erzbischof Ludolf schätzte euren Vater sehr.« Der Domdekan Laurenz schnitt eine bedrückte Miene. »Unger von Seeburg war ein Großvetter des berühmten Erzbischofs Wichmann. Wie betrüblich, solch schlimme Nachrichten über ihn zu hören.« Runja sah, wie er einen lauernden Blick mit dem Mönch am Fenster wechselte. »Gottes Ratschlüsse sind unerforschlich.« Er seufzte. »Doch in seiner Güte und Gnade hat er uns seinen Willen für euch beide offenbart: Einem treuen Ritter des Grafen Gunzelin, immerhin ein Vasall unseres geliebten Herzogs Bernhard, sind wir es schuldig, uns um seine Kinder zu kümmern.«

»Ist das wahr?« Runja traute ihren Ohren kaum. »Aber …« Sie spürte, wie Waldemar nach ihrer Hand griff. »Aber wir haben Euch doch bestohlen, lieber Herr.«

»Der Ritter aus Köln hat uns bestohlen. Hast du's nicht gehört? Unter Zeugen hat er gestanden, und deswegen werden wir in wenigen Stunden das Gottesurteil an ihm vollziehen.«

Runja wollte widersprechen, doch der Mönch am Fenster kam ihr zuvor: »Sage mir eines, Rubina von Seeburg – habe ich das vorhin unten im Kerker richtig verstanden?« Er kam an den Tisch, stützte sich mit den Fäusten auf, musterte sie prüfend. »Dein Herz verlangt nach Rache?« Runja schluckte und senkte den Blick. »Antworte mir! Du willst sie wirklich tot sehen, die deine Familie ausgelöscht haben?«

»Ein sündiger Wunsch, ich weiß, Pater.« Sie hob den Kopf und sah dem Mönch ins Gesicht. »Ein böser Gedanke.« Seine Augen waren groß und traten weit aus den Höhlen. Er hatte ein knochiges, hohlwangiges Gesicht, ein beinahe unheimliches Gesicht. »Doch wenn Ihr gesehen und gehört hättet, was wir sehen und hören mussten! Diese Schreie, diese Angst in den Blicken unserer Lieben. Diese grausamen Schlächter!« Sie klopfte sich an die

Brust. »Es ist Sünde, ihren Tod zu wünschen, ich weiß es. Und dennoch kann ich nicht anders!«

Zwei Atemzüge lang trat Stille ein. »Nun, es sind Heiden, mein Kind«, ergriff Laurenz wieder das Wort. »Da liegen die Dinge etwas anders, weißt du?«

»Wirklich?« Sie blickte zu ihm. »Aber Helmold, der Verräter, ist doch getauft. Und sein Bruder Walter auch.«

»Sicher doch, sicher. Aber er hat gehandelt wie ein grausamer Heide, nicht wahr? Er ist übrigens in der Stadt.«

»Ich weiß. Ihr kennt ihn, Herr?«

»Flüchtig. Auch sein Bruder ist in der Stadt. Er will ein Domschüler werden.«

»Und der wendische Hüne mit der gebrochenen Nase? Kennt Ihr auch ihn, Herr? Er trägt einen Schild mit rotem Stierkopf.«

Der Domdekan nickte. »Slawomir. Ein mächtiger Krieger des Wendenfürsten von Rügen. Auch er ist in der Stadt gesehen worden, mit einer Schar Reiter. Treiben sie Handel hier?« Er zuckte mit den Schultern. »Bringen sie eine Botschaft ihres Fürsten? Haben sie Helmold von Schwerin hierher begleitet? Wir werden es erfahren.«

»Dein Zorn ist ein gerechter Zorn, Rubina.« Der Mönch stieß sich vom Tisch ab, schritt zurück zum Fenster, verschränkte die Arme auf dem Rücken. »Deine Rache wird eine gerechte sein. Wir werden dich darin unterstützen.«

»Was?«, entfuhr es Runja. Hatte sie sich denn verhört?

»So gut es uns möglich sein wird«, ergänzte Laurenz. »Doch eines nach dem anderen.« Er richtete einen überaus freundlichen Blick auf Waldemar. »Du, mein Kind, wirst ab morgen die Domschule besuchen.« Der Domdekan äugte hinter sich, wo sein Diener ihn aufmerksam beobachtete. »Solltest du dich als fleißig und gelehrsam erweisen, Waldemar, werde ich im Domkapitel als dein Fürsprecher auftreten, damit du bei den Chorknaben aufgenommen wirst.«

Waldemars Mund stand weit offen. Genauso wenig wie Runja selbst wusste ja auch ihr Bruder nicht, was man sich unter einem Chorknaben oder einem Domkapitel vorzustellen hatte.

Bevor sie nachfragen konnten, richtete der Domdekan das Wort an sie. »Lesen und schreiben könnt ihr beide bereits, wie ich höre.«

»Meine Schwester kann sogar Wendisch lesen und schreiben«, platzte es aus Waldemar heraus. »Der Vater hat es ihr beigebracht.«

»Dann soll sie künftig auch noch Latein lernen. Vielleicht sogar Griechisch? Das mag Pirmin entscheiden.«

»Pirmin?« Runjas Herz stolperte. »Er ist ein Lehrer, lieber Herr?«

»Man spricht mich mit ›Hochwürden‹ an, Kind«, antwortete Laurenz mit sanfter Strenge. »Pirmin ist unser Domscholaster. An der Domschule werden selbstverständlich nur Knaben erzogen. Doch ich werde Pirmin bitten, dich als Hauslehrer zu unterrichten.« Wieder etwas freundlicher lächelte er Runja zu. »Es gibt eine Gemeinschaft frommer Frauen hier bei uns in Magdeburg, bei der wirst du wohnen.« Er wies auf den schwarzen Mönch am Fenster. »Und Pater Dagomar wird dich in einer Kunst unterrichten, die du sehr nötig haben wirst, wenn du deine Rache vollziehen willst.«

»Was ist das für eine Kunst, Hochwürden?«

Am Fenster drehte der Mönch sich nach ihr um. Sein forschender, beinahe stechender Blick ging ihr durch und durch. »Das wirst du morgen erfahren, Rubina von Seeburg.« Wenn er lächelte, wie jetzt, sah sein Gesicht noch unheimlicher aus.

*

Die Domglocken dröhnten seit dem Morgengrauen. Runja löffelte ihre Suppe – Weizenschrot mit Milch und Schmalz; ein paar Speckwürfel schwammen darin. Ihr wundes Gesicht brannte, in ihrem zugeschwollenen Auge klopfte der Schmerz. An ihrem ganzen Körper brannten Striemen und Platzwunden. Das Sitzen fiel ihr schwer.

Sieben Frauen hatten ihre große Schlafkammer mit Runja geteilt. Sie nannten sich »Beginen« und stammten aus dem ganzen Reich. Wie eine Familie lebten sie zusammen, erwirtschafteten alles gemeinsam, teilten alles. Sie hatten keine Männer und kümmerten sich um die Kranken und Armen in der Stadt. Wenn sie konnten, nahmen sie an den Stundengebeten im Dom teil. Das alles erfuhr Runja zwischen dem Tischgebet vor der morgendlichen Mahlzeit und dem Tischgebet danach.

»Amen.« Die älteste der Frauen beendete das Gebet und erhob sich. »Nun, kommt.« Sie hieß Hildegard, war die Witwe eines Siedlers aus Flandern und hatte das Sagen im Haus. Die anderen nannten sie »Mutter«. »Es ist Zeit.« Sie hakte sich bei Runja unter und verließ das große Haus im Schatten des Domes. Die anderen folgten.

Auf dem Domplatz standen die Domherren mit einigen Magdeburger Männern und einer Handvoll Waffenknechten zusammen. Runja entdeckte Laurenz, Sebastian und Waldemar in einer Menge Halbwüchsiger. Dagomar sah sie nirgends.

Runja und Waldemar fielen einander in die Arme und küssten sich. Wochenlang waren sie miteinander unterwegs gewesen, keinen Tag, keine Nacht ohne einander. Und nun seit Stunden durch einen großen Platz und viele Mauern getrennt.

»Du siehst aus wie ein Karnickel, das der Wolf ausgekotzt hat«, flüsterte Waldemar. »Hast du gut geschlafen?«

»Und du stinkst wie ein toter Kater.« Runja ließ ihn los. »Nein.« Der tadelnde Blick Hildegards traf sie. »Das ist mein kleiner Bruder Waldemar«, sagte sie.

»So etwas gehört sich nicht«, erklärte Mutter Hildegard.

Der Domdekan gönnte Runja nur einen flüchtigen Blick. Er winkte nach allen Seiten und setzte sich an die Spitze der Domherren, Bürger und Chorknaben. Sie verließen den Domplatz, folgten dem Breiten Weg, gingen an Wohnhäusern, Gehöften, Kirchen und Klostermauern entlang.

Das Tor zur Burg stand offen, Schultheiß und Burgvogt begrüßten die Domherren. Gemeinsam mit den Ranghöchsten der Stadt strömten sie in den Burghof, der Großteil des versammelten Volkes musste draußen bleiben. Wer jung und gesund genug war, kletterte auf Bäume an der Burgmauer oder auf die Mauer selbst.

Drinnen, vor dem Burgportal, stand ein Halbrund aus Lehnstühlen – die Sitze des Richters, des Henkers und der Schöffen. Die Amtsträger nahmen darauf Platz, alle anderen verteilten sich im Hof. Für die Domherren, die Stadtobersten und die Stiftsdamen – so nannte Laurenz die Beginen – waren einfache Stühle aufgestellt.

Laurenz zog Runja zu einem Mann mit schwarzem Birett und in Chorrock und Domherrengewand. Der Domdekan sprach ihn an, und der Mann drehte sich um. Es war Pirmin. Täuschte Runja sich, oder erschrak er, als er sie erkannte? Und warum machte es sie so froh, ihn zu sehen?

»Das ist sie«, sagte Laurenz leise, und Runja neigte den Kopf, ohne das ebenmäßige Männergesicht aus den Augen lassen zu können. »Wir werden sie in den nächsten Tagen zu Euch bringen.« Der blonde Gelehrte sagte gar nichts, nickte nur, konnte auch dabei seine blauen Augen nicht von ihr abwenden.

Laurenz schob ihn zu einem der Stühle und setzte sich neben ihn. Runja blieb neben der jüngsten Stiftsdame hinter dem Stuhl Hildegards stehen. Pirmin drehte sich nach ihr um und lächelte. Eigenartig, wie laut ihr Herz klopfte. Sie fürchtete, jemand könnte es hören.

Mit wehendem Gewand hetzte ein Mann über den Burghof und setzte sich auf den letzten freien Lehnstuhl im Halbrund des Gerichtsplatzes, des »Thingplatzes«, wie man auch sagte. Der Magdeburger Schultheiß, der Oberste der Schöffen, verkündete die Vollzähligkeit all derer, die verpflichtet waren, an diesem überstürzt einberufenen Gerichtstag teilzunehmen. Und endlich eskortierten der Henkersknecht und sieben Reiter des Burgvogtes auch den Beklagten in den Burghof, den Ritter und Sänger Jeremias von Köln. Mit Ketten gefesselt und stolz erhobenen Hauptes hockte er im Sattel seines großen Pferdes.

Beim Anblick des stämmigen Henkersknechtes brannten Runjas Wunden noch heftiger. Der Boden unter ihr schien zu schwanken, und sie langte nach beiden Seiten, um Halt zu finden. Rechts erfasste sie die Hand einer jungen Frau des Damenstifts, links eine knochige Männerhand. Als sie aufblickte, schaute sie dem Pater Dagomar ins Gesicht. Was für eine harte, undurchdringliche Miene!

»Danke dem allmächtigen Gott, dass du hier stehen darfst und nicht Richter und Henker auf dem Thingplatz gegenübertreten musst«, flüsterte er ihr ins Ohr.

Zum Schwindel fiel nun auch noch großer Schrecken auf Runja. Sie entwand dem schwarzen Mönch ihre Hand und lehnte sich gegen die Begine. Die junge Frau legte ihr den Arm um die Schulter.

Sie zerrten Jeremias aus dem Sattel. Der stämmige Henkersknecht und zwei Bewaffnete stießen ihn auf den Thingplatz. Breitbeinig stand er da; wie Schmuck trug er seine Ketten. Der Burgvogt, ein dürrer Weißbart von mindestens siebzig Jahren, nahm einen kräftig gebauten Mann in schwarzem Kapuzenmantel bei der Hand und führte ihn zu einem Stuhl innerhalb des Thingplatzes.

»Der Henker«, flüsterte Dagomar. »Man nennt ihn auch Fronboten. Weil der Beklagte ein kampferfahrener Ritter ist und Laurenz ein Geistlicher, wird er an seiner Stelle zum Zweikampf antreten.«

Runja hielt den Atem an: Das Gottesurteil sollte in Form eines Zweikampfes ermittelt werden! »Ist denn auch der Henker kampferfahren?«, fragte sie.

»Verlass dich drauf. Dieser Mann hat hunderte erschlagen. Als sehr junger Ritter nahm er am dritten Kreuzzug unter Kaiser Friedrich und an der Belagerung Konstantinopels teil. Und im letzten Jahr erst ist er als Kreuzfahrer vom vierten Kreuzzug zurückgekehrt.«

Der Richter legte dem Henker einen kleinen Kasten in den Schoß und sprach ihm mit segnender Geste Frieden zu. »Was ist in dem Kasten?«, wollte Runja wissen.

»Das ist ein Reliquienschrein«, flüsterte Dagomar. »Ein Knochen des Heiligen Innozenz liegt darin.«

Der Henkersknecht und die Bewaffneten nahmen Jeremias die Ketten ab und gürteten ihn. Schöffen und Richter, allesamt waffenlos, zogen Hüte, Mützen und Helme ab, streiften auch die Handschuhe von den Händen. So verlange es der Brauch, erklärte Dagomar.

Die eigentliche Gerichtsverhandlung begann. Der Schultheiß verkündete lauthals die ordentliche Gerichtszeit, und der Richter rief in die Runde der sich drängenden Zuschauer: »Niemand darf von nun an die Gerichtsstätte verlassen, bevor nicht das Urteil vollstreckt ist!«

Er bedeutete Laurenz, seine Klage vorzubringen. Der Domdekan erhob sich und rief: »Dieser fahrende Ritter und Sänger hat mir gleich gestern, zu Beginn des höchsten Tages der Moritzmesse, einen alten Mariendenar gestohlen. Mein Vater gab mir die Goldmünze einst mit auf den Weg in die Geiselhaft des Wendenfürsten Jaromar.«

Andere Kläger standen auf und klagten Jeremias an, ihnen Spitzentücher, Gewürzdosen, Geld oder Duftöl gestohlen zu haben. Runja spürte, wie ihr die Hitze ins Gesicht stieg.

»Den Schneider, dem du den Pfeffer gestohlen hast, kenne ich«, flüsterte Dagomar. »Auch du wirst ihn bald kennenlernen.« Runja beobachtete den kleinen schwarzhaarigen Kläger. Er sprach mit starkem Akzent. Sein Blick hatte etwas Brennendes.

Jeremias hörte sich alle Klagen an, ohne eine Miene zu verziehen. Als der Richter ihm das Wort erteilte, erbat er ein Gottesurteil. Laurenz gestattete es feierlich. Der Henker erhob sich und warf seinen Mantel ab. Er trug schwarze Handschuhe, war ganz in Leder gekleidet und vollkommen kahl unter seiner Kapuze. Man reichte ihm drei Schwerter. Zwei steckte er in den Hüftgurt, eines nahm er in die Hand.

Jeremias trug keine Handschuhe. Ein ärmelloser weißer Leinenrock verhüllte seine große Gestalt. Man steckte ihm zwei Schwerter in den Hüftgurt und reichte ihm seinen sarazenischen Säbel. Wie der Henker lief er barfuß, und wie diesem brachte man auch ihm einen runden Lederschild mit eisernem Buckel.

Der Henker schwor bei Gott, dass der Kläger, der Domdekan, ihn zu Recht in den Kampf gegen einen Schuldigen schicke, und Jeremias schwor bei allen Heiligen, dass er unschuldig sei. Danach baten sie den Richter, den Richtplatz betreten zu dürfen.

Der gestattete es und wandte sich ein letztes Mal an die Versammelten. »Unterliegt der beklagte Jeremias von Köln, wird er aufs Rad geflochten. Unterliegt der Kämpfer des Klägers, hat der Domdekan ihm Entschädigung zu leisten!« Er erhob seine Stimme: »Hütet euch, die Kämpfer zu stören! Wer es dennoch tut, verliert seinen Hals! Und nun möge Gott für Gerechtigkeit sorgen!«

»Alles, was du hier siehst und hörst, verlangt das sächsische Recht«, flüsterte der schwarze Mönch.

Der Richter verließ den Kampfplatz und nahm auf dem Richterstuhl Platz. Der Kampf war eröffnet. Jeremias stand still, der Henker hob Schwert und Schild und stapfte auf ihn zu. Runja ballte die Fäuste und biss sich auf die Unterlippe. »Was glaubst du?«, zischte der schwarze Mönch ihr ins Ohr. »Wer wird siegen?«

Jeremias, lag es ihr auf der Zunge zu sagen. Doch kaum dachte sie es, erkannte sie auch schon, dass es nur ihr sehnlichster Wunsch war, Jeremias siegen zu sehen, weiter nichts. Und dieser Wunsch entsprang einzig dem Verlangen, ihr Gewissen nicht weiter beladen zu müssen. Die Wahrheit jedoch konnte jedermann mit eigenen Augen sehen: Jeremias stand still und starr wie ein Opfer, und der Henker griff ihn an, wie ein Krieger angreift, der ein Ziel hat und an sich glaubt. Runja antwortete Dagomar mit keinem Wort.

Der Henker holte aus und schlug zu. Schneller, als Runja gucken konnte, riss Jeremias seinen Schild hoch, stieß das Schwert des Angreifers zur Seite, legte ihm den Säbelarm um den Hals und zog ihn an sich, statt seinerseits zuzuschlagen. Von weitem sah es aus, als würde Jeremias dem Henker etwas ins Ohr flüstern. Dann trat er ihn gegen das Knie und stieß ihn von sich.

»Er hat ihn gereizt«, flüsterte Dagomar.

Der Henker taumelte rückwärts, fing sich nach drei Schritten und verzerrte tatsächlich das Gesicht wie in großer Wut. Er brüllte eine Verwünschung heraus und riss das Schwert hoch über den Kopf. »Fahr zur Hölle!«, verstand Runja, und: »Du Sohn einer räudigen Hündin!« Er nahm erneut Anlauf und schlug das zweite Mal zu.

Selbst für Runja, die nur wenig Fechtunterricht genossen hatte, wirkte der Angriff vorhersehbar. Statt ihn mit dem Säbel zu parieren, sprang Jeremias zur Seite. Die Klinge des Henkers fuhr in den Sand. Die Wucht des eigenen Hiebes riss den Kahlkopf nach vorn und an Jeremias vorbei. Er strauchelte. Jeremias' Säbel traf den Schenkel des Henkers – Haut platzte, Sehnen rissen, Blut sprudelte, und der Stolpernde stürzte in sein eigenes Schwert.

Jeremias holte erneut aus, ließ den Säbel aber sofort wieder sinken und wich zwei Schritte zur Seite. Von der eigenen Klinge durchbohrt, krümmte der Henker sich am Boden.

Vorbei. Ein Raunen ging durch die Menge. Der Kampf war vorbei, ehe er richtig begonnen hatte. Runja glaubte zu träumen. Dagomar neben ihr schnalzte mit der Zunge. Irgendwo am Tor schrien Frauen Jeremias' Namen. Der schulterte seinen Säbel, stand breitbeinig und sah zum Domdekan herüber. Runja rannen Tränen der Erleichterung über das Gesicht.

Der Henkersknecht, zwei Stiftsdamen und ein Bader stürzten zum sterbenden Henker, gingen bei ihm in die Hocke, versuchten ihm zu helfen. Doch da gab es nichts mehr zu helfen – seine Klinge war dem bedauernswerten Mann zu einem Drittel in den Bauch gefahren. Er lag im Sand, schnappte nach Luft, krümmte sich und röchelte. Laurenz hockte wie festgefroren auf der Kante seines Stuhles. Die Stimmen rund um Runja wurden lauter.

Der Richter stand auf, rief etwas in die Menge, das Runja nicht verstand. Die Worte, die Jeremias am Tag zuvor dem Henkersknecht geweissagt hatte, gingen ihr durch den Kopf. Sie blickte zum Tor, wo Jeremias' Huren versuchten, sich an den Wächtern vorbei in den Burghof zu drängen. Ein Mann fiel ihr auf, breitschultrig und hochgewachsen – vom Richtplatz aus lief er zum Tor. Runja erkannte ihn am schaukelnden Gang und an seiner Gestalt: Helmold.

Sie zögerte nicht und dachte nicht nach – sie ließ die Hand der Stiftsdame los und lief zum Tor. Auf halbem Weg hielt einer sie fest, riss sie zurück. »Bist du von Sinnen?« Dagomar, der schwarze Mönch. »Willst du deinem Feind ohne Waffe begegnen?« Er schob ihr den Griff ihres eigenen Krummdolches in die Hand.

3

DIE KUNST DES TÖTENS

Das Geschrei der Menge blieb hinter Runja zurück. Kaum noch Menschen auf dem Breiten Weg. Helmold sah sich nicht um, ging seiner Wege, als hätte er nichts zu befürchten. Er trug den gehörnten Helm der Zvariner und einen roten Umhang über Kettenhemd und geharnischten Beinen. Am unteren Saum seines Umhangs lugte die Spitze seines Schwertes heraus.

Runja sah es und kam sich auf einmal lächerlich vor mit ihrem Krummdolch in der Faust. Den hielt sie unter einem grauen Wollmantel fest, den die frommen Frauen des Beginenstiftes ihr geschenkt hatten. Sie zog die Kapuze über ihr rotes Haar.

Zwei Fuhrwerke rollten vorüber, von links galoppierten Reiter aus einer Gasse, rechts rotteten sich Bettler vor der Kirche Sankt Sebastian zusammen. Sonst waren Wege und Gassen menschenleer. Runja schlich dicht am Gemäuer einer Klosteranlage entlang, die Jeremias »Sudenburg« genannt hatte. Auch in deren Türen und Toreinfahrten war niemand zu sehen. Hatte denn ganz Magdeburg sich vor der Vogtei versammelt, um das Spektakel des Gottesurteils zu begaffen?

Sehr gut! Was immer gleich geschehen würde – besser, es geschah ohne Zeugen.

Zweihundert Schritte vor ihr bog Helmold jetzt nach links zum Domplatz ab und verschwand aus ihrem Blickfeld. Wollte er zum Dom? Runja rannte, ließ die Sudenburg hinter sich, sah den Verräter an der Nordseite des gewaltigen Moritzdoms entlangschreiten.

Schnell verlor sich seine kräftige Gestalt hinter einem von vielen Torbogen, die zu den Nebengebäuden des Doms gehörten.

Die Propstei, die Curien, die Anwesen ranghoher Domherren und die Domschule lagen dort. Wollte der Neffe des Grafen sich von seinem Bruder verabschieden?

An der Rückseite des Doms, der zur Elbe hin gelegenen Ostseite, führte eine enge Gasse zur Wehranlage hinauf. Haselnusssträucher wuchsen hier rechts und links einer Linde. Zwischen Baum und Buschwerk setzte Runja sich auf eine Steinbank und wartete. Irgendwann würde der Verräter Häuser und Höfe hinter den Torbogen schon wieder verlassen.

Die Sonne stieg über Elbe, Stadtmauer und Dom in den Morgenhimmel. Die Glocken schlugen neun Mal. Kurz darauf hörte Runja Hufschlag. Ein Reiter trabte zwanzig Schritte entfernt aus einem der Torbogen – gehörnter Helm, schwarzes Haar, roter Umhang. Er war es! Helmold, der Neffe des Grafen!

Weil er sein Pferd zum Domplatz trieb und nicht nach links blickte, sah er Runja nicht. Sie bückte sich nach einem Stein, schleuderte ihn nach dem Verräter, traf sein Pferd. Das wieherte und scheute, und endlich schaute Helmold sich nach ihr um. Runja klemmte die Kapuze fest, damit er ihr rotes Haar nicht sehen konnte. Sie hob den nächsten Stein auf, zielte sorgfältig und warf.

Helmold duckte sich weg, der Stein streifte seinen Helm, brach ihm ein Horn ab. Runja hörte Blech und Stein auf dem Pflaster aufschlagen, hörte den Ritter fluchen, sah, wie er seinem Pferd die Sporen gab und es die Gasse herauftrieb – zu ihr. Sie sprang in den Haselnussbusch und kroch hinter ihm zur Linde.

»Komm raus, du Kotzenschalk!« Helmold streifte den Helm ab und sprang aus dem Sattel. »Ich krieg dich doch!« Er schlug mit dem Schwert auf den Haselnussstrauch ein. »Her mit dir! Galgenschwengel!«

Unter dem Mantel hob Runja die Faust mit dem Krummdolch bis ans Kinn. Sie spähte zum blutroten Umhang des fluchenden Verräters, dachte an den sterbenden Vater, glaubte seine Stimme zu hören: *Ich glaub' an dich. Geh.* Runja trat aus dem Schatten der Linde, stürzte sich in Helmolds Rücken und stach zu.

In der groben Wolle seines Umhangs und am Kettenhemd darunter glitt die Klinge ab. Erschrocken fuhr Helmold herum. »Stinkender Hund, du!« Er stieß mit dem Ellbogen nach ihr.

Runja prallte hart ins Wurzelgeflecht der Linde, die Kapuze rutschte ihr vom Haar. Ihr Kopf dröhnte, die Wunden von gestern brannten, doch sofort sprang sie auf und hob den Dolch erneut. »Verräter!«, zischte sie. »Du willst mich haben? Hier bin ich!«

Er blinzelte sie an, erkannte sie wegen ihres zerschlagenen und geschwollenen Gesichtes wohl nicht gleich. Doch dann entglitten ihm die Gesichtszüge. »Du?« Für einen Augenblick ließ er sogar das Schwert sinken. »Du hier?«

»Elender Mörder!« Wieder stürzte Runja sich auf ihn. Er sprang einfach zur Seite, rammte ihr den Schwertknauf in den Rücken und stieß sie ins Buschwerk. Wie eine angeschossene und abgestürzte Wildgans zappelte sie im Geäst.

Vergeblich versuchte sie, sich hochzustemmen. Rasende Wut erfüllte sie, ließ keinen klaren Gedanken mehr zu. Erst als Helmold zum Hieb ausholte, wich die Wut kaltem Entsetzen. Zu spät erkannte sie ihren Leichtsinn, ihren Übermut, ihren Fehler. Viel zu spät.

»Ein Wegelagerer?« Eine tiefe Stimme plötzlich von der Wehrmauer her, jemand rannte herbei. »Sogar mitten in der Stadt wagen sie es schon, einen anzufallen?« Ein Mönch tauchte hinter Helmold auf, ein Benediktiner. »Wartet, Herr! Ich will Euch beistehen.«

»Ich komme schon allein zurecht, Pater.«

»Ah, eine kleine dreckige Hure also!« Der Mönch stand jetzt neben Helmold. »Hat sie Euch bestohlen, Herr Ritter?« Dagomars Stimme und Gesicht – Runja fühlte eine Eiskralle nach ihrem Herzen greifen.

»Ja, Pater. Und sie kriegt schon ihren Lohn.«

»Vielleicht sollten wir uns noch ein wenig mit ihr vergnügen, bevor wir sie bezahlen lassen.« Der Pater drückte sich an Helmold vorbei.

»Nein, Pater, sie muss sofort sterben.« Helmold hielt Dagomar fest, zog ihn zurück. »Hier und jetzt werde ich das Luder erschlagen.« Er schob Dagomar zur Seite und holte wieder zum Schlag aus.

Was dann geschah, geschah blitzschnell: Dagomar sprang Helmold von hinten an, schlang ihm etwas Unsichtbares über Helm und Kopf und riss ihn daran rücklings zu Boden. Helmold ließ sein Schwert fallen, griff erst hinter sich nach dem Mönch und, als er den nicht erwischen konnte, nach der Schlinge um seinen Hals.

Es war eine dünne Kupferschlinge, tief schnitt sie in den Hals des Verräters ein. Dessen Fingernägel bohrten sich vergeblich ins eigene Fleisch – unmöglich, den Draht zu fassen zu kriegen. Dagomar hielt die Schlinge an zwei Lederholmen fest, schleifte Helmold hinter die Linde. Der stieß sich mit Sporen und Stiefelabsätzen im Gras ab, versuchte so Zug und Einschnitt des Drahtes zu mildern. Wie aus einer Schnur sickerte ihm bereits rundum das Blut aus dem Hals.

»Rubina!«, zischte Dagomar hinter der Linde. »Her mit dir!« Sie kroch aus dem Busch, taumelte zu ihm hinter den Lindenstamm. Helmold traten die Augen aus den Höhlen, seine Gesichtshaut lief schon blau an, seine Lippen waren schon grau. »Übernimm!« Dagomar zwang Helmold auf den Bauch, stemmte ihm das Knie in den Rücken. »Mach endlich, übernimm!«

Runja kniete auf Helmolds Rücken, nahm dem Mönch die Ledergriffe ab und zog mit aller Kraft die Drahtschlinge zu. »Fester!«, zischte Dagomar ihr ins Ohr. Sie dachte an den sterbenden Vater und zog fester zu. »Fester!« Sie dachte an die arme Mutter und zog noch fester zu. Helmold strampelte, griff hinter sich, warf den Kopf hin und her, bäumte sich auf. Und erschlaffte endlich.

Runja ließ die Schlingengriffe los, stand auf, atmete schwer. Es stank nach Urin und Menschenkot. Dagomar packte sie bei den Kragenaufschlägen ihres neuen Mantels, riss sie zu sich. »Dir ist vollkommen klar, dass er dich erschlagen hätte ohne mein Eingreifen?« Sie atmete keuchend und nickte.

Dagomar stieß sie mit dem Rücken gegen den Lindenstamm, drückte sich gegen sie. Ein herber Geruch ging von ihm aus. »Ich bin dein Lehrer«, flüsterte er. »Höre also die Grundlektion in der Kunst des Tötens: Plane sorgfältig, wo und wie du deinen Feind angreifst. Frag dich: ›Wie ist mein Feind bewaffnet?‹ Wähle deine eigene Waffe entsprechend. Hinterlasse keine Spuren. Vergieße möglichst wenig Blut. Sieht der Tod deines Feindes wie ein Unglück aus, will ich dich eine Meisterin nennen. Hast du verstanden, Rubina von Seeburg?«

Sie nickte. Dagomar ließ sie endlich los. Er betrachtete den toten Helmold. »Und wenn möglich, keine Leiche«, flüsterte er. »Weg mit ihm.« Mit herrischer Geste deutete er zum Domplatz. »Hol sein Pferd.«

*

Der letzte Tag der Herrenmesse. Eine Prozession zu Ehren des Heiligen Moritz zog auf dem Breiten Weg vorüber. Runja und die Männer traten zur Seite. Schweine, Ziegen und Hunde trotteten neben der Prozession her. Ein Schwarm tanzender Kinder folgte, die meisten barfuß und halbnackt. Der Priester an der Spitze trug einen Schrein mit der Reliquie des Stadtpatrons. Ein schwankendes Kruzifix ragte hinter ihm aus der Menge der Chorknaben.

Das fesselte Runjas Blick. »Vergib mir, lieber Heiland«, murmelte sie, »und hilf mir, auch die anderen zu bestrafen.«

Laurenz drängte zur Eile, sie bogen Richtung Elbtor ab. Überall Gesang, Geschrei, Gelächter, Musik. Stände, Karren, Kisten und Körbe säumten die Gassen zum Markt. Händler priesen ihre Waren an, Frauen feilschten, Kinder plärrten; Magdeburg roch heute nach Vieh, Rauch und frischem Brot.

Es war früh am Nachmittag. Drei Tage lang hatte Runja krank in der Schlafkammer gelegen. In der vergangenen Nacht hatte sie wieder schlafen, am Morgen sogar wieder essen können. Jetzt fieberte sie ihrem ersten Unterricht entgegen. Weil die Domschüler mit der Prozession zogen, konnte der Scholaster sich Zeit für sie nehmen. Laurenz und Sebastian führten sie zu seinem Haus.

Pirmins Anwesen lag weniger als fünfzig Ruten vom Damenstift entfernt an Elbe und Stadtmauer. Runja zählte die Schritte: 365. So viele Schritte, wie ein Jahr Tage hatte. Ihr Herz klopfte, und sie wusste nicht, warum. Oder wollte sie es gar nicht wissen?

Pirmin wartete vor dem Tor. Bei ihm stand der große Kerl, der den Mörder vom Balkon geworfen hatte. Johannes – hieß er nicht so? Der wich nicht mehr von Pirmins Seite seit jenem bösen Tag im August; die frommen Frauen im Beginenstift erzählten es.

Der Scholaster begrüßte zuerst den Domdekan, nickte dann dem Mondgesicht zu, wandte sich schließlich an sie. »Meine Schülerin also.« Seine Stimme klang sanft, in seinen blauen Augen leuchtete es. »Willkommen.«

Seine Züge verdunkelten sich, und etwas wie Erbarmen huschte über seine Miene, als er ihr geschwollenes Auge sah. Runja senkte den Blick, unerklärliche Scheu befiel sie. War es ihr so nicht schon ergangen, als sie zum ersten Mal in diese blauen Augen geschaut hatte?

»Ich hoffe, du kommst aus freien Stücken, Rubina von Seeburg, und man zwingt dich nicht zum Unterricht.«

Verwundert sah sie ihm ins Gesicht. »Ich will lernen, Herr.«

Laurenz beugte sich zu ihr und murmelte: »Du kannst ihn getrost ›ehrwürdiger Herr Scholaster‹ nennen.«

Runja wusste nicht, was der Domdekan diesem schönen blonden Mann über sie erzählt hatte. Sicher: Laurenz hatte nicht nach ihrem Willen gefragt, sondern einfach verfügt, dass Pirmin sie unterrichtete. Dennoch stimmte es: Sie wollte lernen. »Ich will alles wissen, ehrwürdiger Herr Scholaster.«

»Alles?« Seine freundlichen blauen Augen musterten sie, und Runja musste wieder den Blick senken. »Das ist viel.«

Dekan und Scholaster gingen mit ihr zum Haus. Sebastian wartete am Tor, plauderte mit Johannes. Wie weit er seinen runden Kopf in den Nacken legen musste, um diesem Goliath in die Augen sehen zu können! Runja sah ein Lächeln über Pirmins Miene huschen.

Er und der Domdekan besprachen auf dem Weg durch den Garten kirchliche Angelegenheiten. Mit gesenkten Stimmen und auf Latein. Hinter der Balustrade des Flachdaches stand ein braungebrannter Mann und schaute auf sie herab. Runja erinnerte sich, dass Pirmin ihn an jenem Augusttag »Jusuf« gerufen hatte.

Sie bestaunte den Obstgarten, den Springbrunnen, die große Freitreppe vor dem weiß getünchten Haus, die Säulen, die den Balkon trugen, und die Quittenbäume rechts und links der Treppe. Das Geäst der Bäume bog sich unter dem Gewicht ihrer großen gelben Früchte. Warum nur fühlte sie sich so beklommen?

»Der Chorknabe wird im Garten warten und dich nachher wieder nach Hause begleiten«, erklärte der Domdekan beim Abschied.

Nach Hause – Runja lauschte dem Klang dieser Worte nach, und wie ein wehmütiges Echo bebte es durch ihre Brust. *Nach Hause* – er meinte den Frauenstift, und sie stand im Geist auf der Treppe zum heimatlichen Burghof. Vorbei.

Der Scholaster führte sie in sein Haus. Von der kleinen Eingangshalle aus konnte Runja durch ein offenes Glasportal in einen Innenhof schauen. Neben der Treppe zum Obergeschoss stand die farbige Statue einer Frau. Runja stutzte, so lebensecht wirkte das Bildnis. Es hatte ähnlich rotes Haar wie sie selbst, etwas heller vielleicht. Kaum konnte Runja den Blick abwenden, sie wusste selbst nicht, warum. Sie merkte, dass Pirmin sie beobachtete.

Hinter dem Scholaster her stieg sie die Treppe hinauf. Er nahm die Stufen schneller als sie. Ihre Beine waren schwer, Knie und Rücken schmerzten. Erschöpft fühlte sie sich. Oben angekommen, schaute Pirmin zu ihr zurück – halb lächelnd, halb sorgenvoll.

Drei Tage lang hatte sie krank gelegen, drei Tage lang kein Wort gesprochen. Nicht mit Hildegard und den Frauen des Stifts, nicht mit Dagomar, nicht mit Waldemar, der sie zweimal täglich besuchte. Gleich am Abend nach Helmolds Tod hatte Fieber eingesetzt, danach Bauchkrämpfe, Erbrechen und Blutungen, zwei Wochen zu früh.

Manchmal zwang sie sich, an den Verräter zu denken und dabei in sich hinein zu lauschen. Nein – keine Gewissensbisse mehr, nur grimmige Zufriedenheit. Er hatte den Tod verdient. Sein Bruder auch. Und die wendischen Schlächter sowieso.

Sie betraten einen großen Raum. Regalbretter bogen sich unter Folianten, aus offenen Schränken ragten Pergamentrollen, eine große Karte füllte eine halbe Wand, auf einem Lesepult darunter lagen geöffnete Bücher, auf einem zweiten eine Laute.

Pirmin nahm in einem mit Lammfell gepolsterten Lehnstuhl an einer großen Eichenplatte Platz; die ruhte auf Holzböcken. Er wies auf einen runden Hocker ihm gegenüber. Runja setzte sich. »Du siehst krank aus, Rubina.« Er musterte sie fragend. »Geht es dir nicht gut?«

»Nein, ehrwürdiger Herr Scholaster. Ich meine, doch.« Foliantenstapel und Pergamentbögen auch auf dem Tisch, daneben Federkiele, eine Sandschale, grünes Siegelwachs, Tintenfässer, ein Siegelstein und die weiße Marmorstatue einer nackten Frau, gut eine Elle hoch. »Ich war ein wenig krank, ja, doch es geht mir schon besser.« Der Anblick der Nackten verwirrte Runja. An ihrem zum Gruß ausgestreckten Marmorarm hing ein Siegelring.

»Etwas Ernstes?« Runja schüttelte den Kopf. »Wie alt bist du?«

»Achtzehn.«

»Dann bist du nur halb so alt wie ich.« Er lächelte. Runja wusste

nicht, was sie antworten sollte. Sie hatte ihn für jünger gehalten.
»Waldemar und du, ihr seid am großen See von Zvarin aufgewachsen, habe ich gehört, in einer Burg des Grafen dort. Erzähl mir davon.«

»Es ist eine traurige Geschichte, ehrwürdiger Herr Scholaster.«

»Spar dir das ›ehrwürdig‹.« Ernst und unter hochgezogenen Brauen musterte er sie. »Wirklich nur traurig, die Geschichte?«

»Nicht nur. Ich war sechs Jahre alt, als wir aus dem Morgenland an den See zurückkehrten. Mein Vater wurde der Hofmarschall des Grafen Gunzelin. Ich hatte es gut in der Burg und in den Wäldern.« Pirmin hörte aufmerksam zu. Ihre Scheu verflog nach und nach, sie erzählte Geschichten aus ihrer Kindheit und Jugend.

Später klopfte es an der Tür, und eine kleinwüchsige Frau trat ein. Sie brachte Holundersaft und Pflaumen. Der Scholaster nannte sie »Alma«. Alma nickte ihr zu und ließ sie wieder allein.

»Wie schön du erzählen kannst, Rubina.« Pirmin lächelte. »Wie kommt es, dass eine Frau deines Alters ohne Mann und Kind lebt?«

»Mit vierzehn haben sie mich verheiratet.« Runja senkte den Blick, sie dachte nicht gern an diese Zeit. »Mein Mann ist im See ertrunken, nicht lange nach der Hochzeit.« Wie sehr sein Tod sie erleichtert hatte, behielt sie lieber für sich. »Und letztes Jahr haben sie mich mit dem Grafensohn verlobt. Den hat im Frühsommer eine Wendenlanze getötet.« *Genau wie den Vater*, fügte sie in Gedanken hinzu.

»Dann bist du also eine Witwe.«

»Nein, Herr Scholaster«, sagte sie heiser, »ich bin eine Waise.« Tapfer unterdrückte sie die Tränen.

Er nickte nur, stand auf und wies nach allen Seiten. »Womit fangen wir an? Was willst du lernen? Schau dich um. Was in diesem Raum macht dich am neugierigsten? Worüber willst du mehr erfahren?«

Runja ließ ihren Blick schweifen. Eine Zeichnung neben der

Tür fiel ihr auf: eine Kirche mit einer Art Steinblume in der Mitte der Fassade, und mit spitzen Bögen über Fenstern und Portalen.

»Eine Kathedrale in Paris«, sagte Pirmin. »Dort habe ich studiert und gelehrt. Schon länger als ich lebe, baut man an Notre-Dame.« Runjas Blick wanderte über Regale und Schränke zu der großen Wandkarte. »Eine Karte des Heiligen Landes und Jerusalems«, erklärte Pirmin. »Dreizehn Jahre her, dass ich dort gewesen bin.«

Was für ein Mann, dachte Runja, *wo er schon überall gewesen ist, was er schon alles gesehen und gelesen hat!* Ihr Blick ruhte auf dem Stehpult mit der Laute. »Ich habe noch nie so viele Bücher auf einmal gesehen«, sagte sie, »ich weiß so wenig von der Welt. Wie soll ich mich da entscheiden?« Sie deutete auf das Instrument. »Meine Mutter hat Laute gespielt und mir ein paar Stücke beigebracht. Die Laute zieht mich am meisten an.«

Eine Zeitlang betrachtete er die Laute; fast schien es Runja, als rede er im Stillen mit dem Instrument. »Warum nicht?« Er nahm es und zupfte ein paar Töne. »Nichts von all dem, was Gott uns geschenkt hat, ist schöner als die Musik. Und von ihr aus ist es nur ein Schritt hin zur Mathematik.« Der Scholaster kam um den Tisch herum und reichte Runja die Laute. Er roch gut – nach Erde und Birkenrinde. »Spiel mir ein Stück, das deine Mutter dich gelehrt hat.«

Mit zitternden Händen nahm sie die Laute, strich über die Saiten, zupfte ein Kinderlied, sang dazu. Das Herz wurde ihr weit, und sie musste aufhören, denn sie wollte nicht weinen vor Pirmin.

Als sie zu ihm aufblickte, hatte er nasse Augen. »Auch ich war einmal verheiratet«, sagte er. »Doch es ging mir nicht wie dir, Rubina – ich war keineswegs erleichtert, als meine Frau starb, mir brach es das Herz.« Er nahm ihr die Laute aus der Hand. »Sie gehörte ihr.«

*

Drei Tage später ritt Dagomar mit ihr zu einem verlassenen Gehöft am Elbufer. Ein kleiner, drahtiger Mann mit schwarzem Haar und langem Schnurrbart wartete dort. Der Gewandschneider, dem sie die Silberdose mit dem Pfeffer gestohlen hatte.

»Claudio wird dir Unterricht im Schwertkampf erteilen«, sagte der Schwarze Abt. »Du solltest wenigstens wissen, wie man sich eines Angriffs erwehrt.«

Der Gewandschneider sprach kein Wort. Er reichte Runja ein Schwert und griff sie mit einer Klinge an, die mit Lederriemen umwickelt war. Sie wehrte sich, so gut sie konnte, versuchte auch ihrerseits einen Angriff. Als sie scheiterte, gab sie auf. »Das Schwert ist mir zu schwer«, erklärte sie.

»Reich mir deinen Arm«, verlangte Dagomar. Widerwillig gehorchte sie. Der Pater betrachtete ihre Finger und Handgelenke, tastete ihre Schultern, ihre Unter- und Oberarme ab. »Du bist zwar sehnig und nicht gerade klein, doch dein Körper ist wirklich nicht dafür gebaut, über längere Zeit ein Schwert zu führen.« Der herbe Geruch, der von ihm ausging, stieß sie ab, dennoch hielt sie still. »Dafür besitzt du die Muskeln eines Menschen, der es gewohnt ist, eine Armbrust zu spannen und zu halten«, sagte er. »Versuchen wir es damit.«

Am liebsten hätte sie laut gejubelt, als er ihre Armbrust aus einem Tuch wickelte und ihr die Waffe reichte. Sie beherrschte sich, zog das Geschenk des Vaters an sich, strich zärtlich über Kolben, Spannhebel und Bogen. Auch den Gurt mit den Pfeilbolzen nahm sie entgegen, ohne eine Miene zu verziehen.

Mit einem Stück Kohle zeichnete der kleine Schwertkämpfer die Umrisse eines Menschen auf die Stalltür. Augen, Stirn, Hals, Herz und Knie markierte er mit Kreuzen. Danach trat er zwanzig Schritte zurück und warf nacheinander drei Messer – und traf Auge, Hals und Herz.

Runja stockte der Atem. »Jetzt du«, befahl Dagomar. Erst im letzten Moment rief er die Körperstelle auf, nach der sie zielen sollte. Runja schoss und traf. »Linkes Auge!«, rief der Schwarze Abt. Runja schoss und traf. »Kehle!« Runja schoss und traf. Claudio, der Schweiger, nickte jedes Mal anerkennend.

Auch diese Übung brach Dagomar bald ab – Runja schoss nur ein einziges Mal daneben, und das knapp. Der Pater wickelte Armbrust und Pfeilbolzen in das Tuch, steckte sie in einen Rucksack aus braunem Leder und reichte ihn Runja.

»Sieh gut zu, dass keine der Beginenschwestern die Waffe jemals zu Gesicht kriegt, hörst du?« Runja nickt. Dagomar gab Claudio ein Zeichen. Der griff unter seinen Umhang und zog einen Dolch heraus.

»Hast du deine kleine seldschukische Krummklinge dabei, Rubina?«, fragte der Mönch. Runja schlug ihren Mantel zur Seite und deutete auf den Krummdolch in ihrer Gurtscheide.

»Du wirst ihn bald brauchen.« Zufrieden betrachtete Dagomar den Dolch. »Und dann solltest du geschickter damit umgehen als bei deinem Angriff auf Helmold von Schwerin.« Er öffnete die Faust – eine Amphore aus dunklem Glas lag darin. »Bestreichst du deine Klinge mit dieser Tinktur, kannst du deinen Gegner betäuben, selbst wenn du ihn nur leicht verletzt.« Zögernd nahm Runja die Amphore aus seiner Hand. »Claudio wird dich jetzt die Kunst des Messerkampfes lehren.«

Runja steckte die Amphore ein und zog ihren Krummdolch. »Ich werde ihn bald brauchen?« Erschrocken musterte sie Dagomars knochiges Gesicht. »Wann?«

»Morgen? Übermorgen? Warte es ab. Slawomirs Wenden sind noch in der Stadt. Sie verhandeln mit dem Schultheißen und dem Domdekan. Slawomir oder Helmolds Bruder Walter – einen von beiden wird deine Rache als Nächstes treffen. Wenn du willst.«

Runja nickte langsam. »Ich will«, sagte sie mit fester Stimme.

4

NACKT

An eine Weide gelehnt, hockte sie mit gekreuzten Beinen im Ufergras. Sie wartete auf Walter. Nach und nach wurde es hell. Über ihr rauschte der Wind in der Weidenkrone; gelbe und rote Blätter segelten herab. Vor ihr ragte der Elfenbeingriff ihres Krummdolches aus dem Gras. *Damit du nie wieder deine Freiheit verlierst.*

Mit diesen Worten hatte der Vater ihr am Morgen ihres vierzehnten Wiegenfestes den Dolch und die Armbrust überreicht. *Damit du nie wieder deine Freiheit verlierst.* Sie glaubte, seine vertraute Stimme zu hören. Viereinhalb Jahre war das her. Es kam ihr vor, als sei es erst gestern gewesen. »Du hast nicht umsonst an mich geglaubt, Vater«, murmelte Runja. »Ich werde dich rächen. Euch alle werde ich rächen.«

Sie betrachtete den schon dunkel gemaserten Dolchgriff. War man noch frei, wenn der Wunsch nach Rache das Herz, den Kopf, die Träume beherrschte? Oder hatte man dann seine Freiheit schon verloren? Runja wollte es nicht wissen, schob die Frage weg von sich in einen dunklen Winkel ihres Hirns, dachte lieber an Walter. Dieser Morgen sollte sein letzter gewesen sein.

Die Morgenbrise strich über das Wasser, trieb hunderte Wellenlinien vor sich her. Ein Kormoran tauchte aus dem Strom auf, ein Aal zappelte in seinem Schnabel. Der schwarze Vogel verschlang ihn. Eine Windböe fuhr in Runjas Haar, blies ihr rote Strähnen ins Gesicht. Von der Stadt her näherte sich Hufschlag.

Endlich. Sie strich sich das Haar aus den Augen. Walter, der Verräter, wer sonst? Wie hämisch er gefeixt hatte, als der Vater starb! Auf ihn wartete sie seit dem Morgengrauen. Auf ihn und eine Handvoll Domschüler. Ein geheimer Wettkampf war geplant: den Elbarm durchschwimmen, den Großen Werder überqueren, danach durch den Hauptstrom schwimmen. Es würde derjenige siegen, der das Westufer als Erster erreichte. Runja wusste über alles Bescheid. Von Waldemar.

Hufschlag? Sie stutzte – besaßen Domschüler denn Pferde? Sie schützte die Augen vor dem Licht der Morgensonne, spähte nach Osten, zum Elbtor. Zwei Reiter trieben ihre Pferde aus der Stadt und zur Brücke hinunter. Nein, keine Domschüler, zwei erwachsene Männer. Der hintere war ungewöhnlich groß.

Schon donnerte der Hufschlag ihrer Pferde über die Bohlen der Elbbrücke. Runja ließ die Männer nicht aus den Augen. Nach der Brücke trieben sie ihre Tiere stromaufwärts in die Elbaue hinein. Näher und näher ritten sie. Runja stieß sich von der Weide ab, schlich zu den Büschen am Wasser und spähte hinüber zum Westufer.

Der hintere Reiter, der große, trug einen grauen Mantel und ein graues Tuch um den Kopf. Ein Schwertgriff ragte hinter seiner Schulter auf. Dem vorderen bauschte der Wind einen schwarzen ärmellosen Mantel über einem weißen Chorrock auf. Er schien unbewaffnet. Ein schwarzes Birett bedeckte seine blonden Locken.

Ihr Lehrer Pirmin! Runja pochte das Herz in der Kehle; seit zwei Wochen hatte sie ihn nicht gesehen. Und hinter ihm ritt sein Gärtner Johannes. Der Goliath, der den Mörder vom Balkon geworfen hatte.

In der Deckung von Büschen und Gras huschte sie am Inselufer entlang, wollte die beiden Reiter nicht aus den Augen verlieren. Sie ritten hinter Birken, Weiden, Schilf und Gestrüpp. Was trieb ihren Lehrer so früh an den Strom? Ihr fiel ein, dass der mondgesichtige Diener des Domdekans neulich behauptet hatte, Pirmin würde selbst im Winter Morgen für Morgen in der Elbe schwimmen.

Mit Walter, Waldemar und einer Handvoll Domschüler hatte

Runja gerechnet. Nicht jedoch mit dem Mann, der ihr Herz höherschlagen ließ, wenn sie nur an ihn dachte.

Jetzt tauchten die beiden Reiter wieder zwischen den Weiden auf. Bei einer kleinen Anlegestelle banden sie die Pferde fest. Johannes blieb bei ihnen, lugte nach rechts und links. Pirmin zog ein Bündel unter dem Sattel heraus und ging zum Steg. Dort trat er sich die Stiefel von den Füßen und schlüpfte aus Mantel und Chorrock.

Runja blieb stehen und hielt den Atem an. Ihr Lehrer entblößte sich! *Schau nicht hin!*, gebot ihr eine innere Stimme, *weg hier!* Zu spät – die Lust, den nackten Leib dieses Mannes zu betrachten, überwältigte sie. Sie duckte sich ins Gras und schlich bis dicht ans Wasser. Im Schutz eines Vorhangs aus tief herabhängendem Weidengeäst beobachtete sie, wie Pirmin sich auszog.

Er streifte sich die weite Hose von den Beinen. Darüber trug er ein kurzes weißes Hemd, das ihm kaum zum Hintern reichte. Als er es über den Kopf zog und sich nach hinten wand, um es zu den anderen Kleidern zu legen, sah sie, wie seine kräftigen Gesäßmuskeln sich wölbten. Runja nagte an der Unterlippe.

Ihr Blick wanderte über seine drahtigen Schenkel, seinen schönen, seltsam gerippten Bauch und seine Brust. Er hatte breitere Schultern, als Runja vermutet hatte, und das Spiel seiner kräftigen Brust- und Oberarmmuskeln sah bezaubernd aus. Unmöglich, jetzt noch den Blick von seiner Gestalt loszureißen! Die blonden Härchen auf seiner Haut schimmerten golden in der Morgensonne, und Runja stellte sich vor, wie es sich anfühlen mochte, über sie zu streichen.

Eine weiße Bruche bedeckte Pirmins Scham. Runja erinnerte sich, so ein Stück Stoff schon an der Wäscheleine im Burghof gesehen zu haben. Der Vater hatte es unter dem Harnisch getragen. Auch der Graf und seine Söhne. Waldemar hingegen pflegte keinen derartigen Schnürsack unter Hemd und Hose über der Scham zu tragen. Auch ihr verstorbener Mann nicht; allerdings hatte sie ihn die zwei Male, die er versuchte, mit ihr zu verkehren, nur im Dunkeln gesehen.

Am anderen Ufer, kaum einen Steinwurf weit entfernt, löste Pirmin die Hüftschnüre seiner Bruche und warf das Unterkleid hinter sich zu Hemden und Mantel. Runja schaute auf seine Scham, auf das Männerglied inmitten des blonden Lockenpelzes drum herum. Lustig sah das aus, wie ein großer, dicker, schlaffer Wurm. Der wackelte hin und her, als Pirmin losmarschierte und über den Steg zum Wasser schritt. Runja lachte leise in sich hinein.

Zugleich fühlte sie eine Aufregung in sich glühen, die sie nicht an sich kannte. »Lieber Heiland, wie schön er ist!« Sie betrachtete das Muskelspiel seiner Oberschenkel, als er größere Schritte machte und schneller lief; sie beobachtete das Spiel seiner Brustmuskeln, als er sich nach vorn beugte; sie ließ seine kräftigen Arme nicht aus den Augen, als er sie über den Kopf warf und ausstreckte.

Schließlich sprang er ab, flog zwei Wimpernschläge lang durch die Luft, glitt speergleich ins Wasser, tauchte unter. Runja atmete tief durch.

Das Bild des springenden Männerleibes flackerte die ganze Zeit vor ihren Augen, während Pirmin unter Wasser blieb – sein blonder Lockenkopf, seine angespannte Rückenmuskulatur, die straffen Wölbungen seines Hinterns. »Wie schön er ist«, flüsterte Runja, und sie stellte sich vor, ihre Lippen könnten seine Haut berühren, seine Schenkel, seinen Bauch, seinen Mund.

Sein Lockenkopf tauchte aus dem Wasser auf. Sie konnte sein Gesicht sehen, seine ebenmäßige Nase, seinen schönen Mund. Er schwamm mit dem Strom Richtung Elbbrücke davon. Schade.

Auf dem Anlegesteg bückte der große Johannes sich nach Pirmins Kleidern, trug sie zu den Pferden, kletterte in den Sattel und ritt Richtung Elbbrücke davon. Pirmin würde irgendwo stromabwärts aus der Elbe steigen. Schade, schade. Runja hätte ihn gern noch einmal angeschaut. Außer Waldemar hatte sie noch nie einen Mann nackt gesehen; und Waldemar war ja, recht betrachtet, noch gar kein richtiger Mann, oder?

Sie drehte sich auf den Rücken, betrachtete den Himmel zwischen herbstbunten Birken- und Weidenkronen, dachte an ihren Lehrer – an seinen schönen nackten Leib auf dem Steg, an seinen bekleideten Leib in seinem Lehnstuhl hinter seiner Eichenplatte. Sie dachte an seine langen Finger, wie sie die Lautensaiten zupften.

Wie freundlich seine Augen waren, wie schlank seine Hände, wie gütig seine Stimme, sein Blick. Erst kurz vor dem Abschied nach der ersten Unterrichtsstunde hatte sie verstanden, warum sie sich anfangs so beklommen und scheu gefühlt hatte in seiner Nähe: Es lag an der Größe und der Reinheit, die er ausstrahlte. Ja, Reinheit und Größe. Klein und befleckt hatte sie sich in seiner Gegenwart gefühlt.

Sie konnte inzwischen Notenschrift lesen. Vor zwei Wochen hatte ihr Lehrer mit Lateinunterricht begonnen. Zum Abschied hatten seine schönen Hände in die Pflaumenschale gegriffen, um ihr die Früchte als Geschenk in einen Korb zu legen.

Runja versuchte, sich die Berührung dieser Hände auf ihrer Wange vorzustellen, auf ihrem Hals, ihrem Busen. Unerwartete Wärme durchperlte ihren Leib, fremdartige Aufregung kribbelte in ihrem Bauch, ihrem Schoß, ihren Schenkeln. »Lieber Heiland«, flüsterte sie, »was ist denn mit mir?« Sie legte die Hände auf Schoß und Bauch.

Von fern hörte sie Stimmen. Die Domschüler. Walter. Nein, nicht heute. Sie sprang hoch, lief zurück zu der Stelle, von der aus sie aufgebrochen war. Ihr Krummdolch steckte noch im Boden vor dem Weidenstamm. Sie zog ihn heraus, wischte die Erde von der Klinge, führte sie in die Gurtscheide unter ihrem Mantel.

Nein, heute war kein Tag zum Töten. Zu viel Schönes leuchtete in ihrem Kopf, zu viel Schönes erfüllte ihr Herz – Männerhaut, schimmerndes Blondhaar und eine Sehnsucht, die ihr Angst und Lust zugleich machte.

Runja versteckte sich zwischen den Büschen, ließ die Halbwüchsigen vorbeihuschen, sechs oder sieben Knaben, alle nackt und nass. Später hörte sie die ersten wieder ins herbstkalte Wasser springen. Sie schüttelte sich.

Tief in Gedanken versunken machte sie sich auf den Weg zu der kleinen Bucht am Ostufer des Werders, wo sie ihr Ruderboot versteckt hatte. Bei jedem Schritt dachte sie an Pirmin, mit jedem Atemzug sog sie sein Bild ein.

Eine Elster schrie. Angelus! Inzwischen kannte Runja die Stimme des Elsternhahns. Sie blieb stehen. Laub raschelte, Buschwerk schwankte – und plötzlich stand Waldemar zwischen zwei Birken.

Er taumelte, war nackt, und das nasse Haar klebte ihm an Schulter und Brust. In seinen weit aufgerissenen Augen flackerte Angst.

Zwei Männer hielten ihn fest. Einer drückte Waldemar eine Dolchklinge gegen die Kehle.

*

Im vorderen Querschiff bekreuzigte und verneigte Laurenz sich in Richtung des Altars. Ein paar Atemzüge lang verharrte er im Eingangsbereich, ließ vor allem den drei Wenden unter den Männern Zeit, zu staunen, zu bewundern, zu erschauern. Und wirklich – die drei Heiden stellten endlich einmal ihr wendisches Palaver ein, und ihre harten und grimmig verkniffenen Mienen erschlafften wenigstens für kurze Zeit zu den glatten Gesichtern einfältiger Weiber.

Keiner von ihnen hatte den Dom jemals zuvor von innen gesehen. Und wie sollte einer nicht erschauern, wenn er zum ersten Mal zwischen diesen himmelhohen Wänden stand, neben diesen mächtigen Pfeilern? Wenn zum ersten Mal all die farbigen Gottesbilder ihn blendeten? Wenn zum ersten Mal Propheten, Apostel und Heilige ihn von den Emporen, den Säulen, den Fenstermalereien und vom Gebälk aus beobachteten? Wann und wo sollte ein fühlender Mensch seine Winzigkeit spüren, wenn nicht jetzt und hier?

Ja, die sollten sie schon spüren, diese Heiden – ihre Winzigkeit, ihre Bedeutungslosigkeit angesichts dieser Stein gewordenen Erhabenheit und Heiligkeit der römischen Kirche.

»Hier?«, fragte einer von ihnen, der Halbsachse mit der heiseren Stimme.

»Ja.« Laurenz ging weiter. »Hier soll euer Fürst getauft werden.«

Der mit der heiseren Stimme übersetzte den anderen beiden. Er konnte deutsch. Seine Mutter, eine Sächsin, war einst von den Wenden geraubt worden.

Laurenz führte die Männer ins Langschiff hinein. Die Magdeburger hielten sich alle im Hintergrund – der Schultheiß, der Vogt, Sebastian, einige Ritter und Domherren. Manche tuschelten. Für sie gab es hier nichts mehr zum Staunen.

Von Kindesbeinen an war den meisten von ihnen die Kathedrale Kaiser Ottos des Großen eine Selbstverständlichkeit. Hier waren sie getauft und getraut worden, hier hatten sie der Taufe und Trauung ihrer eigenen Kinder beigewohnt, hatten ihre Eltern und Großeltern betrauert, würden einst selbst hier den Gebeten der Heiligen und den Seelenmessen ihrer Familien anbefohlen werden. Diese Leute merkten kein Erschauern mehr; ihre Winzigkeit angesichts der Größe des allmächtigen Gottes und der römischen Kirche war ihnen längst zur zweiten Natur geworden.

Dass ein heidnischer Wendenfürst sich hier taufen lassen wollte, das allerdings hatten sie noch nicht erlebt.

»Hier wird es geschehen«, sagte Laurenz und machte Halt vor dem rötlichen Taufbecken. »Hier an diesem Becken aus Rosenporphyr wird unser Erzbischof euern Fürsten Jaromar taufen.«

Er spürte die bewundernden Blicke der Magdeburger. Die taten ihm gut, denn seit der verlorenen Klage, seit dem Gottesurteil, begegnete so manch einer ihm nicht mehr mit dem gebotenen Respekt.

»Dieses Taufbecken stand vor mehr als tausend Jahren als Springbrunnen im Palast eines römischen Kaisers«, erklärte Laurenz. »Kaiser Otto ließ es vom Ende der Welt hierher schaffen, damit auch die schon zur Hölle gefahrenen Herrscher der Heiden ihm Ehre erweisen müssen.«

Der Halbsachse mit der heiseren Stimme übersetzte leise. Er hieß Selibur. Sein silberner Ohrring glich dem, den man in Rubinas Manteltasche gefunden hatte.

»Genau wie die Säulen dort im Chorraum.« Laurenz winkte die Männer weg vom Taufbecken und hin zum Lettner. »Wenn ihr mal durch die Rosetten dieser Trennwand hier hindurchschauen wollt.« Statt zuzuhören, flüsterten der Dolmetscher und sein Anführer, ein struppiger Hüne mit zerschlagener Nase. »Auch diese mächtigen Säulen standen einst in einem römischen Palast.« Laurenz versuchte, sich nicht stören zu lassen. »Jetzt tragen sie die Bilder der Heiligen, deren Gebeine in diesem Gotteshaus ruhen.«

Die Männer lehnten gegen den Lettner und spähten in den von Fackeln erleuchteten Chorraum hinüber. Selibur, der Dolmetscher, schob sich neben den Domdekan. »Slawomir will wissen, wo Helmold steckt«, flüsterte er. »Seit vier Tagen ist er spurlos verschwunden. Das gefällt Slawomir nicht.«

»So?« Laurenz runzelte die Stirn. »Verschwunden? Ich habe ihn doch vor wenigen Tagen erst gesprochen.«

»Wo steckt er?« Selibur beugte sich dicht an Laurenz' Ohr; der Heide roch nach Bier. »Er wollte mit uns nach Rügen reiten, um seinen Vater abzuholen.«

»Was kümmert euch Helmold?«, flüsterte Laurenz. »Hat er nicht seine Schuldigkeit getan?«

»Hat er.« Selibur lugte zu seinem graubärtigen Anführer. Der Hüne mit der zerbrochenen Nase belauerte sie. »Doch Ihr kennt ja Slawomir, hochwürdiger Herr. Er ist ein misstrauischer Mann, und es erscheint ihm merkwürdig, dass einer, der so scharf darauf ist, endlich seinen Vater in Freiheit zu sehen, plötzlich verschwindet.«

»Er wird schon wieder auftauchen.« Unwillig wandte Laurenz sich vom Lettner ab und wies ins Kirchenschiff hinein. »Kümmert euch nicht um Helmold, prägt euch lieber die Pracht dieses Gotteshauses ein, damit ihr euerm Fürsten schildern könnt, wo sein neues Leben als Diener Jesu Christi beginnen wird.«

Während seiner Geiselhaft bei den Wenden hatte Laurenz sich mit dem jetzigen Fürsten Jaromar von Rügen angefreundet. Nach seiner Freilassung war die Verbindung nie abgerissen. Laurenz hatte Jaromar versprochen, ihn zum Herzog eines deutschen Fürstentums an der Ostsee zu machen, sollte er sich taufen lassen. Eine solche Taufe nämlich würde den Weg für ein Erzbistum an der Ostsee freimachen – mit einem Erzbischof Laurenz an der Spitze.

Der Weg dorthin war steinig. Laurenz musste erst den Bischofsstuhl von Havelberg erobern, Jaromar die Grafschaft Schwerin und der künftige Kaiser die Insel Rügen. Dazu allerdings würde man Philipp von Schwaben überreden müssen, denn noch gehörte Rügen den Dänen. Doch Laurenz war nicht der Mann, der vor steinigen Wegen zurückschreckte.

»Slawomir will wissen, ob es stimmt, dass Ihr zwei Überlebende aus der Seeburg aufgenommen habt, hochwürdiger Herr.« Der Dolmetscher baute sich vor ihm auf. Das wirkte so drohend, dass Sebastian und einige Domherren erschrocken herüberäugten.

»Wie kommt er denn darauf?«

»Spielt Ihr etwa falsch, Laurenz von Magdeburg?« Die Miene des Halbsachsen verdüsterte sich. »Helmolds Bruder Walter hat den Sohn des gräflichen Hofmarschalls Unger in der Domschule erkannt.«

»Lasst uns später darüber sprechen.« Laurenz wurde es heiß und kalt, als er seinen Fehler begriff. Er hätte verhindern müssen, dass Waldemar und Walter einander begegneten.

»Slawomir will diesen Burschen und seine Schwester haben.«

»Das ist nicht so einfach, wie er sich das vorstellt«, flüsterte Laurenz. Er nahm den Arm des Dolmetschers und führte ihn außer Hörweite der anderen. »Man könnte Verdacht schöpfen, dass ich mit der Zerstörung der Seeburg zu tun habe.«

»Ihr wisst, dass Jaromar die Grafschaft Zvarin für seinen Sohn Drazko haben will.« Der Halbsachse machte sich von ihm los. »Doch der Graf Gunzelin konnte dem Hinterhalt entkommen, in den unser Fürst ihn gelockt hat. Gunzelin ist zwar schwer verletzt, doch er lebt. Wir können keine Zeugen am Leben lassen. Slawomir sagt, Ihr müsst Euch auf die Nachricht vom Tod des Blondschopfs und des roten Weibes gefasst machen.«

»Was?!« Laurenz stand wie festgewachsen. Sein Mordplan gegen Pirmin war in Gefahr! Er hielt den anderen fest. »Das darf nicht geschehen!«, zischte er. »Sag das Slawomir!« Er wurde lauter, als er wollte; alle Magdeburger beobachteten sie jetzt. »Los, sagt ihm das!«

»Zu spät.« Der Dolmetscher Selibur tat gleichgültig, zuckte mit den Schultern. »Slawomirs Sohn Pribislaw ist schon hinter ihnen her. Er wird sie einfangen oder töten.«

*

Wenden! Der Schrecken trieb Runja die Kraft aus den Gliedern und jede Hoffnung aus dem Herzen. Den, der Waldemar die Klinge gegen die Kehle drückte, kannte sie: der Dürre mit dem Nasenring; der die Mutter getreten und sie zusammen mit jenem Hünen zur Schändung in die Büsche geschleift hatte. Wie sollte sie das jemals vergessen? Runja sah den entsetzten Blick der Mutter vor sich und hörte das Splittern ihrer Knochen, als würde es eben gerade geschehen. Glühender Hass perlte durch ihre Adern.

Der andere hatte einen struppigen Bart und war ganz in einen schwarzen Wildledermantel gehüllt. Er war größer und älter als der Dürre mit der Pelzmütze und dem Nasenring.

Runja gab auf. »Lasst ihn los«, sagte sie auf Wendisch. »Nehmt mich und lasst ihn gehen.« Die Wenden reagierten nicht. Irgendwo über ihr landete Angelus in den Birken. Er gackerte traurig.

Hinter ihr tönte eine Stimme. »Das ist sie, Pribislaw, nicht wahr?« Der mit dem Nasenring nickte, und Runja fuhr herum – Walter stand hinter ihr; auch er nackt und nass. Neben ihm ein dritter Wende, ein junger Lanzenträger. Aus Walters rechter Faust ragte eine lange Dolchklinge. »Wo ist mein Bruder, Rubina?«

»Was kümmert mich dein Bruder, verdammter Verräter?«

»Vorsicht, Rote.« Walter schlich näher, hob die Klinge. »Wir sind vier. Ahnst du nicht, wie schnell du zur Hölle fahren könntest?« Seine Miene war keineswegs mehr knabenhaft, sondern die eines Kämpfers, der um jeden Preis siegen wollte. »Was hast du mit Helmold gemacht? Wer hat dir geholfen? Steckt etwa Laurenz dahinter, dieser verdammte Lüstling?«

»Was redest du da, du grüner Grindskopf?« Runja hatte Mühe, ihre Stimme fest klingen zu lassen. »Was soll denn eine Frau wie ich schon mit einem Ritter wie Helmold gemacht haben?«

»Er wollte am Abend noch einmal zu mir kommen. Und Pribislaw und sein Vater Slawomir haben gesehen, wie du ihm nach dem Gottesurteil hinterhergeschlichen bist.« Er stand breitbeinig und fasste die Klinge mit beiden Händen. »Wo ist mein Bruder? Sprich, oder ich schneide dir die Gurgel durch!«

»Langsam, Kleiner«, sagte einer der Wenden hinter Runja. »Lass uns noch was übrig von ihr.« Pribislaw lachte höhnisch.

Runjas Hände schwebten in Hüfthöhe. Sie zwang sich, noch nicht unter den Mantel und zum Krummdolch zu greifen. Lieber drehte sie sich ein wenig, sodass sie alle vier im Auge behalten konnte – Walter und den Lanzenmann zu ihrer Rechten, und zu ihrer Linken den Bruder mit Pribislaw und dem Schwarzmantel.

»Gib lieber acht auf dich selbst, Walterchen.« Runja grinste zur

Scham des Halbwüchsigen hinunter. »Nicht, dass du dir noch versehentlich das verschrumpelte Schwänzchen da unten abschneidest. Dann würde man ja gar nicht mehr erkennen, dass du mal ein Mann werden willst.«

Walter schrie seine Wut hinaus und stürzte sich auf sie. Runja sprang zur Seite, stellte ihm ein Bein und zog ihren Dolch aus dem Gurt. Doch der nackte Bursche hielt sich im Fallen an ihren Kleidern fest, riss ihr Mantel und Kleid von Schultern und Busen und sie selbst mit zu Boden. Dort warf er sich über sie und hob die Klinge.

Runja stach ihm von unten durchs Handgelenk, schreiend ließ Walter seinen Dolch los. Runja stieß ihm ihre Klinge in die Kehle, stemmte ihn von sich, um sich nicht mit seinem Blut zu besudeln.

Der junge Wende mit der Lanze stand plötzlich über ihr. Er packte den Saum ihres Kleides, ihres Mantels, riss ihr beides endgültig vom Leib, sodass sie nackt vor ihm lag. Feixend betrachtete er ihre Blöße. Dann hob er mit beiden Fäusten die Lanze zum Stoß.

5

LIEBE UND TOD

Angelus zeterte wie in großer Gefahr. Und jemand schrie. Waldemar? Pribislaw? Alle? Etwas geschah; Runja wusste nicht, was. Etwas, dass auch den Lanzenmann über ihr verwirrte. Runja sah, wie er zu seinen Gefährten blinzelte. Er stieß dennoch zu.

Sie riss die Knie hoch, warf sich zur Seite, trat zu. Die Lanze fuhr neben ihr ins Gras. Sie trat noch einmal zu, traf ein Knie – der junge Lanzenträger fluchte, wankte, riss an seiner Lanze. Runja rammte ihm den Dolch in die Innenseite des Schenkels. Er brüllte vor Schmerzen und stürzte. Runja stieß ihm den Dolch in die Brust.

Sie warf sich auf ihn, hielt ihren Dolch fest, spähte hinüber zu den anderen: Pribislaw huschte in die Büsche, sein rechter Arm hing schlaff herab; in seinem Rücken, unterhalb seiner rechten Schulter, steckte ein Messer. Er verschwand zwischen den Bäumen.

Waldemar hockte neben dem Schwarzmantel und atmete keuchend. Der Schwarzmantel lag ausgestreckt in Moos und Gras und atmete überhaupt nicht mehr. Ein Messer ragte seitlich aus seinem Hals, und in der Lederweste zwischen seinen Mantelaufschlägen breitete sich ein schwarzroter Fleck aus.

Angelus landete neben Waldemar, krächzte, schlug mit den Flügeln, hüpfte auf sein blutiges Knie. Auch das Messer in Waldemars Faust triefte von Blut – Runja glaubte die Klinge zu erkennen, die der dürre Pribislaw ihm an die Kehle gehalten hatte – blutverschmiert auch seine Brust, seine Arme, sein Bauch.

Runja erkannte, dass er nicht aus eigenen Wunden blutete. »Danke, lieber Heiland!«, entfuhr es ihr. Der Brustkorb des Lanzenträgers unter ihr bäumte sich auf, sie aber hielt den Dolch fest. Klinge und Griff erzitterten im Schlagrhythmus des durchbohrten Herzens. Das stolperte, zappelte, bebte bald nur noch wie ein sterbendes Vogeljunges, das aus dem Nest gefallen war. Runja ließ den Dolchgriff erst los, als es zu schlagen aufhörte.

Dann wieder Stille. Jeder Muskel in ihrem Körper erschlaffte, jede Faser ihres Leibes. Tiefe Erschöpfung überwältigte sie. Über dem toten Lanzenträger richtete Runja sich auf. Sie hatte überlebt.

Und Waldemar auch. Sie murmelte ein Dankgebet, griff nach ihrem Mantel und verhüllte ihren nackten Körper. Endlich schaffte sie es, aufzustehen. Alles drehte sich. Sie atmete tief durch, machte einen Schritt über den toten Walter hinweg, wankte zu ihrem Bruder. »Danke, danke«, murmelte sie. »Danke, danke, lieber Heiland.« Sie redete wie im Fieber; Erleichterung und Erschöpfung machten sie schwindlig. Waldemar spähte hinter sich zwischen die Bäume und Büsche. Irgendjemand kam näher.

Claudio, ihr wortkarger Lehrer in der Kunst des Tötens, tauchte hinter Waldemar auf. Er bückte sich nach dem toten Schwarzmantel, riss ihm das Messer aus dem Hals, wischte es am Mantel ab und steckte seine Waffe dann in seinen Gurt. Er sagte etwas Mürrisches in fremder Sprache. Runja verstand kein Wort.

»Er sagt, du sollst dich an ihn wenden, wenn du jemandem danken willst.« Dagomar schritt aus dem Unterholz. Er kam zu ihr, sah ihr ins Gesicht. »Gut gemacht.« Seine hellgrauen Greifenaugen schienen heute noch weiter aus den Höhlen zu treten als sonst. »Gut gemacht, und hoffentlich hast du eine Lektion gelernt: Wie konntest du nur glauben, der da würde keinen Verdacht schöpfen?« Er deutete auf Walters Leiche. »Er hat Waldemar in der Domschule gesehen, er hat dich in der Stadt gesehen, er vermisst seinen großen Bruder – und er kann denken.« Tadelnd schüttelte der Schwarze Abt den Kopf. »Er musste nur eins und eins zusammenzählen, um Verdacht zu schöpfen.«

Runja schluckte, lugte zu ihrem Bruder. Der hatte sich den

schwarzen Wildledermantel des toten Wenden übergezogen. Zitternd vor Kälte und Todesschrecken stand er da und guckte aus großen Augen zu ihr und dem Mönch herüber. Unglaube spiegelte sich in seinen Zügen wider. Angelus saß auf seiner Schulter. Es war Runja gar nicht recht, dass Waldemar sie mit Dagomar sprechen sah.

»Die Todesangst, die du heute ausgestanden hast, wird dir die Lektion hoffentlich ein für alle Mal ins Hirn brennen«, sagte Dagomar. »Sie lautet: Unterschätze niemals deinen Gegner. Rechne mit allen Möglichkeiten, auch mit der, dass er die Falle durchschaut, in die du ihn locken willst. Verstanden?«

Runja nickte stumm. Waldemar wirkte erschrocken und traurig. »Wie kommt es, dass Ihr in der Nähe seid, Pater?«, fragte sie.

»Ich habe Pribislaw und die anderen beiden beobachtet, wie sie gleich nach Sonnenaufgang zum Werder hinüberruderten.«

Runja erschrak. »Sie lauerten mir die ganze Zeit auf?«

»Sie warteten ebenfalls.« Dagomar zuckte mit den Schultern. »Auf deinen Bruder und Walter. Mit ihm als Geisel wollten sie dich stellen. Und Walter, vermute ich, wollte dich mit eigener Hand töten.«

»Einer ist entkommen«, sagte Claudio in seinem merkwürdigen Deutsch. »In seiner Schulter steckt mein Wurfmesser.«

»Allzu viel Schaden kann er nicht anrichten«, antwortete Dagomar. »Im besten Fall läuft er den Waffenknechten am Elbtor in die Arme, im schlimmsten warnt er seinen Bruder Slawomir.«

Er deutete auf die drei Toten. »Bring sie zum verlassenen Bauernhof, verstecke sie gut. Wir werden sie noch brauchen.« Der Schwarze Abt wandte sich an Runja. »Halte dich bereit. Sollte der Dürre mit dem Nasenring seinen Bruder warnen können, werden die Wenden aus Magdeburg flüchten. Dann müssen wir sie verfolgen.«

*

Der Schaustellerwagen rollte über die Elbbrücke. Unter den neu beschlagenen Pferdehufen und Wagenrädern donnerten die Brückenbohlen. Vorneweg ritt Jeremias.

Auf dem Kutschbock hockte Runja zwischen Waldemar und der blonden Martha oder Magda und zupfte eine Melodie auf der Laute. Der fahrende Ritter aus Köln hatte sie komponiert. Alle sangen Jeremias' neues Lied dazu.

Das erzählte die Geschichte eines fahrenden Ritters und Sängers, in dessen angeblicher Diebeshand sich eine Silbermünze in ein Goldstück verwandelte. Und der dem Henkersbeil nur entkam, weil er den Henker gefragt hatte, ob es an dessen Scham denn ähnlich kahl und schwanzlos zuginge wie auf seinem Schädel. Vor lauter Lachen konnten Waldemar und die Huren das Lied kaum zu Ende singen.

Am Westufer hielt Martha oder Magda den Wagen an. Sie stiegen vom Bock. Jeremias kletterte aus dem Sattel. Sein Äffchen hing ihm an der Schulter. »Lasst uns ein paar Abschiedstränen weinen.«

Sein neues, leinenes Gewand war von strahlendem Weiß; statt seines alten grauen Wollmantels trug er einen Umhang aus tiefrotem Samt, und an seinem Pferd hing ein großer Rundschild, auf dem in goldener Farbe das Bildnis der Jungfrau Maria prangte. Es glich dem Madonnenbild auf dem Denar des Domdekans.

Der hatte Jeremias hundert Pfennige Entschädigung für die falsche Klage zahlen müssen. Nie zuvor in seinem Leben hatte der fahrende Ritter und Sänger so viel Geld besessen.

»Lebt wohl, und möge Gott mit euch sein auf all euren Wegen.« Der Ritter umarmte und küsste Waldemar. Runja küsste er erst die Hand, dann den Kleidersaum, dann die Füße. »Und möge er dir, o holde Jungfrau, einen würdigen Ritter zuführen!«

Die Huren umarmten die Geschwister und stiegen zurück auf den Wagen. Jeremias schwang sich in den Sattel und winkte. »Erst werden wir mein neues Liedchen auf dem Marktplatz von Halberstadt singen, danach zu Quedlinburg, Aachen und Köln. Und grüßt mir den neuen Henker und Fronboten!« Er trieb sein Pferd zu Waldemar, beugte sich zu ihm hinab und drückte ihm einen Brakteat in die Hand. »Schenkt ihm diesen Silberpfennig von mir. Er möge eine Messe für mich lesen lassen, den Rest soll er versaufen.«

Sprach's, trieb sein Pferd an und ritt davon. Der Wagen mit seinen Huren und seiner Bagage rollte hinter ihm her. Runja und Waldemar winkten, bis Wagen und Reiter auf dem Weg nach Halberstadt mit dem Herbstwald verschwammen.

Zurück auf der Brücke, erzählte Waldemar von der Domschule. Von lateinischer Grammatik, von Astronomie und Theologie. Über der Elbe flatterte Waldemars Elster. Runja griff nach seiner Hand. Sie hatten sich seit einer Woche nicht mehr gesehen, seit dem mörderischen Kampf auf dem Werder.

Waffenknechte des Domkapitels hatten den verwundeten Pribislaw noch vor dem Elbtor aufgegriffen und in den Kerker geschleppt. Sein Vater Slawomir suchte ihn überall – der Hüne, der die Mutter geschändet und getötet hatte. Er wusste nicht, dass sein Sohn in Ketten lag. Nur Laurenz und Dagomar wussten es. Und Runja.

Jeden Tag hielt sie Ausschau nach dem graubärtigen Wenden mit der verwüsteten Nase. Auf dem Markt hatte sie den Verhassten gesehen und im Dom. Doch noch hatte sich keine Gelegenheit ergeben, ihn anzugreifen, ohne das eigene Leben zu riskieren.

»Eigentlich dürfte ich gar nicht hier sein«, gestand Waldemar. »Der Domdekan hat Arrest über mich verhängt. Wegen des Kampfes. Ich darf die Domschule nur verlassen, um zur Beichte und zur Messe zu gehen. Und ins Haus des Domdekans, um ihn zu bedienen.«

»Sebastian ist doch sein Diener.«

»Nicht mehr lange. Das Mondgesicht hasst mich, seit es weiß, dass ich sein Nachfolger werde.«

Hand in Hand gingen sie über die Elbbrücke. Zwei wilde Elstern jagten Angelus zur Stadtmauer. Er verschwand zwischen den Dächern und Türmen. »Behandelt Laurenz dich denn gut?«

»Manchmal zu gut.«

»Wie meinst du das?«, fragte Runja.

»Er hält zu wenig Abstand, wenn ich bei ihm bin. Er berührt mich zu oft, sagt mir zu oft, wie schön mein blondes Haar glänze und wie hübsch ich sei. Und im Beichtstuhl will er Dinge wissen, über die ich mit niemandem spreche. Nicht einmal mit dir.«

»Was für Dinge denn?« Runja war hellhörig geworden.

»Nun ja, heimliche Dinge halt.« Waldemar lief rot an, druckste herum. »Ob ich mir manchmal vorstelle, was Mann und Frau miteinander treiben, wenn sie nachts in der Schlafkammer allein sind. Oder ob ich mich manchmal an gewissen Stellen berühre.«

»Seltsam.« Runja gefiel gar nicht, was sie da hören musste. »Gehe ihm aus dem Weg, wann immer du kannst, hörst du?«

»Wie denn? Ich muss bei ihm beichten, ich soll sein neuer Diener werden. Und wenn ich jetzt zurückkomme, wird er mich persönlich züchtigen, nur um mich berühren zu können.« Beklemmung befiel Runja. Sie erreichten das Ende der Brücke, stiegen Hand in Hand zum Elbtor hinauf. »Weißt du, was ich glaube?« Waldemar spuckte aus. »Ich glaube, dass Hochwürden ein geiler Drecksack ist.«

Runja hielt den Atem an, so sehr erschrak sie über Waldemars Worte. Er ließ ihr keine Zeit für eine Antwort. »Und du?«, fragte er. »Was lernst du, wenn du allein beim Scholaster bist?«

»Ich kann jetzt Noten lesen und viel besser Laute spielen als früher.« Der Themenwechsel erleichterte sie. »Ich kann jetzt mathematische Gleichungen mit einer Unbekannten lösen.« An vier Tagen hatte sich Pirmin in der vergangenen Woche Zeit für sie genommen. »Als Nächstes lerne ich Latein.«

»Latein ist schwer«, sagte Waldemar missmutig. »Und was lernst du bei diesem Mönch und dem Gewandschneider?« Runja schwieg. »Kämpfen?« Sie nickte. »Auch töten?« Sie schwieg. Waldemar hielt an, schaute ihr in die Augen. »Hast du wirklich Helmold getötet?«, flüsterte er. Sie senkte den Blick. Waldemar schloss sie in die Arme. »Was tust du nur, Runja?«

»Ich habe es für uns getan«, flüsterte sie. »Für uns, die Eltern, die Tanten, Vettern und Basen. Sollen sie ungerächt bleiben?«

»Rache macht niemanden lebendig«, flüsterte Waldemar. »Rache bringt dich nur in die Hölle – zu denen, die du getötet hast.«

»Nicht, wenn es im Namen Gottes und der Kirche geschieht.«

Waldemar schob sie von sich weg, musterte sie erschrocken. »Tut es das denn?« Er war älter geworden, jetzt erst fiel es Runja auf. Seine Züge wirkten männlicher als noch im Frühsommer. Sie nickte. »Und Laurenz weiß davon?«

*

In einer Bleischale rauchten Stücke eines Harzes. Ein Duft, den Runja nicht kannte, breitete sich in Pirmins Arbeitszimmer aus. Tief sog sie die Luft ein, während er die Worte der Heiligen Messe auf Latein vorlas. Am liebsten hätte sie die Augen geschlossen und nur diesen Duft genossen, nur dieser sanften Stimme gelauscht.

Er senkte das Messbuch, sah sie an. »Welche Worte kommen dir bekannt vor?«

»Viele«, sagte sie und zählte auf: »Kyrie, eleison, gloria, pax, gratias, Domine, agnus, Filii.«

»Schreib sie untereinander auf den Bogen.« Runja tauchte den Federkiel in die Tinte, schrieb die Worte auf den alten, hundertfach beschriebenen und wieder gereinigten Pergamentbogen. »Kennst du die Bedeutung einiger dieser Worte?«, fragte er. Sie wusste, dass *Kyrie* Herr, *Gloria* Ehre und *Agnus* Lamm bedeutete, und schrieb das hinter die lateinischen Worte. Die Bedeutung der unbekannten Messeworte, an die sie sich erinnerte, erklärte er ihr, und Runja schrieb sie ebenfalls hinter die lateinischen Begriffe.

Sie fühlte sich, als würde Pirmin ihr wunderbare Geheimnisse offenbaren.

Er schlug ein anderes Buch auf und las ein paar Sätze Latein daraus vor. »Kommt dir ein Wort bekannt vor?«, wollte er wieder wissen. Sie erinnerte sich dunkel, die Worte *patientia* und *furor* schon gehört zu haben, und vermutete, sie könnten *Leidenschaft* und *Wut* bedeuten. »Dies sind die ersten beiden Sätze aus einer Rede des großen Cicero.« Er las: »›Wie lange, Catilina, willst du unsere Geduld noch missbrauchen? Wie lange soll deine Raserei ihr Gespött mit uns treiben?‹« Er hob den Blick. »*Geduld* und *Raserei*, schreib es nieder.«

Sie gehorchte, und Pirmin sprach von der Schönheit der lateinischen Grammatik und was für ein langer Weg es sei, bis man sie beherrschte. »Deswegen beginnen wir mit Worten und Wendungen, die dir ein wenig vertraut sind.«

Er stand auf, ging zu einem Schrank und zog einen Folianten heraus. Im Geist sah Runja das Muskelspiel seines nackten Rückens und Hinterns. Sie schämte sich. Doch nur ein wenig. »Aus dem ersten Brief des Heiligen Paulus an die Korinther.« Wieder las er eine Menge lateinischer Sätze, und wieder lauschte sie vor allem dem aufregenden Klang seiner Stimme. Die klang jetzt feierlicher als bei der Lesung der ersten beiden Texte. Und sie klang viel heiserer.

»Welche Worte hast du erkannt, Rubina?« Pirmin legte den Folianten auf die anderen Bücher und setzte sich in seinen Lehnstuhl.

»*Patiens.* Geduld?«

»Beinahe: geduldig.«

»*Omnia*. Viel?«

»Nicht schlecht: alles.«

»*Caritas.*« Runja überlegte. Und erinnerte sich, dass die Mutter einen Teil dieses Paulustextes auswendig gekonnt hatte. Auf Lateinisch. Und ihr auf Deutsch übersetzte. »Liebe!«, rief sie.

»Richtig.« Pirmin lächelte. »Und zwar die erbarmende, die göttliche Liebe. Schreib es auf.« Sie schrieb. Ihr Gesicht glühte. Vor Freude. Vor Freude, so viel von ihm lernen zu dürfen.

»Die Lateiner haben mehrere Worte für die Liebe«, erklärte der Scholaster. »Zur Gattenliebe etwa sagen sie *amor*. Hier, in seinem Hohelied der Liebe, preist der Heilige Paulus die *caritas* als die göttliche und höchste Form der Liebe.« Er beugte sich über den Folianten und übersetzte ins Deutsche: »Die Liebe ist geduldig und voller Güte. Sie erträgt alles, sie glaubt alles, sie hofft alles, sie hält alles aus. Die Liebe hört niemals auf.«

Runja hockte auf der Kante ihres Stuhls und lauschte. Fast kamen ihr die Tränen. »Das ist so schön«, flüsterte sie.

»Ja, das ist es.« Pirmin schlug den Folianten zu. »Genug für heute.« Er langte nach einem Säckchen und reichte es ihr. »Walnüsse. Für dich, Rubina.«

Runja schloss die Arme um das Säckchen und drückte es an ihren Busen. »Danke, lieber Herr.«

»Wann kommst du wieder?« Er kam um den Tisch herum, berührte sie am Arm und führte sie zur Tür.

Sein Geruch betörte sie: Ackererde, Birkenrinde, Elbwasser. »Sobald ich darf.« Sie spürte seine Berührung bis in die Zehen hinunter, bis in die Haarwurzeln herauf.

»Dann komme morgen Abend.« Er drehte sich nach ihr um und zog die blonden Brauen hoch. »Doch dass du dich ja von zwei Damen des Beginenstiftes begleiten lässt. Die Gesandten des Wendenfürsten durchstreifen seit einer Woche die Stadt. Sie sind außer sich, weil drei von ihnen spurlos verschwunden sind. Versprich es mir bitte, Rubina.«

»Ich verspreche es, Herr Scholaster.«

An der Treppe unten blieben sie vor der Frauenstatue stehen. Runja hatte längst gemerkt, wie ähnlich das Bildnis ihr sah. Oder sah sie dem Bildnis ähnlich? Sie gab sich einen Ruck und wagte es. »Wie hieß Eure Gattin, lieber Herr?«

»Laura.«

»Warum musste sie sterben?«

»Gott weiß, warum, denn hätte er es nicht gewollt, wäre sie nicht gestorben.« Runja lauschte diesen Worten nach und dachte an ihre Eltern. »Sie starb bei der Geburt unseres Sohnes. Kein Medikus konnte ihr helfen, keine Hebamme. Auch unserem Sohn nicht. Er starb wenige Tage nach seiner Mutter.«

Eine Woge des Mitgefühls trieb Runja zu ihm. Sie legte ihre Rechte auf seinen Arm. »Das tut mir so leid für Euch, lieber Herr.«

»Niemand hat mich jemals so geliebt wie Laura.« Pirmin hielt ihre Hand auf seinem Arm fest. »Ich war ein unversöhnlicher Heißsporn, bevor ich ihr begegnete, ein Mann des Schwertes, ohne Erbarmen und Herz. Ich suchte weiter nichts als Ruhm und Reichtum und den Beifall der Welt. Doch ihre Liebe hat mich überwältigt. Sie hat die harte Rüstung zerbrochen, in der meine Seele verdorrte. Ihre Liebe hat mich zu dem gemacht, der ich heute bin.«

Runja mochte nicht glauben, dass ein hoher Herr wie Pirmin ihr auf einmal sein Herz öffnete. »Und nach ihrem Tod seid Ihr Scholaster geworden?«

»Nein.« Er hielt ihre Hand noch fester. »Als Laura und der Kleine vor sieben Jahren starben, lehrte ich bereits in Paris. Nach ihrem Tod allerdings beschloss ich, die Mönchskutte zu nehmen und das Mönchsgelübde abzulegen. Und bis vor kurzem war ich noch sicher, Gott habe mich auf den Bischofsstuhl von Havelberg berufen.«

»Bis vor kurzem?« Ihre Stimme zitterte.

»Bis du in mein Haus gekommen bist, Rubina.«

»Was?« Ihr Herz stolperte, sie traute ihren Ohren kaum. »Was sagt Ihr da, Herr?« Sie wich zurück.

Pirmin hielt sie fest und zog sie an sich. »Ich liebe dich, Rubina.«

»Aber …« Sie schluckte, sah auf zu ihm, suchte nach Worten.

»Liebt Ihr mich mit *caritas* oder mit *amor*?« Mehr fiel ihr nicht ein.

Erst schien ihn ihre Frage zu verblüffen, dann lachte er und küsste sie. Ihr war, als würde plötzlich ein unerklärliches Himmelslicht das Haus erleuchten. Das Haus, ihren Körper, ihre Seele. Seine Lippen waren weich und warm, seine Zunge ein kraftvolles, wortloses Lied, das ihren Mund erfüllte und in ihr Blut strömte. Ihre Knie drohten nachzugeben, sie fürchtete, sich aufzulösen. Runja hasste den Sack mit den Walnüssen, weil er zwischen ihnen klemmte und sie trennte, und zugleich war sie froh, sich an ihm festhalten zu können.

Pirmin gab ihren Mund frei, seine Hände strichen über ihre Wangen und Schläfen, drangen in ihr Haar ein. Runja rang nach Atem. Konnte das alles denn wahr sein? Diese zärtlichen Worte, dieser himmlische Kuss? Sie blickte zum Bildnis seiner toten Frau. »Und wenn Ihr Euch nun täuscht?« Sie schob ihn weg von sich, wies auf die Frauenstatue. »Vielleicht liebt Ihr ja gar nicht mich, vielleicht liebt Ihr ja nur ihr Bild in mir.« Angst überwältigte sie – Angst vor seinen Gefühlen, Angst vor den eigenen. »Bitte bedenkt Eure Worte noch einmal in Ruhe.« Sie drehte sich um und floh aus dem Haus.

*

In den Stunden, die folgten, dachte sie nur an Pirmins Worte und seinen Kuss. An sonst gar nichts. Wie betäubt fühlte sie sich. Auf dem alten Bauernhof am nächsten Tag fiel es ihr schwer, Dagomars Gegenwart auszuhalten. Und die Gegenwart der Toten. Die stanken schon. Der Schwarze Abt hatte sie unter dem offenen Scheunentor aufgehängt: die beiden Wenden und Walter. Runja wurde übel.

Fleisch und Rippen der Brustkörbe hatte Dagomar – oder Claudio? – ihnen teilweise entfernt und in den Hälsen die Luftröhren, Adern und Kehlköpfe freigelegt. Bis Claudio aus Magdeburg eintraf, wollte der Mönch, dass Runja mit der Armbrust auf die Toten schoss. Rief er etwa *linker Heide* und *Hals*, musste sie auf die Luftröhre eines toten Wenden zielen; rief er *Walter* und *Herz*, hatte sie das freigelegte Herz des Verräters zu treffen. Rief er *rechter Wende* und *Ader*, versuchte sie, die Halsschlagader der Leiche zu zerschießen.

Meistens schoss Runja daneben. Dagomar tobte und beschimpfte sie – und sie verfehlte erst recht. Seit Pirmins Liebeserklärung und Kuss stand Runja neben sich, war nicht mehr Herrin ihrer Sinne.

Endlich galoppierte Claudio in den Hof. »Die Wenden sind weg!« Er sprang aus dem Sattel. »Slawomir hat seinen Sohn aus dem Kerker befreit! Sie sind aus der Stadt geflüchtet.«

»Wann?«, wollte Dagomar wissen.

»Im Morgengrauen.«

»Wenn ihr Fürst erfährt, dass der Domdekan wendische Krieger ermorden lässt, wird er seine Taufpläne noch einmal prüfen.« Der Schwarze Abt deutete zum Scheunentor. »Weg mit den Toten! Und dann auf die Pferde. Noch heute jagen wir Slawomir und seiner Rotte hinterher.«

6

BRIEFE

Schritte im Hof. Laurenz hob den Kopf, horchte. Kam er schon? Unten hörte er die schwere Tür der Propstei knarren. Ja, er kam. Laurenz beugte sich wieder über das Pergament, schrieb das Wort zu Ende, den Satz. Seine Aufmerksamkeit richtete sich jedoch ganz und gar auf die Schritte im Untergeschoss – jetzt stieg er die Treppe hoch, jetzt lief er über die Zimmerflucht seiner Tür entgegen.

Wahrhaftig: allein das zu hören – die federnden Schritte seiner jungen Füße –, allein das schon erhitzte das Blut in seinen Lenden.

Der Schrittlärm verstummte. Laurenz beugte sich tiefer über das Pergament. Es klopfte. »Komm rein.« Er tat, als sei er ganz versunken in seinen Brief an den Wendenfürsten, in Wahrheit zog er die letzten drei Worte – *in tiefer Sorge* – zum zweiten Mal nach.

Die Tür öffnete sich, die Tür schloss sich. »Ihr habt mich rufen lassen, Hochwürden.«

Gütiger Gott, diese Stimme! Schon halb im Stimmbruch, doch immer noch die eines Knaben. »Du hast dir Zeit gelassen, Waldemar.« Laurenz bemühte sich um einen strengen Tonfall. »Das bin ich nicht gewohnt, und daran will ich mich auch nicht gewöhnen.« Er zog das Wort *Sorge* zum dritten Mal nach, steckte den Federkiel ins Tintenfass und lehnte sich zurück.

Die Elster hockte auf Waldemars Schulter. Laurenz holte tief Luft, um ihn anzuherrschen, sagte dann aber nur: »Du musst lernen, sofort Folge zu leisten, wenn dein Herr dich ruft.« Er ließ sich die Abscheu vor dem Vogel nicht anmerken. Die Elster war ihm unheimlich. »Wie willst du sonst lernen, Gottes Ruf zu hören und zu gehorchen?«

»Ja, Hochwürden.« Waldemar von Seeburg deutete eine Verneigung an. »Verzeiht. Nur – ich mache mir solche Sorgen um meine Schwester. Es ist schon zwei Wochen her, dass sie die Stadt verlassen hat. Und ganz ohne Abschied.«

Die Elster machte *krr,* und Laurenz zuckte zusammen. Elendes Vogelvieh! Er unterdrückte seinen Zorn und stand auf. »Du musst dich nicht sorgen, Waldemar.« Er ging zu ihm. »Sie dient dem Abt Dagomar in einer sehr wichtigen Mission.« Er legte Waldemar die Hand auf die Schulter. »Und glaube mir: Der Abt und sein Diener sind stark genug, um sie zu beschützen in den wilden Wäldern des Ostens.«

»Meint Ihr, Hochwürden?«

Laurenz spürte, wie der Junge zurückwich. Er legte auch die andere Hand auf seine Schulter und hielt ihn fest. »Sonst würde ich es nicht sagen.« Die Elster breitete die Schwingen aus und flatterte zum Fenster. Laurenz tat, als beachte er sie nicht. Er hoffte, sie würde ihm nicht die Bücher beschmutzen. Oder gar den Brief an den Wendenfürsten. »Und jetzt habe ich eine gute Nachricht für dich, mein Sohn.«

»Eine gute Nachricht?« Der Junge hob den Kopf, und Laurenz hielt den Atem an: diese Augen, dieses Blau! Sein Blick war noch ganz der eines einfältigen Knaben. »Für mich?« Lange würde er diese zarte Reinheit nicht mehr ausstrahlen. Kurz vor Weihnachten würde er fünfzehn Jahre alt werden. Laurenz hatte sich erkundigt. Sebastian war Ende Oktober schon siebzehn geworden. Zu alt für den Domdekan.

»Ja, für dich.« Er zog eine gönnerhaft lächelnde Miene. »Die leitenden Domherren sind meinem Vorschlag gefolgt. Am Sonntag nach der Messe werden wir dich dem Domkapitel, den Benediktinern, der Domschule und der Gemeinde als neuen Chorknaben vorstellen.«

»Oh.« Waldemar riss Mund und Augen auf.

»Jawohl!« Laurenz zog ihn zu sich und umarmte ihn. »Ich gratuliere dir.« Er strich ihm über den Rücken, drückte ihn an sich. »Gott segne dich, mein Sohn.« Der Bursche machte sich ganz steif, und das verdross den Domdekan. Doch er ließ sich nichts anmerken, gab ihn frei, hielt allerdings seine Handgelenke fest. »Ich habe mich beim Scholaster nach deinen Fortschritten erkundigt.«

»Oh.« Laurenz sah, wie er schluckte, wie er seinen Blick wieder zu Boden zwang.

»Der Scholaster sagt, du würdest nicht nur flüssig lesen und schreiben, sondern auch Fortschritte in Latein machen.«

»Das stimmt, Hochwürden.« Laurenz schloss seinen Griff fester um die Handgelenke des schönen blonden Knaben. Warum nur wollte dieser Bursche ihm nicht in die Augen schauen? »Es macht mir Freude zu lernen, Hochwürden, und ich bin Euch dankbar, dass …«

»Das habe ich doch gern getan.« Laurenz zog Waldemar wieder zu sich, zwang dessen Hände an seine Lenden und dorthin, wo es längst pochte und schwoll unter seinem Chorrock. »Und um dich künftig noch besser fördern zu können, habe ich beschlossen, dich zu meinem Diener und Sekretär zu machen.«

Er sah ihm in die Augen, fast berührte seine Stirn die des herrlichen Knaben. Wie lange noch, bis er diese Lippen würde küssen dürfen?

»Euer Diener, Hochwürden? Aber Sebastian ist doch …«

»Nichts *aber*!« Wie zufällig drückte Laurenz die Hände des Knaben fester gegen das pochende Verlangen unter seinem Chorkleid. »Sebastian hat seine Sache brav gemacht, nun soll ein anderer die Gelegenheit bekommen, sich zu bewähren – du, mein Sohn.«

»Ich danke Euch, Hochwürden.« Der blonde Knabe entzog ihm seine Hände und wich einen Schritt zurück. »Ich weiß nicht, aber vielleicht ist ein anderer eher geeignet …« Die Elster krähte ihr widerliches Krächzen, flatterte vom Fenster herbei und landete wieder auf der Schulter des Halbwüchsigen.

»Papperlapapp!« Es kostete Laurenz große Überwindung, sich streng zu geben und zur Tür zu weisen. »Morgen kommst du zur Beichte, und am Sonntag nach der Heiligen Messe werden wir dich als neuen Chorknaben einführen.«

Waldemar verneigte sich und lief zur Tür. »Und noch eins, mein Sohn.« Waldemar blieb stehen, blickte zurück. »Wenn ich dich künftig rufen lasse, wirst du ohne diesen ..., diesen Vogel zu mir kommen. Verstanden?« Waldemar nickte und verließ sein Arbeitszimmer. Beinahe fluchtartig, wie Laurenz fand.

Er lauschte den sich entfernenden Schritten, sein Atem flog. Die Eingangspforte der Propstei fiel ins Schloss. Laurenz verriegelte die Tür, lief zu seinem Lehnstuhl und ließ sich seufzend hineinfallen.

Dieser süße blonde Bursche! Dieser verführerische Engel! Laurenz schnalzte mit der Zunge. Er beugte sich über das Pergament, griff zur Feder, ließ sie jedoch gleich wieder los. Nein, gar nicht daran zu denken, jetzt den Brief an den Wendenfürsten zu beenden. Zu viel Blond im Kopf, zu viel Augenblau, zu viel junges Fleisch.

Er ließ sich nach hinten gegen die Stuhllehne fallen, öffnete den Mantel, raffte sein Chorhemd über Knie und Hüfte und schloss die Faust um die pochende Sehnsucht zwischen seinen Lenden, um sich Erleichterung zu verschaffen.

*

Die Abenddämmerung brach herein. Nebel stieg aus der Flussniederung, die letzten gelben Blätter segelten aus Buchen und Eichen. Der Boden war feucht. Auf dem Bauch krochen sie näher ans Lager der Wenden heran. Zwei Feuer brannten dort. An jedem zählte Runja etwa fünfzehn Krieger. Krüge und Trinkschläuche wanderten von Mann zu Mann. Wein oder Bier. Oder beides.

Claudio deutete auf den Strunk einer entwurzelten Buche, etwa vierzig Schritte entfernt. Im Wurzelgestrüpp kauerte ein Wende neben Lanze und Bogen. Claudio hob vier Finger seiner Rechten: Vier solcher Wachposten hatte er insgesamt entdeckt.

Vier! Und an jedem Feuer fünfzehn Heiden! Runja wurde es himmelangst. *Bitte strafe uns nicht, lieber Heiland*, betete sie im Stillen. Zu dritt gegen ein Heidenlager mit mehr als dreißig Kriegern! *Bitte strafe uns nicht für unseren frevelhaften Übermut.*

Mit seinem Bogen deutete Dagomar nach Westen. *Wir warten bis zum endgültigen Einbruch der Dunkelheit*, hieß das. Der Schwarze Abt hatte den Angriff beschlossen. Er musste wahnsinnig sein. Oder ein genialer Feldherr.

Claudio hatte nicht widersprochen, hatte nicht einmal mit der Wimper gezuckt. Runja dagegen hatte gebettelt und gefleht. »Nicht doch zu dritt gegen eine solche Übermacht!« Sie weigerte sich und widersprach so lange, bis Dagomars Miene hart wurde, er Runja am Kragen packte und die Faust zum Schlag hob: »Du gehst mit. Entweder blutend mit zerschlagenem Gesicht oder ohne Schmerzen – das ist die einzige Wahl, die ich dir lasse. Wähle.«

Runja hatte nicht länger widersprochen. Und jetzt lag sie hier, kaum drei Steinwürfe vom Lager der Wenden entfernt. Und betete stumm. Genialer Feldherr oder Wahnsinniger – sie hasste Dagomar.

Vom Lager her hörte sie jetzt Flüche und Verwünschungen. An einem der Feuer sprang ein graubärtiger Hüne auf und schlug sich auf die Brust, legte den Kopf in den Nacken, schüttelte die Fäuste gegen den Himmel.

Der mit der verwüsteten Nase! Slawomir. Der mit der Axt die Beine der Mutter zerschlagen hatte. Der die Mutter zusammen mit seinem Sohn Pribislaw geschändet hatte. Runja hörte auf zu beten. Sie bohrte die Stirn ins feuchte Gras und biss sich in die Faust. Nur einzelne Satzfetzen verstand sie – *Magdeburg, Rote Löwin, Laurenz, Betrug*. Sie konnte sich keinen Reim auf das Gebrüll des Hünen machen. Er stand zu weit entfernt.

Der Schwarze Abt hatte Slawomir und seinen aus Magdeburg geflohenen Wenden um jeden Preis den Weg in ihr Lager abschneiden wollen. Niemals, so sagte er, durften sie den wendischen Anführern berichten, was in Magdeburg geschehen war. Und schon gar nicht ihrem Fürsten Jaromar von Rügen.

Worum ging es hier eigentlich? Runja blieb es ein Rätsel. Hatte womöglich Laurenz den Wendenfürsten zu fürchten? Gab es hier etwas, das sie nicht wissen durfte?

Wie auch immer – sie hatten es nicht geschafft. Slawomir, Pribislaw und die anderen beiden hatten das Lager vor ihnen erreicht. Zwei Stunden her. Und jetzt stand dieser grausame Hüne zwischen den beiden Feuern, schüttelte die Fäuste und unterbrach seinen Bericht aus Magdeburg ständig mit Flüchen und Beschimpfungen, worauf die anderen Krieger jedes Mal mit Flüchen und Beschimpfungen antworteten. Ein Chor wilder Hunde hörte sich ähnlich an.

Am linken Feuer erkannte Runja die dürre Gestalt Pribislaws. Und neben ihm hockte ein Größerer mit einem Hahnenkopf auf dem Helm. Runja hielt den Atem an und spähte durchs Halbdunkel. Im Schein der Flammen erkannte sie ihn: der junge Blonde mit dem geflochtenen Bartzopf! Der verfluchte Heide, der die arme kleine Base zu Tode geschändet hatte!

Runjas Augen wurden schmal, sie knirschte mit den Zähnen. Sie betete nicht mehr im Stillen, sie tat einen Schwur. *Ich werde dich töten,* schwor sie. *Beim letzten Blick meiner Mutter und bei den letzten Worten meines Vaters schwöre ich dir: Wer immer du bist, ich werde dich töten.*

Sie zuckte zusammen – Dagomar stieß sie von der Seite an. »Träume nicht«, zischte er. »Es geht bald los. Bist du bereit?«

Sie nickte und legte einen Pfeilbolzen in ihre gespannte Armbrust. »Wer ist der mit dem Hahnenkopf auf dem Helm?«

»Drazko, der Sohn des Fürsten Jaromar. Und der neben ihm trägt einen Silberring im linken Ohr, wie dir einer in der Tasche steckte, als der Domdekan dich fing. Ein Halbsachse, er heißt Selibur.« Runja lauerte zum Feuer und prägte sich das hohlwangige Gesicht des kleinen Mannes ein.

Zelte, Büsche, Bäume und Himmel verschwammen nach und nach mit dem Dunkelgrau der anbrechenden Nacht. Die Feuchtigkeit des Bodens drang durch Runjas Mantel. Aus dem Augenwinkel sah sie, wie Claudio sich ein Wurfmesser zwischen die Zähne klemmte.

Am Feuer stand einer auf, bullig und mit schwarzem Tuch über dem Kahlkopf und dem linken Auge. »Hört mir zu!«, rief er mit tiefer, rauer Stimme. Runja zuckte zusammen – der Mörder des Vaters! Kasimir! »Es geht mir wie euch – am liebsten würde ich sofort nach Magdeburg reiten!« Runja verstand jedes Wort. »Am liebsten würde ich noch vor dem Winter unsere Brüder rächen. Und diese Rote Löwin einfangen!«

Runja stutzte – *Rote Löwin*? Von wem redete der Mörder?

»Doch der Winter ist nah!«, rief der bullige Wendenhauptmann mit dem Zopf auf dem Kahlkopf. »Wir müssen zurück nach Rügen. Unser Fürst muss erfahren, dass der Domdekan mit doppelter Zunge spricht. Doch sobald der letzte Schnee geschmolzen ist, führe ich euch nach Magdeburg. Unsere Rache wird blutig sein! Und die Rote Löwin gehört mir! Mit Klinge und Peitsche werde ich sie zähmen!« Die Krieger grölten, schüttelten Fäuste und Äxte, forderten mehr Bier.

Rote Löwin? Runja spürte Dagomars Blick von der Seite. Sie wandte den Kopf – er feixte. Eine Ahnung beschlich sie: Hatte Pribislaw sie nicht nackt am Boden liegen sehen? Vor drei Wochen beim Kampf auf dem Großen Werder? Vor seiner Flucht musste er das Brandzeichen auf ihrer Schulter erkannt haben.

Rote Löwin – Runja begriff: Sie war gemeint!

Inzwischen war es dunkel geworden. Der Schwarze Abt winkte sie und Claudio näher zu sich. Sie steckten die Köpfe zusammen. »Noch einmal«, flüsterte Dagomar. »Erst die Wachen.« Er deutete zu den Stellen im Wald, wo sie die Wachposten entdeckt hatten. »Für sie benutzt das Gift. Ich will keinen Laut hören. Das Feuer übernehme ich.« Er sah Claudio an. »Und du die Pferde.«

Zum Schluss wandte er sich noch einmal an Runja. »Dort bei den Feuern saufen und lachen sie. Sie, die deine Heimatburg vernichtet und deine Familie getötet haben. Du kennst ihre Gesichter. Ziele sorgfältig, und sieh zu, dass du keinen am Leben lässt.«

*

Er sei in tiefer Sorge wegen Slawomir und seinem Bruder Pribislaw, schrieb Laurenz. Die Magdeburgerinnen seien nicht mehr sicher vor ihnen gewesen, und Pribislaw habe gar versucht, eine Jungfrau zu schänden.

Vor den Fenstern war es bereits dunkel. Höchste Zeit, den Brief an den Wendenfürsten zu beenden. Der Wind peitschte Regen gegen die Scheiben. Laurenz stand auf, lief zum Fenster, riss es auf und rief den Torwächter. »Sebastian von Meißen soll zu mir kommen!« Er eilte zurück zum Tisch und tauchte den Federkiel ins Tintenfass.

Auf einer Elbinsel sei es zu einem Kampf mit Waffenknechten des Burgvogtes gekommen, schrieb er, dabei seien leider auch Helmold und Walter ums Leben gekommen. Slawomir habe sich mit seiner Rotte dem Magdeburger Richter durch Flucht entzogen, und Jaromar möge ihn und seinen Bruder einer gerechten Strafe zuführen.

Der Domdekan konnte nicht sicher sein, dass es Dagomar und Rubina gelang, Slawomir und Pribislaw zu töten. Er hoffte es inbrünstig, denn der Wendenfürst würde ihm misstrauen, wenn er erfuhr, dass zwei Überlebende aus der Seeburg in seiner Obhut lebten. Und Laurenz war nicht gewillt, von seinem künftigen Diener und seiner schärfsten Waffe gegen Pirmin zu lassen. Also hatte er beschlossen, dem Wendenfürsten diesen Brief zu schreiben.

Er streute Sand über das Pergament, las seine Zeilen noch einmal gründlich, faltete das Pergament zusammen und griff zu Kerze und Siegelwachs. Während das Wachs auf den Brief tropfte, hörte er unten die Propsteitür knarren. Sebastian. Und wie schnell er die Treppe heraufsprang. Das Mondgesicht gab sich eifriger denn je seit einigen Wochen. Er ahnte wohl, dass seine Zeit vorbei war. Noch heute Abend würde Laurenz ihm eröffnen, dass seine Tage als Sekretär und Kammerdiener des Domdekans gezählt waren.

Auf das erkaltende Wachs drückte Laurenz seinen Siegelstempel. Es klopfte, er rief Sebastian herein. »Ihr braucht meine Dienste, Hochwürden?« Unterwürfig lächelnd schlich er heran.

»Ein Reiter muss noch heute Nacht mit diesem Brief nach Rügen aufbrechen.« Laurenz stand auf, reichte dem Chorknaben den Brief und legte sich ein paar Worte zurecht – da fiel sein Blick auf einen Brief in Sebastians Hand. Der trug ein rotes Siegel. Ein Brief aus Rom? Oder ein Schreiben des Königs? »Was bringst du da?«

»Ein berittener Bote hat zwei Briefe aus Rom in die Stadt gebracht.«

»Wann?«

»Kurz nach Sonnenuntergang.«

»Und warum erhalte ich den Brief erst jetzt?« Er riss ihn Sebastian aus der Hand. »Einen Brief des Heiligen Vaters?« Nicht auf Pergament war der geschrieben, sondern auf das neumodische Zeug, das sie jetzt an allen Orten des Reiches priesen – auf Papier. Er stierte auf das rote Siegel, und wahrhaftig: das Siegel des Papstes! »Warum erst jetzt, zwei Stunden nach Sonnenuntergang?«

»Der Bote ist zuerst zum Haus des Scholasters geritten, Hochwürden.« Sebastian zuckte mit den Schultern. »Da hatte ihn noch kein Torwächter hier am Dom zu Gesicht bekommen.«

»Zum Scholaster?« Laurenz runzelte die Stirn. Seine Züge verdüsterten sich. »Hat Pirmin von Paris etwa auch einen Brief aus Rom bekommen?« Sein Magen schmerzte.

»Ja, Herr. Ich sagte doch, dass ein berittener Bote zwei Briefe …«

»Ja, ja!« Laurenz scheuchte ihn fort vom Tisch. »Zur Tür mit dir, Bursche!« Sebastian zog eine beleidigte Miene, gehorchte aber.

Laurenz setzte sich, in seinem Magen brannte ein Feuer. Er zog den Kerzenleuchter näher zu sich und brach das Siegel des Papstes. Als er merkte, dass seine Finger zitterten, blickte er auf – Sebastian beobachtete ihn. »Gehe und hole mir Wein! Mach schon.«

Das Mondgesicht fuhr herum, riss die Tür auf und warf sie hinter sich zu. Laurenz ärgerte sich, zischte einen Fluch und entfaltete den Brief des Papstes Innozenz. Das Herz klopfte ihm bis zum Hals – allzu oft im Leben erhielt man keinen Brief vom Heiligen Vater. Laurenz strich den Brief glatt. Vor allem keinen, in dem der Heilige Vater einem den Bischofsstuhl einer Diözese anbot.

Er beugte sich über den – natürlich ganz auf Lateinisch geschriebenen – Brief und las mal murmelnd, mal flüsternd, mal tonlos. »Hochwürdiger Laurenz …, lieber Bruder Domdekan …, wie glücklich schätzen Wir uns doch, Euch in Magdeburg und im Dienst der Heiligen Kirche und unseres Herrn Jesus Christus zu wissen …«

Viel zu viele Worte priesen ihn als gewissenhaften und vorzüglichen Kirchenmann und Domherrn – Laurenz konnte gar nicht anders, als misstrauisch zu werden. Er überflog die Zeilen, bis sein Blick am Namen des neuen Erzbischofs hängen blieb.

»… so sind Wir in vielen Gebeten und brüderlichen Gesprächen mit dem hochwürdigen Erzbischof zu Magdeburg, Unserem teuren Bruder Albrecht Graf von Käfernburg, völlig einig darin geworden, Euch, hochwürdiger Bruder Laurenz, das Amt des Dompropstes von Magdeburg anzuvertrauen. Zugleich bitten Wir

Euch, Hochwürden, zusammen mit den Herren des Domkapitels über die Berufung eines neuen Domscholasters zu Magdeburg nachzudenken und demütig zu Gott zu flehen, er möge Euch und Uns erleuchten, damit wir einen vorzüglichen Diener Christi für dieses wichtige Amt finden, der Unserem geliebten Bruder Pirmin von Paris darin nachfolge ...«

Laurenz schrie auf. Er riss den Brief hoch, las erneut, las wieder und wieder und las noch einmal. Und schrie erneut auf. Mit einer zornigen Geste und so kraftvoll, als wollte er dem Verfasser dieser Zeilen mit dem Papier den Schädel spalten, schleuderte er den Brief zur Seite. Er riss, trudelte gegen die Wand, segelte auf den Boden. Laurenz aber warf sich gegen die Stuhllehne, schloss die Augen und schlug die Hände vors Gesicht. Er weinte. Er weinte laut.

Dompropst von Magdeburg statt Bischof von Havelberg. Weinend schüttelte er den Kopf. Einen *vorzüglichen Diener Christi* finden, der *Unserem geliebten Bruder Pirmin* im Amt des Scholasters nachfolgte. Und Pirmin, dieser glatte, samtzüngige Schönling, auch er hatte einen Brief aus Rom erhalten? Das alles konnte nur eines heißen: Papst, Erzbischof und König hatten sich für den Gelehrten aus Paris entschieden. Er sollte Bischof von Havelberg werden.

Schritte vor der Tür. Laurenz verstummte, wischte sich die Tränen aus den Augen. Sebastian klopfte. »Herein mit dir.« Sebastian stellte Weinkrug und Weinkelch auf den Tisch, schenkte ein, schielte zu dem eingerissenen Brief auf dem Steinboden neben der Wand.

Laurenz sprang auf, der Stuhl hinter ihm kippte um. Er griff nach dem vollen Weinkelch, ging zum Fenster und starrte in die Nacht hinaus. »Ist Euch nicht wohl, Hochwürden?« Laurenz trank, leerte den halben Kelch, starrte weiter in die Nacht hinaus. Pirmin musste weg. Bald. Schnell. So schnell wie möglich. »Lieber Herr?«

»Ich bin dir dankbar für deine Dienste, Sebastian.« Laurenz drehte sich nicht um, sprach heiser und leise. »Ab dem neuen Jahr wirst du dich ganz deinen Studien an der Domschule widmen können. Das ist überaus wichtig für deine Zukunft. Ab Januar muss ich mir dann leider einen anderen Diener und Sekretär suchen.« Er setzte den Kelch an und leerte ihn.

Hinter ihm Stille. Zwei Atemzüge lang. Drei Atemzüge, vier. Dann Sebastians Stimme: »Waldemar von Seeburg?«

»Was geht dich das an, Bursche?!« Laurenz fuhr herum, stürzte zum Tisch, goss sich selbst den Kelch wieder voll.

»Ihr macht einen schweren Fehler, Hochwürden.«

»Was?!« Laurenz schrie ihn an. »Wie redest du mit mir, Bursche?«

Sebastians Stimme klang hohl, seine Miene war die eines Toten. »Stellt Euch vor, ein anderer als Ihr nimmt mir die Beichte ab.«

»Was willst du damit sagen?« Laurenz nahm den Kelch, ging zurück zum Fenster.

»Gar nichts, Hochwürden. Stellt Euch einfach vor, ich müsste einem Domherrn all die Sünden beichten, zu denen Ihr mich verführt und gezwungen habt.« Laurenz trank jetzt in sehr kleinen Schlucken. »Stellt Euch vor, ich erzählte jemandem außerhalb des Beichtstuhles, wie oft ich Euch ›trösten‹ musste. Und der erzählt es dem Richter.«

»Geh«, sagte Laurenz leise. Er trank, hörte keine Schritte hinter sich. Auch Sebastian musste weg. Er trank schneller. Auch der durfte nicht am Leben bleiben. Noch immer keine Schritte, kein Türscharren. Laurenz fuhr herum und schleuderte den noch halbvollen Weinkelch auf den Chorknaben. »Verschwinde endlich!«

7

ROTE LÖWIN

Die Sehne ihrer Armbrust schnellte zurück; wie eine tiefe, angerissene Lautensaite tönte sie. Runja sah den Pfeilbolzen nicht, hörte nur sein Sirren. Sie sah aber, wie der schlafende Wachposten im Wurzelgeflecht der umgestürzten Buche zusammenzuckte.

Seine Hand fuhr zu seiner Brust, dorthin, wo Runjas Pfeilbolzen ihn getroffen hatte: an sein Herz. Ob er seine Augen noch ein letztes Mal aufriss, konnte Runja nicht erkennen, viel zu dunkel war es schon. Von ihrer Deckung aus, einem Ginsterstrauch, wirkte es, als würde der Wende einfach weiterschlafen.

Sie schlich nicht zu ihm, brauchte sich nicht von seinem Tod zu überzeugen; Runja vertraute auf ihre Schießkunst. Außerdem hatte sie die Bolzenspitze mit Dagomars Tinktur befeuchtet.

Irgendwo, kaum fünfzig Schritte entfernt, schlug ein Körper dumpf im feuchten Grasboden auf. Claudio. Mit einem Wurfmesser hatte er einen Wachposten aus dem Baum geholt.

Drüben an den Feuern hörten und sahen sie nichts. Die wilden Wendenkerle grölten, tranken und lachten. Runja fragte sich, wo Claudios Klinge den Wachposten getroffen haben mochte. Sie spähte hinüber zur kleinen Lichtung, wo sein erstes Opfer im Baum gesessen hatte. Kurz meinte sie, die Umrisse seiner kleinen Gestalt zu erkennen. Seine Wurfmesser waren Claudio heilig. Wenn er irgend konnte, holte er sie sich immer sofort zurück.

Runja duckte sich hinter den Ginster, kroch zum Stamm der umgestürzten Buche. An ihrer Krone entlang schlich sie zu dem Bach, an dem die Wenden sechzig Ruten bachabwärts ihr Lager aufgeschlagen hatten. Dort, zwischen den unteren, starken Ästen einer Weide, saß ein dritter Wachposten.

Neben einer alten Birke kniete Runja im verdorrten Ufergras nieder, tunkte die Bolzenspitze in die Amphore und spannte ihre Armbrust. Die Weide stand kaum einen Steinwurf weit entfernt. Sie zielte auf ihre Krone, sah jedoch nur Umrisse und war nicht sicher, ob sie die Silhouette des Wächters oder nur einen unförmigen Ast im Visier hatte.

Runja setzte die Waffe ab. Besser, erst einmal beobachten und warten, bis sie gewiss sein konnte, einen menschlichen Körper zu treffen. Tödlich zu treffen. Sie fragte sich, wie Claudio bei dieser Dunkelheit seine Messer ins Ziel brachte. Der kleine Gewandschneider musste die Augen einer Eule haben.

Runja wartete, spähte unentwegt zur Weide hinüber, versuchte Bewegungen zu erkennen. Sie machte bereits Anstalten, näher an ihr Ziel zu schleichen, als sie rechts von sich Fackelschein entdeckte. Sie duckte sich tief ins verdorrte Ufergras.

Ein Wende aus dem Lager näherte sich. Offenbar brachte er dem Wachposten in der Weide zu essen und zu trinken. Er leuchtete in die Krone hinauf. Der Fackelschein fiel auf ein junges Gesicht. Und auf eine Hand, die sich ihm aus der Krone entgegenstreckte. Der junge Wende reichte ihr einen Trinkschlauch und etwas, das wie ein Stück Braten aussah.

Runja zielte längst. Sie wartete, bis der junge Wende sich umdrehte, um ins Lager zurückzukehren. Im Lichtschein seiner Fackel sah sie einen Oberkörper im Geäst, einen Kopf, einen Arm. Ihr Finger krümmte sich um den Abzugsbügel.

Wie ein großes, tödlich getroffenes Tier stürzte der Wachposten aus der Weide und schlug auf dem Boden auf. Runja hoffte, dass Claudio heute Nacht seine Messer ähnlich zielsicher warf, wie sie schoss. Sie zog den nächsten Pfeilbolzen aus dem Gurt.

Der Proviantträger, schon auf dem Rückweg, hörte den Aufprall und fuhr herum. Er fragte irgendetwas, das Runja nicht verstand. Er zögerte, hob schließlich die Fackel und ging zurück zum Baum. Vielleicht glaubte er an einen Unfall. Runja jedenfalls zielte auf seine Halsschlagader und löste den Abzugsbügel.

Die Fackel wirbelte durch die Dunkelheit, als hätte ihr Träger sie von sich geworfen. Ihn selbst sah Runja nur noch wie einen Schatten, der mit Gras und Boden verschwamm.

Im Lager grölten, lachten und soffen sie, hörten nichts, sahen nichts. Doch wie lange noch? Irgendwann würde der Fackelschein im Ufergras den nächsten Krieger anlocken. Umso besser. Runja pirschte sich näher ans Lager heran. Bald lag sie nur noch einen halben Steinwurf weit entfernt vom linken Feuer im Gras.

Ganz deutlich sah sie jetzt den Mörder des Vaters, den bulligen Kasimir. Sein goldener Ohrring funkelte im Feuerschein, ein schwarzes Tuch bedeckte seinen Kahlkopf, die halbe Stirn und seine linke Augenhöhle. Hatte sie ihm also sein Auge zerschossen, damals im Frühsommer. »Hoffentlich tut's dir jetzt noch weh!«, zischte sie leise.

Und neben ihm der Fürstensohn mit dem Hahnenkopfhelm, der schreckliche Drazko. Wie er lachte, wie er soff, wie er ständig über seinen Bartzopf strich. Sie konnte ihn und seinen Hahnenkopfhelm nicht anschauen, ohne dass ihr die Ohren von den Schreien der kleinen Base gellten.

Beim Heiligen Moritz, wie sie ihn hasste!

Runja zielte mal auf den einen, mal auf den anderen. Sie musste sich zügeln, um nicht abzudrücken.

Sie durfte noch nicht, musste warten. Dagomar würde das Zeichen zum eigentlichen Angriff geben, er und nur er. Das gefiel ihr nicht, doch sie hatte keine Wahl. Lautlos drehte sie sich auf die Seite, um Brust und Bauch nicht länger der feuchten Kälte des Bodens aussetzen zu müssen.

An den Feuern ging es immer lauter zu. Wieherndes Gelächter vermischte sich mit wütendem Geschrei. Pribislaw, das Knabengesicht, geriet in Streit mit jenem Wenden, dessen Ohrring

Angelus geraubt hatte. Runja erinnerte sich genau an die heisere Stimme des Mannes, als er vorschlug, eine Bresche in das Holunderwäldchen zu schlagen, in ihr Versteck. *Selibur* hatte Dagomar ihn genannt, und *Halbsachse*.

Auf einmal sprang Pribislaw von seinem Platz am Feuer auf und beschimpfte den Halbsachsen. Dabei wackelte sein Nasenring, und sein dürrer Körper schwankte mächtig. Der andere erhob sich ebenfalls und blaffte zurück. »Hurenknecht«, nannte er Pribislaw so laut, dass Runja es verstehen konnte.

Der dürre Pribislaw schrie wütend auf, ballte die Faust, holte aus und schlug mit aller Kraft zu. Doch jener Selibur wich aus und duckte sich, und der Fausthieb des dürren Knabengesichtes wischte über ihn hinweg. Der Schwung des eigenen Schlages riss Pribislaw von den Beinen. Unter dem grölenden Gelächter der anderen drehte er sich einmal um sich selbst, strauchelte und stürzte ins Gras. Einmal noch hob er den schmalen Schädel, um eine Verwünschung auszustoßen. Doch sofort fiel sein Kopf zurück auf den Boden. Und fortan rührte er sich nicht mehr.

Die Wenden hatten ihren Spaß daran. Einige schüttelten Pribislaw und gossen ihm Bier ins Gesicht. Andere klopften Selibur auf die Schulter und reichten ihm einen Kelch. Er leerte ihn, kippte nach hinten weg und schien ebenfalls einzuschlafen. Wieder Gelächter, wieder Gegröle. Und Weinschläuche und Bierkrüge machten Runde um Runde.

Wann endlich gab Dagomar das Zeichen zum Angriff?

Runja blickte hinter sich zur Weide, unter der die beiden Toten lagen. Niemand im Lager schien den Proviantträger zu vermissen. Erst auf den zweiten Blick merkte Runja, dass die ins Gras gefallene Fackel nicht mehr brannte. Sie erschrak. War sie erloschen? Oder hatte sie etwa jemand gefunden?

Sie spähte zu den Feuern. Nein – niemand warnte dort vor einem Angriff, niemand griff zur Waffe. Hätten sie die Toten entdeckt, würde keiner mehr lachen und saufen.

Runja drehte sich auf den Rücken, weil Kälte und Nässe nun auch auf der linken Seite durch Mantel und Kleid drangen. Kein Stern war zu sehen, der Himmel war völlig schwarz. Einfach würde es nicht werden, nachher die fliehenden Heiden zu treffen. Falls sie denn überhaupt flohen.

An den Feuern ebbten Geschrei und Gelächter nach und nach ab. Lautes Schnarchen mischte sich in gedämpftes Stimmengewirr. Einige Krieger hatten sich in ihre Mäntel gerollt, waren in ihrem Suff wie Selibur direkt am Feuer eingeschlafen; andere krochen auf allen vieren in eines der fünf Zelte unter den Bäumen. Irgendwo im Unterholz hinter den Zelten erbrach sich einer.

Allmählich verstand Runja Dagomars Zuversicht, eine derartige Übermacht besiegen zu können: Sie waren gar nicht nur zu dritt, sie waren zu fünft, denn sie hatten zwei mächtige Verbündete – Bier und Wein.

Und dann donnerte Hufschlag aus der Nacht heran. Dagomar! Das Zeichen zum Angriff! Endlich!

Runja rollte sich auf den Bauch und zielte auf den Erstbesten, der angesichts des heranpreschenden Reiters aufsprang und seine Lanze hob. So hatte der Schwarze Abt es befohlen. Sie schoss, und der Lanzenträger kippte ins Feuer.

Während sie den nächsten Pfeilbolzen einspannte, ging am Feuer ein schwankender Bogenschütze zu Boden – ein Wurfmesser steckte in seiner Brust. In gestrecktem Galopp ritt Dagomar ins Lager hinein. Runja schoss erneut, traf den nächsten Lanzenmann. Die berauschten und überrumpelten Wenden boten leichte Ziele.

Drei oder vier Krieger ritt der Schwarze Abt nieder, trieb sein Pferd durch eine der Feuerstellen, bückte sich tief aus dem Sattel und langte einen großen brennenden Ast aus der Glut. Mit ihm in der Rechten und tief über die Mähne seines Pferdes gebeugt, preschte er hinter die Zelte. Dort, irgendwo im Wald, hatten die Wenden ihre Pferde in Bruchholz und Geäst eingepfercht.

Ein Lanzenträger holte schwankend aus, wollte seine Lanze dem Mönchsreiter hinterherschleudern. Runja traf ihn im Nacken – er stürzte nach vorn.

Ein Bogenschütze legte einen Pfeil in die Sehne. Claudios Wurfmesser fuhr ihm in den Hals, und schreiend brach er zusammen. Pribislaw fuhr aus Schlaf und Rausch hoch, fuchtelte mit einer Axt herum. Runja schoss, der Pfeilbolzen fuhr ihm ins rechte Auge. Er brüllte wie ein Bulle, dem man den Hoden abschnitt.

»Brüll du nur!«, zischte Runja und spannte den nächsten Pfeil ein. »Noch aus der Hölle will ich dein Schmerzgebrüll hören!«

Sie setzte die Armbrust an die Schulter, zielte ins Lager hinein. Ihr Blick suchte nach Slawomir, nach dem schrecklichen Drazko, vor allem aber nach dem einäugigen Kasimir. Aus allen Zelteingängen krochen betrunkene Wenden.

Plötzlich erhob sich donnernder Hufschlag im Wald hinter den Zelten. Pferde wieherten wie in höchster Not. Ein Schimmel brach aus dem Unterholz hervor, jagte zwischen die Zelte und zur Feuerstelle. Eine brennende Fackel hing an seinem Schweif. Runja traute ihren Augen kaum.

Doch sofort verstand sie: Claudio! Er hatte die Fackel des Essenträger entdeckt und an sich genommen; er hatte sie dem Schimmel an den Schwanz gebunden.

Wer immer konnte, sprang vom Feuer auf oder stemmte sich von seinem Schlafplatz hoch. Ein hünenhafter Krieger schwankte dem Schimmel entgegen, wollte ihn einfangen und aufhalten – Slawomir. Runja zielte auf seine Kniekehle und schoss. Fluchend brach der Hüne zusammen.

Der Schimmel fegte an den Feuern vorbei, galoppierte zum Bachlauf. Die gesamte Pferdeherde der Wenden jagte nun aus dem Wald und ins Lager. Mindestens drei Tieren hatten Dagomar und Claudio brennende Reisighaufen an Schweife und Hinterläufe gebunden. Die drei armen Tiere waren außer sich vor Panik, die Herde folgte ihnen in wilder Flucht.

Die Krieger fuhren auseinander, flüchteten nach allen Seiten. Auch der angeschossene Slawomir versuchte das, doch die Herde trampelte ihn nieder. Grimmige Genugtuung erfüllte Runja. Sie spannte den nächsten Pfeilbolzen in ihre Armbrust.

Die völlig überrumpelten Heidenkrieger rannten hin und her, wie aufgescheuchte Schafe. Sie benahmen sich, als würde eine doppelte und dreifache Übermacht sie angreifen. Runja sah Wenden, die von den eigenen Pferden zu Boden gestoßen und zertreten wurden, sie sah Wenden, denen ein Wurfmesser aus Hals oder Rücken ragte, und sie sah Wenden, die von Pfeilen Dagomars getroffen in die Knie gingen.

Runja ballte die Rechte zur Faust und stieß sie in die Dunkelheit. Sie würden diese große Rotte besiegen! Triumphgefühl schwellte ihre Brust. Drei siegten über dreißig! Konnte das denn wahr sein? Sie schoss den nächsten Pfeilbolzen ab.

Lange konnte sie ihr Hochgefühl nicht genießen, denn auf einmal geschah etwas, das Dagomar nicht bedacht hatte: Vor den Feuern teilte sich die Herde, und mindestens zwölf Pferde galoppierten auf Runja zu. Das vorderste riss einen brennenden Reisighaufen hinter sich her.

Runja riss die neu gespannte Armbrust hoch und sprang auf. Dreißig Schritte höchstens trennten sie von der panischen Herde. Viel zu spät, um wegzulaufen. »Gott sei mir gnädig!« Sie wich dem Pferd mit dem brennenden Reisig am Schweif aus, huschte sieben Schritte zur Seite, stand still. Ein graues Pferd jagte ihr entgegen. »Lieber Heiland, hilf mir«! Sie hob die Waffe, zielte auf das rechte Auge des Tieres, löste den Abzugsbügel.

Etwas klatschte, etwas zerriss, etwas spritzte in alle Richtungen. Der Grauschimmel knickte ein. Sie hatte getroffen. Der schwere Körper des Tieres überschlug sich zweimal, kam vier Schritte vor ihr zur Ruhe, zuckte nur noch. Die anderen Pferde wichen dem sterbenden Grauschimmel aus, preschten rechts und links an Runja vorbei.

Sie ging in die Knie, murmelte Dankgebete, spannte die Armbrust, wollte über das tote Pferd hinweg aufs Lager anlegen – und erstarrte: Hinter dem Kadaver ragten die Umrisse eines Mannes auf. Die Silhouette eines Bartzopfes stand von seinem Kinn ab, auf seinem Helm erkannte sie den Hahnenkopf.

Der schreckliche Drazko!

»Verflucht«, hörte sie ihn flüstern. »Die Rote Löwin.« Der Fürstensohn hob sein Schlachtbeil und schrie: »Die Rote Löwin ist hier!« Runja riss die Armbrust hoch und drückte ab, ohne zu zielen.

Drazko ließ sein Beil fallen, krümmte sich schreiend, presste die Hände gegen seine Lenden und stürzte nach vorn auf die Knie. Runja warf sich vor dem Kadaver in Deckung und spannte ihre Waffe. Ihr Blick fiel auf den Kopf des Pferdes – schwarz und hellgrau quoll es aus dem zerschossenen Auge. In der Dunkelheit konnte sie keine Spur der Bolzenfiederung erkennen. War das Geschoss dem Grauschimmel denn so tief in Auge und Hirn gefahren?

Auf der anderen Seite des Kadavers, keine sieben Schritte entfernt, lag der schreckliche Fürstensohn auf den Knien, der Schänder der kleinen Base. Er presste die Hände irgendwo zwischen seine Schenkel und drückte die Stirn in den Grasboden. Und er brüllte so entsetzlich, dass es Runja durch Mark und Bein ging.

Sie hob die Waffe. »Brüll du nur.« Sie schoss an ihm vorbei in das Gewimmel der verletzten und berauschten Wenden zwischen den Zelten. »Brülle, dass auch die Mutter, die Tante und die Kleine im Himmel es hören!« Sie spannte ihre Waffe erneut, schoss und traf einen Heiden im Rücken, der in den Wald hinter den Zelten fliehen wollte.

Sie spannte, zielte und schoss wieder an ihm vorbei. Sein Gebrüll war unerträglich, doch sie genoss es. An den Feuern und bei den Zelten gingen die letzten betrunkenen Wenden zu Boden. Die meisten hatten Dagomars Pfeile getroffen, viele hatte Runja getötet oder verletzt. Einigen ragten Wurfmesser aus dem Hals oder der Brust.

Irgendwann war es vorbei. Kein Hufschlag mehr, kein Sirren von Pfeilen, kein Aufschrei Getroffener. Auch Drazkos Gebrüll legte sich nach und nach. Statt zu brüllen, stieß er im Rhythmus seiner schnellen Atemzüge heulendes Gestöhne aus. Wie ein sterbender Wolf hörte er sich an.

Runja richtete sich auf, streifte sich den Riemen ihrer Armbrust über die Schulter. Im Lager der Wenden sah sie Dagomar mit seinem Bogen zwischen den Zelten auftauchen. Sieben Schritte entfernt kniete noch immer Drazko, bohrte noch immer seine Stirn ins Gras, heulte noch immer sein Gestöhne in die Erde. Runja erhob sich, stieg über das tote Pferd hinweg und ging zu ihm.

Ein paar Atemzüge lang stand sie neben ihm und sah zu, wie er sich quälte und ins Gras hinein stöhnte. »Tut's weh?«, fragte sie. Sie bückte sich nach seinem Beil. »Ich hab dich was gefragt.« Er heulte und stöhnte.

Runja trat ihm gegen die Schulter, Drazko kippte zur Seite. Claudio tauchte neben ihr auf, hob eine Fackel. In ihrem Schein sah sie, wie der Fürstensohn zu ihren Füßen das Gesicht verzerrte, als wollte er feixen. »Ja«, stöhnte er. Er zog die Knie an, konnte nicht aufhören, seine Hände in seine Lenden zu pressen. »Mein Herz tut mir weh, denn du hast mein Lieblingspferd getötet. Dafür soll der Buback dein Fleisch den Vögeln unter dem Himmel zu fressen geben.«

»Verfluchter Satan!« Runja holte mit seinem Beil aus, zerschlug erst seinen rechten Arm, dann seinen linken. Er schrie auf, die erschlafften Hände rutschten ihm ins Gras. Runja trat ihm Knie und Schenkel zur Seite, bückte sich und riss ihm ihren Pfeilbolzen aus der Hose. Drazko brüllte auf und krümmte sich erneut.

»Erinnerst du dich, wie das Mädchen geschrien hat?« Sie packte das Beil mit beiden Händen. »Erinnerst du dich, verfluchter Satan?« Sie hob das Schlachtbeil über den Kopf.

Einen Wimpernschlag lang begegnete ihr Blick dem von Claudio. Der belauerte sie aus schmalen Augen, wie man ein wildes Tier belauert, das man zu fürchten hat.

»Erinnerst du dich?« Runja schlug dem brüllenden Drazko mitten ins Gesicht. Sie holte aus, schlug wieder zu, holte aus und schlug zu. Fleisch zerriss, Knochen splitterten, Blut spritzte. Noch das letzte fiepende Gewimmer zerschlug Runja ihm im längst zerbrochenen Mund.

Als Drazko endlich verstummt war, als er sich wirklich nicht mehr rührte, wankte Runja zu den Feuerstellen. Sie merkte nicht, dass sie heulte.

Pribislaw sah schon ziemlich tot aus, sogar seinen Nasenring hatte er verloren. Dennoch hob Runja das Beil und schlug ihm auf den Kopf. Ihr Arm schmerzte, ihre Finger waren taub, ihre Schulter tat weh – die Beilklinge rutschte ab.

Heulend und fluchend bückte sie sich nach einer Lanze, stellte sich breitbeinig über den dürren, schon reglosen Körper, hob die Waffe und stieß dreimal zu.

Danach wankte sie von Leiche zu Leiche, von Verwundetem zu Verwundetem, rammte jedem Wenden die Lanze in Bauch oder Brust. Dem noch lebenden Selibur durchbohrte sie zweimal den Hals.

Der Hüne mit der verwüsteten Nase, Slawomir, lag in seinem Erbrochenen und seinem Blut. Er atmete noch, blinzelte zu Runja herauf.

Die stützte sich neben ihm auf die Lanze. »Meine Mutter«, flüsterte sie. »Erinnerst du dich, wie du ihr die Beine zerschlagen hast, damit du sie in den Holunder zerren kannst?« Aus feuchten Augen glotzte er zu ihr herauf. »Weiß du noch, was du ihr angetan hast?« Er rülpste, Blut quoll aus seinem Mund.

»Weißt du es noch?« Sie trat ihm in die Rippen. »Satan!« Wieder und wieder trat sie zu. »Verfluchter Satan!« Keuchend und schluchzend packte sie die Lanze. »Weißt du's? Weißt du's noch?

Weißt du, was ich dir jetzt antun werde?« Schreiend und schluchzend wankte sie zu seinen Waden, stach mit der Lanze hinein. »Da! Verfluchter Satan, du! Da!«

Sie stach ihm die Lanze in die Knie, in die Schenkel, in die Lenden, in den Bauch. Er bäumte sich auf, erbrach Blut, Bier und Fleisch. Sie stach auf ihn ein, raste, rammte die Lanze immer wieder in seinen Körper. Bis sie nicht mehr konnte, bis sie schwer atmend neben Slawomir auf die Knie sank.

Sie weinte und rief nach ihrer Mutter und ihrem Vater. Sie weinte, bis sie keine Tränen mehr hatte. Als sie den Kopf hob, stierte Slawomir sie immer noch an. Er schien zu grinsen. Claudio beugte sich über ihn und schnitt ihm die Kehle durch. Röchelnd und gurgelnd stieß der Hüne mit seinen letzten Atemzügen das Blut aus seinem Hals. Endlich, endlich brach sein Blick.

»Bist du nun zufrieden?«, sagte eine tiefe Stimme über ihr.

Sie hob den Blick. Hinter einem Tränenschleier sah sie Dagomar stehen. In der Rechten hielt er seinen Bogen, in der Linken seinen leeren Köcher.

»Nein«, flüsterte Runja. »Einer fehlt noch. Kasimir.«

»Drei konnten entkommen«, sagte Claudio. »Auch der Einäugige. Zweien steckten Pfeile im Rücken. Ich habe gesehen, wie Kasimir drei Pferde einfing.«

»Hinterher.« An der Lanze zog Runja sich hoch. »Hinterher, sag ich!« Sie wankte in die Richtung, in die sie die Pferde zuletzt hatte galoppieren sehen.

»Morgen früh.« Dagomar packte sie und hielt sie fest.

»Morgen früh?« Sie schüttelte sich, strampelte. »Zu spät!« Sie versuchte, sich seinem eisernen Griff zu entwinden. »Lass mich, Schwarzer! Hinterher, sag ich!«

»Komm zu dir, Weib!« Dagomar riss sie an sich, sah ihr in die Augen. »Du hast hier gar nichts zu sagen!« Er schlug ihr links und rechts ins Gesicht und stieß sie zu Boden. »Morgen früh, sag ich!«

8

Falle

Bei Sonnenaufgang brachen sie auf. Runja ritt voran. Wann immer die Spuren der Wenden es zuließen, zwang sie ihr Pferd in gestreckten Galopp. Die Männer folgten ihr mit wachsendem Abstand. Dagomar und Claudio schienen nicht halb so entschlossen wie sie, den wendischen Hauptmann und seine beiden verwundeten Krieger einzuholen. Oder merkte sie schon gar nicht mehr, wie der Rachedurst sie vorwärtspeitschte?

Ständig befahl der Schwarze Abt ihr, langsamer zu reiten und aufmerksamer auf Spuren zu achten. Ständig warnte er sie vor einem Hinterhalt. Für kurze Zeit gelang es ihr dann, sich zu beherrschen und dem Drängen von Hass und Schmerz zu widerstehen.

Am späten Vormittag erreichten sie einen leicht abfallenden Waldhang. Uralte, kahle Buchen standen so licht, dass Runja die Abdrücke der Hufe im feuchten Laub deutlich erkennen konnte. Und wieder trieb sie ihr Pferd in den Galopp.

»Wirst du wohl auf uns warten, Weib?«, rief hinter ihr Dagomar. »Sie sind verwundet! Du musst ihnen jeden Hinterhalt zutrauen!«

Runja beugte sich tiefer über die Mähne ihres Pferdes, folgte noch schneller der schnurgeraden Fährte. »Lass mich in Ruhe, Hundsfott!«, zischte sie bei sich. »Ist es meine oder deine Rache?«

Eine Lichtung öffnete sich unterhalb des Buchenhanges, mittendrin ein Flüsschen. Zwanzig Ruten weiter östlich strömte es zwischen kahle Bäume und Gestrüpp. Runja galoppierte bis zum Ufer. Dort sprang sie aus dem Sattel, um die Spuren der Geflohenen im feuchten Grasboden zu untersuchen.

Die Abdrücke der Pferdehufe führten in den Fluss. Runja stieg wieder auf, ritt durchs Wasser zum anderen Ufer. Schon vom Sattel aus erkannte sie die Spuren dreier Pferde im braunen Gras – durch die Wiese führten sie nach Norden in den kahlen Novemberwald. Runja sprang aus dem Sattel, untersuchte sie genauer.

Dagomar und Claudio brachen aus dem Waldhang, preschten durch die Lichtung, trieben ihre Pferde in den Fluss. »Was fällt dir ein?« Runja sah die Zornesadern an Dagomars Schläfen und Hals. »Ich sage ›warte‹, und du reitest noch schneller?« Er schwang sich vom Pferd, riss sie aus dem Gras hoch und schlug ihr ins Gesicht. »Muss man dich erst züchtigen, damit du deinem Abt gehorchst?«

»Wie kommt Ihr darauf, dass Ihr mein Abt seid?« Auf Runjas Wange brannte der Schlag, in ihrer Brust die Wut. Die machte ihre Stimme heiser. »Ich bin keine Nonne, ich muss Euch nicht gehorchen.«

»So?« Er ballte die Fäuste und stieß sie mit so viel Wucht vor die Brust, dass sie rücklings ins Gras stürzte. »Wen ich die Kunst des Tötens lehre, der gehört zum Orden der Vollstrecker! Dessen Abt bin ich, und der hat mir zu gehorchen!«

Runja antwortete nicht, lag nur da und lauerte hinauf in seine noch weiter aus den Höhlen getretenen Augen. Kolben und Abzugsbügel ihrer Armbrust drückten schmerzhaft in ihren Rücken.

»Danke Gott, dass ich dich mit eigener Hand gezüchtigt habe!« Dagomar zischte verächtlich. »Und zwing mich nicht, Claudio deine Züchtigung zu befehlen! Nach der würde dir dein trotziger Blick ein für alle Mal vergehen!«

Der Schwarze Abt wandte sich ab. Runja lugte zu Claudio. Noch nie hatte sie den kleinen Gewandschneider aus Venedig lächeln sehen – jetzt lag ein eisiges Lächeln auf seinen Zügen. Schrecken durchzuckte sie. Sie wich seinem Blick aus, stand auf, klopfte Laub, Gras und Erde von ihrem Mantel.

»Weiter.« Claudio deutete zum Wald auf die andere Seite der Lichtung. »Dorthin sind sie geflohen, nach Norden.«

»Falsch.« Runjas Stimme brach schier, doch sie wagte es trotzdem. »Sie sind im Flussbett weitergeritten.« Sie zeigte dorthin, wo der Fluss zwischen den alten Buchen verschwand. »Nach Osten.«

»Kommt jetzt zum Eigensinn auch noch Blindheit?« Dagomar blaffte sie an. »Siehst du nicht die Spuren im Gras?«

»Es ist eine List, Pater Dagomar, bitte glaubt mir.«

Mit einer Kopfbewegung schickte der Schwarze Abt den anderen zum Waldhang. Claudio trieb sein Pferd entlang der Fährte durch die Lichtung. Vor dem Hang stieg er ab und bückte sich zwischen Buschwerk und ins Unterholz. Dagomar beobachtete ihn stumm. Runja ahnte, was kommen würde.

»Die Fährten dreier Pferde!«, rief Claudio und deutete den Buchenhang hinauf. »Sie sind nach Norden geritten.«

»Siehst du nicht, dass eine Spur tiefer ist als die anderen beiden?«, rief Runja. »Einer ist allein mit den Pferden weiter geritten, um uns zu täuschen! Kasimir und der zweite Wende sind flussabwärts im Flussbett weitergelaufen!«

»Wie ein dummes Kind redest du!« Dagomar holte aus, Runja hob schützend die Arme. »Warum sollte ausgerechnet Kasimir auf sein Pferd verzichten?« Er ließ die Hand sinken, kletterte in den Sattel und winkte sie hinter sich her zum Hang. »Komm endlich!«

Runja eilte zu ihrem Pferd. »Dieser Teufelsgenosse hat *meine* Eltern getötet, nicht Eure! Ich habe meine Familie zu rächen, nicht Ihr!« Sie saß kaum im Sattel, da trieb sie ihr Tier auch schon in den Fluss. »Ich allein entscheide, welcher Spur ich folge!«

Sie zwang das Pferd in den Galopp, blickte hinter sich. Der Schwarze Abt riss seinen Bogen vom Rücken und griff in seinen Köcher. Tiefer duckte sie sich über die Mähne ihres Pferdes, tiefer und noch tiefer. Ein Pfeil fuhr dicht neben ihr in den Fluss, kurz darauf hörte sie das Sirren eines zweiten Pfeils hinter sich.

Wollte er sie töten? Oder das Pferd? Gleichgültig: Er mochte so zielsicher schießen, wie er wollte – sie ritt bereits viel zu weit entfernt von ihm. Runja tauchte in den Uferwald ein, blickte noch einmal zurück – kein Verfolger zu sehen. Zu allen Seiten spritzte

Wasser von den Pferdehufen auf, Beine und Mantel wurden ihr nass.

Sie spähte zu den Ufern – um diese Jahreszeit war es zu kalt, um länger in einem Fluss waten zu können. Wenn es allerdings um das nackte Leben ging? Sie achtete auf abgeknickte Zweige an den Ufern, auf zertretenes Gras und auf Breschen im ufernahen Unterholz.

Plötzlich stürzte ihr Pferd nach vorn. Kopfüber flog Runja über seinen Hals, konnte sich nur mit Mühe an den Zügeln festklammern, stürzte vor dem strauchelnden Tier in den Fluss.

Ein Seil! Sie sah es, als sie auftauchte und prustend nach Luft schnappte – zwischen zwei Buchenstämmen verlief es eine Elle über der Wasseroberfläche von Ufer zu Ufer. Sie hatte es nicht gesehen, es musste unter Wasser gelegen haben. Bis jemand es gespannt und ihr Pferd so zum Straucheln gebracht hatte.

Kasimir! Die Einsicht schnürte Runja die Kehle zu. Und da sprang auch schon ein Wende zwischen den Büschen des Südufers auf! Er hob seine Lanze zum Wurf.

Runjas Pferd versuchte vergeblich, auf die Beine zu kommen. Sie tauchte ins eisige Wasser unter, zog sich am Zügel bis hinter den Pferdeleib, riss ihre Armbrust von der Schulter. Schwer hing ihr der nasse Mantel am Leib. Als sie auftauchte, zuckte das Pferd im Todeskampf: Eine Lanze steckte in seinem Hals. Ein Wende sprang in den Fluss, schwang eine Axt, watete zu ihr.

Runja wollte die Armbrust spannen, wollte einen Pfeilbolzen einlegen – es gelang ihr nicht: zu klamm die Finger, zu groß die Panik. Der Schatten des Wenden fiel schon auf sie, breitbeinig stand er über ihr auf dem Pferdeleib und holte aus.

Sie sprang hoch, rammte ihm die Armbrustspitze unters Knie. Sein Hieb verfehlte sie, er stürzte über sie hinweg ins Wasser. Den Krummdolch in der Faust warf Runja sich auf ihn. »Warum bist du nicht Kasimir?« Sie stach auf ihn ein. »Traut er sich nicht selbst zu mir in den Fluss?«

Augenblicke später trieb die Strömung die Leiche des Wenden davon. Runja kniete im Fluss und atmete keuchend. Am Ufer stand Dagomar neben zwei Pferden. Mit einer herrischen Geste bedeutete er ihr, aus dem Fluss zu kommen. Im Unterholz, irgendwo hinter ihm, schrie ein Mann. Runja watete ans Ufer.

Das Gebrüll hallte durch den Novemberwald. Die Pferde scheuten. Dagomar machte keine Anstalten, sie zu schlagen, als sie endlich vor ihm stand. »Wer schreit da so?« Sie wrang Mantel und Kleid aus.

»Der zweite Wende, der hier auf uns gewartet hat.« Der Schwarze Abt verzog keine Miene.

»Nur zwei haben gewartet?« Er nickte. »Kasimir?« Er schüttelte den Kopf. Runja senkte den Blick. Der einäugige Bulle hatte sie wirklich überlistet. Doch ganz anders, als sie geglaubt hatte. Mit kalten Fingern presste die Enttäuschung ihre Eingeweide zusammen.

Das Geschrei des Unbekannten steigerte sich zu Gekreische. »Was macht Claudio mit ihm?«

»Er fragt ihn nach Kasimir.«

Heulend flehte der Wende um Gnade. Das Gekreische ebbte ab, ging in Wimmern über, bis auch das schließlich erstarb. Mit einem blutigen Messer in der Faust stapfte Claudio aus dem Unterholz. Er schaute sie an, und wieder das eisige Lächeln in seinen Zügen.

»Kasimir hat ihnen befohlen, zu Fuß durch den Fluss zu waten«, sagte er. »Und uns eine Falle zu stellen. Er wollte mit den Pferden wieder zu ihnen stoßen. Bald.«

»Lügen!«, zischte Dagomar. »Wohin ist er geritten, dieser Fuchs?«

»Dahin, wo die Spuren der Pferde hinführen, nach Norden.«

»Wir werden ihn nicht mehr einholen.« Dagomars Blick bohrte sich in Runjas Gesicht. »Zu viel Vorsprung. Durch deine Schuld!« Er packte Runja und riss sie zu sich. »Das heidnische Gerede von der Roten Löwin ist dir in den Kopf gestiegen, was? Züchtige du sie, Claudio. Zeig ihr, dass sie weiter nichts als ein räudiges Kätzchen ist.«

Bevor Runja begriff, was geschah, stieß der Schwarze Abt sie in Claudios Arme. Der packte ihr Handgelenk, entwand ihr den Krummdolch, streifte ihr die Armbrust samt Mantel von den Schultern. Er schleuderte sie auf den Boden, warf sich auf sie und schlug ihr die Faust gegen die Schläfe. Runja schwanden die Sinne.

Wie durch einen dunklen Nebel hindurch spürte sie, wie Claudio sie aus den Kleidern schälte, wie er sich zwischen ihre Beine zwängte. Er wollte ihr antun, was die Heiden der Mutter, der Base und den anderen Frauen aus der Burg angetan haben! Die jähe Einsicht riss ihr Bewusstsein aus dem Halbdunkeln, machte sie hellwach.

Sie warf sich auf den Bauch, tastete nach links und rechts. Claudio hielt sie fest, versuchte, von hinten in sie einzudringen. Sie warf sich hin und her, Brechreiz würgte sie, ein kurzer, kräftiger Aststrunk geriet in ihr Blickfeld. Claudio griff in ihr Haar, riss ihren Kopf in den Nacken. Sie packte den Aststrunk, warf sich auf die Seite, rammte ihm die Astspitze in die Halskuhle zwischen Schlüsselbeinen und Kehlkopf.

Claudio stieß würgende Laute aus, zuckte zurück, hielt sich die blutende Wunde am Hals. Runja bäumte sich unter ihm auf, stieß ihn von sich, hechtete nach ihrem Krummdolch. Kaum spürte sie das nasse Elfenbein in den Fingern, sprang sie den würgenden und röchelnden Venezianer an und stieß zu.

»Weg von ihm!« Dagomar geriet außer sich. »Wirst du wohl von ihm ablassen, Wahnsinnige!« Er eilte seinem Diener zu Hilfe, wollte Runja packen. Doch die sprang schon auf, stieß ihm den sterbenden Mörder entgegen. Der Schwarze Abt hielt Claudio in den Armen, stierte Runja aus feuchten Glubschaugen an. Seine Unterlippe bebte.

»Teuflische Wildsäue seid ihr!« Runja zog ihr nasses Kleid über die Schultern, ihren Mantel, ihre Armbrust. »Keinen Deut besser als das Heidenpack seid ihr. Ich verfluche dich, du schwarzer Teufel!« Sie huschte zu den Pferden, schwang sich auf Claudios Tier.

»Und du? Was bist du?«, rief Dagomar ihr hinterher. »Meine gelehrige Schülerin bist du! Meine beste Schülerin! Es wäre mir ein Leichtes, dich zu töten. Doch noch brauchen wir dich!«

Runja galoppierte in den Wald hinein, seine Worte gellten ihr in den Ohren. Sie schlug einen Bogen, ritt nach Westen. Sie merkte nicht, dass sie zitterte, merkte nicht, wie die Stunden dahin flogen, merkte kaum, dass sie mit Vater und Mutter sprach.

Auf einmal war es dunkel um sie herum. Und eiskalt. Sie schrak auf. Lauter schwarze Riesen umgaben sie – Bäume. Unter ihr schnaubte das Pferd; sein heißer Leib dampfte und bebte. Es stand still, konnte nicht mehr. Regen klatschte Runja ins Gesicht.

Regen? So kalt? Seltsam sanft berührte der Regen ihre Hände, ihr Gesicht. Seltsam hell kam ihr die Mähne des Pferdes auf einmal vor. Sie legte den Kopf in den Nacken: Keine Regentropfen fielen, Schneeflocken trieben ihr aus dem Nachthimmel entgegen.

*

Glocken dröhnten. Die Messe zum zweiten Advent war vorüber, inmitten des Volkes schritten Priester und Domherren zum Ausgang. Die Pforten des Doms standen offen; es war kalt. Laurenz zog die Schultern hoch – nicht weil er fror, sondern weil er Pirmin hinter sich wusste. Der Hass auf ihn bereitete ihm Magenschmerzen.

Schneetreiben auf dem Domplatz. Der Winter brach ein. Laurenz sah eine Fahne über den Köpfen wehen – rot und gelb mit einem gehörnten Helm. Die Fahne des Grafen von Schwerin!

Der Domdekan drückte sich an die Seite der Dompforte, nickte den Vorübergehenden zu, sprach mit diesem und jenem, behielt immer die Fahne im Auge. Unter den Reitern, die ihren

Träger umgaben, entdeckte er den alten Ritter, der Gunzelin bei jedem seiner drei Besuche in Magdeburg begleitet hatte: Alwin von Tressow.

Der Domdekan erschrak – müsste der Alte nicht tot sein? Er war doch unter den Verteidigern der Seeburg gewesen! Hatte Slawomir nicht gesagt, es habe keine Überlebenden gegeben außer den Kindern des Markgrafen?

Hundert aufgescheuchte Gedanken schossen Laurenz durch den Kopf. Einer: Der hübsche Waldemar durfte der gräflichen Gesandtschaft aus dem Norden nicht über den Weg laufen. Um keinen Preis. Sie würden ihn mitnehmen.

Pirmin kam auf den Domdekan zu, wünschte ihm einen gesegneten Sonntag. Laurenz bedankte sich allerfreundlichst, wünschte dasselbe, zog den Scholaster an sich und raunte: »Waldemar von Seeburg hat sich frech benommen. Erteilt ihm in meinem Namen strengen Hausarrest, Hochwürden.«

Pirmin von Paris neigte das Haupt, und Laurenz verstand es als Zeichen der Zustimmung. Der Scholaster musterte ihn, der Blick seiner blauen Augen wirkte besorgt. »Waldemars Schwester, meine Schülerin Rubina von Seeburg, kommt seit vier Wochen nicht zum Unterricht«, sagte er. »Das erstaunt mich, denn sie lernt eifriger als die meisten Knaben. Ich sorge mich um sie, Hochwürden.«

»Das braucht Ihr nicht, hochwürdiger Herr Scholaster.« Die körperliche Nähe zu dem Verhassten machte Laurenz schaudern. »Ich habe sie in ihre Heimat geschickt, damit sie Familienangelegenheiten regeln kann. Bewaffnete Männer begleiten sie.« Pirmins besorgte Miene entspannte sich etwas; er murmelte ein paar Worte, die Laurenz nicht verstand, und ging weiter.

Laurenz beobachtete die Schweriner Fahne, den Ritter Alwin und seinen Tross. Schneetreiben hüllte sie ein. Offenbar warteten sie auf ihn, um mit ihm zu sprechen. Er eilte zurück in den Dom und in die Sakristei. Sebastian kam eben aus dem Westturm, wo er die Glocken geläutet hatte. Jetzt bereitete er das Mittagsgebet und die Seelenmesse für den verstorbenen Erzbischof Ludolf vor.

»Ich bin erst am Nachmittag zu sprechen«, beschied Laurenz ihm. »Sorge dafür, dass die Wachen in der Propstei verdoppelt werden.« Sebastian nickte, und Laurenz eilte durch den Sakristeiausgang Richtung Propstei. Gesandte des Grafen von Schwerin in der Stadt zu wissen, beunruhigte ihn. Alwin könnte unangenehme Fragen stellen. Er achtete darauf, nicht in die frischen Spuren im Schnee zu treten.

In der Propstei ging er den Briefwechsel mit Helmold von Schwerin und dem Wendenfürsten durch. Danach lief er grübelnd zwischen Tür und Fenster hin und her. Was wollte dieser Alwin von ihm? Wusste sein Graf etwa, dass ein Magdeburger Domherr die Verhandlungen zwischen Helmold und dem Wendenfürsten geführt hatte?

Unter anderem hatte Laurenz den Preis für Helmolds Verrat ausgehandelt: die Aufnahme seines Bruders Walter zunächst in die Domschule und später ins Domkapitel – und die Freilassung seines Vaters aus wendischer Geiselhaft.

Ganz gewiss würde Alwin unangenehme Fragen stellen. Sorgfältig legte Laurenz sich die Worte zurecht. Vor der Tür hörte er die Stimmen der sechs Bewaffneten, die ihn und die Propstei bewachten. Zwölf Wachen wären ihm lieber gewesen.

Viel zu früh am Nachmittag hörte er Stimmen auf dem Hof der Propstei. Er blickte aus dem Fenster: die rot-gelbe Fahne der Schweriner! Durch den kniehohen Schnee stapften zehn Männer dem Portal entgegen. Neben Alwin entdeckte er Pirmin. Was hatte der hier zu suchen? Der Scholaster schien ins Gespräch mit dem Ritter Alwin vertieft. Fragte er ihn nach Rubina?

Kurz darauf meldete der Hauptmann der Propsteiwache die Abgesandten des Grafen von Schwerin. »Lasst vier herein zu mir und bleibe mit dreien deiner Waffenknechte im Raum«, befahl Laurenz. Nach kurzem Wortwechsel vor der Tür führte der

Hauptmann Pirmin und vier Schweriner in den Raum. Er selbst und drei Bewaffnete blieben an der Tür stehen und machten grimmige Gesichter.

Die Schweriner begrüßten den Domdekan mit dem gebotenen Respekt. Pirmin hielt sich im Hintergrund; Laurenz wünschte ihn zur Hölle – was fiel dem Schönling ein, ungebeten in seinem Arbeitszimmer aufzutauchen? Lächelnd setzte er sich und bedeutete den Schwerinern, ebenfalls an seinem Tisch Platz zu nehmen.

»Graf Gunzelin entbietet Euch seine Grüße und Segenswünsche, Hochwürden«, eröffnete Alwin das Gespräch. »Es geht ihm nicht gut, ein wendischer Pfeil hat ihn im Bauch getroffen. Doch er lebt.«

Laurenz tat erschüttert, schnalzte mit der Zunge, schüttelte wie fassungslos den Kopf. »Möge der allmächtige Gott dem Grafen nicht nur das Leben erhalten, sondern ihm auch die Gnade einer vollständigen Gesundung gewähren.«

»Wir sind in großer Sorge um ihn, denn sein Herz scheint gebrochen«, antwortete der Mönch an Alwins Seite, ein Benediktiner aus dem Kloster Schwerin. »Die Wenden haben nämlich Gunzelins ältesten Sohn Heinrich getötet, als sie die Seeburg überfielen.«

»Was für ein Unglück!« Laurenz schlug die Hände zusammen und verdrehte die Augen zur Decke. »Richtet dem Grafen meine innigste Anteilnahme aus. Was für ein entsetzliches Unglück!«

Der Mönch neigte den Kopf. Die anderen drei musterten Laurenz aufmerksam; zu aufmerksam nach seinem Geschmack, geradezu lauernd. Vor allem der junge Wulf, Alwins Waffenträger, und der jüngste Sohn des Grafen – Laurenz hatte seinen Namen vergessen – ließen ihn nicht aus den Augen. Misstrauen nistete in ihren Zügen.

»Die Söhne des Grafenbruders Helmold und Walter haben das wendische Heer in die Burg gelassen«, erklärte Alwin mit fester Stimme. »Graf Gunzelin fordert Euch auf, sie uns zu übergeben, damit wir sie ihrer gerechten Strafe zuführen können.«

»Die Neffen des Grafen?« Laurenz schlug die Hände zusammen. »Ungeheuerlich! Gibt es denn Zeugen oder Beweise für ihren Frevel?«

»Wulf und ich haben ihren Verrat beobachtet. Morgen wollen wir sie in Ketten aus Magdeburg führen und nach Schwerin bringen.«

»Sie sind tot. Hat unser Scholaster Euch nichts davon erzählt?«

»Nein, Hochwürden.« Pirmin trat zu ihm. »Ich wollte Euch nicht vorgreifen. Doch Ritter Alwin erzählte mir seinerseits, er habe die Tochter des Schweriner Hofmarschalls nicht gesehen. Rubina ist nicht in ihrer Heimat angekommen, Hochwürden.«

»Ganz gewiss ist sie dort eingetroffen.« Brennend stieg es Laurenz aus dem Magen herauf. »Rubina und die Gesandten des Grafen werden sich verfehlt haben.« Laurenz wies zur Tür und sah dem Scholaster scharf ins Gesicht. »Sobald ich Nachricht von ihr habe, lasse ich Euch Bescheid geben. Einen gesegneten Sonntag.« Pirmins Miene wurde kantig. Er machte kehrt und verließ grußlos den Raum.

Sofort ergriff wieder Alwin das Wort. »Helmold und Walter sind tot?« Er trat näher, wirkte bestürzt. Laurenz nickte. »Rubina und ihr Bruder dagegen leben, wie wir hören.« Alwin drehte sich nach dem Mönch und den jungen Männern um. »Das ist eine wirklich gute Nachricht.« Und wieder an Laurenz gewandt: »Gewiss werden sie mit uns zurück an den großen See reiten. Wo finden wir sie?«

»Sie sind leider nicht in der Stadt, verehrter Ritter.« Der Gedanke, Alwin könnte sich zum Warten entschließen, schoss Laurenz durch den Kopf. »Sie haben sich einem Tross von Rittern, fahrenden Leuten und Händlern angeschlossen, um nach Norden zu ziehen und überlebende Familienmitglieder zu suchen. Vor dem Frühjahr werden sie nicht zurück in Magdeburg sein.«

»Keiner aus ihrer Familie hat überlebt.« Der Grafensohn trat neben Alwin. Seine Stimme hatte etwas Peitschendes, sein Blick etwas Vorwurfsvolles. »Nur Alwin, Wulf und die Kinder des Ritters Unger sind davongekommen. Jemand aus Magdeburg hat die Verräter unterstützt. Ein Mann aus höchsten Kreisen, der sich mit dem Wendenfürsten verbündet hat. Wer könnte das sein, Hochwürden?«

»Um Himmels willen! Wie kommt Ihr denn auf diesen entsetzlichen Gedanken?« Laurenz wurde es heiß und kalt.

»Ein wendischer Gefangener hat das berichtet«, sagte Alwin. »Allerdings konnte er keinen Namen nennen.

Laurenz fiel ein Stein vom Herzen. »Unser seliger Erzbischof Ludolf hat hin und wieder Abgesandte des Wendenfürsten empfangen. Doch warum sollte er eine christliche Burg in die Hände der Heiden geben? Nein, das glaube ich niemals!«

Draußen vor der Tür erhob sich Palaver. Plötzlich stürmte Waldemar herein. »Sebastian schickt mich, Hochwürden. Ihr habt mich rufen lassen?« Er erkannte die Schweriner und stieß einen Freudenschrei aus. Erst fiel er dem alten Ritter und dann dessen Waffenträger um den Hals.

Laurenz stand wie vom Donner gerührt. Sebastian! Ungeheuerlich, was der Chorknabe sich gestattete! Versuchte tatsächlich, Waldemar durch diesen frechen Akt des Ungehorsams loszuwerden! Laurenz bot alle Selbstbeherrschung auf, um weiterhin lächeln zu können.

»Waldemar will mit uns reiten, Hochwürden.« Alwins Stimme drang in seine aufgewühlten Gedanken. »Wir werden Rubina suchen.«

Laurenz' Gestalt straffte sich. »Waldemar von Seeburg darf die Stadt nicht verlassen, verehrter Ritter.«

Schlagartig legte sich die laute Freude der Schweriner, ihre Mienen verdüsterten sich. »Warum nicht?«, fragte Alwin.

»Er muss vor Richter und Schöffenstuhl erscheinen. Jemand hat ihn verklagt, den Domschüler Walter von Schwerin ermordet zu haben.«

9

IM HIMMEL

Zwei Wochen lang schneite es beinahe ununterbrochen. Am Heiligen Abend mussten hunderte Magdeburger die Wege zum Kaiserdom freischaufeln, damit die Christmette gefeiert werden konnte. Der Domplatz, die Höfe seiner Nebengebäude und das Gelände des Moritzklosters hallten wider vom Scharren der Schaufeln und Krachen der Hacken. Und über allem tönte, hinter einem weißen Vorhang aus Schneeflocken, das Geläute der Festglocken.

Nach der Messe begleiteten vier Bewaffnete den Domdekan zur Propstei. Laurenz war vorsichtig geworden, seit Alwin von Tressow und die gräfliche Gesandtschaft im Zorn und unter Verwünschungen abgereist waren. Sebastian stieß zu ihnen; er hatte die Glocken vor und nach der Christmette geläutet.

Laurenz' Blick fiel auf ein Kellerfenster, hinter dem Fackellicht flackerte. In der Kerkerzelle dahinter lag Waldemar von Seeburg in Ketten. Seit dem dritten Advent; seit er zum zweiten Mal versucht hatte, aus seiner Arrestkammer in der Domschule zu fliehen.

Dummer Balg, dachte Laurenz, *warum willst du auch nicht mein Diener sein? Warum gönnst du mir nicht einmal einen Kuss?*

Laurenz hatte Waldemar warme Decken und Fackeln in den Kerker bringen lassen, ließ ihm auch warme Speisen zukommen. Der Richter hatte zwar Anklage wegen Mordes erhoben und den Gerichtstag gleich nach dem Dreikönigsfest angesetzt, doch noch blieben Laurenz genug Möglichkeiten, den Jungen vor dem Henker zu retten.

Zweimal in der Woche nahm er ihm die Beichte ab und zeigte ihm den Ausweg: in seine Dienerschaft, in sein Bett.

Er fühlte sich beobachtet, wandte den Kopf zur Seite und begegnete Sebastians Blick. Dessen zuversichtliches Lächeln gefiel ihm nicht. Der Chorknabe sann auf Vergeltung, so viel stand fest. Doch solange der hübsche Waldemar in Ketten lag und Sebastian noch bei Laurenz ein und aus gehen konnte, würde er schweigen.

Sie stapften durch den Propsteihof. Auf dem Weg lag der Schnee knöchelhoch, rechts und links des Weges mehr als hüfthoch. Die Waffenknechte öffneten das Portal, traten den Schnee von den Stiefeln, verschwanden in der Eingangshalle. Der Hauptmann und der vierte Waffenträger warteten auf Laurenz.

Sebastian schob sich an ihn heran. »Nehmt mich mit hinauf, Hochwürden«, flüsterte er. »Weihnachten ganz allein? Das bekommt keinem von uns. Ihr wisst doch, wie gut ich Euch trösten kann.«

Zunächst stand Laurenz wie festgefroren. Trieb Frechheit den Chorknaben oder Verzweiflung? Wahrhaftig: Sebastian ließ nichts unversucht, sich die Stellung an seiner Seite zu erhalten.

Laurenz sah ihm ins Mondgesicht, und der flehende und zärtliche Ausdruck darin stimmte ihn ein wenig gnädiger. In seinen Lenden pochte zudem das Verlangen. Seit der Woche vor dem ersten Advent hatte er den Chorknaben nicht mehr zu sich ins Bett geholt. Warum sollte er seine Lust denn nicht an seinem fetten und weichen Fleisch stillen? Wenigstens so lange, bis Waldemar endlich nachgab und Laurenz den Meißener beseitigen lassen konnte.

»Komm mit«, raunte er und stieg vor Sebastian die Treppe hinauf. Er vermied es, auf sich kreuzende Bruchlinien in den Stufen zu treten. Oben hörte er Stimmen. Eine klang tief und seltsam vertraut. Laurenz bog oben in die Zimmerflucht ein – die beiden vorausgegangenen Wachen standen vor der Tür seines Arbeitszimmers und sprachen mit Dagomar von Bamberg.

»Bereite mir ein kleines Nachtmahl zu!«, befahl er dem Chorknaben für die Ohren des Hauptmanns und seiner Waffenknechte. Er beugte sich an Sebastians Ohr und flüsterte: »Sieh zu, dass keiner dich sieht, wenn du zu meiner Schlafkammer schleichst. Warte dort auf mich.«

Laurenz lief zu dem Schwarzen Abt. »Ihr lebt?« Er fasste ihn am Arm und zog ihn ins Arbeitszimmer der Dompropstei. Dagomar roch schlecht, schien noch hohlwangiger als sonst, und Schnee bedeckte seine Schultern und Kapuze. Der Blick seiner strengen Habichtsaugen brannte wie im Fieber. War er krank?

Laurenz drückte die Tür hinter sich zu, entzündete die Kerzen in den Wandleuchtern und auf dem Tisch mit einer Fackel. »So spät kehrt Ihr zurück, Pater?« Er betrachtete Dagomar und erschrak vor seinem Anblick. Abgerissen, schmutzig und erschöpft wirkte der Schwarze Abt. »Und ganz allein kehrt Ihr zurück?«

Dagomar nickte. »Mein Venezianer ist tot.«

»Ist das wahr!« Laurenz starrte ihn an, machte sich auf das Schlimmste gefasst. »Rubina auch?« Er hielt den Atem an.

»Nein. Das Teufelsluder hat Claudio getötet.«

»Was? Und wo steckt sie jetzt?«

»Ich weiß es nicht, Hochwürden.« Dagomar zuckte mit den Schultern. »Sie ist vom Erdboden verschwunden.«

*

Der Tag des Heiligen Silvester neigte sich, es ging schon auf Mitternacht zu. Die Glocken läuteten das neue Jahr ein – das Jahr des Herrn 1206. Runja dachte an den dicken Sebastian, der die Glocken zu läuten pflegte. Sie schleppte sich auf der Elbe durch den Schnee, zerrte ihr Pferd am Zügel hinter sich her. Zwischen dem Werder und der Wehrmauer war der Strom vollständig zugefroren.

Sie blickte zu Böschung und Mauer hinauf – alles weiß, alles zum Verwechseln ähnlich. Sie versuchte, die Umrisse der Kirchtürme, Dächer und Erker zuzuordnen. Zum Glück schien der Mond, zum Glück trugen die Wächter auf der Mauer Fackeln.

Da! Ein vereistes Boot in etwas, das wie gefrorenes Schilf aussah. Und die Schneerampe dahinter – konnte das die Treppe hinauf zu Pirmins Haus sein? Gut möglich, die Entfernung zu den Domtürmen stimmte. Sie spähte hinauf, sah Lichtschein hinter einem Fenster, sah Fackeln auf einem Flachdach. Ja, das musste das Haus sein.

»Komm mit.« Runja riss am Zügel des Pferdes, stapfte schräg in die Böschung hinein. »Komm schon mit. Oder willst du erfrieren?«

Der Atem des Pferdes hüllte seinen Schädel in Dampf ein, Eiszapfen hingen von seiner Mähne herab. Der Weg schräg in die verschneite Böschung hinein schien endlos zu sein. In Runjas Haarspitzen und Brauen klebte Eis, in ihrem Bauch bohrte der Hunger. Sie war in drei Kleider und zwei Mäntel gehüllt. Und zitterte dennoch.

Mönche in der Burg von Jerichow hatten ihr frische Kleider, eine Decke und ein Bärenfell geschenkt. Die frommen Männer hatten sie gesund gepflegt, vor Rittern und Gesindel beschützt und sich um Claudios Pferd gekümmert. Fünf Wochen lang; niemand hatte ihr Fragen gestellt. Der Pater, bei dem sie gebeichtet hatte, war stumm.

Warum erwies Gott ihr so viel Gnade? Ausgerechnet ihr, die so viele Männer getötet hatte? Sie begriff es nicht.

Vor vier Tagen hatte es aufgehört zu schneien. Da war sie von Jerichow aufgebrochen, hatte alle Warnungen in den Wind geschlagen. Die Sorge um Waldemar trieb sie in die Kälte. Und die Sehnsucht nach dem Scholaster. Die Erinnerung an seinen Kuss hielt sie am Leben, wärmte gründlicher als Mäntel, Decke und Fell.

»Los, komm! Noch zwei Schritte, höchstens drei.« In Pirmins verschneiten Obstgarten zerrte sie das Pferd aus der Böschung.

»Komm endlich, komm doch.« Bis kurz vor die Treppe zog sie das ausgelaugte Tier. Dort wickelte sie Armbrust, Bolzengurt und Krummdolch in ihr Bärenfell und stopfte das Bündel in die Satteltasche. Auch die ein Geschenk der Mönche von Jerichow.

Sie spähte die Treppe hinauf und zum Eingangsportal, kaum konnte sie sich noch auf den Beinen halten. Eiszapfen hingen an der Klinke des Portals. Klopfen oder erfrieren – mehr Möglichkeiten sah Runja nicht. »Lieber Heiland, mach, dass er zuhause ist.« Sie ließ die Zügel los, stieg die Treppe hinauf. »Mach, dass er mich aufnimmt.«

Noch bevor sie klopfen konnte, zog einer die Tür auf. Johannes, der Gärtner, der Goliath. Er hielt einen dreiarmigen Leuchter in der Rechten. Neben ihm hielt ein zweiter Mann Schwert und Schild – der Morgenländer Jusuf. Beide stierten sie an wie eine Erscheinung.

»Wer ist es?«, rief von oben eine Stimme. Eine gute Stimme, eine geliebte Stimme. *Seine* Stimme. Runjas Herz machte einen Sprung. Alles würde gut werden nun, sie wusste es einfach.

»Ein Weib«, sagte Johannes und leuchtete ihr ins Gesicht.

»Rubina von Seeburg, Herr!«, rief Jusuf in gebrochenem Deutsch. »Eure Schülerin.«

Auf der Treppe polterten Schritte herab. Pirmin lief durch die Halle, schob Jusuf und Johannes zur Seite, packte sie bei den Schultern. »Du?« Er riss sie ins Haus. »Dem Himmel sei Dank!« Er schloss sie in die Arme. »Endlich, endlich, endlich.«

Runja schlang ihm die Arme um den Hals, klammerte sich an ihm fest – seine Stimme, seine Arme, seine Wange, die Wärme seines Leibes. Sie war gerettet, sie spürte es. Jetzt würde alles gut werden.

»Kümmert euch um ihr Pferd, macht heißes Wasser für ein Bad.« Sie hörte seine Befehle, weinte leise an seiner Schulter; die Erleichterung strömte ihr durch alle Knochen. »Schafft trockene und warme Decken herbei«, rief Pirmin, »bringt heißen Tee, schürt das Feuer in der Herdstelle, und du, Jusuf, koch eine Hühnersuppe!«

Pirmin führte sie in eine Küche, stützte sie, redete nebenher mit Alma, der kleinen, verwachsenen Frau. Die legte Holz in eine große Herdstelle an der Wand, zog die steinerne Herdplatte mit einem Schürhaken aus der Öffnung. Flammen schlugen heraus, Rauch stieg in eine Art Blechtrichter über dem Feuer. Noch nie hatte Runja eine derartige Feuerstelle gesehen.

»Du zitterst ja.« Mit sanftem Druck lotste der Scholaster Runja in einen Lehnstuhl vor dem Feuer. »Du bist ja ganz nass.« Und dann an Alma gewandt: »Hilf ihr beim Ausziehen.« Die kleine Frau zog ihr Stiefel und Fußlappen aus, schälte sie aus Mänteln und Kleidern, wickelte sie in warme Tücher und Decken.

Pirmin stand die ganze Zeit dabei, gab Anweisungen, guckte, wie der Vater manchmal geguckt hatte – zärtlich und besorgt –, und strich ihr von Zeit zu Zeit über Haar und Wange.

Schließlich reichte er ihr einen Tonbecher, aus dem Tee dampfte. »Trink das, Rubina, das wird dir guttun.« Gleichgültig, was er verlangt hätte, alles hätte sie getan. Sie schlürfte den heißen Trank; er schmeckte nach Pfefferminz, Salbei und Zitronenmelisse.

»Du siehst krank aus.« Er ging neben ihr in die Hocke, legte den Arm um sie, zog sie an sich; das tat noch wohler als der Tee. »Wo kommst du her? Wo warst du so lange? Was ist dir widerfahren?«

»Ich bin so froh.« Sie nahm seine Hand, legte ihre Wange in deren Innenfläche, schloss die Augen. »Ich danke Gott und bin so froh, dass ich bei Euch angekommen bin.« Mehr sagte sie nicht, und Pirmin stellte auch keine weiteren Fragen. Runja fühlte sich seltsam leicht; sie fühlte sich geborgen, und sie dachte, dass es im Himmel nicht viel schöner werden würde.

Später lag sie in einem großen Zuber. Ihr Kopf ruhte auf einem zusammengerollten Tuch auf dem einen Rand, ihre Beine stemmte sie gegen den anderen. Wasserdampf hüllte sie ein, ätherischer Duft stieg ihr in die Nase. Die kleine Alma flößte ihr Hühnersuppe ein. Neben dem Zuber saß Pirmin auf einem Hocker und lächelte. Runja schämte sich nicht ihrer Nacktheit.

Kein Wort fiel, im Haus zupfte irgendjemand die Laute. Sonst nur Lächeln, das Prasseln von Feuer, Dampf, warmes Wasser und Hühnersuppe. Wahrscheinlich spielte der Morgenländer auf der Laute, denn die Musik klang fremdartig, und Johannes versorgte Runjas Pferd und machte Holz im Schuppen.

Alma tupfte ihr die von der Suppe fettigen Lippen mit einem Tuch ab, tätschelte ihre Wange und goss heißes Wasser nach. Wie ein hilfsbedürftiges Kind behandelten diese Menschen Runja. Sie genoss es. Kraft und Zuversicht strömten ihr durch die Glieder.

Die zwergwüchsige Frau legte Holz nach, verließ dann den Baderaum und zog die Tür hinter sich zu. Die traumhafte Musik aus dem Haus rückte in die Ferne. Das Feuer prasselte. Der Scholaster zog seinen Stuhl näher an den Zuber, beugte sich über Runja, streichelte ihre Wange, küsste ihre Stirn.

»Habt Ihr nachgedacht?« Sie nahm seine Hand, sah ihn an. »Liebt Ihr das Bild Eurer toten Frau in mir, oder liebt Ihr mich?« Sie schloss die Augen – was immer er antworten würde, es machte ihr Angst.

Er küsste ihre geschlossenen Lider. »Ich weiß, was ich fühle.« Er schien gar nicht mehr aufhören zu wollen, ihre Lider zu küssen. »Ich weiß, was ich will. Ich musste nicht nachdenken.«

Runja öffnete die Augen, nahm sein Gesicht zwischen ihre nassen Hände, schob es ein Stück weg von sich. »Ich habe getötet, ehrwürdiger Herr Scholaster.«

»Nenne mich nicht so.«

Sie staunte ihn an. Hatte er sie nicht verstanden? »Ich habe viele Männer getötet.« Sie sprach lauter. »Wenden, die meine Familie ermordet haben.« Sie hielt den Atem an, wartete auf seine Antwort.

»Ich ahnte es.« Trauer flog durch seinen Blick, doch er hörte nicht auf sie zu streicheln. »Nur die Liebe kann deinen Hass besiegen.«

»Ich werde wieder töten.« Sie fuhr ihm in die blonden Locken, hielt seinen Kopf, sah ihm fest in die Augen. »Versteht Ihr, was ich sage? Ich werde töten, bis auch der Mörder meines Vaters zur Hölle fährt. Oder bis ich durch seine Hand sterbe.«

Er seufzte, schüttelte den Kopf. »Ob meine Liebe dich davor bewahren kann, Rubina?« Statt sie loszulassen, statt von ihr abzurücken, fuhr er fort, sie zu streicheln und zu küssen. »Ich weiß, wie es ist, wenn man töten muss«, flüsterte er. »Alles, was in meiner Macht steht, werde ich tun, um dich von diesem Zwang zu heilen, Rubina. Alles.«

»Liebt Ihr mich oder ihr Bild in mir?«

»Dich.«

»Äußerlich mag ich ihr ähneln, doch ich bin von anderer Art. Ich bin wilder, ich bin voller Hass. Es wird schwer werden, mich zu lieben.«

»Ego amo te.« Der Scholaster sprach es aus, wie man einen feierlichen Schwur ausspricht, und Runja war es, als würde seine streichelnde Hand durch ihre Stirn hindurch ihr Hirn berühren, ihr Herz; so viel Latein, ihn zu verstehen, beherrschte sie ja durch seinen Unterricht. »Ego amo te«, wiederholte er leiser und küsste ihre Lippen. »Ich liebe dich, Rubina von Seeburg. Dich, nicht Lauras Bild in dir.«

Seine warmen Lippen schlossen sich um ihren Mund. Sie öffnete sich ihm, begrüßte seufzend seine Zunge. Seine Hände in ihrem Nacken, sein Bart auf ihrer Wange fühlten sich gut an – weich wie Brustgefieder eines Schwans, warm wie Sommersonne, stark wie ein Schild. Sie überließ sich seinem Kuss, seinen haltenden und streichelnden Händen, wünschte nichts weiter, als ihn zu spüren und bei ihm zu sein. Etwas wie Glück perlte ihr durchs Blut. Sollte es im Himmel schöner sein, sie würde es nicht ertragen können.

Doch hatte sie den Himmel nicht sowieso verspielt durch das, was sie getan hatte? Das Bild des sterbenden Helmold blitzte plötzlich in ihrem Kopf auf. Runja drückte sich fester an Pirmin. Die brechenden Blicke Slawomirs, Drazkos und Claudios stachen ihr ins Gewissen. Sie küsste ihren Lehrer leidenschaftlicher, löschte die schlimmen Bilder in seinen Küssen aus.

»Meine Rubina«, sagte er, »meine geliebte Rubina.«

Irgendwann lösten sich ihre Lippen voneinander. »Nennt mich *Runja*«, flüsterte sie. »Ich muss schlafen.«

»Rubina ist so ein wunderschöner Name, ich würde dich gern für immer so nennen.« Runja staunte ihn an, antwortete nicht. Sie war es gewohnt, *Runja* genannt zu werden. Alle, die sie liebte, nannten sie so – hatten sie so genannt. Doch war nicht sowieso alles ungewohnt jetzt? Ungewohnt und neu?

Pirmin wusch sie, hob sie aus dem Zuber, trocknete sie und half ihr in ein großes weißes Leinenhemd. Dann trug er sie in seine Kammer, legte sie in sein Bett, deckte sie zu und küsste sie noch einmal.

»Bleibt bei mir, Pirmin«, sagte sie, als er sich anschickte, die Kammer zu verlassen. »Bitte bleibt bei mir. Haltet mich fest, die ganze Nacht. Küsst mich, bis ich einschlafe.«

Er verriegelte die Tür und zog sich aus. Runja betrachtete seinen schönen Körper. Es gefiel ihr nicht, dass er ein Schlafhemd überzog, doch sie wagte nicht, ihn zu bitten, sich nackt zu ihr zu legen. Er kroch zu ihr unter die Decke, schloss sie in die Arme. »Ich lass dich nicht mehr los, Rubina«, flüsterte er. »Nie mehr.«

Sie drückte sich an ihn, erschrak vor ihrem eigenen Mut. »Ich will Euch gehören, bald. Doch diese Nacht nur küssen und festhalten, hört Ihr? Sonst bekomme ich Angst.«

»Alles, wie du willst«, flüsterte er. »Du musst keine Angst vor mir haben. Alles, wie du willst, meine liebste Rubina.«

*

Runja schlug die Augen auf. Es war hell. Sie hatte geträumt – von ihm, von seiner Stimme, von seinen Küssen, von seiner Berührung. Vom Himmel. Sie blinzelte zur Decke. Die sah anders aus als die Decke ihrer Klosterzelle in Jerichow. Sie tastete nach Leintuch und Unterlage. Auf keinem groben Strohsack lag sie, sondern auf einem weichen Bett unter einer flauschigen Daunendecke.

Sie fuhr hoch, blickte zur Seite – die Kuhle eines Kopfabdruckes im Kissen neben ihr und am Fußende sein Schlafhemd. Nein, sie hatte nicht geträumt, sie hatte wirklich im Himmel gelegen – in seinen Armen, an seinen Lippen.

Die Wintersonne brach sich in den Eisblumen an den kleinen, bunten Scheiben und strahlte in die große Schlafkammer. Sie stand auf, hüllte sich in die Decke, öffnete das Fenster. Die Sonne stand fast im Zenit. Vergeblich blickte sie sich nach ihren Kleidern um – und erinnerte sich: Alma hatte sie gewaschen und zum Trocknen vor das Feuer gehängt.

Runja verließ die Schlafkammer. Es duftete nach Milchsuppe. »Einen gesegneten Morgen!« Die zwergenwüchsige Alma beugte sich aus der Küche. »Kommt in die Küche, Rubina. Eure Kleider sind noch feucht, Ihr müsst Euch erst einmal mit der Decke behelfen.«

Barfuß huschte Runja in die Küche. Am Tisch vor dem Fenster lagen ein Löffel und ein Stück Brot. »Setzt Euch.« Runja nahm Platz. Alma schob ihr einen warmen Feldstein unter die nackten Füße, stellte ihr eine Schüssel mit dampfender Milchsuppe hin und sprach ein Tischgebet. »Gesegnete Mahlzeit.«

»Danke.« Wie die Zwergin mit ihr redete! Wie mit einer Gräfin. Runja wusste nicht, wie ihr geschah. Sie löffelte und pustete und löffelte. Alma stellte ihr einen großen Becher heißen Tee auf den Tisch. Danach setzte sie sich, betrachtete sie und sah ihr schweigend beim Essen zu.

Als Runja satt war, kramte Alma einen alten Pergamentfetzen

aus dem Kittel. »Unser Herr Pirmin ist früh an die Elbe zum Schwimmen geritten …«

»Bei dieser Kälte!«, entfuhr es Runja.

»Er schwimmt an jedem Morgen und zu jeder Jahreszeit«, erklärte Alma. »Er hat eine Nachricht für Euch hinterlassen. Ich darf sie Euch erst nach dem Essen vorlesen.« Sie senkte den Blick und las: *»Liebste Rubina.«* Runja staunte – die Zwergin konnte also lesen. *»Ich wollte dich nicht wecken, und in der Nacht erschienst du mir viel zu erschöpft für eine Neuigkeit wie diese. Höre also jetzt …«*

»Ich möchte seine Worte selber lesen.« Runja streckte die Hand aus, und Alma überließ ihr das Pergament. *… im Kerker der Propstei liegt dein Bruder Waldemar in Ketten. Der Richter hat Klage wegen Mordes an Walter von Schwerin gegen ihn erhoben …*

»Was?«, flüsterte Runja. Die Küche drehte sich plötzlich, der warme Stein unter ihren Fußsohlen schwankte, Pirmins schöne Schrift verschwamm vor ihren Augen. Sie blinzelte, las erneut, las wieder und wieder. Die Worte blieben immer dieselben: *Der Richter hat Klage wegen Mordes an Walter von Schwerin gegen ihn erhoben.*

Sie sprang auf, lief zum offenen Feuer, wo ihre feuchten Kleider hingen, schlüpfte hinein. Alma versuchte vergeblich, sie zum Warten zu bewegen, schaffte es immerhin, ihr trockene Fußlappen und einen Pelzmantel des Scholasters aufzunötigen.

Runja rannte aus dem Haus, sprang durch den Schnee zur Propstei und dort in das Kerkergewölbe hinunter. »Wohin, du Lauskrodd!« Ein junger Bursche mit hässlichen Zügen und langem braunem Haar stellte sich ihr in den Weg. Der Henkersknecht.

»Zu meinem Bruder!« Runja packte ihn, wollte ihn zur Seite schieben. »Wo ist er? Wo ist Waldemar von Seeburg?« Der Henkersknecht hielt sie fest, holte zum Schlag aus.

»Wirst du sie wohl durchlassen, du Hundsfott?« Ein kleiner, stämmiger Mann mittleren Alters schloss hinter ihr eine Kerkertür auf. »Hierher, hier sitzt er.« Es war der einstige Henkersknecht, dem Jeremias eine Zukunft als Fronbote und Henker vorausgesagt hatte. »Keine Sorge.« Er schob Runja in die Zelle. »Er hat's gut bei mir. Und der Domdekan versorgt ihn mit allem, was er braucht.«

Ketten rasselten. Waldemar sprang auf, stürzte in Runjas Arme. »Meine Schwester, meine geliebte Schwester!«

»Mein Bruder, mein armer kleiner Bruder.« Sie hielten einander fest, weinten und streichelten sich. »Ich hole dich hier raus«, flüsterte Runja. »Unser Schwur gilt – ich rette dich.«

Irgendwann vernahm sie eine Stimme hinter ihr an der Kerkertür. »Sieh einer an!« Die Stimme des Domdekans. Runja drehte sich um. »Lebst du also doch noch?« Da stand er, hielt die Hände über seinem fülligen Wanst gefaltet und lächelte sein selbstgefälliges, verlogenes Lächeln. »Wir beiden wollen ihn retten, nicht wahr?« Er winkte sie zu sich heraus. »Ich weiß auch schon, wie.«

Runja küsste ihren Bruder. »Warte. Ich komme gleich wieder.«

»Hüte dich vor ihm«, flüsterte Waldemar. »Hüte dich vor diesem Wolf im Schafspelz.«

Sie trat aus der Zelle, ließ sich von Laurenz zur Seite ziehen. »Wie ich höre, beherrschst du Dagomars Kunst inzwischen besser als sein bester Schüler.« Er legte die Hände auf ihre Schulter und zog sie an sich. Runja standen die Haare zu Berge. »Wir retten deinen Bruder, nicht wahr?« Er flüsterte ihr ins Ohr. »Töte Sebastian von Meißen, und ich sorge dafür, dass der Richter die Klage gegen Waldemar fallenlässt.«

10

HÖLLE UND HIMMEL

Gott, wie sie fror! Eisiger Wind blies durch die kleinen Turmfenster, hoch über ihr knackte und ächzte das Gebälk des Glockenstuhls. Nach und nach enthüllte das Morgengrauen die weißen Dächer und Türme von Magdeburg. Die Schlinge des Glockenstricks in Runjas Faust war ein Eiszapfen. Sie ließ sie in ihren Schoß fallen, zog die Handschuhe aus, rieb sich die Hände, blies ihren heißen Atem hinein.

Und wieder lauschte sie. Erst hinunter ins Hauptschiff – noch immer keine Schritte aus der Sakristei –, dann hinaus zum Turmfenster – noch immer kein knirschender Schnee unter Stiefelsohlen. Sebastian von Meißen ließ auf sich warten.

Drei-Königs-Tag. Er würde kommen, er würde die Glocken zur Heiligen Messe läuten wollen, er würde die Zugseile vermissen. Runjas Finger schlossen sich um die Schlinge in ihrem Schoß. Sie dachte an ihren Vater. *Achte auf deinen Bruder! Ich glaub' an dich.*

Sie dachte an Waldemar, an das Wolfsgesicht im Ginster, an die bangen Augenblicke im Erdloch. Sie dachte an ihren Schwur: *Ich schwöre dir, meinem kleinen Bruder Waldemar, dass ich mit meinem Leben für dich einstehen werde.*

Draußen ging ein Tor. »Solange ich atme«, fuhr sie murmelnd fort. »Ich will für dich sterben.« Draußen knirschte Schnee unter Stiefeln.

Sie dachte an den Domdekan, an den reißenden Wolf hinter dem Ginster seines freundlichen Lächelns, seiner frommen Worte, seines feisten Wanstes. »Du hast getötet«, hatte er ihr erklärt, als sie sich zunächst weigerte zu tun, was sie nun doch tun würde. »Du hast Helmold getötet, zwei Wenden auf dem Werder, zwei

Dutzend Wenden im Wald. Sogar Claudio von Venedig, deinen Ordensbruder, hast du getötet.«

Unter ihr hallte das Quietschen von Scharnieren durch das Kirchenschiff – jemand stieß die Sakristeitür auf.

Runja atmete tief ein, zog den linken Handschuh an, schluckte. Mit jedem Wort des Domdekans hatte sie sich kleiner und schmutziger gefühlt. »Claudio ist nicht mein Ordensbruder«, hatte sie geantwortet, »ich gehöre keinem Orden an.«

Unter ihr schlurften Schritte durchs Kirchenschiff. Lichtschein flackerte unterhalb des Turmschachts. Jemand gähnte, jemand fluchte, jemand hustete, dann Stille. Sebastian. Wahrscheinlich bemerkte er jetzt das Fehlen des Zugseils.

Der Mann, der ihn tot sehen wollte, Laurenz, stand ihr vor Augen. Mit seinem wölfischen Lächeln, mit seinen sieges- und selbstgewissen Worten: »Du gehörst jetzt zum geheimen Orden der Vollstrecker, ob du willst oder nicht. Du stehst dazu und erfüllst meinen Auftrag, oder du trittst mit Waldemar vor den Henker.«

Husten hallte durch das Kirchenschiff. Und dann wieder ein Fluch, diesmal lauter. Zwei Stockwerke unter ihr legte Sebastian den Kopf in den Nacken und spähte hinauf ins Halbdunkel. Runja sah es nicht, sie stellte es sich vor. Sie zog sich den rechten Handschuh an.

Jetzt hörte sie ihn schimpfen. Sie verstand kaum die Hälfte und wusste dennoch, wen er da beschimpfte: den Chorknaben, der zuletzt die Glocken geläutet und danach das Zugseil hochgezogen hatte.

Runja wusste es von Laurenz. Am Abend nach dem Wiedersehen mit Waldemar war sie bei ihm gewesen, hatte ihn bei Gott und beim Heiligen Moritz schwören lassen, dass er Waldemar retten konnte und retten würde, wenn sie Sebastian tötete. Er hatte es geschworen.

Und ihr dann erzählt, was sie wissen musste: dass alle paar Jahre ein Priester oder Chorknabe sich im Glockenturm erhängte;

dass Sebastian am Dreikönigstag die Glocken zur Frühmesse läuten würde; dass andere Chorknaben sich gern einen Spaß daraus machten, das Zugseil ein paar Stockwerke hochzuziehen, um den dicken und trägen Edelknaben den Turm hinauf zu zwingen.

Jetzt nahm er die ersten Stufen. Noch immer schimpfend. Stufe für Stufe stieg er herauf. Der Lichtschein seiner Fackel wanderte ihm voraus über die runden Turmwände, erreichte Runja lange vor ihm. Das Schimpfen verging ihm, er rang schon nach Luft, wurde mit jedem Schritt langsamer. Schnaufend kam er näher.

Und dann stand er drei Stufen unter ihr. Er trug einen langen schwarzen Mantel und eine Wollmütze mit Ohrenklappen. Der Mund blieb ihm offen stehen, der Schrecken weitete ihm die Augen. Er hob die Fackel. »Du?« Runja nickte, fasste die Schlinge des Zugseiles. »Was hast du hier zu suchen?« Der Schrecken verschwand aus seinen Zügen, machte Verachtung und Ärger Platz. »Hast du etwa das Zugseil heraufgezogen?« Er nahm die nächsten beiden Stufen.

Runja schüttelte stumm den Kopf. Sie zog die Knie ganz nah an ihre Brust, hob die Schlinge, als wollte sie ihm das Seil reichen. Er nahm die letzte Stufe, die sie noch trennte, beugte sich zu ihr, um ihr das Zugseil abzunehmen. Blitzschnell stülpte sie ihm die Schlinge über den Kopf, zog zu und trat ihm mit aller Kraft in den Bauch.

Sebastian ließ die Fackel fallen, griff nach der Schlinge, strauchelte zur offenen Seite des Turmschachtes. Runja trat noch einmal zu – Sebastian fiel in den Schacht, stürzte in die Tiefe. Das Zugseil straffte sich, die Glocken läuteten.

Runja warf die Fackel durch ein Turmfenster in den Schnee hinunter. Dann huschte sie die Treppe hinab, huschte vorbei am im Zugseil baumelnden Sebastian und hinein in einen Beichtstuhl. Das Glockengeläut ebbte ab, verstummte ganz. Jemand nahm hinter dem Sprechgitter Platz. Runja hörte ihn atmen. Lange fiel kein Wort.

Dann erklangen die ersten Schritte und Stimmen draußen im Kirchenschiff. Entsetzensschreie, Stoßgebete, Seufzen. Jemand rief den Heiligen Moritz an, jemand rief nach einem Medikus. Der morgendliche Dom füllte sich mit Menschen, füllte sich mit Stimmen.

»Du wirst immer besser«, sagte der auf der anderen Seite des Sprechgitters, und es klang höhnisch. Dagomar war zu ihr in den Beichtstuhl gestiegen, nicht Laurenz, wie eigentlich verabredet. »Hiermit erkläre ich dich zur Meisterin«, flüsterte er. »In drei Tagen erwarte ich dich zu Schießübungen. Und jetzt verlasse ich den Beichtstuhl und komme auf deine Seite. Schlüpfe heraus, bleib dicht neben mir. Gemeinsam mischen wir uns unter die Menge.

*

Am frühen Nachmittag, als sie in seinem Studierzimmer saß, gellte ihr noch das verklingende Glockengeläut in den Ohren. Wie betäubt hockte sie in ihrem Stuhl, fühlte nichts, gar nichts. Sie richtete ihre Aufmerksamkeit auf Pirmins Gesicht, seine Lippen, seine Stimme und versuchte, sich daran festzuhalten.

Pirmin sprach über Sebastians Selbstmord, die ganze Stadt sprach darüber. Nur Runja nicht. Pirmin zog eine lateinische Schrift von einem Bücherstapel, schlug sie aber nicht auf, sprach weiter über den Selbstmord seines Schülers. Runja war erleichtert, denn keine Silbe Latein würde heute in ihren Kopf gehen.

Immer musste sie an ihn denken, an den ersten Schrecken in seinem Mondgesicht, an den Ärger und die Verachtung danach und schließlich an die Verblüffung, als sie ihm die Schlinge umgelegt und nach ihm getreten hatte. Und wieder gellte ihr das Glockengeläut in den Ohren – das jähe, laute Geläut, als das Zugseil sich straffte, das nach und nach ersterbende, als Sebastian allmählich auspendelte. Und kaum war es erstorben, begannen die Glocken erneut zu läuten – in Runjas betäubtem Schädel, in ihren Ohren, in ihrem wunden Herzen.

»Waldemar soll begnadigt werden«, sagte Pirmin plötzlich. »Der Waffenknecht, der die Klage erhoben hatte, ist spurlos verschwunden. Und der zweite kann sich an nichts mehr erinnern. Jetzt will der Richter die Klage fallen lassen.«

Runja schlug die Hände vors Gesicht und weinte laut. Die gesamte Anspannung der Nacht und der Tage zuvor platzte aus ihr heraus, das Entsetzen, die Angst, die Trauer über sich selbst. Ein Weinkrampf schüttelte ihren Körper.

Pirmin sprang auf, lief um den Tisch, kniete vor ihr nieder und schloss sie in die Arme. »Mein Armes«, flüsterte er. »Das war alles zu viel, das war alles viel mehr, als meine arme Liebste ertragen kann. Und jetzt noch Sebastians schrecklicher Tod.«

Sie weinte noch lauter, bebte noch heftiger. Pirmin hielt sie fest, küsste ihr die Tränen vom Gesicht, wiegte sie, wie man ein Kind wiegte, das sich nach einem Sturz nicht mehr beruhigen konnte.

Alma kam ins Studierzimmer, Johannes und Jusuf schauten erschrocken herein. Pirmin befahl Jusuf, das Feuer zu schüren, und Johannes, zum Beginenstift zu laufen. »Sag Mathilda, dass Rubina von Seeburg heute bei uns essen und erst nach Einbruch der Dunkelheit heimkehren wird.«

Die Zwergin fühlte Runjas Puls, legte den Unterarm auf ihre Stirn. »Wahrscheinlich ein Nervenfieber«, sagte sie.

»Wahrscheinlich«, antwortete der Scholaster. »Brühe bitte einen Tee aus Baldrian, Hopfen und Melisse auf, Alma. Und danach richte mein Lager, damit Rubina sich ausruhen kann.«

Der Weinkrampf ließ nach, die Tränen versiegten, wie im Halbschlaf hing Runja in Pirmins Armen. Der nötigte sie, den Heiltee zu trinken, führte sie schließlich in seine Schlafkammer. Dort zog er ihr Stiefel, Fußlappen und Kleider aus. Nur mit ihrem dünnen, langen Leinenhemd bekleidet, schob er sie ins Bett und deckte sie zu.

»Bleib bei mir, bitte«, flehte sie. Pirmin zog einen Sessel ans Bett, holte einen Folianten vom Tisch neben dem Bett und setzte sich zu ihr. Er schlug das Buch auf und begann einen lateinischen Text zu lesen. Sobald er einen Abschnitt gelesen hatte, hob er den Blick und übersetzte die Worte in die deutsche Sprache, wie man sie auf dem Markt, in den Burgen, auf den Bauernhöfen und unter den Toren der Städte sprach.

Vertraute Worte waren das, Runja lauschte ihnen und seiner geliebten Stimme. Die erzählte vom Erzvater Jakob, der erst seinen alten Vater Isaac und dann seinen Bruder Esau betrogen und den Gott dennoch erwählt hatte. Und der sich am Schluss mit seinem Bruder versöhnte.

Pirmin senkte den Blick, las wieder lateinische Worte. Sprach von der Vergebung und Gnade Gottes. Runja fühlte sich ganz ruhig, und während sie Pirmins sanfter Stimme lauschte, war es ihr erst, als würde sie schweben, und dann, als würde sie in einen warmen See eintauchen, tiefer und tiefer. So schlief sie ein.

Als sie die Augen wieder aufschlug, brannten sieben Kerzen in einem Leuchter auf dem Tisch neben dem Bett. Vor den bunten Fensterscheibchen dämmerte die Nacht herauf. Pirmin saß noch immer neben ihr. Er sah sie an und murmelte die deutsche Bedeutung der Worte, die er wohl gerade vorgelesen hatte. »Wenn ich meinen gesamten Besitz den Armen gäbe und hätte keine Liebe, so würde es mir nichts nützen. Die Liebe ist langmütig und freundlich, sie eifert nicht, sie bläst sich nicht auf.«

Jedes Wort tat so gut, seine Stimme tat so gut. Runja streckte die Hand nach seiner Rechten aus, hielt sie fest. Sie hatte das Gefühl, einen Menschen zu berühren, einem Menschen zuzuhören, dem sie jedes Wort glauben, dem sie vertrauen konnte. Wie heilender Balsam erfüllte diese Gewissheit auf einmal ihre Seele. Sie schloss die Augen, spürte seine Hand, lauschte seiner Stimme.

»Die Liebe ist geduldig und voller Güte«, murmelte Pirmin. »Sie glaubt alles, sie hofft alles, sie erduldet alles.«

»Auch eine Mörderin, wie mich?« Sie schlug die Augen auf.

Pirmin nickte. »Die Liebe hört niemals auf.«

»Die Liebe Gottes?« Wieder nickte er. »Und deine Liebe?«

»Sie ist dir gewiss, und sie bleibt dir gewiss.«

Sie fasste nun auch mit der anderen Hand nach seiner Rechten und zog ihn zu sich. »Komm.«

Pirmin legte den Folianten hinter sich auf den Tisch und beugte sich über sie. Behutsam streichelte seine Zunge ihre Lippen. Seine Hände berührten ihren Hals und ihre Schultern unter dem Leinenhemd. Eine warme Woge strömte durch Runjas Leib. Sie schlang ihm die Arme um den Nacken, zog ihn auf sich.

Er küsste ihren Hals, das Leinen über ihren Brustwarzen, über ihrem Bauch. Ein wohliges Gefühl stieg ihr aus dem Schoß bis in die Kehle; sie spürte, wie ihr Herz schneller klopfte.

Pirmin stand auf, zog seinen schwarzen Hausmantel aus, streifte den Chorrock und das kurze weiße Hemd über den Kopf. Runja hielt den Atem an, ganz trocken wurde ihr Mund. Wie konnte es nur geschehen, dass der Anblick seines nackten Körpers ihr so viel Behagen bereitete? So viel Lust. Weil er so schön war? Weil sie diesen Mann liebte?

Er ließ sein Hemd auf den Boden gleiten, lächelte zärtlich, löste die Schnüre seiner Bruche. Sein Geschlecht war geschwollen und groß – Runja staunte es an. »Tragen edle Damen auch eine Bruche?«, fragte sie.

»Selten.« Er kniete sich zu ihr aufs Bett. »Die meisten haben gar nichts an unter Kleidern und Hemden. Das ist auch viel praktischer – für die Entleerung und für die Liebe.« Er griff nach einem Leinentuch und faltete es zu einem schmalen Streifen zusammen. »In Paris und Bologna aber gibt es edle Frauen, die tragen so etwas über ihrem Geschlecht.«

Er deckte sie auf und raffte ihr Hemd über Schenkel und Hüften bis knapp unter ihre Brüste. »Und so wird es angelegt.« Er zog ihr den Leinenstreifen durch die Beine und hinten über die Pobacken, dann verknotete er ihn an ihrer Taille. »So. Das Leintuch ist ein wenig zu dick dafür. Doch wenn du magst, bitte ich Alma, dir so ein Wäschestück zu schneidern.«

»Ich mag«, sagte sie und wunderte sich, weil ihre Stimme so rau und kurzatmig klang. Pirmin streckte sich neben ihr aus, und auf einmal lagen seine Hände auf ihren Brüsten. Er streichelte sie und küsste ihre Warzen. Die wohlige Wärme in ihrem Körper veränderte sich langsam, wurde zu heißem Verlangen. Das schoss ihr erst in die Brüste, dann in den Bauch bis in ihren Schoß und ihre Schenkel. Sie blickte in den blauen Ozean seiner Augen und wusste, was nun geschehen würde: Sie würde ertrinken.

Er streichelte ihren Bauch, ihre Taille, ihre Lenden, saugte zärtlich an ihren Brustwarzen. »Das ist so schön«, flüsterte sie, »so wunderschön.« Sie staunte über ihre eigenen Worte, staunte, weil ihr Körper unter seinen Händen zu tanzen, ja, sich in beinahe schmerzlichem Verlangen zu winden begann. Sie hielt die Augen geschlossen, bot dem Geliebten ihre Brüste, ihren Hals, sogar ihr Becken. Er küsste ihre Wangen, ihre Lider, ihre Kehle, ihre Schultern und schließlich ihre Schenkel.

»Wenn es dir guttut, darf ich weitermachen?«, fragte er mit samtener Stimme.

Runja nickte und seufzte. »Ja.« Sie schlug die Augen auf. »Mach immer weiter. Du weißt ja, wie man es macht – ich habe nur eine leise Ahnung.« Sie hoffte, er würde verstehen, was sie meinte.

»Aber du warst doch verheiratet.« Wieder küsste er ihre entblößten Brüste.

»Mein Mann hat es nur drei Mal versucht, bevor er starb. Doch er war zu betrunken.« Sie kicherte. »Er hat es einfach nicht geschafft, sein Männerwurm schwoll einfach nicht fest genug.«

Pirmin lachte. »Wie schön für mich!« Er streifte ihr das Hemd über den Kopf, strich ihr die roten Strähnen aus dem Gesicht. »Dann werde ich dein erster Geliebter sein, meine liebste Rubina.«

»Mein erster und einziger«, seufzte sie, und wieder verschloss sein Mund ihre Lippen. Er küsste sie lange, streichelte dabei ihre Arme, ihre Brüste, ihren Bauch. Alles in ihr bebte.

Irgendwann richtete er sich auf, kniete neben sie. »Wie wunderschön du bist.« Seine Finger fuhren den Linien ihrer Schlüsselbeine nach, strichen über die weiße Haut ihrer Schultern. Seine Lippen folgten den Pfaden seiner Fingerspitzen, tasteten ihren Körper ab bis hinunter zu ihrem Schoß.

Runja wusste nicht, was sie zittern machte, warum eine Woge warmer Wonne nach der nächsten durch ihren bebenden Körper perlte. Sie wusste nur, dass er nicht mehr aufhören durfte, dass sie immer, immer ihm gehören und seine Lippen und seine Finger auf ihrer Haut spüren wollte.

Er nahm ihren Kopf zwischen seine sehnigen Hände, küsste ihre Lippen, ihre Augen, lächelte sie an. Und plötzlich lag seine Hand zwischen ihren Schenkeln und auf ihrem Schoß. »Du musst keine Angst haben«, flüsterte er. »Ich werde sehr behutsam sein.«

»Ich habe keine Angst«, flüsterte sie, »ich will, dass du zu mir kommst.« Runja zog sein Gesicht an ihres und küsste seine Lippen. Sanft öffnete Pirmin ihre Schenkel, sein Finger berührte sie an ihrer geheimsten Stelle, streichelte sie. Runja seufzte leise, bog sich ihm entgegen.

Er bedeckte ihre Schultern mit Küssen, ihre Brüste, ihren Bauch, ihre Taille. Runja spürte, wie ihr Körper heftiger bebte – halb vor Lust, halb aus Furcht vor dem Unbekannten –, und als sich sein Finger tiefer in ihren Schoß schob und ihn sanft zu dehnen begann, atmete sie tief, umarmte und küsste sein Gesicht, gab sich ihrem Verlangen und seinen zärtlichen Händen hin. »Ja«, flüsterte sie. »Ja, so ist es gut.«

Ein Schmerz durchzuckte sie, kurz und scharf. Erschrocken schlug sie die Hand auf den Mund. »Das war es schon«, tröstend schaute Pirmin sie an, küsste ihre Lider, küsste die Hand auf ihrem Mund. »Nichts wird mehr weh tun, gar nichts.«

Runja spürte, wie er fortfuhr, ihren Schoß zu dehnen und zu

streicheln. Das fühlte sich gut an. Ihr Becken tanzte bald mit den kreisenden Bewegungen seiner Hand. Das fühlte sich himmlisch an. Irgendwann öffnete sie ihre Schenkel ganz weit. »Komm doch zu mir, mein liebster Pirmin. Komm.«

Seine wunderbaren Hände schoben sich über ihre Hüften, unter ihr Gesäß. Er kniete zwischen ihren Schenkeln, hob sie an. Eine große Kraft füllte sie plötzlich aus. Gewaltig fühlte sich das an, Runja seufzte halb vor Lust, halb vor Schmerz. Sie verschränkte ihre Beine hinter seinem Kreuz, stemmte sich ihm entgegen und seufzte bald nur noch vor Lust.

»Spürst du, wie er passt?«, flüsterte Pirmin, während er sich bewegte.

»Er passt, als wäre er für mich gemacht.« Sie kicherte, seufzte, kicherte, stöhnte. Seine Liebesstöße wurden kraftvoller und schneller. Liebeslust überschwemmte ihren Körper, ihren Verstand. Sie klammerte sich an ihm fest und stieß ihm ihr Becken entgegen, räkelte sich unter seinen Liebesstößen, genoss sein von Verlangen verzücktes Gesicht.

So versanken beide in Wolllust und Wohlbehagen. Pirmin ließ alle Selbstbeherrschung fahren und nahm sie mit kräftigen Stößen. Sie tanzte unter ihm, bis sie sich in seinen Armen aufbäumte und sich an ihn klammerte wie eine Ertrinkende an Treibholz.

Danach hüllte er sie mit seinen Küssen, mit seinem Liebesgeflüster und seinen Umarmungen ein. Runja seufzte und lächelte selig. *So schön muss es im Himmel sein*, dachte sie, *so schön kann es doch nur im Himmel sein.*

*

Vor Mitternacht begleitete Johannes sie zum Anwesen der Beginen. Mathilda war wach geblieben, hatte auf sie gewartet. Voller Sorge hob sie den Kienspan und leuchtete ihr ins Gesicht. »Sehr krank seiest du, sagte man mir. Doch ich sehe eine gesunde Frau.«

»Ich bin wieder gesund«, sagte Runja. »Gesund und glücklich.«

Am nächsten Morgen stand sie früh auf, verzichtete auf die warme Milchsuppe, wollte so schnell wie möglich Waldemar sehen. In zwei Mäntel und eine Decke gehüllt, huschte sie durch den dunklen Wintermorgen. Ob er immer noch im Kerker lag? Wut stieg in ihr hoch, als sie diese Möglichkeit erwog. Dem Domdekan traute sie inzwischen jede Gemeinheit zu.

Irgendwo im dunklen Himmel über den verschneiten Bäumen krähte der Elsternhahn. Eine schwarze Gestalt ragte im Propsteihof aus dem Schnee. Runja stand still, blinzelte durch die Dunkelheit. Dagomar! Seine Nähe bedeutete Unglück und Tod. Immer. Was wollte er von ihr?

Der Pater wandte sich ab, stapfte durch den Schnee zum Eingangsportal, winkte sie hinter sich her. »Hochwürden Domdekan will dich sprechen, Rubina von Seeburg.«

»Erst will ich meinen Bruder sehen.« Sie lief zu ihm.

»Du wirst deinen Bruder sehen, wenn Laurenz mit dir gesprochen hat.« Er stieg die Treppe hinauf, Runja folgte ihm widerwillig.

Der Domdekan wartete an der offenen Tür seines Arbeitszimmers und bedeutete beiden einzutreten. Mit dem Rücken drückte er die Tür hinter sich zu. »Du hast dich als würdige Nonne des Ordens der Vollstrecker erwiesen, wie ich höre.«

»Ich bin kein Mitglied dieses Ordens!«, zischte sie.

»Erst, wenn du tot bist, gehörst du nicht mehr zu uns«, sagte Dagomar.

»Ich will das nicht!« Runja wurde laut. »Ich will nie wieder töten!« Dagomar packte sie, riss sie an sich und legte ihr den Zeigefinger auf die Lippen. Dann packte er ihre Hand und drückte ihr einen Ring mit einem schwarzen Stein über den Mittelfinger.

»Du wirst töten müssen.« Der Domdekan schritt zu seinem Tisch, ließ sich in seinen Lehnstuhl fallen. »Einmal noch mindestens wirst du töten müssen. Der verschwundene Waffenknecht ist wieder aufgetaucht und hat seine Klage gegen Waldemar erneuert. In sieben Tagen muss er vor Richter, Schöffenstuhl und Henker treten.«

»Was?!« Runja stockte der Atem. Sie ballte die Faust, starrte den Ring an: Ein goldener Cherub mit Flammenschwert vor einem goldenen Kreuz war in den schwarzen Stein eingraviert.

»Und du wirst mit ihm vor Richter und Henker treten müssen«, fuhr Laurenz fort. »Und wirst Zeugen hören müssen, die dich des Mordes an Helmold von Schwerin und Claudio von Venedig beschuldigen werden.« Runja starrte ihn an, kein Wort wollte über ihre Lippen. »Beides werde ich zu verhindern wissen – sobald Pirmin von Paris tot ist. Dann werde ich dafür sorgen, dass du mit deinem Bruder die Stadt verlassen und ihr frei eurer Wege ziehen könnt.«

»Was? Pirmin …?« Runjas Stimme brach.

»Zeig, was du gelernt hast.« Dagomar ließ sie los und öffnete die Tür. »Gehe und töte Pirmin von Paris.«

DRITTES BUCH

Die feuerrote Löwin

I

BISCHOF VON HAVELBERG

Diesmal war es der Henker selbst, der ihr den Weg zu Waldemar versperrte. Er baute seinen kleinen, breiten Körper vor der Kerkertür auf, strich sich verlegen über Halbglatze und Bart und druckste herum. »Ich darf's nicht. Der hochwürdige Domdekan hat's so gewollt, der Burgvogt hat's so befohlen – ich darf niemanden zu ihm lassen.«

Sein junger Knecht stand zehn Schritte weiter an der Treppe, klopfte sich mit dem Stock gegen den Stiefel und feixte. Wie ein böser Ziegenbock sah er aus mit seinem Fusselbart, seinem spitzen, vorspringenden Kinn und seiner fliehenden Stirn. *Meine Stunde kommt*, dachte Runja, *und dann werde ich dich töten.* Feindselig musterte sie ihn – bis er den Blick senkte.

Sie wandte sich wieder dem Henker zu, sah ihm fest in die Augen. »Bitte.« Hinter der Kerkertür klirrten Ketten und krächzte Angelus.

»Ich darf's wirklich nicht.« Auch der Henker wich nun ihrem Blick aus. In einer Geste des Bedauerns hob er die Arme. »Wenn's rauskommt, muss ich noch vor deinem Bruder zum Richter.« In seinem schwarzen Lederzeug und seinen engen Beinkleidern glich er einem zweibeinigen Käfer.

»Bitte.« Runja betrachtete seine riesigen Hände. Sie dachte an die Stunde, in der er sie blutig geschlagen hatte. Allein die Erinnerung durchzuckte sie wie ein scharfer Schmerz. Damals war er noch Henkersknecht gewesen. »Du gehst einfach mit hinein und behältst uns im Auge. Nur für eine Umarmung. Bitte.«

»Ich darf's doch nicht.« Sie spürte, wie er sich innerlich wand. »Komm in sieben Tagen wieder. Bevor ich deinen Bruder am

Morgen in die Burg vor Schöffen und Richter schaffe, kannst du ihn noch einmal umarmen. In sieben Tagen.«

Noch einmal umarmen. Runja rührte sich nicht von der Stelle. *Sieben Tage.* »Ich muss ihn jetzt sehen.« Ihr blieben also sieben Tage, um Waldemar zu befreien. Sie trat noch näher an den Henker heran, senkte die Stimme. »Denke an die Stunde, in der Jeremias von Köln dir dein jetziges Amt geweissagt hat.« Der Henker roch nach Wein. »Hat nicht Gott selbst durch ihn gesprochen?«

Er hob den trüben Blick, blinzelte zu seinem jungen Knecht und schrie: »Was gibt's zu glotzen? Hä?« Er drohte ihm mit der Faust. »Hoch mit dir, Hundsfott! Wasser und Brot holen! Wird's bald?!« Der Henkersknecht fuhr herum und hetzte die Treppe hinauf.

»Also gut.« Oben knarrte die Kellertür und schlug zu. »Aber nur ganz kurz.« Er schloss die Kerkertür auf. Runja schickte ein stummes Dankgebet zum Himmel.

Waldemar stand schon hinter der Tür. Decken und ein Fellmantel hüllten ihn ein. Zwischen seinen Ketten pickte Angelus Brotkrümel auf, die Waldemar ihm hingestreut hatte. Halb verhungert sah der Vogel aus. Und Waldemar kam Runja bleich und krank vor. Sie umarmte ihn, küsste ihn, drückte ihn an sich.

»Was ist das für ein böses Spiel?«, fragte er leise. »Mal soll ich gleich vor den Richter, mal gar nicht, und gestern hieß es: in sieben Tagen.« Waldemar kämpfte mit den Tränen.

»Nicht einmal der Teufel in der Hölle kann sich einen Reim darauf machen«, sagte der Henker an der Tür. Er beobachtete sie.

»Du ahnst ja nicht, *wie* böse dieses Spiel ist«, flüsterte Runja. Sie dachte an Pirmin. Wie gern hätte sie Waldemar von ihrer Liebe erzählt. Doch nein, besser nicht! Nicht hier und jetzt. Und besser auch, hier und jetzt nichts von Dagomar und seinen mörderischen Forderungen erzählen.

»Oh doch, ich ahne es«, flüsterte Waldemar. »Ich ahne, dass

dieser fromme Hundsarsch dich in der Hand hat. Sag's mir.« Er wollte sie von sich schieben, ihr in die Augen schauen. Runja hielt ihn fest. »Was verlangt er von dir? Erzähl's mir, Runja.«

»Ich hab dich lieb.« Ihre Lippen berührten Waldemars Ohr. »Ich hol' dich hier raus.« Runja zog die Eisenfeile aus ihrer Manteltasche und schob sie Waldemar unter die Decken. Sie hatte sie aus Johannes' Werkstatt gestohlen. »Frag nicht und nimm das hier«, flüsterte sie. »Fünf Tage müssten reichen.«

»Genug geküsst und geflüstert.« Die Stimme des Henkers klang wie ein Knurren. »Mein Knecht kommt gleich wieder die Treppe herunter.«

Mit der angeketteten Hand presste Waldemar Decken und Feile an seinen Körper. Noch einmal zog Runja ihn an sich. »Unser Schwur gilt.« Sie flüsterte, drückte ihren Bruder, küsste ihn auf Mund und Wangen. »In fünf Tagen komme ich wieder und hole dich hier raus.«

*

Fünf Tage. Schnee knirschte unter Runjas Stiefeln. Fünf Tage Zeit. Pirmins Gartentor rückte in ihr Blickfeld. Fünf Tage Zeit für Waldemar, sich von den Ketten zu befreien; fünf Tage Zeit für sie, Pirmin zur Flucht zu überreden. Das würde schwieriger werden, als zwei Kettenglieder mit einer Feile zu öffnen. Schwieriger sogar, als in den Kerker einzudringen und Henkersknecht und Henker zu töten. Rauch stieg aus den Schloten von Pirmins Haus auf.

Runja drückte sich gegen die brusthohe Schneewand, um drei Mönche aus dem Moritzkloster vorbeizulassen. Die schwarz vermummten Benediktiner murmelten Segensgrüße. Runja ging weiter, bog in den freigeräumten Gartenweg ein.

Fünf Tage. Sie legte sich die Worte zurecht.

Den Vormittag hatte sie mit Hausarbeit im Damenstift verbracht: Ziegen füttern, Kleider ausbessern, Wolle spinnen, Hühner schlachten. Hildegard wunderte sich, weil Runja seit vier Tagen immer gleich nach dem Mittagsgebet zum Unterricht ins Haus des Scholasters eilte. Und alle Frauen der Gemeinschaft wunderten sich, weil sie seit vier Tagen immer erst lange nach dem Abendläuten zurückkehrte. So viele Stunden Latein, Philosophie und Mathematik – das überstieg die Vorstellungskraft der frommen Stiftsdamen.

Erst recht würde die Wahrheit ihre Vorstellungskraft übersteigen: Nicht eine Stunde hatten Pirmin und Runja während der letzten vier Tage mit Latein, Philosophie oder Mathematik vergeudet. Im Bett verbrachten sie die Stunden. Der Wollust frönten sie. Die Kunst der Liebe lehrte Pirmin sie. Seit vier Tagen, von mittags bis abends.

Wie ein Rausch betörte die Liebeslust Runja. Es war, als wäre ein Damm gebrochen. Und es wurde mit jedem Tag schlimmer. Wenn Johannes sie abends zum Stift brachte, sehnte sie sich zurück in Pirmins Arme, noch bevor sie das Gartentor hinter sich ließ.

Am liebsten hätte sie bei ihm übernachtet. Doch dann würden sie zu reden beginnen, Hildegard und die frommen Frauen. Und dann würde bald die ganze Stadt reden. Zu gefährlich. Unzucht würden sie es nennen. In der Adventszeit erst waren eine Magd und ein Knecht des Schultheißen dafür öffentlich ausgepeitscht worden. Und Runja wusste ja jetzt, welch mächtigen Feind Pirmin hatte.

Pirmins Koch Jusuf hatte sie kommen sehen, öffnete ihr die Haustür. Er trug Schwert und Dolch seit dem Mordversuch an seinem Herrn. Misstrauisch spähte er in den winterlichen Garten hinaus, verriegelte danach die Tür und verschwand in der Küche.

»Wie schön, dass du so früh kommst, Rubina.« Pirmins Stimme aus dem Obergeschoss. Unter Runjas Zwerchfell flatterte ein Schwarm Sperlinge auf. Sie eilte zur Treppe, stutzte, als sie an der Statue vorbeiging – Schwert, Schild, Kriegsbogen und Harnisch lagen zu Lauras Füßen. Ein weißes Lilienkreuz prangte auf dem Schild.

Oben wartete er, ganz in weißes Leinen gehüllt. Seine blonden Locken waren feucht. Er streckte ihr die Arme entgegen. Runja nahm zwei Stufen auf einmal. *Wir müssen fliehen*, wollte sie ihm sagen, *du bist in Gefahr*, wollte sie ihm sagen, *wir haben nur noch fünf Tage Zeit.* Doch dann lag sie schon in seinen Armen, hing schon an seinen Lippen, ertrank schon in seinem Kuss. Und sagte nichts.

Genau wie sie, brannte er längst. Sie spürte sein Verlangen in seinem Kuss, sie spürte es unter dem Leinen an seinen Lenden, als sie sich an ihn drückte. Heute würden sie sich noch schneller in seinem Bett wiederfinden als gestern und vorgestern.

Ihre Lippen lösten sich voneinander. Runjas Atem flog. Sie sah ihm in die blauen Augen. Jetzt musste sie es ihm sagen, jetzt sofort, sonst würde es zu spät sein.

»Komm, meine Liebste.« Er führte sie in seine Schlafkammer. Ein kleiner gusseiserner Kessel ruhte dort auf einem eisernen Dreifuß. Heiße Steine lagen darin, Holzkohle glühte zwischen ihnen. Aus dem Waschtisch daneben dampfte Wasser. Hatte Pirmin sich gewaschen? »Wir müssen fliehen.« Ihre Stimme war brüchig vor Sehnsucht.

Er nahm ihr Mantel und Schal ab, half ihr aus Stiefeln und Fußlappen, küsste und rieb ihre Füße. »Wie kalt sie sind!«

Hörte er nicht zu? »Wir müssen fliehen, Liebster.«

»Vor der Liebe?« Er lachte, führte sie zum Waschtisch. »Vor der Lust?« Er zog ihr das dunkle Wollkleid aus und das rote Kleid darunter gleich mit. »Wohin sollten wir vor Lust und Liebe fliehen können? Wir sind verloren, und das ist gut so.«

Nur ein knöchellanges weißes Hemd verhüllte jetzt noch Runjas Gestalt. Sie langte in die Waschschüssel, das Wasser war warm. Der Kessel mit den Steinen und der Glut strahlte Hitze aus.

Pirmin half ihr, den linken Fuß in die Waschschüssel zu stellen. Die Wärme tat gut. Mit einem Schwamm wusch er ihr den Fuß, die Wade, das Knie, die Schenkel. Er trocknete sie ab, wusch und trocknete auch ihren rechten Fuß, trocknete schließlich die Kupferplatte an der Wand hinter dem Waschtisch ab. Runja sah Pirmins Spiegelbild hinter ihrem eigenen.

Reglos standen sie so eine Zeitlang vor Waschtisch und Kupferplatte, jeder betrachtete das Spiegelbild des anderen. Runja griff nach seinen Händen, zog sie nach vorn auf ihre Brüste, drückte ihr Gesäß gegen seine Lenden.

Pirmin ging in die Hocke, hob den Saum ihres Hemdes, küsste ihre Waden, ihre Kniekehlen, die Rückseite ihrer Schenkel, streifte ihr den leichten Stoff über den Kopf. Runja schlüpfte aus den Ärmeln. Er ließ seinen leinenen Umhang neben ihrem Hemd zu Boden gleiten.

»Schau uns an.« Mit dem Handtuch polierte er wieder die beschlagene Kupferplatte und legte den Arm um Runja. »Sehen wir nicht aus wie Adam und Eva?« Er breitete ihr Haar über Schultern und Busen aus. »Wie ein roter Schleier ist dein Haar, meine Liebste.«

Sie blickte ihm ins Gesicht. Das Verlangen glühte in seinen blauen, lachenden Augen. »Wenn wir wie Adam und Eva aussehen, lass uns schnell ins Paradies gehen.« Sie spähte über die Schulter zum Bett. Hinterher würde sie mit ihm sprechen. Noch fünf Tage Zeit.

Er küsste ihr Haar, seine Finger fuhren den geschwungenen Linien ihres Körpers nach. »Du bist so schön.« Er schob sich hinter sie. »So wunderschön.« Mit Rücken und Hinterkopf an seine Brust und Schulter gelehnt, seufzte sie und räkelte sich unter seinen Liebkosungen. Er streichelte ihre Oberarme, ihre Schultern, ihre Taille und ihre Hüften und schließlich ihre Gesäßbacken. Die schienen es ihm besonders angetan zu haben. Runja erschauerte unter seinen Berührungen. »Ich will dich«, flüsterte er.

Noch dichter drängte sie sich an ihn. »Dann nimm mich doch,

mein Liebster.« Sie griff hinter sich nach seinem längst pochenden Liebesglied und streichelte es. Auch das hatte er sie gelehrt.

Seufzend legte er seine Hände auf ihre Oberschenkel. Zärtlich streichelte er ihre Hüften, ihre Taille, ihren Bauch, ihren Frauenhügel. »Es ist jedes Mal wie ein Fest, dich zu lieben.«

Runjas Atem flog. Pirmin zog seine Hände über ihren Bauch nach oben. Ihre Brüste ruhten nun weich und schwer auf seinen Fingern, er drückte sie sanft, rollte ihre Brustwarzen zwischen den Fingern hin und her. »Du verzauberst mich, mein Liebster.« Runja seufzte. »Was hast du bloß mit mir getan?«

»Was hast du denn mit mir getan?« Er griff in die Waschschüssel, wrang den Schwamm ein wenig aus, fing an, Runja zu waschen. Er wusch ihren Bauch, ihre Brüste, ihre Achseln. Er tauchte den Schwamm wieder ins Wasser, rieb das feuchte, warme und ein wenig raue Ding gegen ihre Schenkel und gegen ihren Schoß; sanft wusch er ihre Scham. Runja atmete tief und laut – heiß perlte es durch ihren ganzen Leib.

Pirmin ließ den Schwamm ins Wasser fallen, drückte ihren Oberkörper nach vorn. Runja stützte ihre Hände auf den Waschtisch, sie zitterte vor Aufregung, versuchte im Spiegel der Kupferplatte zu erkennen, was ihr Geliebter vorhatte. »Dein Hintern ist ein rundes weißes Tier«, flüsterte er. Und plötzlich spürte sie seine Hand – die schob sich von hinten zwischen ihre Schenkel. »Und wie es kreist, dieses schöne, hungrige Tier.«

Seine zärtlichen Finger öffneten ihre Liebeslippen, berührten ihre Liebesperle. Runja schloss die Augen, sog seufzend die Luft ein. »Was tust du denn da, mein Liebster?« Sie stöhnte und ließ ihr Becken kreisen. »Ich sterbe ja, mein Liebster.« Wie viel Lust würde er sie denn noch lehren? Wie viel Wonne? Wie viel Genuss? Runja vergaß die Zeit, vergaß ihren Bruder, vergaß den Domdekan, den Winter, die Welt. Sie vergaß sich selbst.

Er zog den Finger aus ihrem Schoß, führte sein Liebesglied zwischen ihre Schenkel und glitt langsam in sie hinein. Ihr war, als füllte er ihren Leib ganz und gar aus. Sie hätte gern laut gerufen vor Lust und Glück, wagte es aber wegen Jusuf und Alma nicht. Seufzend hielt sie den Waschtisch fest, stieß sich dem Geliebten entgegen.

Pirmin hielt sie an der Taille fest und tanzte den Tanz der Liebe in ihr, tanzte ihn schneller und wilder. Im Kupferspiegel sah sie sein schönes Gesicht, sah das Verlangen in seinen Zügen, sah seinen offenen Mund und seine hochgewölbten blonden Brauen. Dann beschlug das Kupfer wieder, und Runja sah nichts mehr, spürte nur noch, fühlte nur noch: seine Kraft, seine Liebesstöße, seine Hitze, ihr Glück und ihre Lust.

Auf einmal umschlang er sie von hinten und hob sie hoch. »Zum Bett, meine Liebste.« Er trug sie durch die Kammer, ließ sich auf sein Bett sinken und hielt sie an den Hüften auf seinem Schoß fest. »Meine süße, süße Rubina.« Und schon bewegte er sich wieder in ihr.

Runja bäumte sich auf, suchte Halt, tastete nach seinen Unterarmen hinter sich, nach seinen Schenkeln. Sie begann auf ihm zu reiten, auf seinem Schoß, auf seinem Liebesglied. »Hilf mir, mein Liebster.« Sie glaubte, sich aufzulösen. »Halt mich ganz fest.«

Und Pirmin hielt sie fest. Er umarmte sie von hinten, streichelte ihre Brüste, stieß sie hinauf zum Gipfel der Lust. Runja verschmolz mit seinem Leib, mit seinen kraftvollen Bewegungen, mit seiner Hitze, seinem Stöhnen, mit seinem ganzen geliebten Leben. So nahe und so vertraut wie ihr eigenes Leben war es ihr in diesen Augenblicken.

Später lagen sie eng umschlungen unter der Decke. Pirmin schlief. Sie schob sich ein Stück weg von ihm, sah ihm ins Gesicht – das friedlich lächelnde Gesicht eines gestillten Säuglings. Diesen herrlichen Mann wollte der Domdekan töten lassen? Diesen schönen Geliebten? Niemals durfte das geschehen!

Sie ließ ihre Finger über seine Kehle gleiten, spürte seine Schlagader neben dem Adamsapfel pulsieren. Bilder von zerfetzten Kehlen blitzten ihr jäh durch den Kopf. Sie schüttelte sich, verscheuchte die bösen Schimären, dachte lieber an Pirmins schönen Körper. Sanft drehte sie ihn auf den Rücken, legte ihr Ohr auf sein blondes Brusthaar – dorthin, wo die untere Spitze seines Herzens gegen die Rippen stieß. Bilder von geöffneten Leichen und zerschossenen Herzen blitzten ihr durch den Schädel.

»Nein«, zischte sie und kniff die Augen zu. »Du darfst nicht aufhören zu schlagen, liebes Herz. Nicht, solange ich lebe! Ich werde dich beschützen.«

»Was?« Plötzlich seine Stimme. »Was hast du gesagt?« Runja fuhr hoch – Pirmin war wach, musterte sie verblüfft.

»Wir müssen aus Magdeburg fliehen, mein Liebster«, sagte sie, und alles stand ihr wieder schmerzhaft klar vor Augen: Waldemar in Ketten, fünf Tage Zeit, der Richter, der Henker, Dagomar.

»Was redest du denn da, mein süßes Weib?«

»Du bist in großer Gefahr.«

»Wie kommst du denn darauf?« Er runzelte die Stirn, zog Runja höher, zog sie über sein Gesicht und küsste ihre Brüste.

Was sollte sie ihm denn sagen? Dass Laurenz ihr befohlen hatte, ihn zu töten? Pirmin würde den Domdekan zur Rede stellen, und der würde leugnen und Waldemar dem Richter und dem Henker ausliefern. Was sollte sie Pirmin denn bloß sagen?

»Gott hat es mir gezeigt«, sagte sie leise. »Im Traum. Mehr will ich nicht erzählen.« Sie drückte seinen küssenden Mund weg von ihrer Brust, schob sich wieder nach unten. »Du musst Magdeburg verlassen, schnell. Ich werde mit dir gehen.« Sie streckte sich auf ihm aus, nahm sein Gesicht zwischen die Hände. »In fünf Tagen, ja?«

»Du glaubst wirklich, jemand will noch einmal versuchen, mich zu töten?« Er schüttelte den Kopf. »Das müsste ein böser Zufall sein, wenn ein Mann innerhalb weniger Monate gleich zweimal in seinem eigenen Haus von einem Raubmörder heimgesucht wird.«

»Und wenn es kein Raubmörder war?«

»Was denn sonst?« Er lachte. »Wer sollte einem Gelehrten denn nach dem Leben trachten?«

Laurenz, dieser Satansbraten!, lag es Runja auf der Zunge zu sagen. Vielleicht wäre alles ganz anders gekommen, wenn sie es ausgesprochen hätte. Doch sie behielt es für sich, fürchtete um Waldemars Leben.

»Außerdem bewachen mich zwei starke Männer. Und zur Not kann ich noch immer selbst mit meinen Waffen umgehen.«

»Deswegen also hast du Schwert und Schild bereitgelegt?« Runja glaubte, ihn zu durchschauen. »Dann hast du also doch Angst, jemand könnte dir nach dem Leben trachten?« Sie schöpfte Hoffnung.

»Aber nein, Rubina. Gar nicht.« Er streichelte ihre Wangen, ihre Ohren. »Es ist nur –« Pirmin zögerte, musterte sie fast ein wenig schuldbewusst. »In den nächsten Tagen wollte ich darüber mit dir sprechen und dich fragen, ob du mit mir gehen willst.«

»Mit dir gehen?« Ihre Hoffnung lebte auf. »Wohin denn?«

»Meine Zeit in Magdeburg neigt sich dem Ende entgegen, Liebste. Papst, Erzbischof und König haben mir den Bischofsstuhl von Havelberg angetragen. Und ein Bischof hat seinem Herzog ins Feld zu folgen, wenn Krieg ausbricht. Deswegen habe ich Johannes meine Rüstung und meine Waffen aus der Kammer holen lassen.«

»Bischof …?« Die Enttäuschung verschlug ihr die Sprache. *Und ich?*, wollte sie fragen, *und wir?*

»Keine Sorge, liebste Rubina. »Er schien die Frage aus ihrem Blick zu lesen. »Ich habe mich entschieden, die Mönchskutte nicht zu nehmen und kein Gelübde abzulegen. Deinetwegen. Wir werden also einander lieben können. Immer. Und ich bitte dich, mit mir nach Havelberg zu gehen.«

»Aber …« Sie schluckte. Sie dachte an Waldemar, an seine Ketten, an den Gerichtstag in fünf Tagen. Dagomars Stimme gellte ihr in den Ohren – *gehe und töte Pirmin von Paris* –, und zum ersten Mal ahnte sie, was Laurenz wollte. Er wollte Bischof von Havelberg werden.

»Du musst mich verstehen.« Pirmin umarmte sie, drehte sich mit ihr auf die Seite, hielt sie sehr fest. »Ich kann mich dem Ruf Gottes nicht entziehen.« Tröstend streichelte er sie. »Doch keine Sorge, meine Liebste – ich kenne Bischöfe, deren Geliebte haben ihnen Söhne und Töchter geschenkt.«

*

Sebastians nackte Leiche war steifgefroren. Dagomar hatte Herz und Luftröhre freigelegt und den Toten unter dem offenen Scheunentor aufgehängt. Runja schoss ihm in die Stirn.

Sie haderte mit sich selbst. Pirmin liebte sie, daran zweifelte sie gar nicht. Doch wie hatte sie nur so naiv sein können zu glauben, er würde ihretwegen ein Bischofsamt ausschlagen?

»Linkes Auge«, sagte hinter ihr Dagomar. Ein Pfeil lag in der Sehne seines Bogens. Immer. Und immer hielt er sich ein Stück hinter ihr. Der schwarze Abt schien ihr alles zuzutrauen. Zu Recht: Runja war entschlossen, ihn zu töten, bevor sie Waldemar aus dem Kerker holte. Sie jagte dem Toten einen Pfeilbolzen knapp neben das linke Auge.

»Kehlkopf«, sagte Dagomar. Es war später Vormittag, am Nachmittag erwartete Pirmin sie in seiner Schlafkammer – sie und ihre Antwort auf die Bitte, mit ihm nach Havelberg zu gehen. Zum ersten Mal empfand sie Bedrückung bei dem Gedanken an den Scholaster. Wollte sie die heimliche Geliebte eines Bischofs sein? Sie schoss in den Hals des Toten, knapp neben dem Kehlkopf.

»Sammle dich gefälligst!«, zischte Dagomar. »Mitten ins Herz.« Runja spannte die Armbrust, legte einen Pfeilbolzen ein und zielte knapp neben das Herz.

Nein, sie konnte Pirmin nicht versprechen, mit ihm zu gehen. Sie hatte einen Schwur getan. Sie hatte Waldemar zu retten. Um jeden Preis. Sie drückte ab, der Pfeilbolzen fuhr zwischen Herzspitze und Rippe in die Brust des Toten.

Dagomar fluchte. »Wenn du morgen so schlecht schießt, wird dein Bruder übermorgen aufs Rad geflochten!«

»Morgen?« Runja fuhr herum. »Übermorgen?«

»Der Henkersknecht hat Waldemar dabei ertappt, wie er versuchte, seine Kette zu zerstören. Mit einer Feile. Laurenz hat ihn in die Burg bringen lassen. Schwerbewaffnete bewachen ihn. Der Richter hat den Gerichtstag vorgezogen. Auf morgen Mittag.«

»Das ist nicht wahr!« Alle Kraft wich aus Runjas Gliedern.

»Oh doch.« Dagomars Blick brannte. »Und wenn Pirmin morgen Mittag noch lebt, mein rotes Kätzchen, dann wird übermorgen nicht nur dein Bruder aufs Rad geflochten, sondern gleich neben ihm auch du. Es gibt Zeugen, die gesehen haben, wie dein Bruder Walter von Schwerin erstochen hat.«

»Nur du und Claudio!«, rief sie. »Nur ihr habt es gesehen!«

»Und es gibt Zeugen, die gesehen haben, wie du den armen Helmold von Schwerin mit einer Drahtschlinge und den Gewandschneider aus Venedig mit einem Krummdolch getötet hast.« Er richtete seinen Bogen auf sie, spannte die Sehne. »Geh jetzt. Und tu, was du zu tun hast. Oder stirb an der Seite deines Bruders.«

2

MÖRDERMAL

Sie ritt durch die verschneiten Elbauen. Das Innere ihres Brustkorbes fühlte sich an, als sei es ganz und gar entzündet. Ihr Herz schlug wie verrückt. Ihre Lider zuckten – ihre Mundwinkel, ihre Nasenflügel. Sie hätte gern geweint, doch die Tränen wollten ihr nicht einmal bis in die Kehle steigen. Die war wie zugeschnürt.

Sie betete murmelnd, wusste kaum, was; sie versuchte zu fassen, was geschehen war: die Feile entdeckt, Waldemar verprügelt und im Kerker der Vogtsburg in Ketten, der Henker seines Amtes enthoben. Keine fünf Tage – nur noch zwanzig Stunden Zeit, bis der Schultheiß den Gerichtstag eröffnete.

Runja lenkte ihr Pferd über eine alte Brücke, ritt auf der Westseite nach Magdeburg zurück. Waldemar oder Pirmin – eine Entscheidung musste her.

Sie beschuldigten den Henker, Runja gegen das Gebot von Vogt und Domdekan in Waldemars Zelle gelassen zu haben. Auch der Henker lag jetzt in Ketten, auch er würde sich vor dem Schöffenstuhl verantworten müssen. Sie hatten seine Güter eingezogen und seinem Knecht zugesprochen. Ohne Besitz konnte man kein Henker und Fronbote werden. Jetzt war er es, der hässliche Bursche mit der fliehenden Stirn. Wenn man es ihm gestattete, würde er Waldemar mit ganz besonderer Sorgfalt aufs Rad flechten. Und sie sowieso.

Es würde dazu kommen, Runja spürte es mit jeder Faser ihres Leibes. Laurenz und Dagomar würden Ernst machen. Es sei denn, sie tötete Pirmin.

Was nun? Waldemar oder Pirmin?

In der ersten Abenddämmerung erreichte sie die große Elbbrücke von Magdeburg und ritt hinüber. Sie blickte hinunter auf das Westufer und den Hauptarm des Stromes. In der Uferböschung sah sie nur noch Spuren von Eis. Dort unten würde er morgen früh sein tägliches Kaltbad nehmen, ihr geliebter Pirmin.

»Was soll ich denn tun, lieber Heiland?« Niemals würde sie mit ihrem Geliebten glücklich werden können, wenn sie ihren Schwur brach, wenn sie nicht alles versuchte, um ihren Bruder zu retten. »Mein armer, kleiner Furz!« Sie schrie es hinaus, ritt allein über die Brücke. »Was soll ich nur tun?«

Niemals würde sie wieder lachen können, wenn sie ihren Geliebten tötete. Nicht einmal leben würde sie noch können, nicht einmal in einem traurigen, düsteren Kloster! War es da nicht besser, an Waldemars Seite zu sterben?

Sie trieb ihr Pferd von der Brücke, ritt dem Elbtor entgegen. Ein Fuhrwerk rollte auf sie zu, sie zog sich die Kapuze tief in die Stirn, senkte den Blick. Die Wächter im Tor beachteten sie kaum. Sie ritt in die Stadt hinein, mied den Breiten Weg, lenkte ihr Pferd am Moritzkloster vorbei und dort in die Gasse, die zum Anwesen des Beginenstifts führte.

»Mein geliebter kleiner Bruder«, flüsterte Runja. »Ich habe dir geschworen, dass ich mit meinem Leben für dich einstehen werde, solange ich atme, und ich schwöre es wieder.« An seiner Seite auf dem Rad zu verenden würde ihn ja nicht retten. »Ja, ich will für dich leiden, wann immer es nötig ist.« Wieder und wieder murmelte sie den Schwur. »Ich will für dich sterben. Auch mein Herz und mein Glück will ich zerbrechen für dich, so wahr mir Gott helfe.«

Sie lenkte ihr Pferd in den Hof des Beginenstiftes, stieg ab und führte es in den Stall. »Runja!« Jemand lief draußen durch den Hof. Eine Frau mit einer Fackel stürmte in den Stall. Mutter Hildegard. »Wo warst du denn, liebe Schwester? Wir haben uns Sorgen gemacht.« Sie kam näher. »Was ist denn geschehen, dass du nicht beim hochwürdigen Scholaster zum Unterricht gewesen bist?«

Beim Unterricht – wie Stiche fuhren Hildegards Worte durch Runjas Herz. Seine Küsse, seine Haut, seine zärtlichen Hände, seine Stimme: Wie sollte sie leben ohne sie? Sie zog den Sattel vom Pferderücken, hievte ihn auf die Trennwand.

»Warum sagst du nichts?« Hildegard hob die Fackel, leuchtete ihr ins Gesicht. »Heiliger Mauritius!« Sie wich zurück, bekreuzigte sich. »Was ist mit dir geschehen? Warum siehst du aus wie der Tod?« Schrecken verzerrte ihre sonst so mütterliche Miene, weitete ihre Augen.

»Vielleicht bin ich krank«, flüsterte Runja, »vielleicht bin ich sogar sterbenskrank.« Sie band das Pferd an.

»Bei der Heiligen Jungfrau!« Mutter Hildegard sprang zu ihr, legte die Hand auf Runjas Stirn, tastete nach ihrem Puls. »Wahrhaftig – du fieberst, dein Herz stolpert und schlägt viel zu schnell. Was spürst du denn, armes Kind? Welche Krankzeichen?«

»Alles zerbricht.« Runja streute Hafer zum Heu in der Pferdekrippe. »Alles verbrennt.« Sie schlug sich mit der Faust auf die Brust. »Da drin.« Ihre Stimme brach, jetzt quollen doch Tränen aus ihren Augen.« Sie warf dem Pferd eine Decke über.

»Beim allmächtigen Gott!« Hildegard fasste Runjas Hand, wollte sie zur Stalltür ziehen. »Ins Dormatorium mit dir! Ruhen musst du, sofort! Wickel brauchst du. Und einen Medikus.«

»Nein.« Runja entzog ihr die Hand. »Fasten und beten muss ich. Eine kleine Kammer für mich würde ich brauchen. Eine Kammer, in der ich allein sein kann heute Nacht.«

»Beim Heiligen Mauritius – nur das nicht! Das würde deinen Geist verwirren, das würde dich noch kränker machen!« Mutter Hildegard versuchte, sie zu überreden, mit ihr ins Dormatorium zu kommen, wo alle Frauen schliefen, die zur Gemeinschaft gehörten. Sie versuchte es erst mit lockenden, dann mit strengen, schließlich mit flehenden Worten. Runja wollte nicht. »Gib mir eine Kammer, in der ich alleine beten und fasten kann«, beharrte sie. »Bitte.«

Endlich gab Hildegard nach. Sie wies ihr die Kammer des Stallknechtes zu. Die lag zwischen Stall und Werkstatt und stand verlassen, seit der Stallknecht im letzten Frühjahr gestorben war. Mutter Hildegard brachte Decken, Waschschüssel, warmes Wasser, Tücher und Tee. Sogar zwei heiße Steine für Runjas Bett.

»Und du versprichst mir, weiter nichts zu tun, als zu beten und zu fasten?« Mahnend wandte sie sich noch einmal an Runja, bevor sie selbst schlafen ging.

»Ich verspreche es.«

»Und du wirst dich warm einpacken und ins Bett legen?« Runja versprach es. »Und wenn es dir morgen früh nicht besser geht, darf ich den Medikus holen?« Runja nickte. Hildegard steckte einen brennenden Kienspan in die Wandhalterung, küsste Runja auf die Stirn und ließ sie endlich allein.

Runja blickte sich um. An der Wand lag ein Bretterrost auf ein paar Holzklötzen, darauf ein Strohsack. Über der Schlafstätte hing ein Kruzifix aus dunklem Holz an der Wand. Runja wickelte sich in die Decken, kniete auf Gestell und Strohsack. Einen heißen Stein klemmte sie sich zwischen die Knie, einen legte sie hinter sich an ihre Fußsohlen.

»Lieber Heiland, hilf mir«, betete sie. »Hast du uns denn vor den Wölfen und den Heiden gerettet, damit der Henker uns hier in Magdeburg aufs Rad flicht? Hast uns so gnädig beschützt, nur, damit übermorgen unsere Todesschreie zu dir in den Himmel dringen? Bist du wirklich so grausam, lieber Gott? Das kann ich nicht glauben, das kann ich nicht glauben!«

Sie beugte sich über die Knie und betete; sie streckte sich über ihre Fersen, legte den Kopf in den Nacken, hob die Hände und flehte zu Gott. Sie schaukelte hin und her, wie kranke Kinder oder Wahnsinnige es manchmal tun, sie betete und flehte und jammerte.

Irgendwann nahm sie das Kruzifix von der Wand, drückte es an die wunde Brust und fuhr fort zu beten, zu flehen, zu weinen. So lange schaukelte sie auf dem Lager auf und ab, bis der Kienspan herunterbrannte und zu erlöschen drohte. Runja stand auf und bückte sich durch die kleine Zwischentür in den Pferdestall. Dort fand sie eine gut gefüllte Talglampe und entzündete den Docht an der verglimmenden Kienspanflamme.

Als sie an dem Verschlag vorbeikam, in dem ihr Pferd stand, blieb sie stehen. Sie betrachtete die Satteltasche, die ihr die Mönche von Jerichow geschenkt hatten. Runja löste sie vom Sattel und nahm sie mit in die Schlafkammer der Knechtshütte.

Zurück auf dem Bett öffnete sie die Tasche, zog das Bärenfellbündel heraus und wickelte Armbrust, Krummdolch, Brustgurt und die Amphore mit der giftigen Tinktur aus. Sie legte alles vor sich hin und dachte an den Mann, der ihr die Waffen geschenkt hatte, an ihren Vater.

»Wenn du da wärst«, murmelte sie, »wenn du nur da wärst! Du wüsstest schon einen Ausweg.«

Sie schloss die Augen, und auf einmal war alles gegenwärtig: des Vaters Gesicht, seine starken Arme, sein Geruch, seine Stimme. *Damit du nie wieder deine Freiheit verlierst,* hörte sie ihn sagen. Sie öffnete die Augen, berührte Krummdolch und Armbrust. Beide Waffen waren in jener Zeit entstanden, in der man ihr auch den Löwen in die Schulterhaut eingebrannt hatte.

Runja zerrte sich Decke, Mantel und Kleid von der Schulter, drehte den Kopf so weit sie konnte, bog die Schulter nach vorn, so weit sie konnte. Pirmin war erschrocken, als er das Brandmal zum ersten Mal gesehen und sie ihm dessen Geschichte erzählt hatte. »Meine arme Geliebte«, hatte er gesagt und das rot vernarbte Löwenzeichen geküsst.

Rote Löwin nannten die Wenden sie, seit Pribislaw das Brandmal auf ihrer nackten Schulter gesehen hatte. Runja zog sich den Stoff zurück über die Schulter.

Reglos und stumm kniete sie im Strohsack vor ihren Waffen, dachte an ihren Vater. *Ihr steht ein langes Leben bevor* – waren das nicht die Worte ihres Vaters gewesen, die ihre Mutter ihr geschildert hatte? Zum ersten Mal hatte er sie angeblich ausgesprochen, als er die Mutter und sie aus der Sklaverei befreit hatte. *Wer einmal dem Tode entronnen ist, den kriegt er so schnell nicht mehr.*

»Ob du dir da noch so sicher wärst, mein geliebter Vater?« Sie beschwor wieder sein Gesicht, seine Stimme herauf. »Ich trage jetzt noch ein zweites Brandmal an mir, weißt du? Eines, das keiner sieht; eines, das sich tief in meine Seele gebrannt hat.«

Runja zog den obersten Pfeilbolzen aus dem Brustgurt. Über ihn hatte sie den Ring mit dem Schwarzen Stein gestülpt, den Siegelring des Ordens der Vollstrecker. Sie betrachtete die Gravur in dem schwarzen Stein, den Erzengel mit dem Flammenschwert vor dem goldenen Kreuz. »Das Brandmal einer Mörderin trage ich in meiner Seele, Vater. Und ich habe Angst, dass der Erzengel mich töten wird, und Waldemar mit mir.«

Sie schloss die Augen, lauschte den inneren Stimmen ihrer Erinnerung, erlauschte wieder die Stimme des Vaters. *Achte auf deinen Bruder*, hörte sie ihn sagen. *Ich glaub' an dich. Geh.* Sein letzter Kuss brannte auf ihren Lippen.

Und dann war es, als würden sich die Schleusen ihres Herzens öffnen – die Sehnsucht nach ihrem Vater weitete ihre Brust, ihre Kehle, und die Tränen schossen ihr nur so aus den Augen. Runja warf sich über ihre Waffen auf den Strohsack und weinte laut. »Mein Vater, mein Vater.« Sie küsste den Krummdolch und die Armbrust. »Mein Vater, mein Vater!«

Eine Zeitlang lag sie so da, schluchzend und seine Geschenke küssend. *Darf ich überhaupt noch mit dem Vater sprechen?*, fragte sie sich. *Darf eine wie ich überhaupt noch beten? Gehört eine mit solch einem Mördermal in der Seele noch zu den Menschen, oder ist sie schon ein wildes Tier? Gehöre ich noch in die Gemeinschaft der Kirche, oder bin ich längst ausgestoßen und für die Hölle bestimmt?*

Sie richtete sich auf, drückte die Armbrust an sich, schluchzte. *Ausgestoßen. Für die Hölle bestimmt.* Hatte sie denn noch etwas zu verlieren? »Ja«, flüsterte sie, »meinen kleinen Bruder. Ja, meinen Geliebten.«

Sie schniefte und schnäuzte sich, nahm schließlich den Pfeilbolzen zwischen die Finger, über dem der Ring gesteckt hatte. Sie drehte ihn, schaute ihn von allen Seiten an. Eibenholz. In die eiserne Spitze waren vier klingenscharfe Kanten eingeschliffen. Ein mörderisches Geschoss. Tödlich selbst dann, wenn man nicht genau die Stirn, das Herz, das Auge, die Luftröhre traf. Eine solche Eisenspitze zerschlug Fleisch, Knochen, Adern.

Runja griff nach dem Kreuz, untersuchte es. Eichenholz. Ein sehr hartes Holz, das hatte der Vater sie gelehrt. Aus dem weichen Lindenholz schnitzte man Küchenbesteck oder drechselte Tischbeine; aus dem harten Eichenholz schlug man Keile und Dachbalken.

Runja drehte das Kruzifix um und griff nach ihrem Krummdolch. Mit seiner Klinge ritzte sie eine Kerbe in die Kante des Kruzifixes, versuchte einen spitzen Keil aus dem Eichenholz zu schneiden. Auf einmal ahnte sie einen Weg.

Später nahm sie den Pfeilbolzen, über dem der Siegelring des Vollstreckerordens gesteckt hatte, stellte die Talglampe vor sich auf den Strohsack und versuchte, in ihrem Schein die Sehnen zu zerschneiden, die den hölzernen Schaft und die eiserne Spitze zusammenhielten.

Hatte Alma ihr nicht erst vor kurzem eine Nachricht von Pirmin vorgelesen? Die Zwergwüchsige konnte also lesen. In Runjas Kopf nahm die Ahnung eines möglichen Ausweges klare Umrisse an.

Sie arbeitete lange, war hellwach und wurde mit jedem Handgriff wacher statt müder. Sie dachte an Waldemar, während sie arbeitete, sie dachte an Pirmin, sie sprach mit ihrem Vater. Manchmal fuhr sie hoch und hielt inne, weil ihre eigene Stimme sie erschreckte. Wurde sie denn wahnsinnig vor lauter Seelenpein? Irgendwann schlugen die Glocken des Kaiserdoms sechs Mal; kurze Zeit später war sie fertig.

Kurz vor Sonnenaufgang würde Pirmin aufbrechen – erst in den Dom, dann zur Elbe. In etwas mehr als zwei Stunden. Runja sprang vom Bettgestell, huschte zur Tür nach draußen. Eisige Kälte schlug ihr entgegen. Hinter den Fenstern des Hauptgebäudes flackerten Lichter, aus dem Kamin stieg Rauch.

Sie kehrte um, stieg in ihre Stiefel, raffte die Decken um den Leib und zog sich die Kapuze über den Kopf. Derart vermummt huschte sie über den verschneiten Hof und ins Haus. Eine junge Stiftsdame stand am Herd, schüttete Gerstenschrot in einen großen Milchtopf.

»Ich brauche Pergament, Tinte und Feder«, sagte Runja.

»Einen gesegneten Morgen«, erwiderte die junge Frau. »Was willst du denn um diese Zeit mit Schreibzeug?«

»Frage nicht. Gib es mir einfach. Bitte.«

Die andere zog den Milchtopf vom Feuer, stellte den Getreidesack auf den Tisch und bückte sich durch eine Tür in einen Nachbarraum. Wenig später kehrte sie mit Pergament, Feder und Tintenfass zurück. »Was hast du vor?«, fragte sie.

»Ich will meinem Bruder einen Abschiedsbrief schreiben.« Wer töten konnte, konnte auch lügen, ohne die Miene zu verziehen. »Waldemar wird heute in Ketten vor den Richter und den Schöffenstuhl geführt.«

»Das tut mir so leid.« Die junge Stiftsdame strich ihr über die Wange und gab ihr das Schreibzeug. Runja bedankte sich, machte kehrt und lief durch die Kälte zurück in die Gesindehütte. Mit gekreuzten Beinen hockte sie sich auf den Strohsack, tauchte die Feder ins Tintenfass und schrieb wenige knappe Sätze auf das Pergament.

Sorgfältig blies sie hinterher die feuchten Buchstaben an, wartete, bis sie ganz sicher getrocknet waren. Dann rollte sie das

Pergament um ein dünnes Stück Holz, verschnürte es mit einem alten Kälberstrick und stand auf. Die Domuhr schlug sieben Mal.

Sie packte ihre Sachen – die Armbrust, den Pfeilbolzen, den Brustgurt mit den anderen Geschossen, den Krummdolch. Armbrust und Gurt wickelte sie ins Bärenfell und stopfte es in die Satteltasche. Den Ring steckte sie in die Manteltasche. Danach sattelte sie ihr Pferd und legte vier alte Kartoffelsäcke auf den Sattel. Sie fütterte das Tier, ließ es auch reichlich saufen. Sie wusste ja nicht, wann sie heute aus dem Sattel kommen würde.

Noch einmal überquerte sie den Hof und trat in das Haus der Stiftsgemeinschaft. Die Beginen hatten längst gefrühstückt. Mutter Hildegard und die junge Frau, die ihr das Schreibzeug gegeben hatte, räumten auf. Alle anderen waren schon bei ihrer täglichen Arbeit – im Hof, im Stall, an den Spinnrädern, an den Webstühlen.

»Geht es dir besser?«, wollte Hildegard wissen.

»Ist noch Brei da?«, fragte Runja. Die beiden anderen sahen einander an. Hildegard wischte sich schließlich die Hände an einem Tuch ab und schöpfte Brei in eine Schüssel. Runja setzte sich, faltete die Hände und bewegte stumm die Lippen. Sie betete nicht, sie sprach im Geist mit ihrem Vater.

Mit Heißhunger verschlang sie danach den Getreidebrei und trank das warme Wasser, das Mutter Hildegard ihr in einem Becher vorsetzte. »Warum schlingst du so?«, fragte Hildegard. »Willst du etwa noch vor dem Morgengebet fort?« Runja nickte nur. Draußen graute bereits der Morgen. Bald würde die Sonne aufgehen, bald würde Pirmin zum Stundengebet in den Dom aufbrechen. Und danach zur Elbe reiten.

Runja stand auf und schlüpfte in den Mantel. Im Stehen kippte sie den Rest Wasser herunter. »Du bist so unruhig«, sagte Hildegard. »Du fieberst noch, ich sehe es deinem Blick an.«

Runja knallte den Becher auf den Tisch, ging zu ihr und umarmte erst sie, dann die jüngere. Die machte sich ganz steif, schien tief erschrocken. »Danke für alles«, sagte Runja und lief zur Tür.«

»Wo gehst du denn hin?«

»Ich weiß es nicht.« Die Klinke schon in der Hand, drehte Runja sich noch einmal um. »Vielleicht in die Hölle. Betet für mich.« Sie stürzte in die Kälte hinaus, lief durchs Morgengrauen in den Stall und zog ihr Pferd heraus.

Am Zügel führte sie es zum Breiten Weg und dann über den Domplatz bis an Wehrmauer und Elbe. Ein paar Fuhrwerke waren unterwegs, wenige Reiter, noch weniger Männer und Frauen zu Fuß. Runja konnte sie an den Fingern einer Hand abzählen. Der Morgenhimmel hatte die Farbe grauer Milch.

Am Moritzkloster band sie das Tier etwas abseits der Straße an eine Birke. Sie schlich an den Gassenrand, kauerte sich an der Klostermauer nieder, beobachtete Pirmins Garten und Haus. Sein Anwesen lag kaum dreihundert Schritte entfernt vom Kloster.

Es wurde nach und nach heller. Dunst stieg aus dem Schnee. Aus dem Kloster drang Gesang. Fackelschein bewegte sich auf Pirmins Anwesen. Johannes holte die Pferde aus dem Stall. Runja ließ sich Zeit; Pirmin würde ja noch am Morgengebet im Chor teilnehmen, und zu früh durfte Alma den Brief nicht finden. Die Domglocken läuteten.

Als Runja sich später mit dem Rücken gegen die Schmalseite von Pirmins Haus drückte, waren die Männer längst unterwegs zum Dom. Runja schlich zum Küchenfenster; es war nur angelehnt. Alma konnte sie nirgends entdecken, doch auf dem Backtisch neben dem Herd stand die große Schüssel, in der die Zwergwüchsige den Sauerteig für das Brot anzusetzen pflegte.

Runja drückte das Fenster auf, lauschte. Stimmen draußen vor der Küchentür. Alma sprach mit Jusuf. Wahrscheinlich bat sie ihn, den schweren Mehlsack in die Küche zu tragen. Runja zog das Rundholz mit dem Pergament aus dem Mantel. Sie zielte sorgfältig und warf – der Brief knallte in die Schüssel, die Stimmen verstummten.

Runja zog das Fenster zu, rannte los. Sie sprang aufs Pferd, schwang sich in den Sattel und trieb es am Kloster vorbei die Böschung hinunter. Unterhalb der Wehrmauer trabte sie über den Uferweg. In einer Mauernische wartete sie, beobachtete die Elbbrücke. Müsste das Stundengebet nicht längst vorüber sein? Es war kalt, so kalt. Endlich sah sie zwei Reiter über die Brücke reiten.

Sie zog die Kartoffelsäcke unter dem Sattel heraus, band sie um die Hufe ihres Pferdes und stieg wieder in den Sattel. Vielleicht gelang es, vielleicht hörte Johannes sie nicht über die Brücke reiten. Runja trieb das Tier über den Strom. Die beiden Männer hatten die Brücke längst hinter sich und waren nach links in die winterlichen Auen hineingeritten.

Runja folgte den Spuren ihrer Pferde. Ungefähr vierzig Ruten vor dem Anlegesteg, von dem aus Pirmin gewöhnlich in die Elbe stieg, band sie das Pferd an einem kahlen Ahorn fest. Sie wickelte die Armbrust aus dem Bärenfell, hängte sich beides über die Schultern. Pirmin hatte sie niemals mit ihrer Waffe gesehen.

Sie klemmte den Pfeilbolzen zwischen die Zähne – jenen, den sie bearbeitet hatte – und schlich geduckt zum Elbufer. Hundert Schritte vor dem Anlegesteg kroch sie nur noch bäuchlings im Schnee. Vierzig Schritte vor dem Ufer lag sie still und spähte zur Elbe.

Zwischen Schilf und kahlem Buschwerk erkannte sie Pirmins geliebte Gestalt. Er streifte eben seine Kleider ab. Ihr Herz schlug schneller. »Verzeih mir, mein Liebster«, flüsterte sie, »verzeih mir, wenn du kannst.« Sie legte den Pfeilbolzen in die Armbrust. Johannes spähte nach links und rechts, blickte auch hinter sich, bemerkte sie aber nicht.

Runja wartete. Zuerst sollte er baden, dann würde sie schießen. So war es besser. Sie beobachtete ihn, sah, wie er seinen nackten

Körper mit Schnee abrieb, sah, wie er mit großen Schritten über den Steg zum Wasser lief. Diesmal sprang er nicht in den Fluss – das Wasser war zu kalt. Stattdessen stieg er über eine Leiter in die Elbe.

Runja wusste, dass er um die Jahreszeit nicht lange im Wasser zu bleiben pflegte, zehn Atemzüge lang höchstens, schätzte sie. Länger hielt selbst einer wie er das eisige Wasser nicht aus.

Sie stemmte die Armbrust an die Schulter, zählte ihre eigenen Atemzüge. Nach zwanzig erschien Pirmins Blondschopf wieder auf der Leiter. Dann sein Oberkörper, dann sein Bauch, seine Hüften, seine Schenkel. Er stemmte sich an den Leiterholmen auf den Steg. Johannes bückte sich nach seinen Tüchern und Kleidern. Pirmin schritt über den Steg.

Von der Brücke her tönten Stimmen, noch kaum zu hören. Ein Mann und eine kleine Frau rannten ans Westufer, noch kaum zu sehen. Sie winkten und riefen.

Pirmin hatte schon fast das Ufer erreicht. »Verzeih mir, Liebster.« Runja zielte auf seinen nackten Körper, zielte sorgfältig. »Lieber Heiland, hilf mir.« Sie löste den Abzugsbügel. Sie sah den Pfeilbolzen nicht, hörte ihn aber durch die kalte Luft sirren. Pirmin riss die Schultern hoch, taumelte rückwärts und stürzte auf den Steg.

3

WARTEN

Die Domglocken läuteten zum zweiten Stundengebet des Tages, zur Terz. Laurenz nahm als Erster im Chorgestühl Platz. Schon beim Morgengebet war der Domdekan ganz gegen seine Gewohnheit der Erste gewesen. Nacheinander betraten einzelne Domherren den Chorraum, verneigten und bekreuzigten sich vor dem Hochaltar, suchten ihre Plätze im Gestühl auf. Der Platz des Scholasters war noch leer.

Laurenz senkte den Blick. Anders konnte er der Versuchung nicht widerstehen, ständig zu den Eingängen des Chorraums und zu Pirmins Platz zu äugen. Auch der Sitz neben ihm blieb leer, seit Tagen schon. Seit Sebastians bedauerlichem Selbstmord.

Niemand sprach. Kleider raschelten, Schritte scharrten, die Glocken dröhnten; wenn sich wieder einer setzte, knarrte das Chorgestühl. Laurenz hob den Blick – Pirmins Platz war noch immer unbesetzt. Auch an den Eingängen sah Laurenz ihn nicht. Unruhig rutschte er hin und her.

Erstaunlich wenige Chorknaben entdeckte er im Gestühl. Und keinen einzigen Domschüler. Was hatte das zu bedeuten? Noch läuteten die Glocken, noch konnte der Scholaster auftauchen. Es geschah nicht selten, dass er erst beim letzten Glockenschlag auftauchte.

Wieder blickte Laurenz auf seine gefalteten Hände hinab. Sein Knie und seine Ferse wippten auf und ab. Er merkte es und hielt still. Der leere Platz neben ihm erregte seinen Ärger jeden Tag aufs Neue. Waldemar von Seeburg sollte hier sitzen, seit Jahresbeginn bereits. Und wo saß er, der närrische Bursche? Im Kerkerverlies unter der Vogtsburg. Wartete in Ketten auf den Gerichtstag, musste nach dem Mittagsgebet vor Richter und Schöffenstuhl treten.

Trotzkopf, elender! Wusste die Ehre nicht zu schätzen, als sein Sekretär in der Propstei und am Hof des Domdekans zu dienen! Wollte sich nicht küssen lassen, wollte seinen hochwürdigen Herrn nicht trösten! Allein dafür schon hatte er eine Strafe verdient! Sauer stieg es Laurenz aus dem Magen herauf.

Er hob den Blick – Dagomar saß auf einem jener hinteren Plätze, die den Gästen des Erzbischofs und des Domkapitels vorbehalten waren. Der Platz des Scholasters war noch immer leer. Klammheimliche Freude erfüllte Laurenz. Er nickte dem Schwarzen Abt zu, senkte wieder den Blick. Nur nicht zu früh freuen. Erst einmal abwarten; noch war der letzte Glockenschlag nicht verklungen.

Sollte Pirmin beim Mittagsgebet noch leben, würde Dagomar vor Richter und Schöffenstuhl als Zeuge auftreten. Laurenz hatte gehört, dass der Richter und einige Schöffen seinen beiden Waffenknechten nicht recht trauten. Dagomar aber war Benediktiner. Wer wollte die Zeugenaussage eines Paters anzweifeln?

Der letzte Glockenschlag verklang, einer der Chorknaben sang die erste Zeile des einleitenden Verses, die Kleriker im Gestühl erhoben sich und antworteten singend mit der zweiten Zeile. Laurenz blickte hinüber zu Pirmins Platz – leer. Der Chorknabe stimmte die Doxologie an, alle fielen mit ein. Sie hatte es also getan! Sie hatte es also tatsächlich getan! Er sah hinüber zu Dagomar. Dessen Bass war deutlich herauszuhören. Laurenz nickte ihm zu. Der Schwarze Abt nickte zurück.

Der Chorknabe stimmte den Hymnus an, und aus voller Brust sang Laurenz mit. Der Domherr links von ihm sah ihn erstaunt an; Laurenz merkte es kaum. Er dachte an Waldemar von Seeburg, an den trotzigen, hübschen, störrischen Knaben. Nein, er konnte ihn gar nicht mehr leiden, diesen ungehorsamen Hurenbalg! Ein Glück, dass er früh genug sein wahres Gesicht gezeigt hatte.

Laurenz liebäugelte inzwischen mit einem anderen Domschüler, ebenfalls blond, jedoch zwei Jahre jünger als Waldemar. Und gehorsamer als der Trotzkopf. Sein neuer Augenstern hatte sich brav von Laurenz küssen lassen. Im Beichtstuhl. Höchste Zeit, ihn dem Domkapitel als Chorknaben zu empfehlen.

Doch was sollte er mit Waldemar machen? Ein Befehl von Laurenz an die Waffenknechte, ein Wort Dagomars vor dem Schöffenstuhl, und der Richter würde ihn heute freisprechen. Und dann?

Der Chorknabe stimmte den Psalm an. Laurenz sang, ohne zu wissen, was er sang. *Ich habe mich getäuscht*, würde Dagomar sagen müssen, *nicht Waldemar von Seeburg, sondern ein Wende hat Walter von Schwerin erstochen*. Nur das würde Dagomar sagen müssen, und der Richter würde das störrische Luder freisprechen. Doch was dann?

Der Gesang verklang, alle nahmen Platz. Der Chorknabe las das tägliche Kapitel aus der Heiligen Schrift vor.

Was etwa, wenn der Hurenbalg sich rächen würde? Oder wenn er Verdacht geschöpft hatte? Vielleicht hatte ihm seine Schwester sogar erzählt, dass er, Laurenz, sie erpresste. Sollte Pirmin sterben, müsste man Waldemar einschärfen, nie mehr ein Wort über die Sache zu verlieren. Man müsste ihn bei seinem Seelenheil schwören lassen. Doch würde er sich daran halten, störrisch, wie er war?

Noch blieb Laurenz Zeit, seine Entscheidung zu bedenken. Noch wusste er ja auch nicht sicher, ob Pirmin lebte oder bereits tot war. Laurenz sah hinüber zum leeren Platz des Scholasters. Vielleicht hatte ja nur ein Besucher oder ein Unwohlsein ihn aufgehalten.

Nach der Lesung erhoben sich alle im Chorgestühl. Das Gebet folgte. Der Gedanke an Pirmins möglichen Tod ließ Laurenz' Herz höher schlagen. Der Chorknabe stimmte den Schlussvers an, der Chor der Domherren antwortete. Dann das Amen, dann läuteten wieder die Glocken. Und die Domherren verließen Gestühl und Chorraum. Jeder wollte zurück zu seiner Arbeit eilen.

Weit kam keiner, auch Laurenz nicht. Im Langschiff hinter dem Lettner warteten etwa zehn Domschüler und einige Dutzend Magdeburger. In kürzester Zeit umringte eine Menschentraube die Domherren. Die Domschüler drängten sich um ihren Dekan.

»Der Scholaster ist nicht zum Unterricht erschienen«, sagte einer. »Er ist bei seinem morgendlichen Bad in der Elbe ertrunken«, rief ein anderer, und aus der Menge tönte ein Fuhrmann: »Pirmin von Paris ist tot! Erschlagen – ich hab gesehen, wie seine Diener seinen Leichnam auf einem Karren über die Brücke geschoben haben!«

»Gütiger Gott, erbarme dich!«, entfuhr es Laurenz. Innerlich frohlockte er. »Ist das denn wirklich wahr?« Andere Domherren bekreuzigten sich, schlugen die Hände über dem Kopf zusammen, zerknüllten ihr Birett oder rauften sich das Haar. »Seid ihr denn sicher, dass der Tote auf dem Karren unser geliebter Bruder Pirmin gewesen ist?«, fragte Laurenz nach.

Seiner Sache ganz sicher war der Fuhrmann sich nicht; er habe von Pirmins ja durchaus auffälligem Gesinde auf den Namen des Toten geschlossen, gab er zu.

Eine junge Frau aus dem Beginenstift dagegen behauptete, ganz sicher zu sein, dass Pirmin tot war. »Ich habe mit seiner Nachbarin gesprochen«, erklärte sie, »und die hat Alma weinen sehen – Ihr wisst schon, Hochwürden, Pirmins zwergwüchsige Magd. Die Nachbarin hat gefragt, warum sie traurig sei, und Alma hat ihr erzählt, dass jemand den Scholaster mit einem Pfeil totgeschossen hat.«

Die Stiftsdame schob sich dicht an ihn und öffnete ihre Faust. »Das soll ich Euch überbringen, Hochwürden«, flüsterte sie. Ein Pergamentröllchen lag in ihrer hohlen Hand. »Rubina von Seeburg bat mich darum.« Laurenz tat gleichgültig. Er nickte nur, nahm das Pergament und steckte es unter seinen Mantel.

Die Domherren palaverten; manche weinten; einer schlug vor, doch einfach zum Anwesen des Scholasters zu gehen und sich davon zu überzeugen, dass hoffentlich nichts an diesem grässlichen Gerücht dran sei. Die Domuhr schlug halb zehn.

Laurenz wechselte einen verstohlenen Blick mit Dagomar. Noch zweieinhalb Stunden bis zum Beginn des Gerichtstages. Er nickte. »Gehen wir zu Pirmins Haus.«

Auf dem Domplatz entrollte er Rubinas Nachricht und las: *Ich warte im Beginenstift auf meinen Bruder.*

*

Erste Strahlen der Januarsonne fanden den Weg ins Dormitorium. Eine Stunde noch, dann würde ihr Licht auf Runjas kaltschweißigem Gesicht liegen. »Heiße Brustwickel mit gekochten Zwiebeln«, sagte der Medikus. »Und einen Tee aus Huflattich, Pfefferminze und Anis.« Zwei Stunden noch, dann würde der Gerichtstag beginnen.

»Waldemar«, murmelte sie. Irgendetwas stimmte nicht mit ihrer Zunge. »Pirmin …« Seltsam schwer war sie ihr.

Eine Begine hatte ihr Bett am Südfenster frei gemacht und war zu einem Bett neben der Tür umgezogen. »Sie braucht Sonne«, hatte der Medikus erklärt. Mit Hildegard, zwei jungen Stiftsdamen und dem Priester von Sankt Sebastian stand er um ihr Bett. Das bebte aus irgendeinem Grund. »Außerdem zieht es an der Tür zu sehr.«

Eine der Frauen, die sie *Schwester* nannten, brachte einen warmen Feldstein und schob ihn ihr unter die Decke und an die Füße. Der Medikus, ein Benediktiner, beugte sich über sie und legte ihr noch einmal die Hand auf die Stirn. »Das Fieber steigt weiter«, sagte er. »Ich werde am Nachmittag wieder nach ihr schauen.« Er musterte sie mit besorgtem Blick, nickte ihr zu und ging.

Mutter Hildegard setzte sich zu ihr aufs Bett und nahm ihre Hand. »Armes Kind, wie du zitterst.«

»Vielleicht nehmen wir den warmen Stein lieber wieder weg

und machen ihr kalte Wadenwickel stattdessen«, schlug eine der jungen Frauen vor.

»Erst, wenn sie nicht mehr zittert«, erklärte Hildegard. »Geh, koch Zwiebeln und bereite den Brustwickel.« Sie streichelte Runjas Wangen. »Armes Kind, was ist dir nur zugestoßen?«

Ich habe meinen Liebsten tot geschossen. Runja bewegte stumm die Lippen. *Und jetzt warte ich auf meinen kleinen Bruder.*

»Das ist keine Lungenentzündung«, wandte Mutter Hildegard sich an den Priester. »Ein Nervenfieber ist das. Das junge Weib muss Schreckliches erlebt haben.« Der Priester kniete auf der anderen Seite des Bettes nieder, bekreuzigte sich und begann zu beten.

Runja war zu ihrem Pferd gerannt, gleich nachdem sie geschossen hatte. Um keinen Preis hatte sie Alma und Jusuf in die Arme laufen wollen. In einem großen Bogen war sie durch den Wald geritten. An viel mehr erinnerte sie sich nicht. An ein flaches Flussbett vielleicht noch und an die Brücke in der Nähe jenes verhassten Gehöftes. Wie sie zurück nach Magdeburg gekommen war und hierher ins Dormitorium, das wusste sie nicht.

»Bete für Waldemar, meine arme Mutter.« Ihre Eltern standen Runja vor Augen. »Bete für mich, mein armer Vater«, murmelte sie. »Bete für meine Seele.«

»Das tut er doch schon«, sagte Hildegard leise. Sie glaubte, Runja meine den Priester, der eine Unmenge lateinischer Worte ausstieß. Einige verstand Runja. Sie versuchte, sich Pirmin statt des Priesters an ihrem Bett vorzustellen. Das ging ganz leicht. Wie aus seinem Mund gesprochen, klangen all die lateinischen Worte auf einmal. »Mein Geliebter«, murmelte Runja, »mein armer Geliebter.«

Pirmin neben ihrem Bett öffnete ein Fläschchen, goss duftendes Öl auf seine Fingerspitzen und salbte ihre Stirn damit. Was tat er denn da? Warum nur trug er ein Messgewand? Jetzt schlug er das Kreuz über ihr. Runja nahm seine Hand, zog sie an ihren Mund, küsste sie. »Denke an Waldemar, mein Geliebter, bete für ihn. Der kleine Furz muss jetzt vor den Schöffenstuhl treten.«

»Armes Kind«, sagte Mutter Hildegard, und wieder: »Armes Kind.«

Pirmin schenkte Wein in einen silbernen Kelch ein und trank ihn. Wieder Gebete, wieder schlug er ein Kreuz. Er steckte ihr eine Hostie in den Mund. Und wieder Gebetsworte, und wieder ein Kreuz.

Die Hostie klebte auf Runjas trockener Zunge. Mutter Hildegard hob ihren Oberkörper an, setzte ihr einen Becher an die Lippen. »Trink, mein armes Kind.« Runja trank das dünne Bier. Es schmeckte bitter. Der Medikus hatte eine Tinktur hineingeträufelt. Immerhin spülte es die Hostie hinunter. Runja hustete, Hildegard klatschte ihr auf den Rücken.

Pirmin stand auf und machte einer jungen Frau Platz. »Geh noch nicht, mein Geliebter«, flüsterte Runja, »gehe nicht ohne mich in den Himmel, bleib noch ein wenig.«

Es roch nach Zwiebeln. Hildegard legte Runja wieder ab und deckte sie auf. Die junge Frau legte etwas sehr Warmes auf die nackte Haut ihrer Brust. Die Domglocke läutete, vergeblich versuchte Runja die Schläge zu zählen.

Pirmin drehte sich um und ging zur Tür des Dormitoriums. »Bleibe doch, mein Liebster!«, schrie sie. »Bleibe bei mir!« Er ging nach draußen. Ein Weinkrampf schüttelte sie. Jemand hielt ihr Gesicht fest, flüsterte ihr Worte zu, die sie nicht verstand. Vielleicht ihre Mutter, vielleicht ihre Tante, vielleicht Hildegard. Sie schlief ein.

Als sie aufwachte, blinzelte sie in die Mittagssonne. Sie zitterte nicht mehr, ihr Kopf fühlte sich klarer an. Man hatte ihre Waden in kalte Wickel gepackt. Statt Hildegard kniete jetzt eine junge Frau neben ihrem Bett. »Ist Waldemar schon gekommen?« Die Frau schüttelte den Kopf.

Runja erinnerte sich plötzlich, zwei Briefe geschrieben zu haben. Den letzten, kürzeren an den Domdekan. Den hatte sie dieser Frau mit der Bitte in die Hand gedrückt, ihn in die Propstei zu bringen.

Sie langte nach ihrem Arm und zog sie zu sich. »Hast du ihm den Brief gegeben?« Die junge Begine nickte. »Was hat er gesagt?«

»Nichts hat er gesagt. Gelesen hat er ihn und eingesteckt.«

Was würde der Domdekan jetzt tun? Runja grübelte. *Wann würde er Waldemar schicken?* Der Kopf tat ihr weh. *Ob er Dagomar erzählen würde, wo sie wartete?* Sie dachte an ihren Krummdolch, sie dachte an ihre Armbrust. »Bring mir meine Satteltasche aus dem Pferdestall, ich bitte dich, Schwester.« Plötzlich machte Angst ihr die Kehle eng.

»Warum denn?«

»In ihr stecken Geschenke meines Vaters. Die möchte ich bei mir haben. Dann werde ich schneller gesund.«

*

Weit über hundert Magdeburger drängten sich vor dem Torbogen zu Pirmins Garten. Entlang der gesamten Grundstücksmauer war der Schnee schmutzig und zertreten. Sie bildeten eine Gasse, Laurenz schritt durch sie hindurch und auf den Gartenweg. Andere Domherren folgten ihm: der Organist, der Kämmerer, der Bibliothekar, der Kellermeister. Laurenz sah sich nach dem Schwarzen Abt um: Dagomar mischte sich lieber unter das gaffende Volk.

Auch auf der Treppe zwischen den Säulen drängte sich eine erregte Menge. Junge Männer meist, viele Domschüler und Chorknaben. Laurenz scheuchte sie davon. An der offenen Haustür stand der Goliath. »Ich darf niemanden reinlassen.«

»Wer sagt das?«, herrschte Laurenz ihn an.

»Alma«, antwortete der große Gärtner ungerührt. »Alma ist die Hausherrin, wenn der hochwürdige Herr Scholaster nicht da ist.«

»Nicht da?« Laurenz legte den Kopf in den Nacken, sah zu ihm hinauf. »Ist Pirmin denn nicht im Haus?«

»Sein Leichnam ist im Haus, Hochwürden, seine Seele ist im Himmel«, erklärte der Goliath feierlich. »Also ist er nicht im Haus. Wie soll er im Haus und im Himmel zugleich sein?«

»Du Narr!« Laurenz wurde laut. »Weißt du nicht, dass die Seele nach dem Tod erst einmal ins Fegefeuer muss? Erst am Jüngsten Tag, bei der Auferstehung der Toten, geht es in den Himmel!«

»Also hab ich recht!« Der Goliath zeigte sich unbeeindruckt. »Der hochwürdige Herr Scholaster ist nicht im Haus – vielleicht ist er im Fegefeuer. Falls es das gibt. Ich glaube aber, er ist im Himmel.«

»Du glaubst nicht an das Fegefeuer?«

»Lass doch die hochwürdigen Herren herein, Johannes!«, rief eine schluchzende Frauenstimme aus dem Haus. »Sie wollen ihren Bruder im Herrn betrauern und für seine Seele beten.«

Endlich wich der Goliath von der Türschwelle. Laurenz und die Domherren betraten die Eingangshalle; einige besonders mutige Domschüler folgten. Man hatte den Scholaster neben der Statue seiner Frau aufgebahrt. Der Bronzehäutige stand neben ihm, der Mann aus dem Morgenland. Er weinte.

Ein großes Leintuch bedeckte Pirmins Körper und den Tisch, auf dem er lag. Über seinem Herzen hatte sich ein großer Blutfleck auf dem weißen Leinen ausgebreitet. Auf dem schwarzroten Fleck lag ein Bronzekreuz. Pirmins Kinn hatten sie hochgebunden, seine blonden Locken quollen unter der Binde heraus.

Viele Domherren bekreuzigten sich. Einige wandten sich ab und verbargen ihr Gesicht in den Händen. Viele Domschüler begannen zu weinen. Den Domdekan jedoch, Laurenz, erfasste eine maßlose Erleichterung.

Sie hatte es getan! Er betrachtete den Blutfleck im Leinentuch. Sie hatte ihn ins Herz geschossen – was für ein gefährliches Weib! Es hatte ihm den Weg nach Havelberg frei geschossen. Euphorie ergriff ihn, während um ihn herum geschluchzt und Gebete gemurmelt wurden.

»Hat er das Sakrament noch einmal empfangen?«, fragte Laurenz und biss sich sofort auf die Zunge. Verwunderte Blicke trafen ihn.

»Wie denn, Hochwürden?« Die zwergenhafte Alma schnäuzte sich. »Er war doch schon tot, als wir ihn auf den Karren luden.«

»Natürlich.« Laurenz wandte sich ab. »Natürlich.«

»Schultheiß, Vogt und Richter werden morgen die Stelle beschauen, an der es geschehen ist«, versicherte der Domkellermeister. »Und selbstverständlich auch Hochwürden Dekan. Heute allerdings ist Gerichtstag, wie du vielleicht weißt.«

»Ich weiß doch, ich weiß.« Die weinende Alma winkte ab. »Wir brauchen Zeit, um unseren geliebten Herrn zu betrauern. Ein Bote ist losgeritten, um seiner Verwandtschaft in Paris die böse Nachricht zu überbringen.«

Laurenz wandte sich ab und verließ das Haus. Domherren, Chorknaben und Domschüler folgten ihm. »Welch ein Unglück«, sagte der Organist neben ihm, »welch ein Verlust für unser Domkapitel.«

»Ja«, sagte Laurenz, »welch unersetzlicher Verlust.«

Sie gingen zurück in den Dom. »Nach dem Mittagsgebet beginnt der Gerichtstag.« Wie aus dem Nichts war Dagomar neben dem Domdekan aufgetaucht. »Was soll ich dem Richter und den Schöffen erzählen? Habt Ihr Euch entschieden, Hochwürden?«

*

In ihrem Traum herrschte Hochsommer. Von Früchten schwere Bäume und eine farbenprächtige Blumenwiese umgaben sie. Die Sonne stand hoch über bewaldeten Gipfeln. Im Tal mäanderte ein Fluss durch liebliche Auen. Ein Löwe lag dort zwischen weidenden Lämmern. Vogelschwärme schwangen sich durch die warme Luft.

Sie war nackt, und Pirmin war es auch. *Schön*, dachte sie, *wir sind im Paradies.*

Eine Stimme rief sie, tief und kräftig. Sie wandte sich um – in der Krone eines Apfelbaumes saß ein Mönch in schwarzer Kutte. »Hier, Rote Löwin«, sagte er und warf ihr einen roten Apfel zu.

»Nicht anfassen!«, rief Pirmin.

Zu spät. Sie fing den Apfel auf, schaute ihn an – und hielt plötzlich einen von Blut verschmierten Krummdolch in der Hand. Runja hob den Blick: In der Baumkrone saß Dagomar und feixte böse. »Loslassen!«, schrie Pirmin. »Lass die Klinge los!« Runja öffnete die Faust, doch der Krummdolch klebte an ihrer Hand wie ein sechster Finger.

Wieder schrie jemand. Wieder Pirmin? Runja fuhr hoch – der Schein von Kienspanflammen und einer Öllampe fiel auf ihr Bett. Sie hatte geträumt. Mutter Hildegard saß auf ihrem Bett. Hinter ihr standen zwei junge Stiftsdamen. Sie guckten, als hätte gerade eben eine schlechte Nachricht sie aus dem Schlaf gerissen.

»Was ist geschehen?«, fragte Runja. Sie blickte sich um – vor den Fenstern war es dunkel. Hatte sie so lange geschlafen? »Ist Waldemar schon hier?«

Mutter Hildegard schüttelte den Kopf. »Nichts ist geschehen.« Sie legte Runja die Hände auf die Schultern, drückte sie zurück in die Kissen. »Gar nichts.« Ihre Stimme klang bedrückt, ihr Blick wirkte todtraurig. »Geht es dir besser?«

»Ja.« Runja nickte. »Jemand hat geschrien«, sagte sie.

»Niemand hat geschrien.« Hildegard versuchte zu lächeln. »Du hast schlecht geträumt.«

Ein gellender Schrei, irgendwo in der Stadt – Runja fuhr hoch. »Hört ihr es denn nicht?« Sie starrte zu den dunklen Fenstern. Und wieder: ein durchdringender Schrei. »Hört ihr wirklich nicht dieses entsetzliche Geschrei?«

Niemand antwortete ihr. Runja schaute Hildegard ins Gesicht, dann den anderen beiden. Sie hörten es. Sie wollten es nicht hören. Und wieder – ein Schrei wie von einem jungen Bullen, dem ein Unkundiger den Hoden abzuschneiden versuchte. Oder den Schädel. Viele Atemzüge lang gellte der Schrei über die Dächer von Magdeburg.

»Lieber Heiland, erbarme dich!«, brach es aus Runja heraus. »Was wird diesem Menschen da draußen denn angetan?«

Und der nächste Schrei, diesmal hörte Runja eine Lautfolge heraus. Sie stürzte zum Fenster, riss es auf, lauschte. »Runja!«, brüllte da einer. »Wo bist du, Runja!?«

»Waldemar!« Sie rannte zurück zum Bett. »Das ist mein kleiner Waldemar!« Sie packte Mutter Hildegard bei den Schultern, schüttelte sie. »Warum muss er so schreien?!« Hildegard antwortete ihr nicht. Runja griff nach Mantel und Satteltasche. »Was tun sie meinem Bruder an?!« Niemand antwortete ihr.

4

ERLÖSUNG

Eisiger Nordwind trug Waldemars Schreie in die Stadt. Runja beugte sich weit über die Mähne ihres Pferdes. Immer lauter gellten die Schreie über die morgendlichen Dächer, immer durchdringender. Gefrorener Schnee spritzte von den Hufen des Tieres auf, Reiter wichen ihr aus, eine Frau riss ihr Kind zu sich an die Fassade, ein alter Mann strauchelte und stürzte, als er zur Seite sprang. »Schneller!« In gestrecktem Galopp jagte Runja durch das Morgengrauen. Der Nordwind fegte ihr die Januarkälte ins Gesicht und Waldemars Schmerzensschreie in die Ohren.

Sie riss am Zügel, lenkte das Tier aus dem Breiten Weg zum Markt hin. Sie wusste ja, wo der Henker sein blutiges Werk zu verrichten pflegte, sie hatten ja an der Richtstätte vorbeilaufen müssen – am »Rabenstein« –, als sie im August nach Magdeburg gekommen waren.

»Schneller!« Erbarmungslos hieb sie dem Pferd die Fersen in die Flanken, schlug ihm die Zügel gegen den Hals. »Lauf doch schneller, lahmes Vieh!« Nur an Waldemar dachte sie, nur ihn fühlte sie – seine Stimme, seinen Schmerz, seine Ohnmacht. Sie ließ den Marktplatz hinter sich, preschte durchs Nordtor.

Wieder ein Schrei des Bruders! Wie eine glühende Klinge fuhr er ihr durch Herz und Eingeweide. Und dann sah sie den Richtplatz, sah die Menschen sich dort unter dem Galgen und den Bäumen rund um den Rabenstein drängen. Sie galoppierte auf sie zu. »Waldemar!« Nun schrie auch sie. »Mein Bruder, mein Bruder!«

Deutlich hörte sie jetzt, wie er zwischen zwei Schmerzensschreien ihren Namen brüllte, nicht nur einmal, sondern wieder und wieder: »Runja! Runja! Runja!« Im Reiten zerrte sie die Armbrust aus Satteltasche und Bärenfell, tastete nach dem Gurt mit den Pfeilbolzen, warf ihn sich über Kopf und Schulter.

Erste Gaffer am Richtplatz hörten den Hufschlag ihres Tieres, erste Köpfe fuhren herum. Runja hielt auf die Menge zu. »Weg da!«, schrie sie. »Aus dem Weg!« Sie beugte sich tiefer über die Pferdemähne, hämmerte ihre Absätze härter gegen den Bauch des Tieres. Endlich wichen die Magdeburger zur Seite.

Runja ritt in die Menschengasse hinein, sah das gemauerte Rundpodest, sah die blutigen Kanthölzer, sah das Rad, sah einen Blondschopf darauf, sah die Henker. »Nein!«, schrie sie. »Nein, nein!« Zwei Waffenknechte stellten sich ihr in den Weg, geboten ihr Halt mit herrischen Gesten. Sie ritt die Männer nieder.

Die Henker richteten sich auf, zogen an einem schlaffen, vielfach gebrochenen Bein. Waldemar brüllte. Seine Peiniger bückten sich, schlangen das zerschlagene Bein um die Außenseite des großen Rades. Entsetzen staute sich wie heißes Blei in Runjas Brust, schoss ihr in die Kehle, sprengte ihr schier den Schädel.

Sie zwang das Pferd, über die Steintreppe hinweg zu springen, lenkte es um den Rabenstein herum und dorthin, wo die Henker Waldemar quälten. Blut floss über das Gemäuer. Waldemars Blut.

Zeternd und fluchend rannte die Menge auseinander, als Runja unter die Bäume preschte und unter dem viereckigen Galgengestell hindurch. Auf dem vorderen der vier Balken hüpfte eine Elster hin und her. Die krächzte jämmerlich.

In Höhe des Henkers riss Runja an den Zügeln. Aus dem Sattel kletterte sie auf die Einfriedung des Rabensteins. Der Henker, sein Knecht und die beiden Männer bei ihnen waren auf sie aufmerksam geworden. Der Priester und der greise Richter wichen erschrocken zurück. Auf dem Bockgesicht des neuen Henkers lag böses Feixen, und sein Knecht starrte sie an wie einer, der plötzlich gar nichts mehr begriff. Beider Hände trieften von Blut. Von Waldemars Blut.

»Was habt ihr meinem Bruder angetan!« Runja sprang von der

Brüstung in die Richtstätte hinein; sie schrie wie von Sinnen. »Satansbrut!« Der Henker bückte sich nach der blutigen Eisenstange, mit denen er Waldemars Glieder auf den dreieckigen Kanthölzern zerschlagen hatte. Sein Knecht duckte sich erschrocken.

Runja warf sich neben Waldemars Kopf auf die Knie. Unsäglicher Schmerz packte sie bei seinem Anblick: Linker Arm und linkes Bein waren zweifach um die Außenseite des Rades gewunden, rechter Arm und rechtes Bein um zwei Speichen. Er war nackt, und an vielen Stellen ragten weiße Knochensplitter aus blutenden Wunden. Runja brüllte, raufte sich das Haar, weinte.

»Mein Bruder, mein Bruder!« Sie beugte sich über sein fahles Gesicht, küsste seine grauen, zitternden Lippen.

»Töte mich, Runja«, keuchte Waldemar. »Ich …, ich kann's nicht aushalten. Tu mir die Liebe …, erlöse mich von dieser Qual!«

Jemand griff ihr ins Haar, riss sie hoch. Runja schaute in das blöde Gesicht des Henkersknechts. Hinter ihm baute sich schon der Ziegenbart auf, hielt die Eisenstange in den Fäusten. Auf den unteren Treppenstufen sah Runja die Helmbüsche zweier Waffenknechte.

Der Henker hob die blutige Stange, wollte seinen Knecht zur Seite drücken, damit er ausholen konnte. »Was fällt dir ein, Waldluder?« Wie ein heiserer Köter blaffte er. »Aus dem Weg, oder ich schlag dir deinen roten Schädel ein!«

Das Volk schimpfte, die heranstürmenden Waffenknechte fluchten, Angelus krähte, als müsste er und nicht Waldemar sterben, und Waldemar flehte um Erlösung.

Runja zog ihren Krummdolch aus dem Mantel und riss dem Henkersknecht die Klinge durch die Kehle. Der stierte ganz ungläubig, röchelte und würgte Blut aus dem aufgeschlitzten Hals. Wut und Verzweiflung weckten Runjas Kräfte – sie stieß den Sterbenden gegen seinen Herrn, den Henker.

*

Sie kamen vom Morgengebet. Die Glocken hörten auf zu läuten, und dann hörten sie es wieder: Er schrie immer noch. Laurenz beschleunigte seine Schritte, wollte so schnell wie möglich das Portal der Propstei hinter sich schließen, um das Geschrei zu dämpfen.

»Nordwind«, sagte Dagomar. »Man hätte mit der Hinrichtung auf Westwind oder Südwind warten sollen. Der hätte das Gejammer von der Stadt weggetragen.«

»Man hätte dem Henker befehlen sollen, ihm vor dem Rädern und gleich nach dem Knochenbrechen den Kopf abzuschlagen.« Endlich das Propsteiportal. Er stieß es auf. Die beiden unteren Wachen grüßten ihn. Einen sah Laurenz zum ersten Mal hier.

»Dieser Henker ist bekannt dafür, dass er Schmerzensschreie lieber hört als das Ave Maria«, sagte der neue Wächter, ein kleiner stämmiger Mann. Jetzt erkannte Laurenz ihn: der ehemalige Henker! Der Richter hatte es beim Einzug seiner Güter bewenden lassen und ihn zu den Waffenknechten versetzt, damit er sich bewähre.

Laurenz schlug sich den Schnee von den Stiefeln, trat in die Eingangshalle der Propstei, hielt den Portalflügel für den Schwarzen Abt fest. Der blieb noch draußen stehen. Und lauschte in den kalten Morgen. Der Nordwind riss ihm die Kapuze vom Kahlkopf. Die Todesschreie wurden leiser, waren jedoch immer noch deutlich zu hören. »So jung und stark, wie er ist, kann das noch zwei Tage dauern.« Endlich trat auch Dagomar sich den Schnee von den Stiefeln. »Besser, wir gewöhnen uns daran.«

Laurenz ließ den Portalflügel los, stieg die Stufen hinauf. Er stampfte laut auf; oben sollte man hören, dass sie kamen. In der Zimmerflucht hockten die oberen Wachen an einem Tisch und würfelten. Sie nickten ihm zu; der Hauptmann zog die Brauen hoch.

Laurenz verstand: Der Gast aus dem Norden, den er erwartete, war endlich eingetroffen. Er schloss die Tür zu seinem Studierzimmer auf, ließ Dagomar den Vortritt. Er wollte die nächsten Schritte mit ihm besprechen. Die letzten.

»Hört Ihr's, Hochwürden?« Dagomar ging zum Fenster.

Laurenz schloss die Tür. »Eure Schritte höre ich, Pater Dagomar.« Er fror. Schon den ganzen Morgen war ihm kalt, die ganze Nacht. »Und das Klappern der Würfel draußen.« Die morgendlichen Lobgesänge im kalten Chorraum – die Laudes – waren eine wirkliche Tortur für ihn gewesen. »Sonst höre ich gar nichts.«

»Eben.« Der Schwarze Abt riss das Fenster auf, wies nach draußen und neigte den Kopf, als würde er schon wieder lauschen. »Er hat aufgehört zu schreien. Erstaunlich.«

»Vielleicht hat der Henker ihm doch noch den Kopf abgeschlagen?« Laurenz bot dem Mönch einen Platz am Tisch an. Der Hauptmann hatte schon Wein, Wasser und Becher hingestellt; vorübergehend ersetzte er ihm den Diener. »Jedenfalls habt Ihr Euch getäuscht, Pater Dagomar – wir müssen uns an gar nichts gewöhnen. Nicht einmal zwei Stunden lang hat der Trotzkopf durchgehalten.« Er ging zur Ostwand, wo ein Weihwasserbecken über einem Betstuhl hing.

»Vielleicht hätte der Richter ein milderes Urteil gesprochen, wenn Waldemar nicht versucht hätte, Euch zu verleumden.«

»Vielleicht.« Laurenz' Miene verfinsterte sich. Der störrische Knabe hatte es tatsächlich gewagt, vor dem Schöffenstuhl und den in der Vogtburg versammelten Ständen zu behaupten, er, der Domdekan, habe ihn zu unzüchtigen Berührungen nötigen wollen. »Das freche Luder hat die Strafe erhalten, die es verdient hat.«

»Ob seine Schwester von dem Urteil gehört hat?« Dagomar schloss dankenswerterweise wieder das Fenster. »Vielleicht sollte man damit rechnen, dass sie irgendwo in der Stadt auf uns lauert.« Er setzte sich an den Tisch, schenkte sich Wasser ein. »Ich traue ihr alles zu.«

Laurenz legte einen kleinen Hebel unter einem Weihwasserbecken um. Eine Wandtür sprang auf. Der Domdekan entnahm ihr eine hölzerne Schatulle und trug sie zum Tisch. »Sie ist wirklich in der Stadt geblieben. Ich hätte es nicht für möglich gehalten.«

Dagomar knallte den Wasserbecher auf den Tisch. »Mir scheint, Ihr wisst mehr als ich, Bruder Domdekan?«

»Ja, das tue ich in der Tat.« Laurenz öffnete die Schatulle. »Doch zunächst will ich Euch meinen Dank aussprechen.« Er griff in die Schatulle, holte ein schweres Ledersäckchen heraus und setzte es in die Mitte des Tisches. »Pirmin ist tot, der Weg zum Bischofsstuhl von Havelberg frei.« Mit einer Kopfbewegung deutete Laurenz auf das Ledersäckchen. »Nehmt das Pfund. Eine bescheidene Anzahlung auf die vereinbarten Einkünfte, die Ihr genießen werdet, sobald der Erzbischof mir die Bischofsweihen verliehen hat.«

»Ich danke Euch, Hochwürden.« Dagomar griff nach dem Säckchen und versenkte es unter seiner Kutte in eine Tasche.

»Das habt Ihr Euch verdient, Pater Dagomar. Ihr hattet die Idee, das rote Weib auf den Scholaster anzusetzen. Ihr habt Rubina von Seeburg die Kunst des Tötens gelehrt.«

»Wohl wahr, Hochwürden.« Der Schwarze Abt äugte zur Tür. »Doch lasst uns nicht allzu viel und vor allem nicht zu laut darüber sprechen.«

»Verzeiht, doch ich kann es nicht genug loben.« Laurenz griff erneut in die Schatulle, holte ein kleineres Ledersäckchen heraus. »Und dieses halbe Pfund hier braucht Ihr nicht mit Euerm künftigen Lohn zu verrechnen.« Er schob das Säckchen über den Tisch; auch in ihm klimperten Münzen. »Es ist eine Dreingabe für einen Auftrag, der mir sehr am Herzen liegt.«

»Ein halbes Pfund?« Dagomar nahm das Säckchen und wog es in der hohlen Hand. »Hundertzwanzig Silberpfennige? So viel ist Euch der Tod eines Menschen wert, Hochwürden?«

»Nicht irgendeines Menschen.« Laurenz klappte die Schatulle zu und lehnte sich zurück. »Ihr Tod.« Mit kreisenden Handbewegungen strich er sich über den brennenden Magen. »Zu gefährlich, sie am Leben zu lassen. Zu gefährlich für mich, zu gefährlich für Euch. Oder wollt Ihr irgendeinen Zeugen am Leben wissen?« Der Schwarze Abt schüttelte stumm den Kopf. »Dann tötet sie.«

Dagomar steckte das Geldsäckchen ein. »Und wo finde ich das rote Kätzchen, Hochwürden?«

»Wie Ihr schon sagtet, Pater Dagomar.« Laurenz griff unter seinen Mantel und zog das Pergamentröllchen heraus, das die fromme Frau ihm im Dom überreicht hatte. »Mitten in der Stadt.« Er legte es auf den Tisch und schnippte es hinüber zum Schwarzen Abt. »Lest selbst.«

Dagomar las. Seine Züge entspannten sich, er nickte. »Ein schöner Auftrag.« Er leerte seinen Wasserbecher, stand auf und ging zur Tür.

»Gebt mir Nachricht, wenn es vollbracht ist«, rief Laurenz.

Die Tür fiel ins Schloss, Dagomars Schritte entfernten sich rasch. Laurenz stand auf, ging zum Fenster. Das Außenportal knarrte und quietschte. Der Schwarze Abt erschien in seinem Blickfeld, stapfte durch den freigeräumten Hohlweg aus Schnee und verließ den Propsteihof. Der Domdekan wusste, dass er sich auf ihn verlassen konnte.

Er drehte sich um, ging zum Tisch und schenkte Wein ein – in einen leeren Kelch und in Dagomars leeren Wasserbecher. »Er ist weg«, sagte er laut. »Du kannst herauskommen.«

Eine Wandtür zwischen den Bücherschränken öffnete sich, ein schnurrbärtiger Mann bückte sich ins Studierzimmer herein. Seine bullige Gestalt war in einen langen Mantel aus dunkelbraunem Bärenfell gehüllt. Eine große goldene Creole glänzte an seinem linken Ohr, und vom Hinterkopf seines ansonsten kahlen Schädels hing ein langer schwarzer Zopf herab. Er hatte nur ein Auge.

»Wie viele Krieger hast du bei dir?«

»Es passt mir nicht, dass der Mönch sie töten darf.« Der Wende ließ seinen Mantel zu Boden gleiten und griff nach dem gefüllten Becher. »Sie gehört mir. Sie muss dafür bezahlen.« Er deutete auf seine Augenklappe.

»Sicher, Kasimir, sicher.« Laurenz gab sich geduldig. »Wie viele?«

»Sieben.« Der Wende nahm einen Schluck Wein. »Die Rote Löwin gehört mir, hast du das verstanden?«

»Sicher doch. Vielleicht kriegst du sie ja noch vor ihm. Wo hast du deine Krieger untergebracht?«

»Im Gasthaus am Breiten Weg.« Der Wende sank in den Stuhl, trank mehr Wein. »Du wolltest mir die Rote Löwin in die Hände geben.« Er rülpste. »Ich vergesse nichts. Nichts, was man mir versprochen, nichts, was man mir genommen hat.«

»Ich weiß schon. Doch hast du nicht an der Wand gelauscht? Hast du nicht gehört, was ich dem Schwarzen Abt gegeben habe?«

»Anderthalb Pfund Silber. Beim Buback, das habe ich gehört!« Kasimir leerte den Becher.

Laurenz verzog das Gesicht wie nach einer Ohrfeige. »Wie oft muss ich doch noch bitten, deine Dämonen nicht in meiner Gegenwart anzurufen?«

Kasimir ließ sich in den Stuhl auf der anderen Tischseite fallen und schenkte sich Wein nach. »Anderthalb Pfund Silber also. Ich hab's gehört. Und?«

»Sie gehören dir. Nimm sie dir, wenn ihr mit ihm fertig seid. Ich weiß nichts von dem Geld und will nichts davon wissen.«

»Klingt nicht schlecht.« Kasimir trank schon wieder.

»Und jetzt erzähle mir, wann dein Fürst sich taufen lassen will und wie er über ein Erzbistum an der Ostsee denkt.«

*

Auf so viel Angriffswucht einer Frau war der Henker nicht gefasst. Unter dem Anprall seines blutenden Knechtes taumelte er rückwärts, strauchelte und ließ die Eisenstange fallen. Er fluchte, stieß den Sterbenden von sich, stürzte auf die Seite.

Runja riss sich die Armbrust von der Schulter und zielte auf die beiden herbeieilenden Waffenknechte. Die sprangen zur Seite, blieben stehen, ließen ihre Schwerter sinken. Sie waren auf eine Verlobte, Gattin oder Schwester gefasst gewesen, die der Schmerz wahnsinnig machte, nicht jedoch auf eine bewaffnete Frau, die kämpfen konnte. Runja las es in ihren Gesichtern. Sie rührten sich nicht, hatten Angst. Dabei war die Armbrust nicht einmal gespannt, geschweige denn, dass ein Pfeilbolzen in ihrem Schusskanal lag.

Runja schritt rückwärts, orientierte sich an Waldemars Schreien und Stöhnen, setzte die Waffe nicht einen Augenblick ab. Neben ihrem Bruder ging sie auf die Knie, behielt aber die Armbrust an der Schulter. »Bitte, Runja, bitte, bitte!« Sie wunderte sich, dass er noch Luft hatte, so laut zu rufen. »Hilf mir … Erlöse mich …« Er stammelte. »Tu's schnell … Ich kann's doch nicht aushalten …«

Ihr Herz krampfte sich zusammen, sie legte die Linke auf seine nasse, kalte und klebrige Stirn. »Wie könnte ich das über mich bringen, kleiner Furz? Wie könnte ich Vater und Mutter in die Augen sehen, wenn ich sie im Himmel sehe? Oder im Fegefeuer?« Keiner auf dem Rabenstein rührte sich, die beiden Waffenknechte nicht, der Henker nicht. »Ich kann's einfach nicht.«

»Du liebst mich doch …« Er atmete schwer, seine Nasenflügel bebten, seine Lider zuckten. »… also kannst du es auch … sag den Eltern … sag ihnen … aus Liebe zu mir … weil ich's wollte …«

»Ich kann's nicht, ich kann's nicht tun!« Der Henker tastete nach seiner Eisenstange. Die Waffenknechte standen wie angefroren.

»Es sind … Höllenqualen … du glaubst es nicht … sieh mich doch an …« Der Henker schloss die Finger um die blutige Eisenstange. »Siehst du nicht … die Spitzen … meiner zerschmetterten Knochen? Siehst du nicht, wie … wie sie meine Haut durchbohren? Es ist vorbei … ich will sterben … erlöse mich … bitte, bitte …«

Der Henker sprang auf, wandte sich an die Waffenknechte. »Ihr Narren!« Er schwang die Stange. »Seht ihr nicht, dass sie die Armbrust gar nicht gespannt hat?« Er stürzte sich auf sie, holte zum Schlag aus.

Runja schnellte hoch, warf sich ihm entgegen. Die Menge feuerte den Henker an. Mit ihrer linken Seite deckte Runja den sterbenden Bruder, fing den Schlag mit dem linken Oberarm ab. Die Stange traf sie, und es war, als würden zehntausend Ameisen durch ihren linken Arm krabbeln. Mit der Rechten stieß sie dem Ziegenbock die Klinge ins Herz. Er brach zusammen, stürzte über seinen Knecht. Die Menge murrte. Die beiden Waffenknechte hoben ihre Schwerter, setzten einen Fuß vor den anderen.

Runja hockte schon wieder neben dem Kopf ihres Bruders. Blutiger Schleim tropfte aus seinem Mundwinkel, eine Blutlache sammelte sich unter dem Rad, auf das er geflochten war. »Ich liebe dich, deswegen kann ich's nicht.« Sie spannte die Armbrust.

»Du wirst mich erlösen … weil du mich liebst …«

»Waldemar, mein geliebter Waldemar!« Runja heulte. »Kann das denn wahr sein? Dass wir hier Abschied nehmen müssen?« Sie legte einen Pfeilbolzen in die Armbrust. Die Waffenknechte, kaum noch drei Schritte entfernt, blieben wieder stehen.

»Dieser Mönch hat … gegen mich geredet … vor dem Richter …, bitte …, sieh doch, wie ich leide …« Waldemar blinzelte ihr in die Augen. »… und achte auf Angelus …« Seine Lippen zitterten. »Er … er ist ein Engel. Bitte … erlöse mich endlich … bitte.«

Runja küsste ihn auf die Lippen und die Augen, hielt die Armbrust fest dabei. »Ich liebe dich.« Dann ließ sie die Waffe los, packte den Krummdolch und stieß ihn dem Bruder zwischen die Rippen ins Herz.« Er sog die Luft ein, sah sie an, lächelte. Dann brach sein Blick.

Stille herrschte plötzlich rund um den Rabenstein. Selbst Angelus krächzte nicht mehr. Runja zielte auf die Waffenknechte, mal auf den einen, mal auf den anderen. Tränen rannen über ihre Wangen. Mit der Linken drückte sie Waldemar die Augen zu. Kälte herrschte auf einmal unter ihrer Schädeldecke, hinter ihrem Brustbein, schneidende Kälte. Sie stand auf, ging rückwärts, wich bis zur steinernen Balustrade zurück.

»Lass jetzt gut sein, Weib«, sagte der ältere der beiden Waffenknechte. »Jetzt ist es vorbei.« Er streckte den Arm nach ihr aus, kam näher. »Gib uns das verdammte Ding.«

Runja wusste, dass sie nicht schießen durfte. Tötete sie einen, würde der andere sich sofort auf sie stürzen. Also zielte sie mal auf diesen, mal auf jenen. Geraune erhob sich in der Menge.

»Wir legen auch ein gutes Wort für dich ein«, sagte der andere. »Vor dem Richter, meine ich.« Rufe aus der Menge rund um den Rabenstein warnten Runja, verfluchten sie, priesen sie.

Sie schwang sich auf die Steinbrüstung, sprang hinunter in den Schnee. Das Pferd stand ein Stück abseits. Rückwärts lief sie zu ihm, zielte die ganze Zeit auf die beiden Waffenknechte hinter der Brüstung. Sie wagten nicht, ihr zu folgen. Rufe aus dem Volk beglückwünschten sie, beschimpften sie, segneten sie. Sie kletterte in den Sattel und trieb das Pferd an.

In gestrecktem Galopp preschte sie nach Norden. In den Wäldern des Nordens kannte sie sich aus. Ein Reiter in wehendem schwarzen Mantel galoppierte heran, schnitt ihr den Weg ab.

Runja riss an den Zügeln, ihr Pferd stieg hoch. Der Reiter war gekleidet wie ein Mönch, trug aber Kriegsbogen und Köcher. Er streifte sich den Bogen über den Kopf und spannte einen Pfeil ein.

Dagomar!

»Verfluchter!« Runja riss ihr Pferd herum, ritt nach Westen. Hinter sich hörte sie Hufschlag. Der Schwarze Abt verfolgte sie! Sie trieb ihr Pferd mal nach rechts, mal nach links, um ihm das Zielen schwer zu machen. Dagomar jagte sie nicht zum Spaß, das war ihr völlig klar: Dagomar wollte sie töten. Um Claudio zu rächen? Oder weil Laurenz es wollte?

Unterhalb der Wehrmauer von Magdeburg galoppierte sie an der Elbe entlang, jagte zur Brücke, preschte über sie hinweg. Die Hufe ihres Pferdes auf den Holzbohlen klangen wir Trommelschläge. Bald lärmte eine zweite Trommel hinter ihr. Sie brauchte nicht zurückzuschauen – Dagomar würde nicht aufgeben, niemals.

Sie galoppierte von der Brücke, jagte über den Weg durch die Elbauen, preschte zwischen die Hügel nach Westen. Es begann zu schneien. Irgendwann blickte sie doch hinter sich. Der Schwarze Abt ritt keine zehn Ruten hinter ihr. Sein schwarzer Mantel flatterte hinter ihm her. Die Zügel klemmten zwischen seinen Zähnen. Er spannte einen Pfeil in seinen Bogen.

Runja beugte sich tiefer über die Mähne ihres Pferdes. »Schneller!«, schrie sie. »Lauf schneller, dummes Vieh!« Es nützte nichts, der Hufschlag ihres Verfolgers rückte gnadenlos näher. Und dann hörte sie es sirren, und ein scharfer Schmerz bohrte sich in ihren Rücken.

5

DUELL

Schmerzwellen rollten durch Runjas Körper; jede Bewegung löste die nächste aus, jeder Atemzug. Irgendwo in ihrer unteren Rückenhälfte steckte Dagomars Pfeil. Aus Angst vor dem Schmerz wagte sie nicht, sich nach ihrem Verfolger umzudrehen. Gewiss spannte er längst den nächsten ein. Wann würde er in ihren Rücken einschlagen, in ihren Nacken? Zur Angst gesellte sich Panik: Der zweite Pfeil würde sie tödlich treffen – Runja kannte ihren Lehrer.

Sie riss an den Zügeln – der Schmerz fuhr ihr in den Schenkel und bis in die Zehenspitzen hinab. Sie trieb ihr Pferd fort vom Weg und in den Winterwald hinein – der Schmerz schnürte ihr den Atem ab wie ein Harnisch, der plötzlich das Innere ihrer Brust auskleidete. Sie klammerte sich an der Pferdemähne fest, verschneite Äste schlugen ihr ins Gesicht, eine Schneewolke hüllte sie ein.

Der Schwarze Abt würde ihr in den Wald folgen. Runja machte sich nichts vor: Einer wie er pflegte zu kämpfen, bis er sein Ziel erreicht hatte. Überallhin würde er ihr folgen – bis er sie getötet hatte. Geriet sie noch einmal in sein Blickfeld, würde er schießen und wieder treffen. Schneeflocken tanzten zwischen den weißen Baumkronen aus dem Himmel.

Sie ließ sich aus dem Sattel gleiten, rollte sich im verschneiten Unterholz ab. Sie hörte den Pfeilschaft zwischen ihrem Rücken und dem Waldboden brechen – hundertzackiger Schmerz zuckte ihr durch Beine und Rücken. Trotzdem robbte sie durch das Unterholz, grub sich ein in Schnee und Vorjahreslaub.

Sie wartete, atmete flach, rührte sich nicht. Hufschlag, Laubrascheln und das Splittern von Geäst entfernten sich; Hufschlag, Laubrascheln und das Splittern von Geäst näherten sich. Ihr eigenes Pferd floh. Dagomar, auf seinem Pferd, folgte seiner Fährte.

Zwei Hufen entfernt jagte er vorüber. Er würde zurückkommen. Runja fingerte einen Pfeilbolzen aus dem Gurt und spannte die Armbrust. Der Schmerz in der Einschusswunde zuckte und brannte nur in den Rücken und das rechte Bein hinunter. Schultern, Arme und Hände konnte sie beinahe schmerzlos bewegen. Wenigstens das.

Hufschlag, Laubrascheln und Astsplittern näherten sich wieder – er kam zurück. Zwei weitere Pfeilbolzen steckte Runja sich zwischen die Zähne. Rückwärts kriechend wühlte sie sich tiefer in Schnee, Laub und die Überreste eines gefrorenen Farnfeldes. Schnee rutschte von braunen Farnwedeln und bedeckte sie zusätzlich.

Sie wartete. Und zielte auf die Schneise, durch die er vorbeigeritten war, durch die er zurückkommen würde. Sein Pferd fiel aus dem Galopp in einen leichten Trab, Runja hörte es genau. Schöpfte er Verdacht? Jetzt stand sein Pferd still. Vielleicht dreißig, vielleicht zwanzig Schritte entfernt.

Natürlich hatte er Verdacht geschöpft. Sie war seine Schülerin – er müsste ein Schwachkopf sein, wenn er nicht damit rechnete, dass sie ihm auflauerte. Und Dagomar war alles andere als ein Schwachkopf. Runja atmete tief durch – der verdammte Schmerz durchzuckte sie heiß; sie biss die Zähne zusammen. Der Schnee fiel dichter inzwischen.

Warum hörte sie ihn nicht mehr? Sie lauschte. Nichts. Er stand irgendwo ganz still und beobachtete, lauschte. Oder saß er noch im Sattel? Er beobachtete jeden Baum, jeden Strauch, jede Bewegung im Schnee. Runja glaubte, es sehen zu können. Sie hätte nichts anderes getan.

Plötzlich ein Vogel: Vom Weg nach Quedlinburg her segelte er krächzend durchs Schneetreiben heran, flatterte zwischen die weißen Wipfel, landete auf einer Birke über jener Stelle der Schneise, an der Runja sich vom Pferd hatte fallen lassen. Und begann zu gackern und zu krächzen.

Angelus. Als wäre Waldemar in der Nähe. Wehmut und Trauer drückten Runjas Herz zusammen. Dann ein dumpfer Aufprall, als würde einer aus dem Sattel springen. Dagomar! Schnee knirschte unter Stiefelsohlen. Er kam näher. Runja wusste genau, was er in den Händen hielt: seinen Kriegsbogen mit einem Pfeil in der gespannten Sehne.

Angelus wollte gar nicht mehr aufhören, zu gackern und zu krächzen. Runja ärgerte sich – der Vogel lockte den Schwarzen Abt an. »Dummes Vieh.« Runja bewegte stumm die Lippen. »Du dummes, dummes Vieh.«

Sie richtete ihre ganze Aufmerksamkeit auf die Schneise. Wenn nicht gleich ihr erster Schuss traf, war sie verloren. Seine Waffe war ihrer überlegen, jedenfalls auf kurzer Distanz. Runja brauchte mindestens drei Atemzüge, um einmal die Armbrust zu spannen. Dagomar verschoss pro Atemzug mindestens einen Pfeil. Die Wunde in ihrem Rücken brannte und stach. Der Schnee fiel dichter.

Auf einmal verstummte Angelus. Zwischen den verschneiten Büschen und Stämmen glaubte Runja, die Umrisse des Schwarzen Abtes zu erkennen. Der Elsternhahn schwang sich aus der Birke, flog über die Kriechspur hinweg, die Runja in den Schnee gezogen hatte, landete über ihrem Versteck in der kahlen Krone einer Eiche. Schneebretter fielen auf sie herab. Sofort fing Angelus wieder an zu krächzen und zu gackern.

Runja erschrak. *Verfluchte Elster!* Wollte Angelus sie denn verraten? *Sie will Waldemar rächen.* Der Gedanke machte sie schaudern. Angelus hatte gesehen, wie sie ihrem Bruder den Gnadenstoß gegeben hatte. Angelus wollte sie dafür bestrafen. Konnte das wahr sein?

Plötzlich stand Dagomar in der Schneise. Er hielt seinen gespannten Kriegsbogen in den Händen und lauerte zu Angelus herüber. Dann senkte er den Kopf, betrachtete die Schneise und die Kriechspuren, die von ihr wegführten. Noch hatte der Neuschnee sie nicht vollständig bedeckt. Dagomar ging in die Knie, beugte den Hals, sah ganz genau hin.

Die Blutspur! Runja ließ alle Hoffnung fahren – der Schwarze Abt hatte ihre Blutspur entdeckt. Sie zielte auf seinen Kopf, auf die Stelle zwischen seinen Brauen. Sie traf, oder sie starb. Runja drückte ab.

Im selben Moment schnellte er hoch, und der Pfeilbolzen fuhr irgendwo in die untere Hälfte seines Mantels. Die Enttäuschung brannte in ihren Eingeweiden, in ihrer Kehle. Fast wunderte es Runja, dass Dagomar im gleichen Moment aufschrie und einknickte, und dann begriff sie: Sie hatte sein Knie getroffen!

Wie er brüllte, wie er sich krümmte, wie er sich im Schnee wälzte! Wie er nach dem Geschoss langte und aus Furcht vor noch mehr Schmerzen mit gespreizten Fingern zurückzuckte!

Sie triumphierte. Lanzenstöße und Pfeilschüsse in die Kniescheiben taten entsetzlich weh. Hatte er ihr das nicht selbst beigebracht? Und der Pfeilbolzen hatte ihm Mantel und Kutte regelrecht ans Knie genagelt.

Runja verlor keine Zeit, nahm einen Pfeilbolzen aus dem Mund, spannte die Armbrust. Dagomar versuchte, Schmerz und Geschrei zu unterdrücken. Aus dem Augenwinkel beobachtete sie, wie seine Hand sich um den Bolzen in seinem Knie schloss. Sie traute ihren Augen kaum: Dagomar riss das Geschoss heraus. Einen abgehackten Schrei noch stieß er aus, dann herrschte Ruhe.

Schon griff er wieder nach seinem Bogen und tastete nach dem Pfeil im Schnee. Sie riss die Armbrust an die Schulter, zielte auf seine Brust und schoss – und traf seine Achsel. Der Pfeilbolzen fuhr in Mantel- und Kuttenstoff, verletzte Dagomar jedoch nicht, wie es aussah, denn der legte schon den nächsten Pfeil in die Sehne.

Runja hörte ihn zischen, spürte den Schmerz und schrie auf. Ein Brandeisen schien ihre rechte Kopfseite getroffen zu haben. Der Pfeil war ihr unter die Kapuze ins Haar und durchs Ohr gefahren und hatte ihr die Kapuze vom Kopf gerissen.

Sie rollte sich zur Seite und durch das verschneite Farnfeld, denn er riss schon den nächsten Pfeil aus dem Köcher. Sie sprang auf, warf sich hinter die Eiche, robbte durchs Unterholz. Verdammter Schmerz! Das rechte Bein gehorchte ihr nicht mehr. Irgendwie schaffte sie es dennoch, über einen drei Ellen hohen Schneewall zu kriechen.

Unter dem Schneewall lag ein umgestürzter Baum. Schwer atmend kauerte Runja dahinter und lauschte. Scharfer Schmerz brannte in ihrer rechten Ohrmuschel. Sie berührte das Ohr, tastete etwas Warmes, Klebriges und zog die Hand zurück: Blut. Der Pfeil hatte die Ohrmuschel glatt durchschlagen. Blut auch neben ihr im Schnee und über ihr in der Schneebresche, durch die sie geklettert war. Schneeflocken landeten auf den Blutflecken und färbten sich rot.

Sie griff hinter sich, tastete nach ihrer Kapuze, tastete Dagomars Pfeil im Stoff. Sie zerrte so lange daran, bis sie ihn aus der Kapuze ziehen konnte. Aus schmalen Augen betrachtete sie die Spitze. Die war keilförmig, lang und scharf geschliffen. Dort, wo sie im Schaft befestigt war, bogen sich drei feine Widerhaken nach innen.

Sie fragte sich, wer ihr eine derart gefährliche Pfeilspitze aus dem Rücken schneiden sollte. »Gott, sei mir gnädig«, entfuhr es ihr.

Sie schloss die Faust um den Pfeil. Und nun? Das Herz pochte ihr in den Schläfen. Der Wind trieb ihr Schneeflocken ins Gesicht. Tief sog Runja die Luft ein, versuchte, den Schmerz zu ignorieren, versuchte, ihren Herzschlag zu beruhigen, ihren Atem. Nicht, dass Dagomar sie keuchen hörte. Ob er sich überhaupt noch von der Stelle bewegen konnte? Wenn nicht, musste sie es nur irgendwie schaffen, sich von hinten an ihn heranzuschleichen.

Und wenn ihr die Kraft ausging? Und wenn der Schmerz sie überwältigte? Sie dachte an Pirmin – ob sie ihm große Schmerzen zugefügt hatte? Schuldgefühle würgten sie, schnürten ihr das Herz zusammen. Sie fühlte sich schmutzig und gemein. Und sie sehnte sich nach ihm.

Jetzt, nach den grässlichen Augenblicken am Rabenstein, jetzt, in der Kampfpause, überfiel sie plötzlich die Sehnsucht nach dem Geliebten. Mit Macht zog es sie zurück nach Magdeburg, zog es sie zu ihm. Immer dichter wurde das Schneetreiben.

Weg mit den kindischen Wünschen! Sie fuhr sich über die Augen. Weg mit der unsinnigen Sehnsucht!

Die Elster krähte nicht mehr, plötzlich fiel es Runja auf. Keinen Ton hörte sie mehr von Angelus. Genau betrachtet hatte er durch sein Geschrei Dagomar zwar zu ihrem Versteck, ihn aber zugleich in ihre Schussbahn gelockt. Vielleicht hatte sie Waldemars Elster ja Unrecht getan.

Wie ein Fieberschauer fuhr ihr der Gedanke an den geliebten Bruder durch die Knochen. Weg mit der bösen Erinnerung, nur nicht daran denken!

Sie nahm den zweiten Pfeilbolzen aus dem Mund, spannte ihn in die Armbrust. Vorsichtig stemmte sie sich aus dem Schnee, spähte durch die Bresche über sich auf dem Baumstamm, ließ ihren Blick über die eigenen Spuren im Schnee zum Farnfeld zurückwandern. Und von dort die wenigen Schritte hinüber zur Schneise.

Sie erschrak, denn sie konnte den Schwarzen Abt nirgends sehen. Von Busch zu Busch wanderte ihr Blick, von Baumstamm zu Baumstamm, von Schneeverwehung zu Schneeverwehung. Nirgends entdeckte sie seinen schwarzen Mantel, seine Kapuze oder die Spitze seines Kriegsbogens.

Sie fuhr herum. Wo steckte er? Panik ergriff sie wieder. Und wenn er sie beobachtete? Wenn er längst nach ihr zielte? Sie richtete sich auf, Schmerz zuckte zwischen ihrem Rücken und ihrem rechten Bein hin und her. Sie biss die Zähne zusammen, kletterte durch die Schneebresche zurück über den umgestürzten Stamm und ließ sich auf der anderen Seite ins verschneite Unterholz fallen.

Die schussbereite Armbrust in den Händen, blickte sie nach rechts und links – heißer Schrecken fuhr ihr in die Glieder: Dagomar stand nur zwanzig Schritte entfernt im Wurzelgeflecht des umgestürzten Baumes. Sie riss die Armbrust hoch, schoss und traf – und wunderte sich zuerst darüber, dass Dagomar sich hin und her bog und schwankte, und dann darüber, dass er mit zerschossenem Knie noch stehen konnte.

Das hätte sie vorher tun sollen, denn nicht auf Dagomar hatte sie geschossen, sondern auf seinen Mantel – der schlaue Fuchs hatte ihn ins Wurzelgeflecht gehängt.

»Habe ich dich, verfluchtes Waldluder!«, tönte eine tiefe Stimme hinter ihr. Sie fuhr herum – er hockte neben der Krone des umgestürzten Baumes, spannte seine Bogensehne. Der Schnee um sein ausgestrecktes Knie herum war rot von Blut. »Du weißt, wie viele Pfeile ich abschießen kann, bevor du deine Armbrust wieder gespannt hast, nicht wahr?« Er zielte auf sie.

Runja sprang hoch, sprang zurück in die Bresche – der verfluchte Schmerz machte sie halb wahnsinnig. Sie rutschte auf die andere Seite des Stammes, und neuer Schmerz brannte sich scharf in ihr Bein ein. Sie biss die Zähne zusammen, zog das Knie an – ein Pfeilspitze ragte aus ihrer linken Wade.

Sie dachte nicht lange nach, packte die Spitze und den gefiederten Schaft und brach die Spitze ab. Den gefiederten Teil riss sie sich aus dem Unterschenkel. Ein Schrei entfuhr ihr, sie konnte ihn nicht unterdrücken. Bäuchlings kroch sie durch den Schnee bis zum Wurzelstock des Baumes.

Das Schneetreiben wogte wie ein weißer Vorhang durch den Wald. Runja konnte nicht hoffen, dass der Neuschnee ihre Spuren schnell genug verdeckte. Dagomar würde sie finden. Sie kroch um den Wurzelstock herum, rollte sich in den Wurzelkrater, wühlte sich in den Schnee, spürte Eis unter sich. Und wieder wartete sie.

Der Schwarze Abt erreichte den Wurzelkrater von der Seite aus, auf der er auch seinen Mantel in die Wurzeln gehängt hatte. Mit schmerzverzerrtem Gesicht hockte er über ihr und hielt sich an einem Wurzelstrunk fest. »Miststück, verfluchtes! Endlich.«

Sie sah zu ihm hinauf. Schnee bedeckte seine Schultern, Schnee klebte in seinen Brauen, Schnee häufte sich auf seinem kahlen Schädel. Seine Augen traten noch weiter aus den Höhlen als sonst schon. Er ließ den Wurzelstrunk los, schob das unverletzte Bein über den Kraterrand und zog einen Pfeil aus dem Köcher.

Runja rührte sich nicht. Schnee begrub sie bereits bis zum Hals. Darunter drohten ihre Finger an der Armbrust festzufrieren. »Hast fleißig gelernt bei mir, Rote«, sagte Dagomar über ihr. »Habe eine echte Meisterin des Todes aus dir machen können.« Er spannte den Pfeil in seinen Kriegsbogen. »Doch so gut wie ich bist du noch nicht. Wirst du auch nicht mehr werden.« Er spannte die Bogensehne und zielte auf Runjas Gesicht.

Unter dem Schnee löste sie den Abzugsbügel ihrer Armbrust – der Pfeilbolzen zischte aus dem Schnee und fuhr dem Schwarzen Abt in den Hals. Er schrie auf, stürzte rückwärts ins Wurzelwerk, ließ den Bogen fallen. Sein Pfeil bohrte sich weit über Runja in den Schnee.

Tränen der Erleichterung strömten ihr übers Gesicht. Sie wühlte sich aus dem Schnee und kroch ächzend zu ihm hinauf.

Der Schwarze Abt hing im verschneiten Wurzelwerk. Er lebte noch. Große Schweißperlen glänzten auf seiner Stirn. Im Rhythmus seines Herzschlages bebte der Pfeilbolzen in seiner Halsschlagader. Dagomars gespreizte Finger zitterten dicht daneben. Würde er das Geschoss herausziehen, würde die Schlagader endgültig reißen. Das wusste er genau.

Runja packte seine Rechte am Handgelenk, bog ihm den Unterarm in den Schnee und rammte ihm seinen eigenen Pfeil durch die Handfläche und tief in den Waldboden. Er stöhnte auf, verfluchte sie. Sie durchsuchte seine Taschen, den Brustgurt um seine Kutte. Sie nahm ihm seinen Dolch ab und zwei schwere Geldsäckchen.

»Damit hat er für deinen Tod bezahlt«, röchelte Dagomar. »Nimm es, Rote Löwin, hast es dir verdient.« Er lächelte so bitter und böse, dass Runjas Nackenhaar sich aufrichtete. »Du bist besser als ich. Du bist jetzt eine Äbtissin des Ordens der Vollstrecker.«

»Ich bin keine Äbtissin.« Runja packte seine Linke. »Ich gehöre auch keinem Orden an.« Mit seinem eigenen Dolch schnitt sie ihm den Finger mit dem schwarzen Siegelring ab. Er stöhnte, brüllte und verfluchte sie. »Ich bin Rubina von Seeburg, die Tochter des Ritters Unger von Seeburg. Und das hier nimm für meinen Bruder!« Sie steckte ihm seinen blutenden Ringfinger tief in den Schlund, sodass er würgte und röchelte. »Du hättest ihn retten können!« Sie drückte ihm seinen Dolch durchs rechte Auge langsam bis ins Hirn hinein. Er brüllte fast so laut, wie Waldemar auf dem Rad gebrüllt hatte.

Als er endlich tot war, erhob sie sich. Sie schaute auf ihn hinunter. Schneeflocken bildeten bereits eine weiße Decke auf seiner Kutte. Auf seiner Stirn und seinen Lippen schmolzen sie. Runja war übel. Der Winterwald um sie herum schien sich zu drehen. »Du hättest ihn retten können, du Satan.« Sie spuckte ihm ins Gesicht.

Angelus krächzte. Eine paar Ruten weiter flatterte er in eine Buchenkrone. Ritt denn jemand durch den Wald? Runja blickte sich um, versuchte die Umrisse ihres Pferdes hinter dem dichten Vorhang aus Schneeflocken zu erkennen. Sie sah nichts, doch sie hörte etwas – Rufe. Heißer Schrecken durchzuckte sie – jemand musste Dagomars Todesschreie gehört haben!

Ächzend vor Schmerzen sank Runja auf die Knie. Sie riss ihren Pfeilbolzen aus dem Hals des Toten, wischte das Blut an seiner Kutte ab. Dann zerrte sie an Dagomars Leiche, bis er in den

Wurzelkrater rutschte. Stöhnend stand sie auf, zog seinen Mantel aus dem Wurzelgeflecht und hinkte zur Krone des umgestürzten Baumes.

Jeder Schritt brannte wie Höllenfeuer in Wade und Rücken. Bis weit über die Unterschenkel sank sie im Schnee ein. Sorgfältig achtete sie darauf, nicht neben die Spur zu treten, die der Schwarze Abt gezogen hatte, als er zum Wurzelkrater gekrochen war. Seine Fährte war schon halb von Neuschnee bedeckt.

Runja wickelte sich in Dagomars Mantel. Sie tat es nur widerwillig, doch sie hatte Angst zu erfrieren. Stöhnend bückte sie sich zwischen die verschneiten Äste, kroch tief hinein in die Baumkrone. Zwischen zwei starken Ästen kauerte sie sich in den Schnee. Das Wurzelwerk am anderen Ende des Stammes war kaum zu erkennen, so dicht fiel der Schnee. Sie spannte die Armbrust.

Pferde schnaubten, Männerstimmen rückten näher, zwei Reiter ritten an der Krone vorüber. Sie verfluchten den Wald und den dichten Schneefall. Sie fluchten auf Wendisch. Runja erschak.

»Hier liegt jemand!«, hörte sie einen rufen. »Tot! Ist sie das?«

Von zwei Seiten nun Hufschlag und das Schnauben von Pferden. Hinter einem Vorhang aus Schneeflocken sah sie die Umrisse von Reitern. Alle schwangen sich aus den Sätteln, standen schließlich um den Wurzelkrater herum; zu siebt, wenn Runja richtig gezählt hatte.

»Das ist ein Kerl, du Grindskopf«, sagte eine tiefe, raue Stimme; die ging Runja durch und durch. »Das ist der Mördermönch! Der Mann, den wir suchen!« Kasimir stand dort beim Wurzelwerk, nicht einmal fünf Ruten entfernt. »Holt die Leiche herauf!«

»Er hat sich von dem roten Weib töten lassen?«, rief ein anderer. »Das kann doch nicht wahr sein!«

»Ist es aber.« Wieder Kasimirs Stimme. »Und ich danke den Göttern, dass der Mördermönch hier liegt und nicht die Rote.« Die Stimme jagte hundert schlimme Bilder der Erinnerung durch Runjas Hirn. Sie zitterte. »Die Rote gehört mir«, verkündete Kasimir. »Durch meine Hand soll sie verrecken! Und vorher soll sie das Geheimnis des Schmerzes kennen lernen.«

Hass und Angst zugleich fluteten Runjas Brust. Sie ließ die Armbrust sinken. Es wäre Dummheit gewesen, jetzt und hier auf den Mörder zu schießen; es wäre ihr Tod gewesen. Und um keinen Preis wollte sie sterben – nicht, bevor sie Laurenz getötet hatte.

Neben dem Wurzelstrunk zerrten sie Dagomars Leiche aus dem Krater. »Seht doch, wie sie ihn zugerichtet hat!«, rief einer.

»Sag ich's nicht?«, rief ein anderer. »Die Rote Löwin steht mit dem Buback im Bunde!«

»Rote Löwin?«, rief der Nächste. »*Rote Dämonin* nenn' ich sie!«

»Quatscht nicht!« Wieder Kasimirs Stimme. »Durchsucht ihn. Nehmt ihm die Silberpfennige ab.«

Einer bückte sich, wühlte in den Taschen der Mönchskutte. »Er ist noch warm, sie muss in der Nähe sein. Geldsäcke finde ich nicht.«

»Das gibt's nicht.« Kasimir ging in die Hocke, klopfte den Toten ab, fluchte und schimpfte. »Sucht im Wald, reitet zum Weg! Weit kann sie nicht gekommen sein! Und bindet die Leiche auf ein Pferd.«

Runja sah, wie sie den Toten auf dem größten Pferd befestigten. Alle kletterten in die Sättel. Hufschlag und Stimmen entfernten sich. Sie entspannte die Armbrust, legte sich auf die Seite, die weniger schmerzte, zog die Knie an, soweit ihre Schmerzen es zuließen. Jetzt kam alles darauf an, so wenig Wärme wie möglich zu verlieren.

Stunden vergingen, die Kälte kroch Runja ins Blut, bleierne Müdigkeit betäubte sie halb. Die Dämmerung brach ein. Stöhnend kletterte sie aus der verschneiten Baumkrone. Wenn sie sich nicht bewegte, würde sie einschlafen und erfrieren.

Sie orientierte sich an dem Farnfeld, in dem Dagomars Pfeil ihr Ohr getroffen hatte. Sie fand die Schneise, wo sie ihm den Pfeilbolzen ins Knie gejagt hatte. Der Schnee hatte längst jeden

Blutstropfen zugedeckt. Von ihrem Pferd keine Spur. Bald stand sie auf dem Weg, von dem aus sie in den Wald geritten war.

Wohin nun? Runja vermutete, dass Kasimir Richtung Quedlinburg geritten war. Sie folgte ihrer Sehnsucht nach Pirmin und ihrem Hass auf Laurenz – und wandte sich Richtung Magdeburg. Schmerzen, Erschöpfung und Kälte machten ihr schwer zu schaffen. Wieder und wieder brach sie zusammen. Es wurde dunkel.

Bald hörte sie hinter sich Hufschlag. Die Wenden kamen zurück. Runja gab auf. Am Wegrand kniete sie nieder und spannte einen Pfeilbolzen in die Armbrust. Wenigstens einen wollte sie mit in den Tod nehmen. Wenigstens Kasimir.

6

NACHRICHTEN

Eine gute Nachricht, wahrhaftig! Laurenz las sie wieder und wieder. Und nach jedem Lesen wanderte sein Blick vom Brief des Königs zu dessen Überbringer, einem blonden Knaben namens Stephan; und jedes Mal lächelte er zufriedener. »Wahrhaftig: eine sehr gute Nachricht, mein Sohn!«

Der Domdekan möge getrost damit beginnen, seine Angelegenheiten in Magdeburg zu regeln, schrieb König Philipp von Schwaben. Erneut habe nämlich Auszehrung den amtierenden Bischof von Havelberg aufs Krankenlager geworfen. Und vom künftigen Erzbischof des Erzbistums Magdeburg, Albrecht von Käfernburg, empfinge er, der König, eindeutige Botschaft: Nach dem Tode des bedauernswerten Bruders Pirmin von Paris unterstütze nun auch der Heilige Vater seinen Wunsch, ihn, Laurenz von Magdeburg, auf den Bischofsstuhl von Havelberg zu berufen.

Laurenz seufzte tief, rieb sich den Bauch über seinem schmerzenden Magen und lächelte seinem neuen Diener ins zarte Gesicht. »Wahrhaftig: eine außerordentlich gute Nachricht. Schenke mir doch einen Schluck Wein ein, mein Sohn!« Der Knabe tat, was er verlangte, und Laurenz las weiter.

Die für den Amtsantritt nötigen kirchlichen Weihen wolle Erzbischof Albrecht ihm, Laurenz, gleich nach seiner Rückkehr aus Rom erteilen; Laurenz jedenfalls möge sich bereithalten, sein neues Amt recht bald nach dem zu erwartenden Ableben seines Vorgängers anzutreten, sei es nun in zwölf Tagen oder erst in zwölf Monaten – Gott allein wisse Zeit und Stunde.

Laurenz seufzte erneut und ließ den Brief endlich sinken. »Die beste Nachricht seit langem, möchte ich sagen.« Er lächelte selig, atmete tief und geräuschvoll ein und aus und erhob sich. »Bald wirst du einem Bischof dienen, mein Sohn.« Er streichelte dem hübschen Jungen die Wange. »Und wer weiß? In wenigen Jahren vielleicht sogar einem Erzbischof.« Er nahm den Weinbecher und trank.

Sieben Tage lang war ein königlicher Bote durchs winterliche Reich galoppiert, bevor er um die Mittagszeit die Elbe erreicht hatte. Neun Pferde hatte er zuschanden geritten. Nun lag der Reiter mit hohem Fieber im Dormitorium und musste gesund gepflegt werden. Er hatte den Brief mit dem königlichen Siegel nicht einmal persönlich überbringen können, so erschöpft war er in Magdeburg eingetroffen. Laurenz würde ihm reichen Botenlohn zukommen lassen, ganz gewiss. Falls der Mann sein Fieber überlebte.

»Welch ein Tag!« Er stellte den Weinbecher ab und umarmte den Jungen. »Welch ein gesegneter Tag!« Er drückte den schmalen Körper an sich und genoss die Hitze, die ihm aus den Lenden stieg. »Nach so einer guten Nachricht kann ich unmöglich allein sein heute Nacht. Du sollst bei mir bleiben und Gott mit mir loben und danken für diesen gesegneten Brief.« Er fasste den Jungen bei den Schultern und sah ihm tief in die Augen. »Willst du das tun?«

»Aber ja, Hochwürden.« Stephan – Sohn eines Holsteiner Grafen und Chorknabe seit Neuestem – lächelte scheu. »Die Vorsteherin der Beginengemeinschaft wartet vor Eurer Tür, Hochwürden.«

»Oh!« Rasch ließ Laurenz ihn los und trat einen Schritt zurück. »Warum sagst du das nicht gleich?«

»Der Brief des Königs schien mir wichtiger, Hochwürden.«

»Sicher, sicher doch.« Der Domdekan wies zur Tür. »Geh und schick erst den Hauptmann zu mir herein. Wir sehen uns beim Abendgebet.« Der schmale Blondschopf huschte aus dem Raum.

Laurenz rollte den Brief des Königs zusammen und steckte

ihn zu seinem Mariendenar in die Manteltasche. Glücksbrief zu Glücksgold. Er war am Ziel, fast am Ziel – warum, so fragte er sich, tat ihm dennoch sein Magen weh? Vielleicht die Ungewissheit wegen Dagomar und der Seeburgerin? Gewiss, solange er die letzten beiden Mitwisser seines siegreichen Kampfes gegen Pirmin noch nicht tot wusste, konnte er nicht vollkommen gelassen sein.

Der Hauptmann trat ein, ein kleiner, stämmiger Mann – der ehemalige Henker, den man mit dem Einzug seiner Güter bestraft hatte. Weil er sich bewährte, vertrat er den eigentlichen Hauptmann, dem eine Dachlawine aus Eis die Schulter zerschmettert hatte. »Erkundige dich im Dormitorium nach dem Ergehen des königlichen Boten. Und schicke mir die Vorsteherin des Beginenstiftes herein.«

Der Hauptmann nickte und ging. Hildegard stand schon auf der Schwelle, und siedend heiß fiel dem Domdekan ein, was sie von ihm wollte: Die Beginen hatten wandernde Bettelnonnen aufgenommen, und Laurenz hatte der Vorsteherin versprochen, über einen Klosterbau für ihre frommen Gäste nachzudenken.

»Ich komme wegen der Nonnen, Hochwürden, Ihr wisst schon. Habt Ihr Eure Entscheidung getroffen?«

»Aber selbstverständlich, Mutter Hildegard, nehmt Platz.« Keinen Gedanken hatte Laurenz an die Zisterzienserinnen verschwendet. Viel Wichtigeres nahm seine Aufmerksamkeit seit den schrecklichen Vorfällen am Rabenstein in Anspruch: die rote Mörderin, die getöteten Henker, der ermordete Pirmin und seit zehn Tagen weder Nachricht vom Schwarzen Abt noch vom wendischen Gesandten. »Ich habe Eure Bitte sorgfältig bedacht und im Gebet vor Gott bewegt.«

»Wie schön, Hochwürden, ich höre.« Hildegard setzte sich unaufgefordert. Laurenz schätzte hartnäckige Menschen wie sie nicht besonders, dennoch bot er ihr Wein an. Sie nickte.

»Zunächst einmal möchte ich Euch und Euren guten Damen danken, weil Ihr die Zisterzienserinnen so gastfrei aufgenommen habt.« Vor acht Tagen waren die abgerissenen Kuttenweiber plötzlich in Magdeburg aufgetaucht. Wären sie nicht einem beherzten Schausteller über den Weg gelaufen, sie wären allesamt verhungert oder erfroren. »Gott wird's Euch lohnen, Mutter Hildegard.« Er schenkte ihr ein.

»Das ist doch selbstverständlich, Hochwürden!« Mit empörter Miene wies die Vorsteherin den Dank zurück. »Es sind unsere Schwestern im Herrn. Gewiss hättet Ihr nicht anders gehandelt, wenn die Nonnen an der Propsteitür geklopft hätten. Und so hoffe ich auch, dass Ihr ihnen gewähren werdet, was sie erbitten.« Diese unverschämte Frau sprach von nichts Geringerem als einem Bauplatz für ein neues Kloster.

»Selbstverständlich, Mutter Hildegard.« Laurenz lächelte und prostete ihr zu. Sie tranken. »Allerdings möchte ich die endgültige Entscheidung unserem neuen Erzbischof überlassen. Albrecht wird ja hoffentlich noch vor dem nächsten Winter aus Rom zurückkehren.« Die Enttäuschung stand der frommen Frau ins Gesicht geschrieben. »Bis dahin mögen die Ordensschwestern in der Neustadt im Anwesen des Henkers wohnen. Seit seinem Tod steht es leer, wie Ihr wisst.«

»Dieses Haus ist zu klein, Hochwürden. Die Zisterzienserinnen sind immerhin zu zwölft.«

»Da habt Ihr womöglich recht.« Laurenz kratzte sich am Schädel. Er hätte lieber den Brief des Königs noch hundert Mal gelesen, statt sich mit zwölf überflüssigen Nonnen zu beschäftigen. »Wisst Ihr was? Das Haus des verstorbenen Scholasters wird bald frei werden. Es gehört dem Domkapitel, und ich als Domdekan kann frei darüber verfügen – mögen also die Nonnen vorläufig darin wohnen.«

»Es stimmt also?« Hildegard schob den Weinbecher beiseite und beugte sich über den Tisch. »Pirmin von Paris ist wahrhaftig tot?«

Laurenz' Gestalt straffte sich, ein Stich fuhr ihm durch den Magen. »Gibt es irgendjemanden, der daran zweifeln will?«

»Gewiss nicht, Hochwürden. Es erscheint einem nur so ungeheuerlich, dass ausgerechnet dieser wackere Mann einem Mord zum Opfer gefallen sein soll.« Sie senkte die Stimme. »Stimmt es denn auch, dass seine Geliebte selbst auf ihn geschossen hat? Diese Rubina von Seeburg?«

»Es ist ein Jammer, Mutter Hildegard, aber leider wahr: Ihr habt eine Mörderin beherbergt.« Den Seitenhieb konnte Laurenz sich nicht verkneifen; er setzte eine Leidensmiene auf. »Die mit ihm Unzucht trieb, die hat ihn auch erschossen.«

Seit Tagen sorgte Laurenz dafür, dass man in Magdeburg von nichts anderem mehr sprach als von der sündigen Wollust, der Pirmin, jener angeblich so fromme Gelehrte, sich vor seinem Tod gemeinsam mit einer Schülerin hingegeben hatte.

»Wahrscheinlich tötete das rote Weib ihn, nachdem der Scholaster die sündige Liebschaft beendet hatte. Immerhin wollte man ihn zum Bischof machen.«

»Diese kluge und schöne Frau eine Mörderin …« Hildegard schüttelte fassungslos den Kopf. »Man kann es nicht glauben.«

»Wie leicht täuscht man sich doch in einem Menschen und lässt sich vom äußeren Schein blenden, nicht wahr, Mutter Hildegard?« Laurenz schnalzte mit der Zunge, um seine eigene Fassungslosigkeit kundzutun. »Doch Gott sieht das Herz eines Menschen an, wie die Heilige Schrift lehrt. Und hat dieses rote Weib nicht Gott und aller Welt bewiesen, was für eine grausame Mörderin es ist? Ohne mit der Wimper zu zucken, hat die Sünderin zwei Henker getötet! Und dann auch noch ihren eigenen Bruder. Schlimm! Ganz schlimm.«

»Unglaublich, ja.« Hildegard nahm ihren Weinbecher, trank und stierte mit bekümmerter Miene hinein. »Man kann nur hoffen, dass sie auch bald vor den Schöffenstuhl treten muss.« Sie hob den Blick. »Gewiss lassen Burgvogt und Schultheiß nach ihr suchen, oder?«

»Verlasst Euch darauf, Mutter Hildegard. Bis nach Quedlinburg,

Halberstadt und Havelberg haben wir Bewaffnete geschickt.« Er runzelte die Stirn und musterte die fromme Frau misstrauisch. »Sagt mir eines, Mutter Hildegard – was lässt Euch am Tode des Scholasters zweifeln?«

»Nichts, Hochwürden. Wirklich gar nichts. Nur wundern wir uns ein wenig, weil zu keiner Bestattung geladen und keine Seelenmesse gefeiert wird.«

»Das liegt an Pirmins Verwandtschaft aus Paris«, erklärte Laurenz. »Bruder und Vetter des Scholasters sind vor zwei Tagen mit einer Galeere die Elbe heraufgekommen. Wenn ich recht weiß, wollen sie seinen Leichnam nach Paris verschiffen und daselbst bestatten. Die Diener haben ihn noch am Tag seines Todes einbalsamiert.«

Seine Auskünfte schienen die Vorsteherin des Beginenstiftes zufriedenzustellen. Sie bedankte und verabschiedete sich.

Zurück blieb ein beunruhigter Domdekan – warum kam jemand auf den absurden Gedanken, Pirmin könnte einen Schuss ins Herz überlebt haben? Laurenz nahm sich vor, gleich morgen zum Haus des Toten zu gehen und sich dessen Bruder vorzustellen. Und bei der Gelegenheit noch einmal einen Blick auf den Toten zu werfen.

Da der Erzbischof in Italien weilte und die Wahl des neuen Propstes erst noch bevorstand, war er zur Zeit immerhin der ranghöchste geistliche Herr in der Stadt. Als solcher hatte er das Recht und die Pflicht, Gäste von edler Geburt zu begrüßen und sich von der ordnungsgemäßen Bestattung seines toten Scholasters zu überzeugen.

Nach dem Abendgebet, als er vom neuen Hauptmann und den Bewaffneten eskortiert und Seite an Seite mit Stephan die Sakristei verließ, winkte an der Ostseite des Doms jemand mit einer Fackel. Es war längst dunkel, und Laurenz konnte nicht erkennen, wer da auf sich aufmerksam machte. »Frag ihn, was er will«, befahl er dem neuen Hauptmann.

Laurenz und seine Begleiter warteten unter den Torbögen zu den Nebengebäuden des Doms, während der stämmige Hauptmann durch den Schnee zu dem Fackelträger stapfte und mit ihm redete. Sollte Kasimir endlich Botschaft schicken?

Der Hauptmann kam zurück. »Ein Gesandter des Wendenfürsten wünscht Euch zu sprechen, Hochwürden«, sagte er.

Kasimir also. Laurenz schickte Stephan voraus und ließ sich vom Hauptmann und seinen Bewaffneten in die enge Gasse hinein begleiten, die entlang der Ostseite des Doms zu Wehrmauer und Elbe führte.

Bei den verschneiten Haselnusssträuchern dort begrüßte ihn ein bulliger Mann in einem langen Bärenfellmantel. Der Schein der Fackel spiegelte sich im schimmernden Gold seines großen Ohrrings. »Eine gute und eine schlechte Nachricht«, erklärte der Einäugige ohne lange Vorreden. »Kommt mit mir. Allein.«

Laurenz gab dem neuen Hauptmann und seiner Eskorte ein Zeichen und folgte Kasimir erst hinter eine Linde und dann hinunter in die Senke vor der Wehranlage. Sieben Pferde standen dort im Schnee; über einem hing ein schwarzes Bündel.

»Zuerst die gute Nachricht.« Kasimir schlug den Sackstoff vom Kopf einer gefrorenen Leiche; der Fackelträger hielt die Fackel darüber. Es war Dagomar. In seinem Hals klaffte eine Wunde, seine linke Augenhöhle war ein schwarzes Loch. »Wir haben ihn erwischt«, sagte Kasimir. »Leider ohne das Silber, das Ihr mir verheißen habt.«

»Sehr gut.« Laurenz nickte zufrieden; den Hinweis auf das fehlende Geld überhörte er lieber. »Werft ihn in die Elbe. Und das rote Weib?«

»Das ist die schlechte Nachricht.« Der Einäugige zuckte mit den breiten Schultern. »Wie vom Erdboden verschwunden.«

*

Eine Elster krächzte leise. Ihre Nähe tröstete Runja. Solange Angelus lebte, würde auch Waldemar nicht wirklich tot sein. Sie öffnete die Augen.

Eine Frau legte ihr die Unterseite ihres Handgelenks auf die Stirn. Sie war sehr blond und tat sehr kühl; keine Miene verzog sie. Sie kam Runja bekannt vor. »Das Fieber sinkt«, sagte die Blonde gelangweilt. »Schon möglich, dass sie's schafft.« Runja wusste nicht genau, wie sie hieß. Gleichgültig – sie war froh, dass die Blonde seit Stunden an ihrem Lager saß; seit Runja wieder bei Bewusstsein war.

Bald löste eine ganz in dunkelgraue, schmutzige Wolle gekleidete Frau sie ab, eine Nonne. Sie roch nach altem Schweiß und Harn. Runja schlief wieder ein, träumte von einem Winterwald, von Waldemar und Pirmin. Dem einen küsste sie Blut und Tränen von den Wangen, mit dem anderen wälzte sie sich nackt im Schnee.

Als sie die Augen das nächste Mal aufschlug, fühlte sie sich kräftiger. Eine schwarzhaarige Frau in gelben Kleidern und mit schwarzem Pelzmantel saß jetzt an ihrem Lager. Runja erkannte sie sofort: Magda oder Martha. Dann konnte die Blonde nur ihre Schwester sein, oder?

Die beiden Huren also. Auch den kleinen Affen neben sich kannte sie. Jeremias sowieso. Den Ritter hatte sie seit Stunden nicht mehr gesehen, das Äffchen aber hockte seit Stunden neben ihrem Kopf auf dem Kissen; so jedenfalls kam es ihr vor.

Es sah sie aus schwarz-glänzenden Augen an und schien zu überlegen, wie es ihr helfen könnte. Runja liebte das Tier. Ihm und Jeremias – und Magda und Martha – wieder begegnet zu sein, kam ihr vor wie ein Wunder.

Und war es nicht tatsächlich ein Wunder gewesen? Fünf Pferde trabten durch den Schnee heran, und Runja war überzeugt davon gewesen, dass Wenden auf ihnen ritten. Fast hätte sie geschossen. Doch ein Ritter ritt auf dem einzelnen, vorderen. Ein Ritter aus

Köln. Auf dem Kutschbock hockten seine Schwestern, auf der Ladefläche vier Nonnen. Und im Wagen dahinter noch einmal acht Nonnen.

Die Nonnen hatte Runja nie zuvor gesehen. Die älteste – die Äbtissin – kam ihr verhärmt und streng vor. Die anderen nannten sie »Johanna«. Eine Frau am Wegrand mit einem Krummdolch im Gurt und einer gespannten Armbrust an der Schulter? Johanna hatte geraten, vorbeizufahren.

Die Schwarzhaarige legte ihr den Unterarm auf die Stirn. »Sie hat kein Fieber mehr«, sagte sie. »Bringt ihr etwas zu essen. Vielleicht einen warmen Haferbrei mit ein wenig Schmalz.« Dann half ihr Magda oder Martha, sich aufzusetzen, und setzte ihr einen tönernen Becher an die Lippen. »Trink schon. Aber langsam.«

Jeremias hatte nicht auf Johanna gehört. Er war abgestiegen, hatte Runja in die Arme geschlossen und geweint. »Dass wir uns noch einmal wiedersehen dürfen«, hatte er gesagt. Und: »Du bist ja ganz blutig! Du bist ja ganz kalt!« Dann hatte er sie auf die Arme genommen und sie zum hinteren Wagen getragen. Eine der Nonnen dort wusste, wie man eine Pfeilspitze aus einem Rücken schnitt.

Selbst an den Schmerz erinnerte Runja sich nur vage. Anfangs hatte nur die Kälte sie halb betäubt, später das Wundfieber, und zwar ganz und gar. Sie wusste nicht, wann und wie sie nach Magdeburg und ins Dormitorium der frommen Frauen gekommen war.

»Du sollst nicht so schnell trinken, verdammt noch mal!«, sagte Magda oder Martha. »Sonst kotzt du mir noch meinen Pelzmantel voll!« Aus einer anderen Ecke des Raumes befahl Johanna der Hure, nie wieder zu fluchen, und Runja trank den verdünnten Wein noch schneller.

Sie hatten etwas Bitteres hineingeträufelt, und davon hätte Runja sich beinahe übergeben. Der Geschmack erinnerte sie an den Medikus. Sie erschrak – der Alte würde sie dem Schultheißen und dem Vogt verraten. Oder gleich Laurenz, diesem Satansbraten. »Weiß etwa der Medikus, dass ich hier bin?«, flüsterte sie.

»Nein«, sagte eine Stimme am Kopfende des Bettes; eine Stimme, die Runja kannte. Sie setzte den Becher ab und drehte sich nach ihr um. Mutter Hildegard. Die Vorsteherin der Beginen machte eine bekümmerte Miene, doch sie lächelte. »Keine Sorge.«

Eine junge Nonne mit dem Gesicht eines Mädchens brachte Haferbrei und fütterte sie mit einem Holzlöffel. Sie roch nicht ganz so schlecht wie die Nonne, die Stunden zuvor an Runjas Bett gewacht hatte. Der warme Brei schmeckte salzig. Runja nahm der jungen Nonne die Schüssel aus der Hand und aß allein. Am Schluss leckte sie die Schüssel aus. Danach schlief sie ein.

Als sie die Augen das nächste Mal öffnete, brannten Kienholzspäne an den Wänden. Die Gesichter der Menschen neben ihrem Bett sahen aus wie mit Ruß beschmiert. An den Stellen, auf die das Kienspanlicht fiel, waren sie schneeweiß. Irgendwo im Halbdunkeln betete jemand flüsternd. Jemand schnarchte, und eine Frau redete im Schlaf. Die Menschen an Runjas Bett sprachen sehr leise miteinander. Runja verstand dennoch jedes Wort.

»Er ist fest davon überzeugt, dass Pirmin tot ist«, hörte sie Mutter Hildegard sagen. »Alle in der Stadt glauben das, seit dreizehn Tagen inzwischen. Laurenz war befremdet, als ich ihn danach fragte.«

»Hoffentlich schöpft er keinen Verdacht«, hörte Runja die blonde Schwester des Ritters Jeremias sagen.

»Der Domdekan ist sich seiner Sache sicher«, behauptete Mutter Hildegard. »So sicher, dass er das Haus des Scholasters den Zisterzienserinnen überlassen will, bis der Erzbischof aus Rom zurückkehrt.«

»Und was glaubt er, wo Runja steckt?« Die Stimme Jeremias', endlich.

»Er weiß es nicht. Er spricht von ihr als gefährliche Mörderin.« Ein düsterer Unterton schlich sich in Hildegards Stimme. »Was man sich in der Stadt hinter vorgehaltener Hand erzählt, sagt auch er: Runja und der Scholaster hätten Unzucht miteinander getrieben, und als der Scholaster damit aufhören wollte, hätte Runja ihn erschossen.«

Jeremias und seine blonde Schwester lachten heiser, doch Runja ging es wie ein Stich durchs Herz. »Und sucht er nach ihr?«, wollte Jeremias wissen.

»Er lässt in allen Städten des Erzbistums nach ihr suchen.«

»Wir müssen sie aus der Stadt schaffen.« Die ängstliche Stimme der schwarzhaarigen Hure. »So schnell wie möglich.«

»Erzählt uns, was Ihr herausgefunden habt, Ritter Jeremias«, sagte Hildegard.

»Erlaubt mir, mich kurzzufassen«, sagte Jeremias. »Was Runja im Fieber gestammelt hat, stimmt: Pirmin von Paris lebt. Und er ist auf dem Weg der Besserung.«

»Ich will zu ihm.« Runja setzte sich im Bett auf. »Bringt mich zu ihm, gleich jetzt.«

*

Die Alte hatte gelbe Zähne. Ihre Stimme klang harsch, ihr Gestank erfüllte das Zimmer, ihre Worte gellten Laurenz in den Ohren. »Ungeheuerlich klingt das, was Ihr mir da erzählt, Schwester Äbtissin.« Er klammerte sich an den Armlehnen seines Stuhles fest und stierte der Alten in die kleinen braunen Augen. »So ungeheuerlich klingt es, dass ich es kaum glauben kann.« Das Atmen fiel ihm schwer.

Die alte Nonne hatte ihn nach dem Morgengebet vor dem Chorraum abgepasst, fast hätte er sie abgewiesen. »Es ist die Wahrheit«, sagte sie. »Leider. Die Beginen verstecken eine Mörderin, der Scholaster ist am Leben, und schon vor Sonnenaufgang sind sie zu seinem Haus aufgebrochen, weil die Mörderin ihn unbedingt sprechen will. Ich habe mich schlafend gestellt.«

Bohrender Schmerz wühlte in Laurenz' Magen. Er versuchte ihn und den Gestank der Alten zu ignorieren. Unentwegt stierte er sie an und versuchte zu fassen, was er gehört hatte. Sauer stieg es ihm die Speiseröhre herauf. Mit einer Kopfbewegung bedeutete er Stephan, ihm mehr Wein einzuschenken. Der gehorchte sofort.

»Gott möge Euch auf seine Weise lohnen, dass Ihr die Sünde ans Licht gezerrt habt, Mutter Johanna.« Endlich fand Laurenz die Sprache wieder. »Ich werde es Euch auf meine Weise lohnen: Alles in meiner Macht Stehende werde ich tun, damit Ihr hier in Magdeburg Euer Kloster bauen könnt.«

»Ich danke Euch, Hochwürden. Gott segne Euch.« Die Alte stand auf und ging.

»Öffne das Fenster«, befahl Laurenz, kaum dass die Tür hinter ihr zugefallen war. »Schnell.« Stephan gehorchte. Der Domdekan griff zum Weinkelch, nahm erst kleine Schlucke und sah dabei grübelnd zur Tür. Schließlich leerte er den Kelch auf einen Zug. »Lauf, Bursche, und schicke den neuen Hauptmann zu mir herein! Und dann laufe ins Gasthaus am Breiten Weg – Kasimir und seine Krieger sollen zu mir kommen. Beeil dich!«

7

ENGEL

Der Wagen schaukelte durch die erwachende Stadt. Auf dem Joch des vorderen Pferdes hockte Angelus. Die kalte Luft roch nach Rauch, Kienspan und Milchsuppe. Runja lag auf einem Bündel Pferdedecken. Mutter Hildegard hatte ihr eine Nonnenkutte übergezogen und sie in drei Mäntel gehüllt. Runja fror trotzdem.

Jeremias, auf dem Kutschbock, summte ein Lied, die blonde Hure lehnte gegen ihn. Die andere, die Schwarzhaarige, war im Beginenstift zurückgeblieben. Sie wollte packen und die Pferde an den zweiten Wagen anspannen. Seit sie wusste, dass Dutzende Bewaffnete in mindestens drei Städten nach Runja suchten, trieb die Angst sie um.

Wahrscheinlich hatten sie alle Angst, doch nur die Schwarzhaarige gab es zu. Mutter Hildegard etwa hatte kein Wort gesprochen, seit sie vom Stift aufgebrochen waren, auch die blutjunge Nonne mit dem Mädchengesicht nicht. Stumm saßen beide neben Runjas Lager; ihre Oberkörper schaukelten mit dem Wagen hin und her.

Ich bin eine Gefahr für alle um mich herum, dachte Runja. *Ich muss weg hier, muss allein versuchen, mich zu retten.* Doch erst einmal wollte sie mit eigenen Augen sehen und mit eigenen Ohren hören, was sie von Anfang an gehofft hatte: dass Pirmin noch lebte.

»Schaut nur«, sagte Jeremias. »In den meisten Häusern wird schon gearbeitet.« Er hatte recht: Aus der Schmiede dröhnten Hammerschläge, aus der Bäckerei duftete es nach frisch gebackenem Brot, und aus der Werkstatt des Gerbers wehte ein scharfer, bitterer Gestank unter die Wagenplane.

Runja versuchte nicht einmal, den Kopf zu heben. Sie hasste Magdeburg. So wenig wie möglich wollte sie von der Stadt sehen, in der man ihr Waldemar genommen hatte, in der sie zur Mörderin geworden war, in der sie ihre große Liebe zerstören musste.

Jeremias winkte einigen Passanten zu, summte wieder sein Liedchen und lenkte das Gespann aus der Gasse auf den Domplatz hinaus und von dort Richtung Moritzkloster. Runja fragte sich, was ihn so fröhlich stimmte. Wenn jemand sie, eine Mörderin, auf seinem Wagen fand, würde der Ritter und Sänger ein zweites Mal vor den Magdeburger Schöffenstuhl treten müssen. Das war gewiss.

»Was macht dich so sicher, dass Pirmin lebt?« Runja hielt seine in Leder gewickelte Laute auf ihrem Bärenfellbündel fest.

Über die Schulter sah Jeremias zu ihr. »Ich habe die Zwergwüchsige unterhalb seines Hauses an der Elbe abgepasst, als sie den Scheißbottich in den Strom leerte. Und dann habe ich einfach deine Worte benutzt.«

»Meine Worte?« In Runjas Bärenfellbündel steckte ihre Armbrust. Obwohl sie viel zu geschwächt war, eine Armbrust zu heben, geschweige denn zu spannen, wollte sie sich in einer Stadt, in der man ihr nach dem Leben trachtete, um keinen Preis von ihren Waffen trennen. »Welche Worte denn?«

»Du hast geredet im Fieber.« Die blonde Hure des Ritters, Magda oder Martha, drehte sich nach ihr um. »Geredet und geredet, die ganze Zeit.« Sie zitterte vor Kälte. Das Äffchen hockte auf ihrer Schulter. »Mit deinem Bruder, mit deinem Vater, mit diesem Mann. Wir wissen, dass er schön ist, wir wissen, dass er Witwer ist, und wir wissen, dass seine erste Frau Laura geheißen hat. Wir wissen alles über ihn und dich.«

Runja spürte, wie ihr das Blut ins Gesicht schoss. »Was habe ich denn erzählt?«

»Genug.« Jeremias lachte heiser. »Mir hat's jedenfalls gereicht, um die Zwergwüchsige zu überzeugen.« Er trug Kettenhemd, Harnisch und einen roten Mantel darüber. Der schwarze Lederschurz seines Helmes bedeckte ihm Schultern und Nacken. »So konnte ich ihr auf den Kopf zusagen, wie sie heißt, aus welchem Kerker welches Sultans Pirmin sie und den Ägypter befreit hat und aus welchem Zirkus diesen Goliath. Und ich habe ihr geweissagt, dass sie in Kürze die Kammerzofe des Bischofs von Havelberg sein wird und dass dieser Bischof Pirmin von Paris heißen wird.«

Runja zog sich an Hildegard hoch und stützte sich auf sie und die Nonne. »Das hast du gesagt?« Sie starrte Marienschild und Säbel auf Jeremias' Rücken an, konnte es nicht glauben. »Ist das wirklich wahr?« Jedes Mal, wenn der Wagen über einen gefrorenen Schneehaufen holperte und durch eine vereiste Spurrille fuhr, klapperte die Säbelscheide gegen das goldene Bildnis der Heiligen Jungfrau. »Und was hat sie geantwortet?«

»Zurückgewichen ist sie. Wer ich sei, wollte sie wissen, und angestarrt hat sie mich, als sei ich der Heilige Moritz. Ich sei ein Engel, hab ich ihr erklärt, und ob sie auch alles brav befolgt habe, was in dem Brief gestanden hat.«

»Du bist tollkühn«, flüsterte Hildegard.

»Wahnsinnig ist er.« Wie flehend streckte Magda oder Martha die Hände dem noch dunklen Himmel entgegen. »Vollkommen größenwahnsinnig.«

»Und dann?« Runja schluckte. »Erzähl doch weiter.«

»Noch einmal zurückgewichen vor Schrecken ist sie dann. Hätt ich sie nicht gehalten, wäre sie in die Elbe gestürzt. Oder in eines der vielen Boote an der Anlegestelle dort.«

»Glaubt ihm kein Wort«, sagte die Blonde, und die mädchenhafte Nonne äugte hin und her zwischen ihr und Jeremias und Runja. Sie schien verwirrt; wusste wohl nicht recht, ob sie kichern oder den Ritter zurechtweisen sollte.

»Weiter«, flüsterte Runja. »Und dann?«

»Sie ist auf die Knie gesunken und hat die Hände gefaltet, ob ihr es glaubt oder nicht. Nur noch stammeln konnte sie. ›Ihr wisst von dem Brief?‹, hat sie mich gefragt, und ob ich den geschrieben hätte. Ganz blass geworden ist sie plötzlich, und gezittert hat sie.«

»Er ist übergeschnappt, merkt ihr es nicht?«, sagte die Blonde. Runja konnte sich nicht erinnern, jemals gesehen zu haben, dass sie sich bekreuzigte. »Er ist vollkommen übergeschnappt.«

»Und dann?« Runja wusste ja, wie gut der Ritter Geschichten erzählen konnte, dennoch glaubte sie ihm jedes Wort. »Erzähl doch!« Atemlos lauschte sie.

»›Nein‹, hab ich gesagt, ›Gott selbst hat den Brief geschrieben.‹« Jeremias hielt das Gespann vor dem Gartentor des Scholasters an. »›Ich habe ihn nur durch das offene Küchenfenster in die Teigschüssel geworfen.‹ Da ist sie aufgesprungen und schreiend die verschneite Treppe zum Haus hinaufgerannt.«

»Sie werden uns nicht hineinlassen«, sagte die Blonde.

»Sie werden«, entgegnete Jeremias und stieg vom Kutschbock. Runja hörte ihn neben dem Wagen durch den Schnee stapfen.

»Aber das alles beweist doch nicht, dass der ehrwürdige Herr Scholaster noch lebt.« Mutter Hildegard klang fassungslos.

»Ich bin ja auch noch nicht fertig.« Jeremias schlug die Plane zur Seite und klappte den Seitenverschlag herunter. »Ich habe unten bei den Ruderbooten gewartet, bis sie aus dem Haus kamen – vier Männer: der Ägypter, der Goliath, der blonde Scholaster und einer, der ihm ähnlich sah. Der und der Ägypter stützten ihn.«

»Sein Bruder«, sagte Hildegard.

Jeremias hob Runja von der Ladefläche. »Und dann?«, fragte sie.

»Dann habe ich den Scheißbottich im Fluss ausgespült und zu ihnen hochgebracht.« Statt Runja im Schnee abzusetzen, trug er sie auf den Armen über den Gartenweg. »›Die Liebe erduldet alles!‹, habe ich gerufen, ›die Liebe hört niemals auf!‹ Dann habe ich dem Goliath den Scheißbottich vor die Brust gedrückt und zum Scholaster gesagt: ›Caritas numquam excidit.‹ Und dann bin ich durch den Garten zurück in die Stadt gegangen. Ich glaube, er hat mich nicht erkannt.«

»Jedes Wort ist gelogen!«, rief die Blonde vom Kutschbock aus. Die Domglocken läuteten das Morgengebet aus.

»Jedes Wort ist wahr«, antwortete Jeremias. Bei der Treppe angekommen, bedeutete er Hildegard mit einer Kopfbewegung, vorauszugehen und zu klopfen.

»Lass mich runter«, verlangte Runja. »Ich will ihm auf eigenen Beinen gegenübertreten.«

»Willst du wie eine lahme Hündin durch den Schnee zu ihm kriechen?«

Angelus flatterte über sie hinweg und landete in der kahlen Krone eines Birnbaums. Durch sie hindurch sah Runja ein Segelschiff auf der Elbe liegen. »Lass mich runter, sag ich.«

Jeremias seufzte. »Des Menschen Wille ist sein Himmelreich.« Er stellte Runja vor der Treppe im Schnee ab. Sie setzte den Fuß auf die erste Stufe. Stechender Schmerz raste ihr durch Rücken und Bein. Sie ging in die Knie, stützte sich mit den Fäusten auf der Treppe ab.

Hildegard hatte längst geklopft. Jemand zog die Tür auf – Jusuf. Unter gerunzelten Brauen musterte er den Ritter und die Frauen. Vermutlich konnte er sie nicht erkennen, denn es war noch nicht wirklich Tag, und er trug weder Fackel noch Talglampe.

»Wer seid ihr?«, fragte ein blonder Mann, der plötzlich neben ihm auftauchte. Wie Jusuf, hielt er eine blanke Schwertklinge in der Rechten. »Was wollt ihr?« Seine Züge ähnelten denen Pirmins. Noch ein Fremder erschien auf der Eingangsschwelle, ein Halbwüchsiger, nur wenig älter, als Waldemar gewesen war. Alle drei Männer blinzelten ins Morgengrauen hinaus. Ihre Blicke blieben schließlich an Runja hängen; die kniete halb auf der Treppe, lag halb darauf.

»Einen gesegneten Morgen, Ihr Herren.« Jeremias räusperte sich. »Ich bin der Sänger und Ritter Jeremias von Köln und bringe

Euch hier zwei Nonnen, die ich auf dem Weg nach Madgeburg aus dem Schnee gegraben habe. Die haben mal eine Predigt Eures hochwürdigen Scholasters in Paris gehört und möchten so gern sein Angesicht wiedersehen und ein paar Worte mit ihm sprechen, wenn's recht ist.«

Die drei Männer wichen auseinander und blickten hinunter – die kleine Alma drängte sich zwischen sie hindurch über die Schwelle und riss eine Fackel über den Kopf. »Er ist es!«, entfuhr es ihr. »Gleich habe ich seine Stimme erkannt.« Sie bekreuzigte sich, wich zurück und begann zu zittern. Auch die Männer machten erschrockene Mienen und wichen zurück, als sie Jeremias' Gesicht im Fackelschein sahen. Jedenfalls die beiden Älteren.

»Nehmt's mir nicht übel, Ihr Herren.« Jeremias verneigte sich. »Wenngleich auch kein Engel des Herrn, so bin ich doch ein Seher des Herrn und …«

»Alma!« Runja kroch die Stufen hinauf, rief, so laut sie konnte. »Ich bin es doch, Alma.« Sie streifte sich die Kapuze vom roten Haar. »Ich muss Pirmin sehen! Ich muss!«

»Wer steht vor der Tür?«, tönte es aus dem Obergeschoss des Hauses. Runja hielt den Atem an – seine Stimme. Jetzt erst war sie wirklich sicher: Er lebte.

»Der Prophet von gestern Nacht!« Jusuf antwortete, denn Alma fand keine Worte. Zitternd stand sie hinter der Schwelle und äugte von einem zum anderen. »Er bringt Eure Schülerin Rubina.«

Schweigen. Zwei Atemzüge lang, drei Atemzüge lang. Runja schloss die Augen. Dann: »Ich will sie sehen!«

Die Erleichterung machte Runjas Brust weit, ein Seufzer entfuhr ihr. *Ich danke dir, lieber Heiland,* betete sie stumm. *Ich danke dir, dass du meinen Plan gesegnet hast und dass wenigstens mein Liebster lebt.*

Jeremias bückte sich nach ihr, half ihr hoch, wollte sie ins Haus führen. Auf der Schwelle jedoch hob Jusuf seine Klinge und bedrohte ihn. »Sie allein«, sagte er gefährlich leise. »Nur sie allein.«

Runja stieß sich von Jeremias ab, hinkte über die Schwelle, und sofort lähmte der Schmerz ihr rechtes Bein. Sie stützte sich auf den Blonden – Pirmins Bruder, vermutete sie – und stürzte, als dieser vor ihr zurückwich wie vor einer Pestkranken. Auf den Knien kroch sie zur Treppe. Die Türflügel zum Innenhof standen offen, fremde Männer putzten dort Fässer und teerten ein Ruderboot. Französische Seeleute?

»Halt!« Jusuf sprang zu ihr und riss ihr die Mäntel vom Leib. »In der Stadt erzählen sie, du selbst habest auf unseren Herrn und Bruder geschossen.« Ungeniert klopfte er ihren Körper unter ihrer Kutte ab.

»Ich habe keine Waffe bei mir«, beteuerte sie, »wirklich nicht.« Jusuf aber ließ erst von ihr ab, als er auch den Saum ihrer Kutte gehoben und ihre Stiefel untersucht hatte.

Runja kroch weiter; niemand half ihr. Noch immer lagen Pirmins Waffen neben der Statue. Sie tastete nach dem Schild mit dem weißen Lilienkreuz, zog ihn zu sich und richtete ihn auf. Auf den Schild gestützt, schleppte sie sich zur Treppe. An der Statue verharrte sie kurz und verschnaufte. Sie sah Lauras Abbild ins glatte, lächelnde Gesicht. Ob sie selbst diesem Bild noch ähnlich sah?

Mit der Linken packte sie das Geländer, mit der Rechten stützte sie sich auf den Schild. Der Schmerz war kaum zu ertragen. Nach drei Stufen streckte sie den Arm auf dem Geländer aus, legte sich auf ihn, atmete schwer. Er stand nicht oben an der Treppe, wartete nicht auf sie wie sonst. Warum auch sollte er auf eine Mörderin warten?

Plötzlich Schritte hinter ihr – laute und polternde Schritte. Jemand schnaufte und fluchte. Runja erschrak, fuhr herum – der Goliath rannte durch die Eingangshalle auf die Treppe zu. Er trug eine Pelzmütze, nahm vier Stufen auf einmal, stand plötzlich neben ihr. Ganz hart machte Runja sich, zog die Schultern hoch, erwartete eine Hasstirade, erwartete Schläge.

»Warum hilft ihr denn keiner?« Johannes fasste Runja von links um die Hüfte und von rechts unter die Knie und nahm sie auf die Arme. Von ihrem Rücken aus zuckte der Schmerz bis in die Zehen hinunter. Sie biss sich auf die Unterlippe, sog scharf die Luft ein. »Was gafft ihr und seht nicht, dass der arme Mensch sich kaum noch auf den Beinen halten kann?«

Johannes trug sie die Treppe hinauf und durch die offene Tür in Pirmins Schlafkammer. Dort setzte er sie auf den Stuhl neben dem Waschtisch, riss Pirmins schwarzen Mantel von der Garderobe und hüllte sie damit ein. Danach stand er eine Zeitlang mitten im Zimmer, blickte mal zu Pirmin, der auf vielen Kissen lag, mal zu Runja, die in ihrem Stuhl hing und zitterte. Es war bitterkalt in der Kammer.

Der große Gärtner kämpfte mit seinen Gefühlen, das sah Runja ihm an, er gestikulierte stumm und suchte nach Worten. Schließlich winkte er ab, warf ihr einen Blick zu, der sie an den eines getretenen Hundes erinnerte, und stürmte aus dem Zimmer.

Lange fiel kein Wort. Runja rieb ihre Hände, starrte sie an, wusste nicht, wohin mit sich. »Gütiger Gott«, flüsterte Pirmin irgendwann, »was um alles in der Welt hat man dir angetan?« Endlich schaffte sie es, den Blick zu heben. Er saß kerzengerade im Bett, presste die zusammengelegten Fingerspitzen gegen die Lippen und betrachtete sie aus todtraurigen Augen.

»Wenn ich so aussehe, wie ich mich fühle«, sagte sie leise und schleppend, »dann muss ich ungefähr so alt und krank aussehen wie du.« Schwarze Schatten lagen unter seinen Augen. Sein Gesicht war hohlwangig und fahl, seine Lippen grau. Die Locken klebten ihm verfilzt am Schädel. »Doch anders als du, bin ich selbst schuld.«

Er nahm die Hände vom Mund, seine Augen wurden schmal. »Dann stimmt es also?«

»Ja. Ich war es. Ich habe auf dich geschossen.«

»Wie konntest du nur?« Er sank in die Kissen, schloss die Augen, bedeckte sie mit der Rechten. »Ich habe gehofft, es sei nur ein böses Gerücht. Ich habe es so gehofft!«

»Waldemar oder du.« Runjas Stimme zitterte. »Laurenz hat mich vor die Entscheidung gestellt. Ich entschuldige nichts, will's nur erklären.«

»Ich versteh's nicht.«

»Waldemars Leben hing von der Gnade des Domdekans ab, deines von meiner Schießkunst. Also entschied ich mich zu schießen, um euch beide zu retten.«

»Geh.«

»Höre mich doch an, Liebster!« Sie rutschte aus dem Stuhl, kroch auf den Knien zu seinem Bett. »Der Domdekan ist dein Feind, nicht ich. Er will um jeden Preis Bischof von Havelberg werden. Mit einem Wort hätte er meinen Bruder retten können. Stattdessen hat er gedroht, ihn dem Henker auszuliefern – es sei denn, ich töte dich.«

Er bedeckte noch immer seine Augen. »Ich will dich nie mehr sehen«, flüsterte er. Tränen versickerten in seinem blonden Bart.

»Bedenke doch, wie ich es getan habe!« Vor seinem Bett richtete Runja sich auf den Knien auf, griff nach seiner Linken. Er entzog sie ihr. »Hast du nicht den Pfeilbolzen angeschaut? Seine Spitze war aus Holz und nicht länger als das obere Glied meines kleinen Fingers. Hast du nicht das Leder zwischen Spitze und Schaft gesehen? Er konnte nicht tiefer zwischen deine Rippen dringen.«

Er nahm die Hand von den Augen. »Du hättest mein Herz treffen können.«

»Ich wusste genau, wohin ich ziele.«

»Ein Windstoß, und der Pfeil hätte mein Herz getroffen.«

»Ich habe die Pfeilspitze mit einem Betäubungsmittel bestrichen, damit du wie tot wirkst. Ich habe Alma einen Brief geschrieben, dass sie jedem von deinem Tod erzählen muss, damit Laurenz meinen Bruder rettet und dich nicht länger jagt. Ich habe geschrieben, dass sie zur Elbe laufen und wie sie deine Wunde versorgen muss.«

»Du hast meinen Tod in Kauf genommen.« Seine Stimme klang kraftlos und hohl. »Ich hätte betäubt in die Elbe stürzen und ertrinken können. Du hast mein Leben riskiert.«

»Gewiss – ich habe unser aller Leben riskiert. Verstehst du denn nicht? Hätte ich es nicht getan, wären wir jetzt alle drei tot, hätte keiner von uns mehr eine Zukunft. So leben wenigstens noch du und ich, mein Liebster.« Runja warf sich über seinen Bauch und umschlang seine Hüften. »Was hätte ich denn tun sollen?« Sie weinte laut. »Verzeih mir, mein Liebster – ich flehe dich an: verzeih mir!«

»Geh.« Er deutete zur Tür.

Laute Stimmen tönten aus der Eingangshalle herauf. Runja fuhr hoch. Alma stürzte in die Kammer. »Waffenknechte der Dompropstei stehen vor dem Haus«, sagte sie heiser. »Eine Nonne hat dem Domdekan erzählt, dass Ihr lebt. Zum Beweis, dass Ihr tot seid, wollen sie Eure Leiche sehen, Herr.« Und an Runja gewandt: »Und Euch wollen sie in Ketten legen.«

»Du musst weg, mein Liebster.« Runja nahm seine Hand. »Wenn er weiß, dass du lebst, bist du verloren. Er wird einen Weg finden, dich zu vernichten. Und sei es durch das Henkersschwert.«

»Ich bin schon vernichtet.« Er entzog ihr die Hand. »Lambert!«, rief er. »Johannes! Kommt herauf.«

Runja kroch zur Tür, die Trauer brannte ihr in der Brust, der Schmerz in Rücken und Bein. Am Treppengeländer zog sie sich hoch. Pirmins Bruder und der Goliath sprangen die Treppe herauf. »Ihr müsst Pirmin fortbringen.« Sie hielt Johannes fest. »Der Domdekan will ihn töten. Ich flehe dich an – bringe deinen Herrn in Sicherheit!«

Johannes musterte sie stumm. Schließlich machte er sich los und stürzte dem Mann namens Lambert hinterher in die Schlafkammer.

Runja klammerte sich am Geländer fest, nahm Stufe um Stufe. Fremde Männer standen hinter Jusuf und Pirmins Vetter in der Eingangshalle. Die Seeleute aus Frankreich. Einige hatten Dolche gezückt. Endlich lag die Treppe hinter Runja. Sie hielt sich neben der Statue am Geländer fest, wartete, dass der Schmerz nachließ.

Unter dem Eingangsportal, mit dem Rücken zur Halle, standen Jeremias, Hildegard und die mädchenhafte Nonne. Vor ihnen, auf der Treppe, erkannte Runja den ehemaligen Henkersknecht und Henker. Hinter ihm zählte sie neun Waffenknechte. »Ihr müsst uns durchlassen, edler Ritter«, sagte der ehemalige Henker. »Wir haben Befehl, dieses Haus nach Runja von Seeburg zu durchsuchen.« Offenbar führte er die Waffenknechte als Hauptmann an. »Auch sollen wir uns davon überzeugen, dass der Hausherr wirklich tot ist.«

»Ihr braucht nicht ins Haus zu kommen, hochwürdiger Hauptmann«, erklärte Jeremias. »Pirmin von Paris ist von den Toten auferstanden, und Runja von Seeburg ist bei ihm.« Der kleine, stämmige Mann blinzelte zu Jeremias herauf. »So, jetzt wisst Ihr, was Ihr in Erfahrung bringen sollt, und braucht das Haus nicht mehr zu durchsuchen.«

»Doch, edler Ritter Jeremias, das müssen wir.« Der Hauptmann trat von einem Fuß auf den anderen. »Wir haben Befehl, beide in Ketten vor den Domdekan zu bringen.«

»Ich werde nachher zum Schultheißen und zum Burgvogt gehen und mich erkundigen, ob das alles seine Richtigkeit hat.« Jeremias setzte seine Worte ruhig und besonnen. »Einstweilen könnt Ihr wieder gehen, Hauptmannswürden, und den Dekan meiner Hochachtung versichern und ihm meine Segensgrüße ausrichten.«

»So versteht mich doch, hochwürdiger Ritter!« Der Hauptmann schlug einen flehenden Ton an. »Ich habe nun einmal den Befehl, sie in Ketten zu legen. Alle beide.« Er deutete auf Mutter Hildegard. »Und die da auch. Weil sie doch eine Mörderin versteckt hat.«

»Hat sie nicht«, erklärte Jeremias. »Ich habe Runja von Seeburg versteckt und in Mutter Hildegards Haus gebracht. Mich müsst Ihr in Ketten legen.« Er hob seine Stimme. »Doch wollt Ihr wirklich einen Mann Gottes in Ketten legen?« Als würde er predigen, so sprach Jeremias plötzlich. »Wollt Ihr wirklich gegen einen Mann das Schwert ziehen, der Euch im Namen Gottes Eure Zukunft geweissagt hat?« Der Hauptmann wich zurück vor der donnernden Stimme des Ritters. »Und der sie Euch hiermit erneut weissagt! Keinem Teufelsgenossen wie Laurenz von Magdeburg werdet Ihr künftig dienen, sondern einem reichen Edelmann, der Euch in Seide und Leder kleiden und mit einer silberglänzenden Rüstung beschenken wird.«

»Wenden!«, rief Mutter Hildegard auf einmal. »Was wollen die hier?«

Jeremias stutzte und deutete zum Gartentor. »Beschützt dieses Haus, Hauptmann! Beschützt seine Bewohner vor dem Heidenpack, das dort anstürmt!«

Runja warf den Kopf herum und starrte zum Gartenfenster hinaus: Eine Eiskralle schlug sich in ihr Herz – auf dem Gartenweg holte ein bulliger Krieger mit seiner Lanze aus und schleuderte sie. Ein Strich, ein Schlag und splitterndes Glas. Etwas prallte schmerzhaft gegen Runjas Brust und stieß sie nieder.

8

VORBEI

Jemand lag auf ihr, massig und schwer. Sie rang nach Luft, bekam keine, rang verzweifelter. Tausendfacher Lärm umgab sie. Warm sickerte es ihr durch Kutte und Unterkleid über die Brust. Und die Schmerzen – stechend, brennend, schneidend scharf und überall. Es war vorbei.

So also fühlte sich's an, das Verbluten, das Ende, der Tod.

Im Geiste sah sie den bulligen Wenden – Kasimir, wie er die Lanze hebt; Kasimir, wie er die Lanze schleudert. Sie dachte an ihren Vater. *Ihr sollt leben.* Sie dachte an Waldemar. *Erlöse mich von dieser Qual.* Sie dachte an ihren Liebsten. *Geh.* Männer fluchten, eine Frau kreischte. Tausend Schritte stampften. Irgendwo klirrte Metall gegen Metall.

Genug, dachte sie, *ich gehe*.

Der massige Körper auf ihr richtete sich auf, Runja sog keuchend die Luft in die Lungen. »Geht's?« Johannes kniete neben ihr. »Alles gut.« Wie ein roter Schleier bedeckte Blut sein Gesicht. Etwas Haariges hing über seinem rechten Ohr, ein Stück Schädelschwarte. Blut troff von Haaren und Fleisch wie Wasser von einem nassen Schwamm. Johannes griff nach dem haarigen Fleischfetzen, klappte ihn zurück auf den blutigen Schädel und stülpte seine Pelzmütze darüber.

Der Lärm überall – die Flüche, das Stampfen, das Klirren. Was geschah hier? Wer kämpfte hier gegen wen? Runja verdrehte die Augen nach rechts – vor dem Eingangsportal schwangen Jeremias und Jusuf Säbel und Schwert. Wendische Krieger und Waffenknechte der Dompropstei drangen auf sie ein. Deren kleiner, stämmiger Hauptmann stand zwischen den Säulen der Außentreppe, gestikulierte und brüllte Befehle, doch keiner hörte auf ihn.

Französische Seeleute stießen mit Lanzen nach Eindringlingen, denen es gelungen war, an Kasimir und Jusuf vorbeizugelangen. Andere griffen einen Magdeburger Waffenknecht mit Messern an oder schlugen mit Schwertern nach zwei Wenden, die durch das zerbrochene Fenster ins Haus steigen wollten.

Schrittlärm erfüllte das ganze Haus, auch im Innenhof rief einer Befehle. Wo steckten Hildegard und die mädchenhafte Nonne? Weder sie noch Alma konnte Runja im Getümmel entdecken. Sie drehte die Augäpfel nach oben – dort, wo eben noch die Statue gestanden hatte, steckte jetzt eine Lanze im Treppengeländer.

Kasimirs Lanze.

Runja begriff: Johannes hatte sie zu Boden gestoßen und mit seinem Riesenkörper gedeckt. Die Wendenlanze hatte ihm ein Stück Kopfhaut abgeledert, bevor sie die Statue traf.

Johannes packte die Waffe und riss sie aus dem Holz. »Versteck dich. Irgendwo.« Kasimirs Lanze in der Rechten stürmte der Goliath zum Eingangsportal und stürzte sich ins Kampfgetümmel.

Runja wälzte sich auf die Seite. Schmerz trieb ihr Tränen in die Augen. Johannes' Blut klebte ihr an Wange und Stirn. Wie durch einen feuchten Schleier hindurch sah sie die Statue: Sie lag auf dem Boden, hatte keinen Kopf mehr. Runjas suchender Blick fand ihn neben Pirmins Schwert – Laura hatte kein Gesicht mehr. Kasimirs Lanze hatte ihr Mund und Nase zertrümmert.

Kasimir. Hatte Laurenz ihn geschickt, sie und Pirmin zu töten? Wozu sonst.

Schreie an der Tür, eine raue, tiefe Männerstimme. Runja kannte sie. Sie stemmte sich hoch – Kasimir! »Die Rote Löwin!«, brüllte er. »Dort, an der Treppe! Drei Pferde und dreißig Silberpfennige für den, der sie mir lebend bringt!« Mit wuchtigen Schwerthieben drosch er auf Jusuf ein. Kaum konnte der Ägypter dem Wendenhauptmann noch standhalten.

Runjas gehetzter Blick flog nach allen Seiten. Wohin fliehen vor dem rasenden Heiden? Wo sich verstecken vor seinem Zorn? Im Obergeschoss? Nicht einmal die Hälfte der Treppenstufen würde sie schaffen. Zu groß der Schmerz, zu lahm das rechte Bein. Die Türflügel zum Innenhof standen offen, sie kroch darauf zu.

»Lasst sie bloß nicht noch einmal entwischen!« Wieder Kasimirs donnerndes Gebrüll. »Drei Pferde und dreißig Stück Silber! Und denkt an die Geldsäcke, die sie mit sich schleppt!«

Glas klirrte, Holz splitterte – Runja äugte hinter sich zum Fenster: Ein Wende hatte Glas und Holz aus dem Fensterrahmen geschlagen, kletterte in die Einhangshalle. Hingestreckt vor dem Fenster lagen zwei Franzosen, Pfeile ragten aus ihrer Brust.

Runja tastete nach dem Knauf von Pirmins Schwert, zog es zu sich und richtete sich daran auf. Der wendische Krieger sprang in die Halle, hob eine Axt, rannte zu ihr. Plötzlich sprang ihm Jeremias in den Weg, schlug ihm mit dem Säbel erst die Faust mit der Axt ab und spaltete ihm dann den Schädel. Der Wende war tot, bevor er auf dem Boden aufschlug.

Zwei Waffenknechte griffen den Kölner Ritter an, er parierte ihre Schwerthiebe, trieb sie mit wuchtigen Säbelhieben zum Portal zurück. »Flieht, wenn Ihr könnt!«, rief er, ohne sich nach ihr umzudrehen. »Flieht, Rubina!«

Runja hinkte zur Innenhoftür, benutzte Pirmins Schwert als Krückstock. Auf der Außentreppe bedrängte Kasimir den Ägypter hart; der würde den Schwerthieben des Einäugigen nicht mehr lange standhalten. Johannes sprang ihm zur Seite, stieß die Lanze nach Kasimir, traf ihn jedoch nicht. Wenigstens wich der bullige Heide bis zur Treppe zurück.

Runja schleppte sich in den Innenhof und an der Fassade entlang zur hinteren Tür. Sie wollte vermeiden, dass Kasimir sie vom Eingang aus beobachten konnte. Ihr Blick fiel auf das geteerte Ruderboot; kieloben lag es auf zwei Kanthölzern. Wenn sie nun einfach unter das Boot kroch?

Sie schaute zurück zur Eingangshalle. Drei Wenden und zwei Waffenknechte hatten sich den Zugang zum Haus schon erkämpft. Mitten in der Halle schlugen sie mit Äxten und Schwertern nach Johannes und Jusuf und den wenigen Seeleuten, die noch nicht verletzt oder gefallen waren.

Zu gefährlich, unter das Boot zu kriechen. Die Männer würden sie durch das Türfenster hindurch sehen. Runja schleppte sich zur Westseite und zur hinteren Tür. Die führte durch eine Werkstatt in den Garten und ans Elbufer, das wusste sie. Sie drückte die Klinke hinunter – abgeschlossen. Durch das vergitterte Türfenster sah sie Ruderboote auf dem Strom; das erste legte bereits am Segelschiff aus Frankreich an.

Runja machte kehrt, hinkte zu der einzigen Tür in der seitlichen Innenhoffassade, drückte die Klinke herunter – nicht abgeschlossen. »Danke, lieber Heiland, danke!« Ein letzter Blick zurück zur Halle – nur Johannes, Jeremias und ein Seemann fochten dort noch gegen die Eindringlinge. Mit dem Rücken zur Treppe wehrten sie sich gegen zwei Wenden und einen Waffenknecht.

Die Wucht und Bedingungslosigkeit des Angriffs erschütterte Runja. Laurenz machte Ernst, wollte wohl Pirmin, sie und alle Mitwisser ein für alle Mal aus der Welt schaffen. Sie fragte sich, wie er so viel Blutvergießen zwischen Domplatz und Moritzkloster vor Richter und Schöffenstuhl rechtfertigen würde.

Ein wendischer Krieger stürzte in den Innenhof. Runja riss die Tür zu und verriegelte sie. Sie blickte sich um – eine Schlafkammer. Frauenkleider lagen am Boden. Almas Kammer. Sie hatte zwei Türen und ein schmales Fenster.

Runja stürzte ans Fenster; das lag nach Westen hin und war vergittert. Sie riss es auf, rüttelte am gusseisernen Gitter. Das ließ sich nicht bewegen. Sie spähte hinaus auf die Elbe – ein blonder Mann kletterte aus einem Ruderboot am Rumpf des Segelschiffes hinauf. Vom Boot aus schob man ihn, von der Reling aus streckten sich ihm helfende Hände entgegen.

Pirmin!

Er ging an Bord. Ein Kloß schwoll in Runjas Hals, sie schluckte. »Mein Liebster.«

Im Ruderboot unter Pirmin erkannte sie Alma neben Pirmins Bruder und Vetter. Sie hatten das Haus aufgegeben. Die wenigen Kämpfer draußen in der Halle – und wahrscheinlich auch an der Treppe zur Anlegestelle – hielten ihnen nur noch den Rücken frei, damit sie fliehen konnten.

Es war vorbei. »Mein Liebster, mein Liebster …« Tränen quollen ihr aus den Augen. Seine Stimme gellte ihr in den Ohren, schnitt durch ihr Herz: *Ich will dich nie mehr sehen.* Es war endgültig vorbei. Sie weinte laut.

Plötzlich erinnerte sie sich an seine Küsse, an seine Hände auf ihrer Haut. Wie viele glückliche Tage hatten sie miteinander erlebt? Sechs? Sieben? Lohnte sich ein Leben für sieben glückliche Tage? »Ja«, schluchzte sie, »ja, ja.« Sie atmete tief, ihre Gestalt straffte sich. »Die Liebe glaubt fast alles.« Bitter stieß sie diese Worte aus. »Sie hofft fast alles, erträgt fast alles. Fast. Und auf einmal ist sie vorbei.«

Jemand trat vom Innenhof aus gegen die Kammertür. Der wendische Krieger! Ein letzter Blick noch auf das Schiff und auf Pirmin. Sie wischte sich die Tränen aus den Augen. »Leb wohl, mein Liebster.« Vom Innenhof aus rammte der wendische Krieger jetzt einen Balken oder etwas ähnlich Schweres gegen das Türblatt. Um jeden Preis wollte er sich die Pferde und das Silber verdienen.

Unwillkürlich fuhr Runjas rechte Hand zur Hüfte – kein Krummdolch steckte in der Gurtscheide. Sie wusste es ja, hatte ja mit Absicht Dolch und Armbrust im Wagen gelassen. Bei den beiden Ledersäckchen mit den Silberpfennigen.

Die Tür erbebte unter den Stößen von außen. Auf Pirmins Schwert gestützt, hinkte Runja zur Tür an der Schmalseite der Kammer, die führte zur Vorderseite des Hauses. »Lieber Heiland, hilf mir.« Flüsternd und mit klopfendem Herzen drückte sie die

Klinke herunter – die Tür war nicht verschlossen! »Danke, lieber Heiland, danke.«

Runja gelangte in den Baderaum. Der Zuber war leer. Sie beschloss, sich unter ihm zu verstecken, verriegelte die Tür und schleppte sich zu ihm. Ihn auf die Seite zu legen, schaffte sie unter großen Schmerzen und Aufbietung ihrer letzten Kräfte; jedoch seine Unterseite nach oben zu kippen, vermochte sie nicht.

In Almas Schlafkammer splitterte Holz, krachte eine Tür gegen die Wand. Dann Schritte, dann rüttelte einer an der Tür zum Baderaum. Irgendwo draußen in der Halle hörte Runja Kasimir brüllen. Das ging ihr durch und durch; sie zog die Schultern hoch, erschauerte, fühlte sich wie gelähmt.

Sorgfältig verriegelte sie die Tür zur Eingangshalle, hinkte zur nächsten Tür; die führte zu Küche und Vorratskammer. Sie wollte versuchen, durch das Küchenfenster ins Freie zu fliehen. Jetzt krachte etwas hart und schwer gegen die Tür zwischen Almas Kammer und Baderaum. Der wendische Krieger gab nicht auf.

Runja stieß ein Dankgebet aus, weil auch die Tür zum schmalen Flur zwischen Küche und Vorratskammer nicht verschlossen war. Ein kalter Luftzug wehte ihr entgegen. Sie stützte sich auf Pirmins Schwert, biss die Zähne zusammen und schleppte sich über den Flur und durch die offene Küchentür. Ein Fenster der Küche stand offen.

Runja erschrak – war etwa einer ihrer Jäger durch dieses Fenster ins Haus eingedrungen? Sie spähte nach allen Seiten – niemand zu sehen. Wahrscheinlich waren Hildegard und die junge Nonne durch die Küche ins Freie geflohen.

Sie stützte sich auf das Schwert, hinkte zum offenen Fenster. Auf dem Backtisch ruhte Teig für zwei Brote in der Backschüssel. Im Herd brannte noch Feuer, aus einem der rußschwarzen Kessel dampfte es. Rauch und Dampf stiegen in den kupfernen Rauchfang, der sich über der gut acht Ellen langen Herdstelle öffnete. An seinen Seiten hing Räuchergut von Haken und Ketten – Schinken, Speckseiten, drei Aale und ein großer Hecht.

Der Kampflärm im Haus ebbte ab. Hatten die Eindringlinge gesiegt? Selbst wenn – viele ihrer Jäger konnten den Kampf nicht unverletzt überlebt haben. Ob der tapfere Jeremias noch lebte? Und Johannes und Jusuf? Wenn sie in Kasimirs Hände gefallen waren, gewiss nicht. Und sollten die Magdeburger Waffenknechte sie besiegt haben, drohten ihnen Ketten, Kerker und Richter.

Endlich war sie am Fenster – doch der untere Rahmen reichte Runja bis zur Brust. Viel zu hoch. So geschwächt und verwundet wie sie war, konnte sie unmöglich auf diese hohe Fensterbank klettern.

Sie blickte sich um. Neben einem Vorhang vor einer schmalen Wandnische entdeckte sie einen leeren Holzbottich, wie man ihn zum Butterschlagen benutzte. Und nicht weit davon einen Melkhocker. Wenn sie beides übereinanderstellte und als Leiter benutzte, würde es vielleicht gehen.

Runja schleppte sich zur Wandnische. Sie stöhnte auf vor Schmerzen. Von der Rückenwunde aus schienen sich bei jedem Schritt glühende Klingen durch ihr Gesäß und ihren rechten Schenkel zu bohren. Sie bückte sich nach dem Bottich. Dreckige Stiefelspitzen lugten zwischen dem Vorhang und den Granitfliesen heraus. Runja sperrte Mund und Augen auf, vergaß zu atmen.

Plötzlich wurde der Vorhang zur Seite gerissen, eine Hand griff in ihr Haar und riss sie hoch. Runja starrte in Kasimirs einäugiges Gesicht. Er lächelte böse. Ehe sie überhaupt Luft holen konnte, schnellte seine Faust schon aus der Wandnische hinter dem Vorhang und traf sie mitten im Gesicht.

Es war, als würde ihr Augenlicht erlöschen; Blitze zuckten durch jähe Dunkelheit. Sie spürte, wie sie erst gegen den Backtisch und dann gegen die Herdmauer prallte. Hart schlug sie am Boden auf. Die Hitze des Herdfeuers wehte ihr ins Gesicht. Sie riss die Augen auf, atmete rasselnd ein. Die Dunkelheit verflog, Schmerzen rasten ihr durch den Leib, ein Schatten fiel auf sie.

Kasimir!

»Verfluchtes Waldluder!« Er zischte, trat ihr in die Seite; Runja schrie auf. »Hab ich dich endlich!« Der Wende ging neben ihr in die Hocke, durchsuchte ihre Kutte. »Wo, beim Buback, hast du die Säcke mit den Silberpfennigen?« Er schlug ihr mit dem Handrücken ins Gesicht. »Wo?« Wieder schlug er zu.

»Im Haus versteckt«, keuchte Runja, »ich führ dich hin.«

»So?« Kasimir schlug erneut zu. »Du führst mich hin?« Er packte sie an Haar und Kutte und riss sie hoch. Runja schrie und stöhnte. »Eines nach dem anderen, oder?« Er wickelte ihr Haar um sein Handgelenk, stieß sie gegen den Backtisch. Wieder stöhnte sie ihren Schmerz hinaus. »Tut's weh, ja?« Er feixte. »Weißt du, wie weh es tut, wenn einem ein Pfeilbolzen ins Auge fährt?« Mit einer einzigen Armbewegung fegte er Schüssel und Teig vom Backtisch. »Du wirst es noch erfahren, ich schwör's dir. Erst einmal aber wollen wir das räudige rote Kätzchen ein wenig zähmen.«

Er drückte sie rücklings auf den Backtisch hinunter, hielt ihren Kopf am Haar fest, raffte ihr die Kutte über Knie und Schenkel. Angst wollte Runjas Herz zerdrücken. Auf einmal lag sie in einer warmen Pfütze – das Wasser lief ihr davon.

»Muss schon pissen vor Schiss, die Rote Löwin, sieh einer an!« Kasimir stieß ein raues Lachen aus. Er raffte ihr Kutte und Unterkleider über den Bauch, drückte ihr Knie und Schenkel auseinander. Ihre Wunden im Rücken und in der Wade stachen und brannten, Runja schrie.

»Hab noch gar nichts gemacht, und schon kreischt das rote Kätzchen.« Er grinste, löste die Schnalle seines Schwertgurtes, öffnete die Ösen seines Waffenrockes, löste die Schnüre seiner Beinkleider. »Gleich kannst du kreischen.« Gestank wie von altem Harn und faulem Fisch schlug ihr ins Gesicht; der kam von seinem Geschlecht. Brechreiz würgte sie.

Sie schloss die Augen, spürte, wie er sich grob zwischen ihre Schenkel drückte. Sie versuchte, locker zu lassen, spreizte die Schenkel, als würde sie aufgeben. »Jetzt kannst du kreischen nach Herzenslust!«

Sie spürte sein hartes Männerding, spürte, wie er versuchte, sich in ihren Schoß zu stoßen. Das tat weh. »Ich helf dir«, flüsterte sie und streckte die Hand nach seinem Geschlecht aus. »Ich helf dir und halt ganz still, dann tut's nicht so weh, und ich hab's schneller hinter mir.« Sie tat, als würde sie schluchzen.

»Glaub bloß nicht, dass du mit nur einem Mal davonkommst, du räudige Rotkatze.« Runja tastete sein Männerglied und seinen haarigen Hoden. Um den schloss sie blitzschnell die Hand und drückte mit aller Kraft zu. Kasimir brüllte auf, ließ ihr Haar und ihren Schenkel los und taumelte nach hinten gegen das Gemäuer des Herdes. Dort krümmte er sich und brüllte, wie Waldemar gebrüllt hatte, als die Henker ihn aufs Rad flochten.

Runja hörte es mit grimmiger Freude. Sie schob sich vom Backtisch, hinkte zum Herd. Freude, Hass und Abscheu dämpften ihre Schmerzen. Den nächstbesten Topf, den sie zu fassen bekam, riss sie vom Herd und schlug ihn dem brüllenden Wenden auf den Kopf – zweimal, dreimal, viermal, bis Blut spritzte und sein Gebrüll verstummte.

Kasimir sackte über dem heißen Herd zusammen, rührte sich nicht mehr. Von den Hüften ab lag er halb entkleidet auf dem Herd, seine Beine hingen vor der Herdklappe auf dem Boden. Die Schläge mit dem Topf hatten ihn betäubt. Oder gar getötet? Runja beugte sich über ihn. Nein, er atmete noch.

Sie keuchte und zitterte. Das Herz galoppierte ihr durch den Brustkorb wie ein panisches Fohlen. Es roch nach verbranntem Haar. Sie beugte sich neben dem Herd zu Boden und übergab sich. Aus dem Augenwinkel sah sie Kasimir zucken.

Mit dem Handrücken wischte sie sich über den Mund, packte dann die Kette, an deren Haken der Hecht hing. Sie führte über ein kleines Laufrad neben dem Rauchfang. Runja ließ den großen Fisch herab, riss ihn vom Haken.

Kasimir zuckte heftiger, er spürte die Gluthitze unter sich. Gleich würde er zu sich kommen. Runja zog die Kette so lang, wie sie nur konnte, schlang sie ihm oberhalb des Knies um den Schenkel und spießte den Haken durch ein Kettenglied. Dann riss sie an der Kette, riss und zog mit aller Kraft.

Kasimirs Bein hob sich, knickte am Knie ab. Runja zog weiter. Ihr Hass, die Erinnerung an ihren Vater, ihre grimmige Genugtuung – all das betäubte ihre Schmerzen und weckte ungeahnte Kräfte in ihr.

Runja zerrte an der Kette. Kasimirs Schenkel und Knie zeigten schon nach oben, sein Schenkel straffte sich unter Kette und Laufrad. Runja zog und riss, dass der Schweiß ihr ausbrach. Schon hob Kasimirs Hüfte sich vom Herd. Sie riss und zog an der Kette, bis nur noch seine Schulter, seine Arme und sein Kahlkopf auf der steinernen Herdplatte lagen.

»Jetzt ist's vorbei mit dir, du Satan«, zischte sie und befestigte die Kette an einem der Wandhaken an der Rückseite des Rauchfangs. Sie keuchte, sie zitterte, sie atmete schwer. Kasimir zuckte, blinzelte, öffnete die Augen.

Runja stopfte Zunder zur Glut im Herd, warf Kienholz dazu, legte schwere Holzscheite nach. Kasimir stöhnte plötzlich. Sie schloss die Herdklappe, zog sich an der Herdmauer hoch. An der Seite des Rauchfangs hingen Schürhaken und Aschenschaber. Sie nahm einen Schürhaken, führte seine nach oben gebogene Spitze in ein Loch in der Herdplatte und hebelte die steinerne Platte aus der Fassung.

Kasimir fing an zu schreien, versuchte vergeblich, Arme, Schultern und Kopf von der heißen Platte zu heben. Sein Bewusstsein kehrte zurück, er begriff, wo er lag und hing, und er sah Runja neben dem Herd stehen und mit dem Schürhaken hantieren.

»Verfluchte Rote!«, schrie er. »Was tust du da?« Endlich schaffte es Runja, die schwere Steinplatte zu bewegen. Am Schürhaken zog sie die heiße Platte unter Kasimirs Kopf weg. »Was machst du mit mir?«, brüllte der Einäugige. »Verfluchtes Weib, was tust du?«

Einmal noch riss sie am Schürhaken, dann rutschte die Herdplatte unter Kasimirs Kopf weg. Flammen schlugen aus der Öffnung. Kasimirs kahler Schädel, bisher von der heißen Platte gehalten, fiel ins Feuer. Sofort ging sein Zopf in Flammen auf. Der Gestank nach verbranntem Haar schlug Runja entgegen wie ein Fausthieb. Sie taumelte rückwärts, ging neben Pirmins Schwert zu Boden, erbrach sich erneut.

Dumpfes Gebrüll erfüllte Herd und Küche. Kasimirs Körper wand sich unter Kette und Haken. Zuckend zog er das freie Bein an, stellte es auf den Herd, stemmte sich mit den Händen neben dem Rand der Herdöffnung auf und zog für einen Augenblick den schon schwarzen Kopf aus dem Feuer, rutschte aber ab und stürzte wieder in Flammen und Glut.

»Gnädiger Gott, was hast du getan?« Eine Stimme tönte von draußen herein. Runja zog sich am Schwert hoch, schleppte sich zum Fenster. Die mädchenhafte Nonne und Magda oder Martha standen draußen. Ihre Münder waren eckig vor Grauen, ihre Mienen kantig und fahl. Hinter ihnen schleppte Jeremias sich durch den Schnee und zum Wagen, er zog eine Blutspur hinter sich her. Der kleine stämmige Hauptmann stützte ihn, der ehemalige Henker.

»Helft mir raus.« Runja lehnte gegen die Fensteröffnung. Kasimirs Gebrüll ging in röchelndes Krächzen über. »Bitte, helft mir durch das Fenster.« Runja ließ das Schwert los und streckte die Arme aus. Warum griff denn niemand zu?

Im Herd hinter ihr verstummte der sterbende Wende. Holz splitterte, eine Tür sprang auf. Runja blickte hinter sich. Ein wendischer Krieger stürmte vom Flur her in die Küche. Er hielt eine blutige Schwertklinge, machte Anstalten an Backtisch und Herd vorbeizustürzen und Runja zu ergreifen.

Dann sah er plötzlich das Bein unter dem Rauchfang, das Bein auf dem Herd, den halbnackten Oberkörper über der flammenden Herdöffnung und die schlaffen Arme daneben. Längst brannten Jacke, Weste und das aufgeschnürte Beinkleid des Toten. Der Wende stand wie festgewachsen, starrte seinen toten Hauptmann an und stieß einen Entsetzensschrei aus.

9

ERZBISCHOF

Vogelgezwitscher erfüllte die Luft. Warmer Ostwind wehte. Die Wiesen blühten, das Korn spross, die Leute warfen Steine in die lindgrünen Baumkronen rund um die Richtstätte. Krähen erhoben sich und flatterten davon. »Kommt später wieder!«, rief ihnen der Henker hinterher. »Zur Mahlzeit.«

Laurenz saß auf seinem Pferd; vom Sattel aus würde er besser sehen können. Der Erzbischof schrieb Briefe aus Mailand und Rom, bestimmte dies, verfügte jenes – und ließ noch immer auf sich warten. Und der Bischof von Havelberg lag immer noch im Siechtum und wollte und wollte nicht sterben.

Um Laurenz herum, ebenfalls zu Pferde saßen sie: der Burgvogt, die Schöffen, der Abt des Moritzklosters, die Äbtissin Johanna und etliche Herren des Domkapitels. Etwa fünfhundert Magdeburger drängten sich um die Richtstätte.

Henker und Henkersknecht stiegen die Treppe zum Rabenstein hinauf, trugen Beil und Schwert zur Richtstätte. Schwarze Kapuzen bedeckten ihre Köpfe. Zwei Priester und zwei Nonnen folgten ihnen, dahinter Schultheiß und Richter. Die Klötze und die Körbe für die Köpfe hatte der Henkersknecht schon am Morgen hinaufgeschafft.

Zuletzt führten Waffenknechte des Burgvogts die Verurteilten zur Richtstätte hinauf: acht Frauen in Fesseln und grauen Lumpen. Hildegard an der Spitze. Den Rücken gerade, den Kopf erhoben, das Kinn nach vorn gereckt. So viel Stolz ärgerte den Domdekan.

Wäre es nach ihm gegangen – die Beginen hätten noch im Winter ihre Köpfe verloren. Doch Richter und Schöffenstuhl hatten wieder einmal übertrieben mit ihrer Sorgfaltspflicht – viel zu viele Zeugen hatten sie an viel zu vielen Gerichtstagen zu Wort kommen lassen.

Den Ausschlag hatten schließlich Johanna und ihre Zisterzienserinnen gegeben. Sie bezeugten, dass die eigensinnige Mutter Hildegard und ihre Beginen die Mörderin nicht nur aufgenommen und versteckt, sondern auch gepflegt hatten.

Auf dem Rabenstein, neben dem Hackklotz, standen die Henker bereit. Richter und Schultheiß traten ein wenig abseits an die steinerne Balustrade. Die Priester und die Nonnen gingen von einer Verurteilten zur anderen, sprachen einer jeden Mut und Trost zu, hielten einer jeden das Kruzifix vors Gesicht. Manche der Gefesselten küssten es.

Die Menge rund um den Rabenstein reckte die Hälse. So still wurde es, dass Laurenz die lateinischen Worte des Psalms hören konnte, den zwei der frommen Frauen beteten: »Lobe den Herrn, meine Seele, und vergiss nicht, was er dir Gutes getan hat.« Die anderen hörte er nur lallen und brabbeln.

Sie konnten nicht mehr verständlich sprechen. Laurenz hatte den Kerkermeister und den Henkersknecht gut dafür bezahlt, damit sie ihnen die Zungen herausschnitten. Mutter Hildegard hatte ihre zuerst verloren. Sie wusste mehr über ihn, als Laurenz recht sein konnte. Schamlos und frech hatte sie ihren Dreck in die Welt posaunt: Er, der Domdekan, würde Unzucht mit Chorknaben treiben; er, der Domdekan, würde über Leichen gehen, um Bischof zu werden.

Zwei Waffenknechte führten die erste Verurteilte zum Hackblock. Der Henkersknecht zwang sie in die Knie, zog ihr den Kopf am Haar auf den Block, und der Henker hob sein Beil und schlug ihn ihr ab. Der Schädel fiel in den bereitgestellten Korb.

Die Waffenknechte warfen den blutenden Leichnam über die Balustrade auf die Ladefläche eines Ochsenkarrens, dann führten zwei andere Waffenknechte die nächste Frau zu den Henkern.

Niemand musste sie in die Knie zwingen, niemand ihren Kopf niederdrücken. Beides tat sie freiwillig. Der Henkersknecht hob sein Schwert und schlug ihr mit einem Hieb den Schädel ab. Der fiel in den Korb, der Torso wurde in den Wagen geworfen. Dann war die Nächste an der Reihe.

Laurenz hätte gern auch den einen oder anderen Mann auf dem Rabenstein sterben sehen. Pirmins Diener zum Beispiel. Immerhin hatten sie den Betrug gedeckt und die Waffenknechte der Propstei angegriffen. Doch den Ägypter hatten Kasimirs Wenden erschlagen, und der Goliath war mit seinem Herrn geflohen.

Oder den Hauptmann. Angeblich hatte er sogar dafür gesorgt, dass der Ritter aus Köln und seine Huren fliehen konnten. Und war seitdem spurlos verschwunden. In Laurenz' Augen hatte er das Rad verdient.

Und Pirmin natürlich. Den hätte er am allerliebsten auf dem Hackklotz gesehen. Er hatte ihn vor dem Richter verklagt: wegen Hurerei, wegen Betrugs und weil er die Mörderin nicht ergreifen ließ. Wie man hörte, war sein Schiff vor der Küste Frankreichs gesunken.

Von der Mörderin selbst fehlte jede Spur.

Laurenz erbebte innerlich, wenn er an Rubina von Seeburg dachte. Er hatte in der Küche von Pirmins Haus gestanden, hatte Kasimirs Leiche über dem Herd gesehen. Bis heute konnte er nicht glauben, dass dies das Werk der Rothaarigen gewesen sein sollte. Niemand konnte das glauben. Und den Wenden, der mit zwei Pfeilen in der Brust neben dem Herd lag, hatte keiner mehr fragen können.

Die vierte Verurteilte trat vor den Hackklotz und verlor ihren Kopf. Danach die fünfte, die sechste, die siebte. Laurenz unterdrückte ein Gähnen. Schließlich war Hildegard an der Reihe. Sie schritt zum Hackklotz. Doch statt davor niederzuknien, drehte sie sich plötzlich um und blickte zu Laurenz herüber. Der wartete, dass die Henker sie endlich in die Knie zwangen. Doch sie stand und stand und glotzte und glotzte. Und die Henker ließen sie gewähren; die stolze Haltung der Frau flößte diesen Trotteln Respekt ein, wie es aussah.

Jetzt hob Hildegard auch noch die Rechte und streckte Arm und Zeigefinger nach ihm aus. Wahrhaftig, sie deutete auf ihn! Laurenz wurde es heiß und kalt. Sie deutete und deutete und sagte keinen Ton; konnte sie ja nicht. Ein Raunen ging durch die Menge. Schließlich spuckte Hildegard aus, warf sich auf die Knie und bot dem Henker ihren Nacken dar. Der holte aus und schlug zu. Laurenz hörte ihren Schädel zu den anderen in den Korb fallen. Er bedauerte, dass der Henker nicht erst ein paar Mal danebengehauen hatte.

Laurenz lenkte sein Pferd herum, trieb es an. Nichts wie weg hier. Die Krähen kehrten zurück, ließen sich in den Bäumen und auf dem Galgen nieder. Viel zu viele Blicke spürte der Domdekan auf sich ruhen – verstohlene, misstrauische, feindselige. Er tat, als bemerkte er sie nicht. Höchste Zeit, diese Stadt zu verlassen und in Havelberg neu anzufangen. Stephan, sein Diener und Sekretär, lenkte sein Pferd neben seines. Stephans Unterwürfigkeit widerte Laurenz an.

Er sehnte den Tag herbei, an dem Albrecht von Käfernburg endlich als Erzbischof in Magdeburg einziehen und ihn zum Bischof weihen würde.

*

Runja hinkte zum Seeufer. Der Sommerwind spielte mit ihrem Haar. Zwischen Birken und Weiden ließ sie ihre Armbrust ins Gras fallen, legte den Gurt ab und streifte das Kleid über den Kopf. Nackt watete sie ins Wasser. Sie konnte sich nicht daran gewöhnen, das rechte Bein hinter sich herziehen zu müssen.

Nach vielen heißen Sonnentagen ging der August nun zu Ende. Wie die Zeit flog! Als ihr das warme Wasser bis zur Hüfte reichte, blieb Runja stehen. Im Osten dehnte der große See sich aus, nach Westen hin zog sich die Bucht ein paar hundert Ruten weit in Wald und Wiesen hinein. Die Bucht war schmal, höchstens achtzig Ruten breit. Runja kam täglich hierher, seit Wochen; seit sie das Krankenlager verlassen konnte. Vor vier Tagen hatte sie es zum ersten Mal gewagt, ans andere Ufer der Bucht zu schwimmen.

Sie blickte an sich hinunter ins Wasser. Das flirrende Spiegelbild darin kam ihr fremd vor. Diese dürre Frau, deren Hüftknochen Ecken in die Haut bohrten und deren Rippen man zählen konnte, das sollte sie sein? Sie tauchte ins Wasser und schwamm los. Hinter ihr, in einem der Uferbäume, krächzte eine Elster. Runja schwamm schneller; sie genoss es, wieder ihre Kraft zu spüren.

Viel zu lange hatte sie weiter nichts als Schwäche und Schmerzen gespürt. Schon auf der Fahrt durch die Winterwälder nach Norden hatte sie krank im Wagen gelegen. Und dann bis in den Frühsommer hinein in Alwins Haus, hier in Zvarin. Fieber, Erbrechen, Durchfälle, Schmerzen, Albträume, Schweißausbrüche. Monatelang.

Angelus flatterte über sie hinweg und voraus zum anderen Ufer. Waldemars Seele. Runja drehte sich um, schwamm auf dem Rücken weiter. In der Stadt krähte ein Hahn. Ein Schwarm Wildgänse flog vom Turm der kleinen Klosterkirche her dem Ufer entgegen.

Alwins Frau und seine Schwestern mästeten Runja mit Fisch, Haferbrei, Eiern und Honig. Und sie übte ihre Kräfte täglich im See. Vielleicht brauchte sie bald nicht mehr vor ihrem Spiegelbild zu erschrecken. Vielleicht brauchte sie irgendwann auch nicht mehr das rechte Bein hinter sich herzuziehen.

Später watete sie durch das Schilf ans andere Ufer. Zufrieden bemerkte sie, dass sie weniger erschöpft war als gestern noch. Weiden wuchsen hinter dem Schilf, und dann erstreckte sich eine Lichtung zehn Ruten weit bis zum Birkenwald hin. Wildrosenbüsche und Holundersträucher standen dort. Zwischen zwei

Büschen legte Runja sich ins Gras, ließ sich von der Sonne trocknen.

Oft lag sie stundenlang hier im Gras und dachte an Waldemar und ihre Eltern. Und natürlich an ihn. Manchmal glaubte sie, den Duft seiner Haut zu riechen, seine Hände zu spüren, seine Stimme zu hören. Sie träumte von ihm, beinahe jede Nacht. Manchmal träumte sie auch von Laurenz; dann wachte sie schreiend auf.

Irgendwo schnaubte ein Pferd. Und lachte da nicht eine Frau? Runja richtete sich auf, lauschte, spähte zwischen den Büschen hindurch zum Waldrand. Zwei Reiter stiegen dort von ihren Pferden und banden die Tiere an den Birken fest. Der Ritter Jeremias und die Nonne mit dem mädchenhaften Gesicht. Sie nahm einen Korb mit Wein und Speisen vom Sattel, er breitete eine Decke im Gras aus.

Runja legte sich wieder auf den Rücken. Keiner der beiden hatte sie gesehen. Gut so. Sie hörte das Paar lachen und erzählen. Später zupfte Jeremias die Laute und sang ein Liebeslied. Runjas Herz wog auf einmal so schwer wie ein toter Hecht.

Beim Kampf um Pirmins Haus hatten sie Jeremias viele Wunden geschlagen. Dennoch hatte er einen Bogen spannen und den Wenden in der Küche mit zwei Pfeilen töten können. Die mädchenhafte Nonne hatte ihn gesund gepflegt. Nun war sie keine Nonne mehr.

Sie war dem Ritter verfallen, rettungslos und von Anfang an. Deswegen war sie mit zu Pirmins Haus und dann mit nach Norden gefahren. Runja hatte es lange nicht begriffen. Anfang August hatte ein Mönchspriester sie in der Zvariner Klosterkirche getraut.

Hinter ihr am Waldrand lachte und kicherte bald niemand mehr. Runja drehte sich auf den Bauch, spähte über die Grashalme hinweg zu Jeremias und seiner jungen Frau. Sie küssten sich. Runja bohrte die Stirn ins Gras.

Die schwarzhaarige Hure, Magda oder Martha, war schwanger. Von wem, wusste sie selbst nicht. Sie suchte einen Mann, der bereit war, sie zu heiraten. Die Blonde dagegen erfreute viele Männer in Zvarin. Auch einige Mönche gingen heimlich ein und aus bei ihr. Auch der Graf. Sogar der Ritter Alwin. Das gefiel Runja nicht, denn sie liebte und schätzte dessen Frau.

Runja hob den Kopf und spähte wieder zum Liebespaar hinüber. Das küsste sich wilder inzwischen. Jeremias streifte seiner Frau das Kleid von den Schultern und küsste ihre Brüste. Seine Rechte fuhr unter ihr Kleid. Runja hörte sie stöhnen. Sie schloss die Augen.

Die Hälfte der Silberpfennige hatte sie an Jeremias verschenkt. Die andere Hälfte dem Grafen. Für den Bau einer neuen Burg. Für sich selbst hatte sie nur zehn Brakteate behalten. Sie hasste dieses Geld, das sie Dagomar abgenommen hatte. Außerdem brauchte sie es nicht; sie glaubte, nicht mehr viel Zeit zu haben.

Irgendwann nämlich, wenn sie wieder Kraft genug hatte, würde sie noch einmal nach Magdeburg reiten. Runja sprach mit niemandem darüber. Irgendwann würde Laurenz seine Strafe empfangen. Das war gewiss. Und wer wusste denn, wie das ausgehen würde?

Sie blinzelte ins Mittagslicht. Jeremias kniete nun hinter seiner Frau. Die hatte gar nichts mehr an, und er auch nicht. Von hinten umarmte er sie, streichelte ihre Brüste. Sie schmiegte ihren Rücken an seinen nackten Oberkörper und bog den Kopf zurück auf seine Schulter. Jeremias küsste ihren Hals.

Runja ließ ihr Gesicht ins Gras fallen und seufzte in die Erde. Die Sehnsucht nach Pirmin tat weh. Würde das nie mehr aufhören? Statt zurück ins Schilf zu schleichen, hob sie wieder den Blick. Jeremias hatte seine Frau auf den Knien aufgerichtet und drückte jetzt ihren Oberkörper nach vorn. Sie stützte sich im Gras ab, senkte den Kopf, und ihr langes schwarzes Haar fiel zwischen ihre Hände. Ihre schmale Taille bog sich durch; sie hob ihr Gesäß und bot es ihrem Ritter dar. Jeremias fasste ihre Hüften und zog sie an sich.

Runja presste das Gesicht ins Gras. Sie dachte an ihn, Tränen kamen ihr. In ihrem Schoß brannte das Verlangen. Sie streichelte sich selbst und dachte an seine Hände dabei.

Als sie später dem anderen Ufer entgegen schwamm, saß ein Mann unter einer Weide. Alwins Waffenträger Wulf. Er wandte sich ab, als Runja nackt aus dem Wasser stieg. Auch während sie sich anzog. Wulf warb um sie, seit dem Frühjahr schon.

Sie schulterte ihre Armbrust und setzte sich zu ihm ins Gras. »Du bist so schön«, sagte er. Runja sah ihm ins Gesicht. Statt nur Flaum spross ihm inzwischen ein richtiger Bart. Als sie ihn zuletzt gesehen hatte, vor wenig mehr als einem Jahr im Nordturm der Seeburg, da war sie noch eine andere gewesen. *Du weißt nicht, wer ich bin*, dachte sie. *Du ahnst es nicht einmal.*

»Der Graf wartet auf Nachricht vom König«, sagte Wulf. »Er will nach Magdeburg, sobald der neue Erzbischof dort einzieht.«

»Warum?«

»Der Graf will mit dem Erzbischof über Laurenz reden. Darüber, dass er Helmold zum Verrat angestiftet hat. Darüber, dass er sich die Taufe des Wendenfürsten erkauft.«

»Weiß man schon, wann der Erzbischof aus Rom zurückkehrt?«

»Vielleicht schon am Christfest, vielleicht erst an Ostern.« Er nahm ihre Hand. »Alwin und ich werden mit nach Magdeburg reiten.«

Ich auch, dachte Runja. Wulf hätte sie gern geküsst, das spürte sie. Warum tat er's nicht einfach? Sie entzog ihm ihre Hand. Im Juni hatte Wulf gefragt, ob sie seine Frau werden wolle. Sie hatte Bedenkzeit erbeten. Irgendwann würde sie Ja sagen. Immerhin war sie schon zwanzig, und sie wollte Kinder. Vielleicht würde sie Pirmin vergessen können, wenn sie erst einmal Mutter war.

Noch brachte sie das Ja nicht über die Lippen. Irgendwann würde es ihr gelingen; vielleicht, wenn sie Laurenz getötet hatte.

*

Dieser Winter war noch härter als der letzte. Magdeburg versank im Schnee. Am Tag des Heiligen Silvester konnte man die Elbe zu Fuß überqueren. Dennoch gelangte ein Bote des Erzbischofs in die Stadt. Sein Brief aus Rom erreichte Laurenz auf dem Krankenlager.

Im Spätherbst hatte es eines Tages auf dem Markt geheißen, der greise Bischof von Havelberg sei tot. Tagelang sahen die Magdeburger ihren Domdekan mit Feiertagsgesicht. Bis zum ersten Advent. Da brachte ein Bote des Königs einen Brief aus Aachen in die Stadt. Man habe sich entschieden, einen anderen für die Wahl zum Bischof von Havelberg zu empfehlen, erklärte König Philipp in knappen Sätzen. Alles Nötige in dieser Sache werde der Erzbischof Abrecht von Käfernburg nach seiner Rückkehr aus Rom mit Hochwürden besprechen.

Seitdem grämte Laurenz sich halb zu Tode. Zwei Wochen lang wand er sich in Magenkrämpfen. Jemand hatte ihn beim König angeschwärzt. Laurenz tat alles, was in seiner Macht stand, um den Namen des Verleumders in Erfahrung zu bringen. Vergeblich bis jetzt. Seit dem Christfest ging es ihm besser, doch er trank viel zu viel Wein; und er vermied es, bei Tageslicht unter Menschen zu gehen.

Und nun also der Brief des Erzbischofs. Als Domdekan blieb Laurenz gar nichts anderes übrig, als seine Schlafkammer zu verlassen und das Domkapitel zusammenzurufen. Im Chorraum las er den Brief vor, jedenfalls den größten Teil davon: dass Albrecht von Käfernburg Anfang Dezember in Sankt Petri zu Rom die Priesterweihe und die Kardinalswürde empfangen habe, las er vor; und dass Papst Innozenz III ihm am Heiligen Abend das Pallium umgehängt hatte, den mit sechs Kreuzen bestickten Schal, den der Heilige Vater nur höchsten kirchlichen Würdenträgern verlieh; auch las er vor, dass Albrecht gleich nach dem Winter die Alpen überqueren wolle, um spätestens am Palmsonntag anno domini 1207 in Magdeburg einzuziehen.

Was Laurenz dem Domkapitel nicht vorlas: Aus Magdeburg seien ihm, dem Erzbischof, ungeheuerliche Gerüchte zu Ohren gekommen, schrieb er; und er müsse mit ihm, Laurenz, erst von Bruder zu Bruder sprechen, um diese Gerüchte auszuräumen. Vorher könne er ihn unmöglich für ein höheres Amt weihen.

Laurenz lächelte ins Gestühl, während er den Brief wieder zusammenfaltete. »Es bleibt uns Zeit genug, liebe Brüder, alles für den Einzug unseres geliebten Erzbischofs vorzubereiten«, erklärte er. »Ich kann euch gar nicht sagen, wie sehr ich mich darauf freue.«

Bei Anbruch der Dunkelheit legte er Chorrock und Birett ab und hüllte sich in die Kleider eines einfachen Kaufmanns. Laurenz schaffte es kaum in den Sattel, so viel Wein hatte er getrunken. Er war am Boden zerstört, und Stephan konnte ihn längst nicht mehr trösten.

Allein ritt er über den Breiten Weg zur Nordmauer. An dessen Ende duckte sich ein schiefes Häuschen unter dem Wehrgang. Laurenz band sein Pferd an den Gartenzaun und klopfte. Die arme Witwe, die ihm die Tür öffnete, hatte er im Beichtstuhl kennengelernt. Sie führte ihn zu ihrer Schlafkammer. Dort drückte er ihr eine Münze in die Hand. Wie immer verließ die Frau daraufhin das Haus, um ihre Ziege zu melken und ihre Hühner zu füttern.

Laurenz trat in die Schlafkammer. Ein Mädchen hockte dort auf einem Strohsack, blond und kaum zwölf Jahre alt. Zartes, junges Fleisch. Laurenz lächelte ihm zu, und das Mädchen lächelte zurück. Ein solcher Liebreiz lag in seinem Blick, dass ihm das Herz schmolz. »Na, mein Kind?« Er legte den Mantel ab und kniete vor dem Mädchen nieder. »Wollen wir einander ein wenig trösten?«

*

Die Glocken läuteten, das Magdeburger Volk strömte in den Dom. Der neue Erzbischof selbst würde die Karfreitagsmesse lesen. Runja ließ sich mit der Menge ins Kirchenschiff treiben. Sie hinkte. Es war ihr gleichgültig. Jemand hatte ihr erzählt, dass Pirmin ertrunken war.

Zwei Wochen lang war der Tross des Grafen unterwegs gewesen. Das Osterfest stand schon wieder vor der Tür. Wie die Zeit flog! Wenige Tage noch, dann würde sie ihr einundzwanzigstes Wiegenfest feiern. Falls sie dann noch lebte. Gleichgültig auch das. Unter dem Mantel trug sie eine Nonnenkutte. Jeremias' Frau hatte sie ihr geschenkt.

Wulf und die Waffenknechte des Grafen liefen irgendwo mit der Menge. Runja hatte sich davongestohlen. Unter dem Bärenfellmantel, den Alwins Frau ihr geschneidert hatte, trug sie ihre Armbrust und den Gurt mit den Pfeilbolzen. Heute würde sie endlich tun, was noch zu tun war. Da brauchte sie niemanden an ihrer Seite.

Orgelklänge rauschten durch das Kirchenschiff, der Erzbischof zog ein. Hinter ihm die Magdeburger Priesterschaft und die Domherren. Runja erkannte Laurenz sofort. Er sah hohlwangiger aus als noch vor vierzehn Monaten. Und er ging gebeugter.

Die Orgel verstummte. Am Altar angekommen, stimmte der Erzbischof den Introitus an. Bald erfüllte vielstimmiger Gesang den Dom. Die jugendliche Erscheinung des Erzbischofs überraschte Runja, sie hatte ihn sich älter vorgestellt, dabei war er erst in Pirmins Alter. Er sah gesund aus, schwarzes Haar quoll ihm unter der Mitra heraus, seine Stimme klang energisch und kraftvoll. Runja wusste, dass er wie Pirmin hochgelehrt war und ein Graf noch dazu.

Die Messe rauschte an ihr vorbei. Sie richtete ihre Aufmerksamkeit auf Laurenz. Blass und müde wirkte der; er half dem Erzbischof bei der Feier der Eucharistie. Runja ging nicht zur Kommunion.

Nach der Messe streifte sie durch Magdeburg, beobachtete von Weitem das Haus, in dem sie bei den Beginen gewohnt hatte, stand auch vor Pirmins Gartentor. Lange verharrte sie an der Stelle, an der sie zum ersten Mal in seine blauen Augen geschaut hatte. Und jetzt sollte er tot sein? Traurig ging sie zurück in den Dom. Nach dem Abendgebet wollte sie Laurenz im Propsteihof abpassen und töten.

Doch er kam nicht zum Abendgebet. Runja eilte zum Propsteihof. Sie hatte gehört, dass er öfter krank gewesen sei in letzter Zeit. Die Dunkelheit brach bereits ein, als sie ihn aus dem Hof traben sah. Er trug einen einfachen Mantel und eine Wollmütze. Sie folgte ihm zu Fuß. Weil er langsam ritt, verlor sie ihn erst spät aus den Augen.

Runja musste nicht lange suchen, bis sie sein Pferd vor einer ärmlichen Hütte an der Nordmauer entdeckte. Eine Frau mit einer Schüssel in den Händen bückte sich hinter dem Haus in einen Stall. Runja hinkte zur Eingangstür und öffnete sie leise. Hinter einer Kammertür hörte sie Stimmen. Seine erkannte sie sofort. Sie spannte einen Pfeilbolzen in die Armbrust und riss die Kammertür auf.

Licht von Kienholzspänen fiel auf ein blondes Mädchen. Das saß auf einem Hocker und war nur mit einem kurzen Hemd bekleidet. Und vor dem Hocker kniete Laurenz und drückte sich an den Mädchenkörper.

»Weg von dem Kind, du wilde Sau!«, zischte Runja. Laurenz zuckte zusammen und sprang auf. Mit der Schulter stieß er einen Kienholzspan aus dem Halter. Die Flamme fiel auf einen Strohsack, der fing sofort Feuer. Runja riss die Armbrust hoch und drückte ab.

10

FEUER

Der Schrecken schnürte ihm die Luft ab. Sie? Sein Magen krampfte sich zusammen. Die Rote Löwin hier in der Kammer? Rechts von ihm loderten Flammen hoch. Dicht vor ihm tönte es, als würde eine Saite reißen. Scharfer Schmerz bohrte sich unter sein Schlüsselbein. Die Armbrust! Jetzt erst sah Laurenz die Waffe – das rote Luder hatte auf ihn geschossen! Jetzt zog es einen Krummdolch aus dem Fellmantel.

Laurenz wich zurück, stieß das Mädchen um, prallte gegen die Fensterwand. Die Holzhütte erzitterte. Rauch füllte die kleine Kammer, das Mädchen wimmerte. Laurenz' Augen tränten, er musste husten, ging in die Knie. Die Flammen züngelten nach seiner Jacke, nach seinem Haar. Er griff in den brennenden Strohsack, riss ihn vom Boden, schleuderte ihn gegen das rote Weib.

Das Mädchen rief nach seiner Mutter. Laurenz warf sich gegen die noch nicht brennende Unterseite des Strohsacks, stieß das rote Weib gegen die andere Wand. Rubina stürzte. Ihr Haar brannte, ein Korb mit Walnüssen fing Feuer, Flammen leckten über die Wand.

Laurenz stürzte aus der Kammer, durch die Küche, aus dem Haus. Neben seinem Pferd draußen lauschte die Witwe. Hühner gackerten um sie herum. »Ist etwas passiert, Hochwürden?«

»Ja.« Laurenz kletterte in den Sattel. »Eine Mörderin ist im Haus.« Er lenkte sein Pferd in den Breiten Weg hinein. Ein Blick zurück – die Rote schleppte das Kind aus der brennenden Hütte, drückte es seiner Mutter in die Arme. Dann hinkte sie hinter ihm her. War ihre Armbrust gespannt? Er trieb das Tier in den Galopp. Der Vollmond ging auf.

Und wenn sie nun irgendjemandem erzählte, was sie gesehen hatte? Dem Richter, den Schöffen oder dem Erzbischof gar? Mit Albrecht war es noch nicht zu einem Gespräch unter Brüdern gekommen. Noch konnte Laurenz versuchen, die Gerüchte zu entkräften, die über ihn im Umlauf waren.

Er riss am Zügel, hielt das Pferd an, schaute zurück. Besser vielleicht, sie einfach niederzureiten. Sie hinkte ihm hinterher, hinkte schnell. Zweihundert Schritte höchstens trennten sie noch. Bei der brennenden Hütte liefen die Leute zusammen, das Feuer griff bereits auf die Nachbarhäuser über. Die Rote stand still. Laurenz meinte zu erkennen, dass sie ihre Armbrust gespannt hatte.

Er machte kehrt, ritt im Zicksack von einer Seite des Breiten Weges auf die andere. Er wollte sie verleiten, ihren Bolzen abzufeuern. Bei der Dunkelheit und so schnell, wie er ritt, würde sie ihn verfehlen. Und während sie den nächsten Pfeil einspannte, würde er umkehren und sie niederreiten.

Etwas sirrte, etwas schlug ihm in den Rücken, stechender Schmerz fuhr ihm knapp über dem Steißbein in die Wirbelsäule. Seine Beine gehorchten ihm nicht mehr, er rutschte aus dem Sattel. Was geschah mit ihm? Mit aller Kraft hielt er sich am Zügel fest, versuchte die Stiefelspitzen zurück in den Steigbügel zu schieben. Doch trug er überhaupt noch Stiefel? Hatte er überhaupt noch Beine, über die man Stiefel stülpen konnte?

Weil er sich die Zügel zwiefach um die Handgelenke gewickelt hatte, blieb er an der rechten Seite seines Pferdes hängen. Das zerrte ihn mit sich, fiel aus dem Galopp, blieb schließlich am Straßenrand stehen. Laurenz versuchte sich hochzuziehen, versuchte sich auf den Beinen aufzurichten. Doch wo waren die geblieben?

Er blickte an sich hinunter. Deutlich konnte er die Umrisse seiner Beine erkennen – die waren in den Knien eingeknickt, und Füße mit Stiefeln hingen ihm seltsam verkrümmt in den Fußgelenken. Und nichts von allem konnte er spüren: keine Schenkel, keine Knie, keine Fußgelenke, keine Zehen. Panik erfasste ihn.

Jemand hinkte heran, fasste nach dem Zaumzeug des Pferdes, führte das Tier unter einem Torbogen hindurch in einen Hof. Ein Hund knurrte. Laurenz klammerte sich am Zügel fest, wurde einfach mitgeschleift.

»Hilf mir«, keuchte er. »Ich kann meine Beine nicht bewegen.« Der Zügel rutschte ihm aus den Händen, er fiel seitlich in den Staub.

Plötzlich stand sie vor ihm. Er spürte ihren Blick. Der Vollmond warf ihren Schatten auf ihn. »Hilf mir.« Er stemmte sich auf den Fäusten hoch, vermochte aber nicht, sich aufzusetzen. »Bitte hilf mir. Ich spüre meine Beine nicht mehr.«

Sie bückte sich zu ihm hinunter. »So, wie du seit Jahren dein Herz nicht mehr spürst?« Sie stank nach versengtem Haar. Sie riss ihm etwas aus dem Kreuz. Wie Feuer brannte der Schmerz seine Wirbelsäule hinauf und herunter. Er schrie auf. Irgendwo im Halbdunkeln des Hofes schlug der Hund an.

Im Mondlicht sah er den blutigen Pfeilbolzen zwischen ihren Fingern. »Den könnte ich noch einmal auf dich abschießen«, flüsterte sie. »Ich könnte dir auch hier die Kehle durchschneiden. Doch beides wäre nicht der Tod, den du verdient hast.«

»Danke, danke …« Er stöhnte und ächzte. »Du musst mir helfen, hörst du?« Der Hund bellte. Sie stopfte ihm seine Wollmütze in den Mund, Brechreiz würgte Laurenz. Der Hund bellte wie verrückt. Sie fesselte ihm die Hände über dem Kopf und band sie ihm mit seinem eigenen Gurt am linken Steigbügel fest.

Jemand riss ein Fenster auf und gebot dem Hund, Ruhe zu geben. »Ist da einer?«, rief eine Männerstimme. Laurenz röchelte und stöhnte, Rubina von Seeburg stieg in den Sattel. Jemand schlug das Fenster zu. Die Rote trieb ihr Pferd auf den Breiten Weg und dann nach Norden. Ihn schleifte das Tier neben sich her.

*

Im Norden der Stadt flackerte rötlicher Lichtschein im Nachthimmel. Runja bog vom Breiten Weg ab und in die Gasse hinein, die am ehemaligen Anwesen der Beginen vorbeiführte. Unter und neben ihr versuchte der Domdekan, Kopf und Schultern vom Pflaster fernzuhalten. Sie ritt über den Domplatz. Die Glocken läuteten. Zwei Fuhrwerke ratterten über den Platz, Reiter folgten. Das Feuer an der Nordmauer schien um sich zu greifen.

Runja erreichte Pirmins Haus und ritt etwas langsamer. Laurenz gelang es immer weniger, Kopf und Schultern über Staub und Pflaster zu halten. Er seufzte und röchelte. Manchmal, wenn er die Augen zu ihr herauf drehte und der Mondschein auf sein Gesicht fiel, sah sie das Flehen und Betteln in seinem Gesicht.

Sie ritt am Moritzkloster vorbei. Die Stadt war voller Geschrei und Hufschlag. An allen Kirchen läuteten die Glocken. Runja konnte das Feuer riechen. Der Nachtwind blies Funkenschleier über die Dächer.

Niemand bewachte das nächtliche Elbtor. Die Wächter waren zu den Löscharbeiten geeilt. Runja entriegelte das Tor und ritt aus der Stadt. Auf dem Uferweg trieb sie das Pferd nach Norden. Laurenz hatte es irgendwie geschafft, sich zur Seite zu drehen und den Kopf auf die Schulter zu legen. Sie spürte keinen Hass, nicht einmal Ekel. Gar nichts spürte sie. Das enttäuschte sie beinahe.

Sie erreichte die Nordmauer und bog auf den Weg nach Norden ein, den Weg, den sie einst mit Waldemar gekommen war. Rauch verdunkelte den Vollmond. Aus der Stadt hörte man Flammen knistern, Holz splittern und Häuser einstürzen.

An der Wegkreuzung hielt sie ihr Pferd vor der Richtstätte an. Über die Steinstufen führte sie es zum Rabenstein hinauf. Erst als er über dem Rad lag, band sie Laurenz vom Steigbügel los. Sein Gesicht blutete, seine Arme zuckten, seine Augen tränten, sein Blick bettelte sie an.

»Du hast Angst, in die Hölle zu kommen, nicht wahr?« Sie wollte seine Schmerzensschreie hören. Also bückte sie sich und riss ihm die Mütze aus dem Mund. Er stank nach Harn und Kot. »Oder hast du Angst vor noch mehr Schmerzen?«

»Bitte«, krächzte er. »Bitte tu mir nichts.« Er schluckte, sog keuchend die Luft ein. »Ich bin doch geschlagen genug, spür doch meine Beine schon nicht mehr. Bitte hilf mir.«

»Du schämst dich nicht, ausgerechnet mich um Gnade zu bitten?« Runja zog den Rotz hoch und spuckte aus. »Um Hilfe sogar?« Sie blickte sich nach der Eisenstange um, entdeckte sie am Rand des Rabensteins und holte sie. »Hier sterben die Sünder, die Diebe, die Mörder und Gotteslästerer.« Sie holte aus und schlug ihm auf die Hüfte. Er schrie auf. »Deinesgleichen also stirbt hier.«

Runja ließ die Stange fallen, viel zu schwer. Sie streifte sich die Armbrust von der Schulter, spannte einen Pfeilbolzen in die Sehne und schoss ihm in die Rippen. Laurenz brüllte erbärmlich. Sie schoss ihm in den Bauch, ins linke Auge. Sie lauschte seinem Geschrei. Es widerte sie an. Nicht die Spur von Befriedigung empfand sie.

Sie blickte zur Stadt, während er brüllte. Magdeburg sah aus, als hätte ein Titan eine glühende Glocke über Dächer und Türme gestülpt. Die Umrisse des Domes und der Kirche Sankt Sebastian zeichneten sich deutlich in den Flammen ab. Und die Umrisse von Reitern, die von der Elbe heraufritten. Hufschlag näherte sich. »Dort!«, schrie einer. »Dort, auf dem Rabenstein.

Runja spannte den letzten Pfeilbolzen in die Sehne. Sie schoss Laurenz ins Herz. Sein Gebrüll verstummte. Männer hetzten die Stufen herauf. Sie hängte sich die Armbrust über die Schulter und ging ihnen entgegen.

*

Im Kerkergewölbe unter der Vogtsburg legte man sie in Ketten. Niemand schlug sie, niemand quälte sie. Niemand dachte allerdings auch daran, ihr zu essen zu geben. Nur nach stundenlangem

Rufen brachte ein Kerkerknecht ihr endlich Wasser. Es war, als würden die Wächter gar nicht an sie denken; als wäre sie ihnen gleichgültig.

Den Grund für die Gleichgültigkeit begriff sie erst am siebten Tag in Ketten. Da öffnete sich die Kerkertür, und der Kerkermeister schob Wulf herein. »Nur ganz kurz«, blaffte er ihm hinterher.

Wulf stürzte vor ihr auf die Knie und schloss sie in die Arme. Lange hielt er sie so fest, und das tat Runja gut. Sie lehnte sich an ihn, ließ sich fallen, fühlte zum ersten Mal seit sieben Tagen wieder etwas; war es Dankbarkeit? Wulf roch nach Brot, Käse und Speck.

»Der Graf hat den Kerkermeister bestochen.« Wulf ließ sie nicht los. »Ist es wahr, dass du den Domdekan auf dem Rabenstein getötet hast?« Sie nickte. »In der Stadt erzählen sie, du habest ihn mit Pfeilbolzen gespickt.«

»Ja«, sagte sie. »Hast du etwas zu essen dabei?«

Er griff in seine Jacke, zog ein in Schweinsblase gewickeltes Bündel heraus und packte Brot, Käse und in dünne Streifen geschnittenen Speck aus. »Und zu trinken habe ich auch mitgebracht.« Aus der Jackentasche zog er einen Lederschlauch, prallvoll mit Bier.

Runja machte sich über Brot und Käse her. »Sie kümmern sich nicht um uns. Wer nicht laut genug schreit, muss verdursten.«

»Niemand kümmert sich noch um etwas in dieser Stadt«, sagte Wulf. »Die Leute laufen wie Gespenster durch die Brandruinen, wissen nicht, wohin mit sich.«

»So schlimm?« Runja kaute auf einem Speckstreifen herum, betrachtete sein bleiches Gesicht.

»Verheerend.« Er bekreuzigte sich. »Das Feuer hat die meisten Wohnhäuser vernichtet. Viele Tote. Sogar einige Häuser aus Stein sind verbrannt. Magdeburg ist vollkommen verwüstet. Der Kaiserdom sieht aus wie ein verkohlter Wald.«

»Gütiger Gott!« Runja stopfte sich ein Stück Käse in den Mund, riss einen Brocken Brot ab. »Ist das wirklich wahr?« Sie öffnete den Bierschlauch und trank.

»Der Erzbischof will ihn abreißen lassen.« Wulf seufzte tief. »Noch nie habe ich eine derart große Zerstörung gesehen. Eine Witwe am Breiten Weg erzählt, das Feuer sei in ihrer Hütte ausgebrochen. Der Domdekan sei bei ihr gewesen und habe ihre Tochter …« Er verstummte. »Und dann seist du dazu gekommen. Das Mädchen sagt, der Domdekan sei so erschrocken, dass er Kienspan von der Wand in den Strohsack geschlagen hat. Stimmt das?«

»Ja.« Runja nahm ihm den Bierschlauch aus der Hand, spülte Brot und Käse herunter.

»Richter, Schultheiß und Erzbischof glauben der Witwe nicht. Und dem Mädchen sowieso nicht.«

»Es stimmt.« Sie langte nach einem Speckstreifen.

Wulf sah ihr beim Essen zu, reichte ihr hin und wieder den Bierschlauch. Der Kerkermeister schien sie vergessen zu haben. Runjas Bauch füllte sich. In diesen Augenblicken dachte sie an nichts anderes mehr als an Brot, Speck, Käse und Bier.

»Wir verurteilen dich nicht für den Mord am Domdekan«, sagte Wulf irgendwann. »Ich nicht, Alwin nicht, Graf Gunzelin nicht, niemand von uns. Der Drecksack hat's nicht anders verdient. Aber …« Er räusperte sich, suchte nach Worten. »Stimmt es auch, dass du einen Mönch namens Dagomar und einen Gewandschneider …?«

»Still!« Mit herrischer Geste gebot sie ihm zu schweigen. »Was immer du über mich hörst – glaub es oder glaube es nicht. Es ist ganz gleichgültig.«

»Mir nicht.«

Sie spülte den Speck mit Bier herunter und musterte Wulf. »Hast du sehen müssen, wie man deinen Vater tötet?« Er schüttelte den Kopf. »Hast du deine Schwester oder deine Base schreien hören, als man sie geschändet hat?« Er schüttelte den Kopf. »Hast du mit ansehen müssen, wie man deiner Mutter die Knochen zerhaut, damit man sie zur Schändung wegschleppen kann? Oder wie man deinen Bruder aufs Rad flicht?«

Wulf schluckte, wurde leichenblass. »Kein Wort mehr darüber.« Runja leerte den Bierschlauch. »Was geschehen ist, ist geschehen. Ich will es nicht erklären. Wie seid ihr aus der Seeburg entkommen?«

»Wir sind über die Mauer in den Abfallhaufen gesprungen.« Er nahm ihre Hand. »Der Graf wird alles für dich tun, was er kann.«

»Was kann er schon für mich tun?« Runja entzog ihm die Hand, wickelte die Reste von Brot, Käse und Speck in die Schweinsblase und steckte sie hinter sich zwischen Rücken und Mauer. »Auf mich wartet der Henker. Sonst gar nichts mehr. Geh und vergiss mich.«

»Doch womit wartet der Henker?« Leise und heiser klang Wulfs Stimme plötzlich. »Aus Kreisen des Schöffenstuhls hört man, dass man dich aufs Rad flechten will. Oder wenigstens verbrennen. Doch der Graf will dafür sorgen, dass man dich enthauptet.« Runja starrte ihn an, kein Ton kam über ihre Lippen. »Der Graf hat dem Henker Silber gegeben, damit er dich tötet, bevor er dir die Knochen bricht oder den Scheiterhaufen anzündet.«

Ein Zittern bebte durch Runjas Körper. Ihr Unterkiefer wackelte plötzlich, das Herz sprang ihr in die Kehle. Ein paar Atemzüge lang herrschte die Angst über sie. Bis sie durchatmen und sich aufrichten konnte. Sie schloss Wulf in die Arme und küsste ihn auf den Mund. Ihre Ketten klirrten. »Suche dir eine treue Frau, mach ihr ein paar Kinder. Gott segne dich. Und grüße Alwin und den Grafen.«

*

Anfang Mai musste Runja vor Richter und Schöffenstuhl treten. Der Hof der Vogtsburg war so voller Menschen, dass man keinen Busch, keinen Grashalm mehr sah. Sie erklärte, den Domdekan getötet, gab auch zu, auf den Scholaster geschossen zu haben.

Ohne, dass der Richter danach gefragt hatte, erklärte sie auch, warum sie das getan hatte. Mit lauter Stimme erzählte sie von der Zerstörung der Seeburg, vom Tod ihrer Familie und von ihrer und Waldemars Flucht nach Magdeburg. Die Menge lauschte atemlos.

Runja erzählte, wie Laurenz versprochen hatte, ihr zur Rache an den Mördern ihrer Familie zu verhelfen, und wie sie dadurch tiefer und tiefer in die Fänge des Ordens der Vollstrecker geriet. Sie erzählte, wie Laurenz sie in Pirmins Haus brachte, wie sie ihn lieben lernte und Laurenz ihr schließlich befahl, ihn zu töten.

Ein Raunen ging durch die Menge. Die Leute begannen zu tuscheln. Fast alles erzählte Runja, doch als sie anfing, davon zu berichten, wie Laurenz sich Waldemar gefügig machen wollte und wie er drohte, ihren Bruder zu töten, wenn sie Pirmin nicht tötete, hob der Erzbischof schon nach wenigen Sätzen die Rechte. Daraufhin verbot der Richter ihr das Wort.

Die Amseln sangen ihr Abendlied, als die Schöffen von der Beratung zurückkehrten und der Richter das Urteil verkündete: Tod auf dem Scheiterhaufen. Runja biss die Zähne zusammen und zog die Schultern hoch. Sie hatte nicht erwartet, dass man ihr das Leben schenken würde. Doch den Tod und die Todesart so nahe und so plötzlich vor Augen zu haben raubte ihr schier die Besinnung. Sie brach zusammen und weinte bitterlich.

Der Boden unter ihr schwankte, Stimmen und Schrittlärm um sie herum traten in weite Ferne. Wie in einem einzigen großen und bunten Bild sah sie ihr Leben vor sich. Ihren Vater, ihre Mutter, ihre Tanten und Basen und Waldemar, den geliebten kleinen Furz. Und Pirmin. Hatte sich all das gelohnt für sieben Tage Glück?

Zwei Waffenknechte zogen sie hoch, schleppten sie zu dem Ochsenkarren, der sie aus der Stadt und zur Richtstätte bringen sollte. Der Henker und sein Knecht halfen ihr auf den Karren, ketteten sie an eine Bank. Der Karren rollte an, fuhr aus der Burg, fuhr durch die Straßen der verbrannten Stadt. Zehn Waffenknechte zu Fuß begleiteten ihn. Die Menschen am Straßenrand riefen ihr Flüche oder Segenssprüche zu, verkohlte Ruinen glitten rechts und links vorüber. Runja weinte die ganze Zeit. Allein fühlte sie sich, unendlich allein.

Der Henker beugte sich an ihr Ohr. »Der Graf Gunzelin lässt dich grüßen. Er ist stolz auf dich, sagt er, und du brauchst dir keine Sorgen zu machen.« Er zuckte mit den Schultern, grinste verlegen. »Wegen des Feuers, meine ich. Der Herr Graf hat mir Geld gegeben, damit ich dir mein Schwert ins Herz stoße, bevor ich den Scheiterhaufen anzünde.« Runja weinte noch heftiger. »Wird mir eine Menge Ärger einbringen.« Der Henker seufzte tief. »Doch was tut man nicht alles.«

Runja ließ auch den Rest ihrer Selbstbeherrschung fahren. Lauthals heulte sie ihre Angst und ihren Schmerz heraus. Die verwüstete und verkohlte Stadt erschien ihr wie für sie und diesen schlimmen Tag gemacht. Auf den bedrückten und düsteren Mienen der Menschen am Wegrand spiegelte sich all das, was ihre eigene Seele zerwühlte: Unglück, Ohnmacht, Verzweiflung und Qual.

Sie erreichten das Nordtor. Der Ochsenkarren schaukelte unter dem Torbogen hindurch. »Halb Magdeburg wartet ja am Rabenstein!«, rief der Henkersknecht. Das schien ihn zu erheitern, denn er grinste über das ganze Gesicht. Runja mochte nicht hinsehen. Hinter ihr, auf dem Kutschbock, fluchte der Kutscher. Der Karren hielt an.

Der Henker stand auf. »Was stehst du hier in der Landschaft herum!«, rief er. »Fahr schon weiter, Weib, Arbeit wartet auf uns!«

Runja wandte den Kopf – ein Fuhrwerk mit sechs Pferden stand quer über dem Weg zum Rabenstein. Eine kleine Frau hockte auf dem Kutschbock. »Hü!«, schrie sie und trieb ihr Gespann an.

Plötzlich jagte ein Ritter zu Pferd und mit geschlossenem Visier unter die Waffenknechte, ein riesiger Kerl. Er fuchtelte mit einer Lanze und trieb die Männer des Burgvogts auseinander. Henker und Henkersknecht fluchten, Runja begriff nicht, was geschah.

Ein zweiter Ritter tauchte neben dem Karren auf, ebenfalls mit geschlossenem Helm. Vom Sattel aus sprang er auf den Karren und schlug den Henker nieder. Ein Schild mit einem weißen Lilienkreuz hing auf seinem Rücken. Ein Traum, was denn sonst? Er hielt dem Henkersknecht die Klinge an den Hals. »Löse ihre Ketten«, tönte es dumpf hinter seinem Visier. »Löse sie jetzt, und löse sie schnell.«

Pirmins Stimme, Pirmins Schild. Das konnte nur ein Traum sein. Alles drehte sich plötzlich, die Bohlen des Karrens unter Runjas Sohlen schienen nachzugeben. Nichts mehr konnte sie fassen, nichts mehr glauben. Und dennoch lag sie plötzlich in den Armen des Ritters, der mit Pirmins Stimme sprach, hing plötzlich vor ihm auf seinem Pferd. Er trieb es an, preschte in ein noch grünes Kornfeld. Der zweite Ritter und sein Pferd tauchten neben ihnen auf, der große Kerl. Neben ihm ritt die Zwergin. Alma hatte das Fuhrwerk zurückgelassen. In gestrecktem Galopp jagten sie den Wäldern des Nordens entgegen. »Mein Liebster«, flüsterte Runja. »Mein Liebster.«

Nein, nein – das konnte doch nur ein Traum sein! Ganz gewiss nur ein Traum. Die Tränen flossen ihr nur so weg, ihre Brust war auf einmal so weit wie die Mailandschaft. Angelus flatterte krächzend über sie hinweg, Waldemars Seele. Wenn er doch nur diesen Traum mitträumen könnte!

»Mein Liebster.« Runja legte sich auf die Mähne von Pirmins Schimmel. Die stank muffig und bitter. Konnte man im Traum Gestank riechen?

*

Sie flohen nach Norden ins Heidenland. Die schützenden Wälder nahmen sie auf. Kein Verfolger fand sie. Nächte unter freiem Himmel flogen dahin, Nächte voller Umarmungen, Tränen und Liebesschwüren. »Verzeih mir, meine Liebste«, sagte Pirmin oft.

»*Die Liebe ist geduldig und voller Güte. Sie glaubt alles, hofft alles, erduldet alles, hört niemals auf* – das habe ich gelesen, das glaubte ich zu wissen, das konnte ich auswendig. Doch gelernt habe ich es erst an dir.«

Seine Galeere war tatsächlich in einen Sturm geraten und unweit der französischen Küste gesunken. Drei Tage und drei Nächte trieben er, Alma und Johannes auf dem Meer. Festgeklammert an den gekappten Schiffsmast hatte er drei Tage und drei Nächte lang an sie, Runja, gedacht. An sie und die Worte des Heiligen Paulus. Nach seiner Rettung hatte er beschlossen, zu ihr zurückzukehren und sie zur Frau zu nehmen.

Anfang Juni erreichten sie den großen Schweriner See. Graf Gunzelin nahm sie auf. Erzbischof Albrecht von Magdeburg und Herzog Bernhard von Sachsen schickten Boten mit einem Brief an den Grafen. Gunzelin möge die verurteilte Mörderin ausliefern und mit ihr diejenigen, die sie der gerechten Strafe entrissen hatten.

Einen Tag darauf traute ein Priestermönch sie in der Klosterkirche von Schwerin. Die Ritter Jeremias und Alwin führten einen Tross an, der sie an die Küste zu einem Ostseehafen geleitete. Dort stiegen sie auf ein dänisches Schiff. Der König von Dänemark hatte ihnen Asyl angeboten.

»Werden wir es schaffen, nach allem, was wir erlebt haben?«, fragte Runja, während die winkenden Menschen an der Küste kleiner und kleiner wurden und schließlich mit Felsen und Strand verschwammen.

»Was schaffen?«, wollte Pirmin wissen. Vom Hauptmast krähte eine Elster.

»Miteinander glücklich zu sein.«

»Versuchen wir's einfach«, antwortete er und küsste ihre Schulter. Runja schloss die Augen. Sie spürte die Wärme seines Atems auf ihrem Brandmal, dem roten Löwen.

NACHWORT UND DANK

Schon im 12. Jahrhundert reisten bildungshungrige und zahlungskräftige Deutsche gern nach Italien. Auch Graf Albrecht von Käfernburg, Dompropst (1200–1205) und Erzbischof (1205–1232) von Magdeburg. Zumindest seine Reiselust werden die Herren des Magdeburger Domkapitels an ihm geschätzt haben, denn nach allem, was man liest, hatten sie Streit mit ihm und somit guten Grund ihn sehr gern jenseits der Alpen zu wissen.

Auch ich bin Albrecht rückblickend dankbar für seine lange Abwesenheit, erlaubt sie mir doch, den Domdekan Laurenz einigermaßen frei schalten und walten zu lassen im Magdeburg der Jahre 1205 bis 1207. Da Albrechts Vorgänger im Amt des Erzbischofs Ludolf von Kroppenstedt – Bauernsohn und wohl nicht ganz so zahlungskräftig und reiselustig wie der Graf von Käfernburg – im August 1205 starb, war Laurenz in jenen Monaten also die Nummer eins in der kirchlichen Hierarchie der Stadt.

Anders als Albrecht und Ludolf ist Laurenz von Magdeburg wie die meisten Figuren dieses Romans eine Schöpfung meiner Fantasie. Allerdings fließen in ihm biografische und habituelle Einzelheiten zusammen, wie sie für Männer des Hochmittelalters charakteristisch sind. Dasselbe gilt für Pirmin von Paris und den Ritter Jeremias von Köln.

Eine merkwürdige Ironie des Schicksals, dass Magdeburg ausgerechnet in jener Woche niederbrannte, in der Albrecht als Erzbischof in sie zurückkehrte. Dass der Brand im Breiten Weg ausbrach, ist belegt, die Beschreibung seines Ausbruchs in diesem Roman keineswegs – allerdings auch nur schwer zu widerlegen.

Albrecht von Käfernburg jedenfalls machte das nach seinem Geschmack Beste aus der Katastrophe: Er ließ die Brandruine des romanischen Kaiserdomes abtragen und dem Heiligen Mauritius (im Roman meist Moritz genannt) ein Bauwerk errichten, das ihm nach seinen Bildungsreisen durch die Metropolen des Reiches als Gipfel moderner Baukunst erscheinen musste: eine gotische Kathedrale. Von ihrer Entstehung soll mein nächster Roman erzählen. Die Jahrtausende alten Säulen des Chorraums und das Taufbecken aus Rosenporphyr – beides hatte Kaiser Otto der Große aus Italien über die Alpen an die Elbe schaffen lassen – baute er mit ein.

In der »Germania Sacra« (Berlin 1972) findet man umfangreiche Listen kirchlicher Amtsträger, die teilweise bis ins 11. Jahrhundert zurückreichen. Den Hinweis auf dieses Buch und seinen Besitz verdanke ich Bernhard Bitkow, bei dem man in Magdeburg alles Wissenswerte über Stadt und Dom lernen kann. Laut einer solchen Liste wurden die Bischofsstühle von Havelberg und Naumburg im Jahre 1206 tatsächlich neu besetzt. Dass die neuen Bischöfe damals nur deswegen in ihre Ämter gewählt werden konnten, weil Laurenz bei seinem Erzbischof in Ungnade, Pirmin der Liebe zu Opfer und Norbert von Fulda aus dem Fenster »fiel«, entspringt ganz und gar meiner Fantasie.

Wie übrigens auch Pater Dagomar und sein »Orden der Vollstrecker«. Das heißt: nicht ganz – von unerklärlichen Todesfällen und rätselhaften Morden weiß die Kirchengeschichte allerhand zu berichten. Und da eine derart grobe Gestaltung kirchlicher Politik klugerweise eher nicht schriftlich festgehalten wurde, kann die Existenz einer Figur wie Dagomar und eines Ordens wie der seine auch nicht wirklich widerlegt werden.

Ein Wort zu den Wenden. Zahlreiche slawische Stämme bevölkerten bis ins Hochmittelalter hinein die Ostseeküste, die Ostseeinseln und die Gebiete östlich der Elbe. Ortsnamen, Ringwälle, Grabstätten, Burgen und Straßennamen in Schwerin, Lübeck etc. erzählen davon. Vor allem Historiker des 19. Jahrhunderts bezeichneten die Gesamtheit dieser Stämme an einigen Stellen als

»Wenden«. Das habe ich aus Gründen der besseren Lesbarkeit so übernommen.

Die Wenden leben heutzutage vor allem in der Lausitz – in einigen Gebieten nennen sie sich *Sorben* – und erleben, wenn mich nicht alles täuscht, gerade eine kulturelle Blütezeit. Im Spreewald etwa findet man wendische Vereine, die das Dorfleben dominieren, Schulen, in denen Kinder Wendisch lernen, und an der Cottbuser Universität sogar eine wendische Fakultät.

Fast bedauere ich es, diese wilden Männer in meiner Geschichte so nachteilig geschildert zu haben – obwohl sie natürlich selbst schuld daran sind –, denn auch ich gehöre diesem kleinen slawischen Stamm an.

Das Pauluswort im Vorspruch habe ich angelehnt an Luthers Übersetzung zusammengefasst. Peter Engerisser, Kronach, und Prof. Freimut Löser, Augsburg, verdanke ich den Hinweis, dass eine mittelhochdeutsche Version dieses Pauluswortes nicht bekannt ist und man vom wissenschaftlichen Standpunkt aus folglich auch keine hieb- und stichfeste Übersetzung dieser Stelle veröffentlichen kann.

Warum finden meine Leser auf der Eingangsschwelle zu diesem Buch dennoch einen mittelhochdeutschen Vers über die Liebe Gottes? Aus zwei Gründen. Erstens wollte ich, dass sie wenigstens einen schwachen Eindruck von der Sprache erhalten, die damals auf Magdeburgs Gassen und Markt gesprochen wurde und die Pirmin von Paris benutzte, als er seiner geliebten Rubina das Hohelied der Liebe ins damalige Deutsch übertrug. Die lateinische Version im Vorspruch (sie stammt aus der Vulgata) lässt anklingen, was Runja und ihre historischen Zeitgenossen in der Kirche zu hören bekamen.

Und zweitens schlicht deswegen, weil fachkundige Menschen es gewagt haben, meine Version des Pauluswortes ins Mittelhochdeutsche zu übertragen. Dafür danke ich von Herzen Anabelle Stehl, Leipzig, die den Text übersetzt (und damit hoffentlich nicht ihren wissenschaftlichen Ruf aufs Spiel gesetzt) hat, und Ludger Scherer, Bonn, der Frau Stehls Text ohne wissenschaftliche Skrupel überarbeitet hat.

Ich bin ganz ehrlich: Auf der Schwelle meines Romans die erste mittelhochdeutsche Version einiger Verse aus dem Hohelied der Liebe zu wissen, macht mich direkt ein wenig stolz.

Was die Zisterzienserinnen in meinem Roman betrifft, muss ich einräumen, dass ihre Anwesenheit in Magdeburg erst für das Jahr 1209 belegt werden kann. In diesem Jahr nämlich hat Erzbischof Albrecht ihr Kloster vor der Neustadt eingeweiht. Doch ich gehe davon aus, dass die frommen Frauen, wie in meiner Geschichte, zuvor auf »Wohnungssuche« waren.

König Philipp von Schwaben übrigens wurde dann doch nicht Kaiser. Aus dem einfachen Grund, weil ihn ein bayrischer Pfalzgraf 1208 mittels Mord aus der Welt schaffte. Und wo? Achtung: in Dagomars Heimat Bamberg. Mehr nicht darüber, ich will hier keine Spekulationen nähren. Nur so viel noch: Philipps Konkurrent Otto wurde zwar im Jahr darauf von Innozenz III zum Kaiser gekrönt, konnte das ersehnte Amt allerdings nicht lange genießen. Weitaus Schlimmeres als Mord traf ihn: die Exkommunikation durch denselben Papst, der ihn so lange gefördert und schließlich gekrönt hatte. Schon 1214 wurde Philipps kleiner Bruder Kaiser, der große Friedrich. Doch das ist eine andere Geschichte.

Zum Schluss noch eine Bemerkung zum Badehaus im Hochmittelalter. Zugegeben: In diesem Buch habe ich Herzog Bernhard von Sachsen unterstellt, in seiner Burg in Wittenberg ein solches betrieben und seinen Gästen zur Verfügung gestellt zu haben. Zu schildern, wie es dort zuging, habe ich erst nach sorgfältiger Recherche gewagt.

Manchmal bezweifelt man als kritischer Leser historische Gegebenheiten ja nur deswegen, weil man sie sich nicht vorstellen kann. So erging es zum Beispiel einer Taschenuhr, die ich in meinem Roman »Der Gaukler« einen Offizier der frühen Neuzeit aus dem Waffenrock ziehen ließ (dabei gibt es die schon, seitdem im 15. Jahrhundert der Federantrieb erfunden wurde). Und so würde es ganz gewiss auch meinem Badehaus gehen, wenn ich an dieser Stelle nicht gestehen würde: Ich habe selbst gezweifelt. Daran nämlich, dass mittelalterliche Männer und Frauen nicht nur im selben Badehaus, sondern auch gleich noch im selben Zuber badeten. Und zwar ohne Badeanzug, Burka und dergleichen.

Wer es nicht glaubt, bemühe die üblichen Findemaschinen und bestaune die schönen Bilder mit eigenen Augen.

Das sinnes- und lebensfrohe Hochmittelalter führte die Badehäuser im späten 12. Jahrhundert ein, inspiriert – pikantes und durchaus aktuelles Detail – vom sinnes- und lebensfrohen Orient, den die Herren des Heiligen Römischen Reiches Deutscher Nation damals ja reichlich zum Zwecke des Gotteskrieges bereisten. Einige schienen ein paar schöne Reiseerinnerungen mit nach Hause gebracht zu haben. Das wirklich dunkle, sinnes- und leibfeindliche Mittelalter – die »Burka- und Schariazeit« des Christentums gewissermaßen – begann erst im Spätmittelalter. Leider hat diese Epoche unser heutiges Bild vom gesamten Mittelalter geprägt.

Genug aus Nähkästchen und Werkstatt geplaudert: Dieses Buch muss mit einem letzten Dank enden: Ich danke meiner verehrten Lektorin Judith Mandt für ihre Geduld und ihre Begleitung auf dem Weg von der ersten Idee bis zur letzten Zeile. Nur so viel: Ohne sie gäbe es »Die Rote Löwin« gar nicht. Danke.

Thomas Ziebula, Wismar, September 2016

GLOSSAR

BEGINEN Frauen, die seit dem 12. Jh. ohne Ordensgelübde, jedoch ehelos in christlichen Gemeinschaften lebten

BIRETT vierspitzige Mütze katholischer Geistlicher, deren jeweilige Farbe den Rang des Trägers signalisiert; das B. kam im Hochmittelalter auf

BRAKTEAT ein Silberpfennig im mittelalterlichen Magdeburg

BRUCHE eine Art Stoffsack für die männlichen Genitalien, der an den Hüften geschnürt wurde (zu bewundern etwa auf Dürers »Das Männerbad«), als Anf. des 15. Jh. die enge Strumpfhose aufkam, verdrängte die Schamkapsel die B.; davor trugen Männer höherer Stände die B. (an der »Beinlinge« befestigt werden konnten), als Unterhose;

BUBACK wendischer Dämon

BÜTTEL mittelalterlicher Gerichtsdiener; auch *Fronbote*

CHORRAUM Kirchenraum zwischen Hochaltar und Lettner (s.u.)

CHORGESTÜHL die häufig mit prachtvollen Schnitzereien verzierten Sitzreihen längs der Chorraumwände; jeder Domherr (s.u.) hatte seinen eigenen Sitz

CHORKNABE in der mittelalterlichen Domgemeinschaft nicht in erster Linie Mitglied eines Gesangschores, sondern eine Art »Juniordomherr«; in entsprechenden Quellen werden Chorknaben *domini iuniores* genannt; in einer feierlichen Zeremonie, in der sie die Hände über dem Altar ausstreckten und die Einhaltung der Domkapitelregeln gelobten, wurden sie ins Domkapitel aufgenommen

DOMDEKAN auch: *Domdechant*; zweiter Mann im Domkapitel; führt die Aufsicht über die Domgeistlichkeit und vertritt die Domherren gegenüber dem Erzbischof

DOMHERR Angehöriger des Domkapitels, in Magdeburg in der Regel um die 20 *Kanoniker*

DOMPROPST Vorsteher des Domkapitels

DOMKAPITEL die Gemeinschaft – wörtlich: die *Versammlung* – der Domherren

DORMITORIUM gemeinsamer Schlafsaal einer religiösen Gemeinschaft, etwa eines Klosters

FOLIANT von lat. *folium* – Blatt; großformatiges Buch; eine Sammlung mit einmal gefalteten Blättern von der Größe des alten römischen Pergamentbogens (ca. DIN A3)

FRONBOTE mittelalterlicher Gerichtsdiener und Vollstreckungsbeamter; auch Büttel

HELLER die kleinste Münze des Mittelalters; zwei Heller ergaben einen Pfennig (s.u.)

HOFTAG die Versammlung, die ein deutscher König oder Kaiser während seiner unablässigen Reisen durch das Reich unregelmäßig und in unterschiedlichen Städten abhielt

KANONIKER Kirchenmänner aller Weihestufen, die an einem Dom oder einer Kathedrale an der Liturgie teilnehmen; auch Stifts- oder Chorherren

LETTNER hölzerne oder steinerne Prachtschranke zwischen Chorraum bzw. Hochaltar und dem allgemeinen Kirchenschiff

MORITZ deutsche Bezeichnung für *Mauritius;* der Heilige Mauritius ist Hauptheiliger und Schutzpatron von Magdeburg und seines Domes

PALLIUM eine Art Krawatte mit Überlänge, in die sechs schwarze Kreuze eingestickt sind; der Papst verleiht das P. einem Bischof als Zeichen seiner Amtswürde

PFUND später auch Mark; Karl der Große legte das Pfund Silber auf 240 g fest; zu Friedrich Barbarossas Zeiten (und zur Zeit, in der dieser Roman spielt) war es kaum noch die Hälfte wert, nämlich ungefähr 15 000 Euro nach heutiger Währung

PFENNIG später auch Dinar o. Denar; 240 Pfennig = ein Pfund; ein Pfennig um das Jahr 1200 wäre demnach heute etwa 62 Euro wert

PROPST Vorsteher; meist kirchlicher Einrichtungen wie Schulen, Kathedralen, Klostergemeinschaften, etc.

RABENSTEIN eine erhöht gemauerte Richtstätte

RUTE altes Längenmaß von regional unterschiedlicher Größe; den Angaben im Roman liegt die sog. *Waldrute* von 16 Fuß bzw. 4,80 m zugrunde

SCHÖFFE einer von etwa sieben bis zwölf volljährigen Männern einer Gemeinde o. Stadt, die durch Ausbildung, Ansehen und Besitz qualifiziert waren, auf dem Gerichtstag (Thing) im Namen von Gemeinde und Stadt Recht zu sprechen

SCHÖFFENSTUHL mittelalterliches Gericht; der Magdeburger Schöffenstuhl war insofern maßgeblich, als dass viele Städte des Hochmittelalters seiner am berühmten Sachsenspiegel des Eike von Repgow orientierten Rechtssprechung folgten

SCHOLAR Schüler bzw. Student an einer Domschule

SCHOLASTER Lehrer bzw. Dozent an einer Domschule

VAKANT nicht besetzt, frei (in Bezug auf ein Amt, eine Stelle)

VASALL Gefolgsmann eines Grafen, Herzogs etc.

WENDEN slawischer Volksstamm östlich der Elbe; manche Historiker bezeichnen die Gesamtheit der ostelbischen Slawenstämme als W.; heute leben die W. fast nur noch in der Niederlausitz; in einigen Regionen bezeichnen sie sich als *Sorben*

WERDER Insel zwischen Flussarmen; durch Deich bzw. Trockenlegung gewonnenes Landstück

ZVARIN Schwerin